AF306782

Jen Rivers wurde 1991 in Braunschweig geboren, zog aber bereits im Kindesalter nach Berlin. Dort lebt sie auch heute noch mit ihrem Mann und ihren beiden Söhnen in einem chaotischen Männerhaushalt.

Das Schreiben hat sie schon immer fasziniert und so sprengen die Ideen regelmäßig ihren Kopf und sorgen häufiger dafür, dass sie den Worten ihres Mannes nicht mehr folgen kann. Wenn sie nicht gerade schreibt, liest sie sich in andere Welten und verliert sich zwischen den Tiefen von Buchseiten.

JEN RIVERS

Love me (again)

Erstausgabe Dezember 2023

Copyright © 2023 dp Verlag, ein Imprint der
dp DIGITAL PUBLISHERS GmbH
Made in Stuttgart with ♥
Alle Rechte vorbehalten

Love me (again)

ISBN 978-3-98778-575-7
E-Book-ISBN 978-3-98778-539-9

Covergestaltung: Anne Gebhardt
Umschlaggestaltung: ARTC.ore Design
Unter Verwendung von Abbildungen von
shutterstock.com: © Het-stock
elements.envato.com: © FreezeronMedia
Lektorat: Traumtext Fabrik
Satz: dp DIGITAL PUBLISHERS GmbH
Druck und Bindung: Books on Demand GmbH, Norderstedt

Für alle, die an zweite Chancen glauben.

Prolog

Jamie: Können wir bitte reden?

Jamie: Ruf mich zurück, bitte!

Jamie: Liam?

Jamie: Ich liebe dich! Bitte rede endlich mit mir!

Jamie: Fuck, hör auf mich zu ignorieren!

Jamie: Ich brauche dich. Ich bin am Ende. Melde dich!

Jamie: Du kannst uns nicht einfach so wegwerfen! Wir bekommen das hin! Ich liebe dich!

Jamie: FICK DICH!

Sie haben den Teilnehmer blockiert.

Kapitel 1

Liam

„Okay, jetzt reicht es mir aber endgültig!"

Ich zucke zusammen und lasse beinahe den Löffel voll Eiscreme aus der Hand fallen. Aber nur beinahe. Mein Arm hängt in der Luft und zittert, während ich völlig verdattert meine beste Freundin anstarre.

Kim steht vor mir, beide Hände in die Hüften gestemmt, und funkelt mich aus zusammengekniffenen Augen an. Auch wenn sie mit ihren blonden Haaren, die sie wie so oft zu einem Dutt zusammengebunden hat, ihrem süßen Gesicht mit der kleinen Stupsnase und ihrer geringen Körpergröße quasi die Niedlichkeit in Person ist, macht sie mir ein klein wenig Angst.

Ich blinzele verwirrt, denn leider weiß ich nicht, was sie von mir will. Ich liege in eine kuschlige Decke eingewickelt auf dem Sofa ihres kleinen Wohnzimmers und sehe mir eine Netflix-Serie an. Dabei stopfe ich Ben&Jerry's-Eis in mich hinein und bin mir fast sicher, dass ich nichts falsch gemacht habe.

Abwartend sehe ich sie an. „Okay?"

Ihr Blick wird noch verkniffener. „Mal im Ernst. Es reicht!"

„Ist wieder diese bestimmte Zeit im Monat, oder ...?“, wage ich mich vor.

Ups. Großer Fehler.

Ihre Augen verengen sich zu Schlitzen. „Das hast du gerade nicht wirklich gesagt!“

Ehe ich reagieren kann, reißt Kim mir den Löffel aus der einen und den Eisbecher aus der anderen Hand. Mit einem triumphierenden Gesichtsausdruck schiebt sie sich das Eis in den Mund.

„Hey“, murmele ich eingeschnappt. „Das ist unfair!“

„Das hast du verdient, nachdem du so einen frauenverachtenden Mist gequasselt hast.“

Touché.

Ich verschränke die Arme vor der Brust.

„Ich wollte doch eigentlich nur mein Eis essen“, grummele ich vor mich hin wie ein bockiger Fünfjähriger.

„Genau das ist ja das Problem“, nuschelt sie, während ein weiterer Löffel Eis in ihrem Mund verschwindet.

„Hä?“, frage ich verwirrt. „Mein Eis?“

Kim verdreht die Augen. „Nein! Ich meine, dass jetzt Schluss mit dem Verkriechen ist! Seit drei Monaten verlässt du die Wohnung nur zum Einkaufen und um deiner Tante zu beweisen, dass du immer noch dort wohnst. Genug Trübsal geblasen. Wir gehen heute aus.“

Mit diesen Worten dreht sie sich um und verschwindet mit *meinem* Eis in der Küche. Ich bleibe sprachlos auf dem Sofa zurück und starre auf die Tür.

Drei Monate? Es können doch noch keine drei Monate sein.

„D... drei Monate?“

Kurz darauf erscheint Kim wieder im Türrahmen und sieht mich mit verschränkten Armen an. „Ja! Dass du das nicht mal merkst, sagt schon alles! Was machst du eigentlich den ganzen Tag? Hast du deine Hausarbeit beendet?"

Ihre Stimme klingt so streng, dass ich mich unwillkürlich kleiner mache.

„Die muss ich erst am Montag abgeben."

Kim seufzt. „Liam, es ist bereits Freitag."

Stirnrunzelnd denke ich über ihre Antwort nach. Sicher ist der nächste Montag gemeint. Ich wühle in dem Deckengewirr nach meinem Handy und finde es unter diversen Game of Thrones-Kissen.

„Fuck", murmele ich, als mir mit einem Blick auf das Datum klar wird, dass Kim recht hat. Meine Hausarbeit ist überfällig. Und um ehrlich zu sein, habe ich nicht den blassesten Schimmer, was sonst noch alles.

Mit einem gequälten Stöhnen lasse ich mich auf den Rücken fallen und lege mir ein Kissen über das Gesicht. Ich heiße die Dunkelheit willkommen, die mich jetzt umgibt.

Es geht mir nicht gut. Genau genommen geht es mir seit drei Monaten nicht gut.

Seit ich Jamie verlassen habe ...

Ich höre sanfte Schritte, kurz bevor wieder Helligkeit über mich hereinbricht, als Kim mir das Kissen vom Gesicht nimmt. Ihre Gesichtszüge sind jetzt wieder so mitfühlend wie in der ganzen letzten Zeit.

Bei meiner Tante habe ich es nicht lange ausgehalten. Ich konnte einfach nicht mit meinen Gedanken allein sein. Also hat es mich in die kleine Zweizimmerwohnung von Kim verschlagen, wo ich nun die meiste Zeit verbringe. Sie arbeitet viel und spart fürs College. Das

Apartment liegt in einer total miesen Gegend von Seattle und kostet auch dementsprechend wenig. Gut, dafür ist das Hochhaus runtergekommen, überall blättert die Farbe von den rissigen Wänden und in der Nacht sollte man besser ein Pfefferspray in der Tasche haben. Doch meine beste Freundin hat alles aus dieser Wohnung rausgeholt und sie zu einer Wohlfühloase gemacht.

Kim ist zwei Jahre älter als ich und spart seit ihrem Abschluss. Und sie ist immer für mich da!

„Wir werden heute was trinken gehen", sagt sie eindringlich und sieht mir dabei entschlossen in die Augen. Ich kenne diesen Blick. Er bedeutet, dass jegliche Diskussion zwecklos ist. Offenbar ist meine Schonfrist vorbei, bevor ich bereit dafür bin.

„Ich will nicht", flüstere ich.

„Ich weiß. Aber du musst!" Kim drückt mir einen Kuss auf die Wange und verschwindet im Bad.

„Du hast fünfzehn Minuten", ruft sie, bevor die Badezimmertür schwungvoll ins Schloss fällt.

Ich seufze erneut und reibe mir über die Augen. Shit. Schließlich gebe ich mir einen Ruck und setze mich auf. Offenbar wird es Zeit, wieder im wahren Leben anzukommen.

***

Okay. Ich möchte zurück. Ganz, ganz schnell.

Nur am Rande nehme ich wahr, wohin wir eigentlich gehen, denn ich bin zu beschäftigt damit, einen Fuß vor den anderen zu setzen. Allein das kostet mich unheimlich viel Kraft, was mir vor Augen führt, dass alles gerade verkehrt läuft.

Irgendwann umfängt uns lauter Bass und Stimmengewirr. Wir sind an unserem Ziel angelangt.

Ich hebe den Kopf und erstarre. Mich durchfährt ein fieser Stich.

Wir sind im Club. In *dem* Club. Im Basement. Hier hat alles angefangen. Ausgerechnet hier habe ich Jamie das erste Mal getroffen. Wir haben uns das erste Mal geküsst und danach sogar das erste Mal miteinander geschlafen. Ich war mir so sicher, dass ihn getroffen zu haben das Beste war, das mir je passiert ist. Aber mittlerweile ... ist alles nur noch ätzend.

Glücklicherweise steuert Kim eine ganz andere Ecke des Clubs an, als die, in der wir damals mit Jamie saßen.

Unbeschwert lässt sie sich fallen und grinst mich an. Ich glaube sie hat keine Ahnung, was sie sich für einen Club ausgesucht hat. Hat sie es vergessen? Immerhin war sie damals dabei.

Ehe ich sie darauf ansprechen kann, flitzt sie schon zur Bar, um uns etwas zu trinken zu holen. Ich hindere sie nicht daran, denn eigentlich klingt Alkohol ganz gut.

Ich starre missmutig vor mich hin, während meine Gedanken wie so häufig um Jamie kreisen. Ich vermisse ihn noch immer genau so wie am ersten Tag, dabei habe ich gedacht, dass es mit der Zeit leichter werden würde. Wird es aber nicht.

Ich seufze, als Kim mit den Getränken zurückkommt und mir einen Cuba Libre vor die Nase stellt.

Die macht ja heute keine halben Sachen!

Wir stoßen an und ich nehme einen Schluck. Und noch einen. Der Drink ist stark und ich schmecke den Alkohol deutlich heraus. Irgendwie heiße ich den Geschmack willkommen. Das scharfe Brennen in meinem Hals, das mein Blut noch schneller durch meinen Körper zu pumpen scheint. Alles ist besser, als der unerträgliche Schmerz in meinem Inneren. Ich schlürfe am Strohhalm und ehe ich mich versehe, ertönt das Gluckern, das mir zeigt, dass der Drink bereits leer ist. Ups?

Kim sieht mich blinzelnd an, bevor sie mir ihr Getränk über den Tisch schiebt. Dankbar ziehe ich es zu mir heran und schlürfe das Glas ebenfalls in Rekordzeit leer.

Erschöpft lehne ich mich zurück und bemerke, wie der Alkohol sich wie ein dichter Nebel in meinem Kopf ausbreitet. Ich hätte schon vorher was trinken sollen. Aber ich hatte die berechtigte Angst, dass Alkohol mich zum Heulen bringen würde. Es war einfacher, die ganze Zeit Wut auf Jamie zu empfinden.

Kim lässt mich keine Sekunde aus den Augen. Auch nicht, als sie mir das nächste Glas zuschiebt.

Woher hat sie das denn jetzt?

Sie deutet darauf und ich trinke artig ein paar weitere Schlucke.

Irgendwann lehnt Kim sich vor und kneift ihre Augen zusammen. Sie denkt eindeutig über irgendwas nach.

„Also", bricht sie die Stille zwischen uns. Erst jetzt wird mir klar, dass wir noch kein Wort gewechselt haben, seit wir ihre Wohnung verlassen haben. „Was ist in Oceanside passiert?"

Ich zucke zusammen und starre sie mit offenem Mund an. „Was?"

„Du hast mich schon verstanden, Liam. Ich will jetzt endlich wissen, was passiert ist. Was hat Jamie gemacht, dass es dir jetzt *so* geht? Seit drei Monaten blockst du jede meiner Fragen ab.“

Ich schlucke schwer und noch mal. „Ich kann nicht …“

„Doch, du kannst! Du kannst das nicht weiter in dich hineinfressen. Ich sehe doch, wie schlecht es dir geht. Bisher hast du jeden meiner Versuche, darüber zu sprechen, abgewehrt. Jetzt wirst du reden!“

Verzweifelt sehe ich sie an.

In meinem Hals sitzt ein dicker fetter Kloß. Aber sie hat recht. Ich muss endlich darüber reden.

Also tue ich es. Ich erzähle ihr alles. Angefangen von unserem ersten Zusammentreffen, als wir herausgefunden haben, dass wir von nun an Stiefgeschwister sind, über unseren Streit, weil Jamie unsere Beziehung verheimlichen wollte, und schlussendlich von dem großen Knall, nach dem ich nicht mehr konnte. Nach dem ich weg musste und Oceanside den Rücken gekehrt habe.

Kim schweigt die ganze Zeit und hört mir aufmerksam zu. Dann und wann nickt sie, hält sich sonst aber zurück.

Als ich fertig mit der Geschichte bin, greife ich nach meinem Glas wie nach einem Rettungsring und leere es in Sekundenschnelle. Ich fühle mich, als würde ich verdursten. Außerdem ist jetzt alles wieder da. Alle Gefühle, die ich seit Monaten zu verdrängen versuche. Alles in mir schreit nach Jamie, doch zeitgleich fühle ich mich verloren. Verraten. Verletzt. So schrecklich verletzt. Mein Herz gleicht einer einzig klaffenden Wunde.

Ich blinzele die Tränen weg, die sich ihren Weg bahnen wollen, und knabbere auf meiner Wange herum.

„Wow … das ist …“, fängt Kim an und schüttelt ihren Kopf, um sich zu sammeln. „Also noch mal. Du hast Jamie ein Ultimatum gestellt. Entweder er steht öffentlich zu euch oder du machst mit ihm Schluss. Dann stellt er ein Bild von euch beiden, auf dem ihr euch küsst, ins Internet und teilt so der ganzen Welt mit, dass er dich liebt?“

Ich nicke vorsichtig. Ihre Worte klingen logisch, doch ihr Gesichtsausdruck wird von Sekunde zu Sekunde ungläubiger.

„Er teilt also aller Welt seine Liebe mit, woraufhin du ihn anblaffst und ihn verlässt, ohne ein Wort der Erklärung?“, fährt Kim mit ihrer Zusammenfassung fort.

So wie sie es sagt, klingt das ziemlich dämlich.

Mit offenem Mund sieht sie mich an. Kurzerhand langt sie über den Tisch und boxt mir kräftig gegen den Oberarm.

„Au!“, zische ich und reibe die schmerzende Stelle. „Spinnst du?“

„Ob ich spinne? Was ist los mit dir, Liam? Da triffst du diesen unheimlich tollen Typen. Der entpuppt sich leider als dein Stiefbruder, aber allen Widrigkeiten zum Trotz verliebt ihr euch und seid glücklich. Wieso hast du das kaputt gemacht?“

„Ich?“, blaffe ich Kim wütend an. „Jamie hat uns einfach öffentlich geoutet! Ohne mich zu fragen, hat er uns vor der ganzen Schule bloßgestellt!“

Verwirrt schüttelt Kim den Kopf. „Aber du bist doch schon längst als schwul geoutet.“

„Trotzdem kann er das nicht einfach so ins Internet stellen. Er hat unsere Beziehung öffentlich gemacht, ohne mich vorher zu fragen. Einfach alle haben mich angestarrt. Es war genauso wie damals mit Wren." Ich beiße mir auf meine Unterlippe und fluche laut auf.

In Kims Augen blitzt Verstehen auf. Ihre Züge glätten sich.

„Es geht hier um Wren?", fragt sie sanft. „Natürlich. Daran hätte ich auch selbst denken können."

Meine Arme verschränken sich. Auch wenn ich derjenige bin, der das Thema aufgemacht hat, will ich nicht darüber reden.

„Ist denn jemand ... Hat dir wieder jemand was getan?" Kims Augen sind schockgeweitet.

„Nein", bemühe ich mich schnell zu sagen. „Nein. Diesmal nicht."

Sie legt eine Hand auf ihr Herz. „Scheiße."

„Das kannst du laut sagen", murmele ich.

„Du hast dich wieder genauso gefühlt wie damals, habe ich recht?"

Dunkle Erinnerungen legen sich über mich wie eine Wolke. Ich stöhne auf, denn ich kann die Tritte von damals quasi spüren.

„Ja", murmele ich mit belegter Stimme. „Es war furchtbar, ich ... Alle haben mich angestarrt, mich verurteilt. Und ich war nicht darauf vorbereitet."

Meine beste Freundin legt ihre Hand auf meine und streicht mit dem Daumen behutsam auf und ab. „Warum hast du denn nicht früher mit mir geredet, Liam?", fragt sie mitfühlend.

Ich seufze. „Weil ich einfach ... keine Ahnung."

„Vor der Situation flüchten wolltest?"

Eine Sekunde denke ich darüber nach. Schließlich nicke ich. „Ja. Schätze schon. Und es auszusprechen, macht es auch nicht besser. Ich meine ... Es tut weh. Es tut scheiße weh und ich kann immer noch nicht fassen, dass Jamie das getan hat."

In Kims Kopf scheint es zu rattern. Ihre Stirn ist in Falten gelegt und der Mund fest zusammengepresst.

Sie zögert. „Hast du dir nicht von ihm gewünscht, dass ihr euch outet?"

„Ich ... ja. Aber doch nicht *so*."

„Was wolltest du denn genau von ihm?"

Ich schnaube gequält. „Ich wollte es einfach nur unseren Freunden und unserer Familie sagen." Wieso habe ich das Gefühl, dass dieses Gespräch eine falsche Richtung einschlägt?

„Hast du ihm das gesagt?"

Ich zucke zurück. „Was?"

„Ob du ihm das gesagt hast", wiederholt sie. Nachdrücklicher.

„Ich", stammele ich. „Das sollte doch klar sein. Man lädt nicht einfach so private Bilder ohne Zustimmung ins Internet und outet sich damit."

Kim knabbert auf ihrer Unterlippe herum und sieht nicht überzeugt aus, was mich verdammt frustriert. Warum versteht sie das nicht?

„Liam ... Ich muss zugeben, dass ich verwirrt bin. Ich meine ... Jamie ist extrem in seinem Handeln oder nicht? Haben wir das nicht damals in genau dieser Bar schon gemerkt? War es nicht genau das, was dir gefallen hat?"

Ich presse die Lippen zusammen, weil ich nicht zugeben will, dass sie ins Schwarze getroffen hat.

„Und bist du nicht bewusst als schwuler, selbstbewusster Typ an diese Schule gegangen?"

Abwehrend lehne ich mich zurück. „Und?"

„Du hast ihm die Pistole auf die Brust gesetzt. Du hast ihn irgendwie gezwungen."

„Ich … Nein, das habe ich nicht", würge ich schnell hervor. Blinzelnd sickert die Wahrheit in meine Gedanken. Denn … ich habe ihn gezwungen.

Geschockt und mit geweiteten Augen sehe ich Kim an. Mehrere Strähnen haben sich aus ihrem Dutt gelöst. Mit gerunzelter Stirn hält sie meinen Blick fest.

„Liebst du Jamie?", fragt sie mich direkt. Mein Herz klopft aufgeregt.

„Natürlich. Mehr als alles andere. Deswegen geht es mir ja so beschissen!"

Kim nickt, als würde sie so langsam verstehen.

„Liam, ich verstehe, dass die Sache mit Wren noch immer schwer für dich ist. Wie könnte es das auch nicht sein. Aber … hast du Jamie überhaupt davon erzählt?"

„Nein", gebe ich tonlos zurück.

„Wie kann das sein? Du hast dir doch von ihm gewünscht, dass er sich outet. Habt ihr nicht über dich gesprochen?", fragt sie ungläubig.

Ich zögere und beiße mir auf die Unterlippe. Wir haben darüber geredet. Und ich bin nicht stolz darauf.

Mir entweicht ein Fluch.

„Er hat mir gesagt, dass er Angst vor einem Outing hat. Und weil ich ihn nicht mit meiner Geschichte verschrecken wollte, habe ich ihm gesagt, dass es gut gelaufen ist."

Sie stößt ein entsetztes Quietschen aus und schlägt sich die Hände vor den Mund.

„So schlimm ist das jetzt auch nicht", murmele ich.

Kim ist *meine* beste Freundin. Müsste sie nicht auf *meiner* Seite stehen?

Sie greift nach meiner Hand und streichelt darüber. Ihre Augen finden meine. „Liam, hör zu. Jamie ist nicht Wren. Okay? Du hast ihm nicht nur vorgegaukelt, dass ein Outing ein Klacks wäre, du hast ihn auch dazu gedrängt, dass er sich outet. Es hört sich nicht so an, als ob er schon so weit gewesen wäre. Und dann hast du ihn einfach sitzen gelassen. Du hast ihn mit allem allein gelassen und bist abgehauen!"

Kims Worte dringen nach und nach in mein Bewusstsein und hallen so laut in meinem Inneren wider, dass ich mir am liebsten die Ohren zuhalten würde.

Sie hat recht.

„Ich … er …", stammele ich vor mich hin. „Ist es meine Schuld, dass wir getrennt sind?" Meine Stimme klingt mittlerweile dünn und brüchig. Eine Träne löst sich aus meinen Wimpern.

Kim sieht mich mitfühlend an. „Jamie hatte keine Ahnung, was das Outing für dich bedeuten würde. Du hast ihn vor die Wahl gestellt und er hat sich für dich entschieden."

Gequält schließe ich meine Augen. Ich bin ein Arschloch. Das wird mir von Minute zu Minute klarer.

„Habt ihr seitdem miteinander gesprochen?", fragt sie sanft.

„Er hat mir ein paar Mal geschrieben und versucht mich anzurufen, aber irgendwann habe ich ihn blockiert."

„Liam", seufzt sie und schnauft.

Ich tue es ihr gleich und wische mir die Tränen aus den Augenwinkeln. Zeitgleich sehe ich auf die Sitzecke, in der ich Jamie das erste Mal getroffen habe. Mit seinem Kapuzenpullover und den grünen strahlenden Augen. Mit dem frechen Grinsen, das mich sofort in seinen Bann gezogen hat. Schon da habe ich gewusst, dass das der Beginn von etwas Großem werden würde. Etwas Großem, das ich zerstört habe.

Wieso habe ich nicht vorher mit Kim geredet?

Stirnrunzelnd schaue ich sie an, als ich bemerke, dass sie mich die ganze Zeit wissend ansieht.

„Das war Absicht, oder? Hierher zu kommen und mich abzufüllen?"

Sie zuckt nur mit den Schultern. „Du musstest endlich darüber reden. Ich hatte ja keine Ahnung, wie wichtig es sein würde. Ich hatte eigentlich angenommen, dass er dich hinterhältig betrogen hat oder so was."

Ich lasse ihre Worte auf mich wirken. Die letzten drei Monate habe ich mir eingeredet, dass Jamie sich falsch verhalten und mich hintergangen hat. Dass er mein Vertrauen missbraucht hat. Dabei war es genau andersherum.

Ich habe zugelassen, dass meine Vergangenheit alles zerstört hat, was ich liebe. Alles, was von Bedeutung ist.

Ich brauche Jamie. Mehr als alles andere. Mehr denn je wird mir bewusst, dass ich der Arsch in der Geschichte bin. Nicht ich bin es, der Zeit braucht, um wieder klarzukommen.

„Scheiße. Ich habe einen riesengroßen Fehler gemacht. Er wird mir niemals verzeihen", flüstere ich aufgebracht, aber dennoch laut genug, dass Kim mich verstehen kann. Weitere Tränen laufen meine Wangen hinab.

„Jedenfalls nicht, wenn du weiterhin in meiner Wohnung herumsitzt und Eis in dich hineinschaufelst!"

Ich drücke die Schultern durch. „Du hast recht! Ich werde um ihn kämpfen!", sage ich entschlossen, auch wenn ich nicht die geringste Ahnung habe, was ich jetzt tun soll.

„Es wird Zeit nach Oceanside zurückzugehen, Liam."

Kapitel 2

Jamie

Diese Party ist scheiße. Anders lässt es sich nicht ausdrücken.

Genervt schaue ich mich um und nehme einen Schluck von meinem Bier. Wir sind bei meinem Kumpel Justin zu Hause, der auf die glorreiche Idee gekommen ist, eine Party zu schmeißen.

Mürrisch sehe ich meine Freunde und Mitschüler an, die tanzen, lachen und eine gute Zeit haben. Ich würde am liebsten schreiend wegrennen! Und wenn die Party nicht von Justin wäre, der in den letzten Monaten meine größte Stütze gewesen ist, würde ich das auch tun. Stattdessen begnüge ich mich damit, alle mit meinen Blicken zu vergraulen. Alle außer Justin. Denn der bleibt an meiner Seite, egal, wie schlecht gelaunt ich bin.

Kaum zu glauben, dass ich bis vor kurzem noch jemand war, der kaum länger als eine Stunde am Stück schlechte Stimmung schieben konnte. Denn jetzt ist es der Dauerzustand.

Ich trinke einen weiteren Schluck von meinem Bier und kommentiere die Blicke, die in unsere Richtung geworfen werden, mit einem Augenrollen. Es ist klar, was die anderen denken. Nämlich das, was alle denken.

Sie glauben, dass ich ein liebeskranker Trottel bin, der sich in seinen Stiefbruder verknallt hat, abserviert wurde und jetzt mit Justin rummacht. Genau in der Reihenfolge.

Auch wenn mittlerweile kaum noch jemand darüber flüstert, dass ich schwul bin, ist meine Freundschaft zu Justin umso interessanter für alle.

Zumal ich immer noch der Idiot bin, der von seinem Stiefbruder sitzengelassen wurde ...

Ich schnaube. Justin fängt meinen Blick auf und scheint sofort zu wissen, was ich gerade denke. Er schlägt sein Bier prostend gegen meines und nimmt lachend einen Schluck. Wie der Typ mich aushält, ist mir ein einziges Rätsel. Ich halte es momentan kaum selbst mit mir aus.

Ohne Justin hätte ich die letzten Monate nicht geschafft. Nachdem Liam mich verlassen hat, war ich am Ende. Die Schule war der blanke Horror und jeder hat über mich geredet. Nicht nur das – sie haben mich jede einzelne Sekunde daran erinnert, dass ich allein bin. Ohne Liam. Dabei war er der Einzige, den ich bei mir haben wollte.

Justin ist zu keinem Zeitpunkt von meiner Seite gewichen. Er hat mir geholfen, die Scheiße in der Schule durchzustehen. Na ja, zumindest halbwegs. Denn letzten Endes geht es mir immer noch verdammt beschissen!

Ich wühle mit den Fingern durch meine Haare, die mehr einem Vogelnest gleichen als je zuvor. Interessiert mich allerdings nicht.

Justin und ich unterhalten uns, ohne dass ich ihm wirklich zuhöre. Denn meine Gedanken kreisen um Liam. Sie kreisen immer um Liam. Auch wenn ich verflucht wütend auf ihn bin, vermisse ich ihn. Auch wenn ich ihn hasse, liebe ich ihn.

Und gleichzeitig habe ich ein schlechtes Gewissen, weil Justin nicht meine ganze Aufmerksamkeit hat. Ach, scheiße!

Ich trinke mein Bier in einem Zug leer und gehe durch das große, einladende Wohnzimmer, das durch die vielen hellen Möbel und Landschaftsgemälde an den Wänden absolut wohnlich aussieht.

Bei uns zu Hause wirkt alles, als wäre es einem Designkatalog entsprungen, während es hier so heimelig ist, dass man Urlaub machen will. Verrückt, wenn man bedenkt, dass ich in einer verdammten Villa wohne und aus meinem Zimmer auf den Ozean blicken kann. Was mich vollkommen fertig macht. Ich habe schon immer nichts so sehr geliebt wie den Ozean, doch nun erinnert er mich vor allem an Liam. Immer, wenn ich in die tosenden Wellen blicke, sehe ich direkt in Liams Augen.

Ich schüttele den Kopf, um meine Gedanken loszuwerden, lächele kurz Drew zu, der mit Macey und ein paar anderen zusammensteht. Macey. Noch so etwas, was verdammt beschissen läuft. Seit Liam mich verlassen hat, ist unsere Freundschaft anders. Man könnte auch sagen, dass ich sie vergrault habe. Ich halte sie auf Abstand und lasse eigentlich nur noch Justin wirklich an mich heran, obwohl meine beste Freundin mehr als einmal versucht hat, für mich da zu sein. Was ich nicht zugelassen habe. Dass Macey mich dennoch anlächelt, als wäre nie etwas gewesen, gibt mir zumindest einen Funken Hoffnung. Aber es ist nicht wie immer. Weil ich ein vollkommen anderer bin als noch vor drei Monaten. Mürrisch, unfreundlich und vor allem unglücklich.

Ich schiebe mich an ein paar Leuten vorbei durch zur Küche und öffne den großen Kühlschrank, der nicht viel mehr als Bier zu bieten hat. Justins Mutter ist mit seinen Schwestern zu einem Wellnesswochenende aufgebrochen und diesen Umstand hat er direkt genutzt. Sehr zu meinem Missfallen. Denn wir könnten auch einfach Netflix-schauend auf seiner Couch liegen und einen schönen Abend haben. Ohne die ganzen Menschen hier.

Ich greife nach zwei Flaschen Bier, die mit Tequila gemixt sind, und schlendere zurück zu Justin.

Dankbar nimmt er eine Flasche entgegen.

„Alles gut?", fragt er und mustert mich genau.

Ich schüttele den Kopf, bejahe aber trotzdem.

Er nimmt es mir nicht ab. „Ach, komm schon, so schlimm kann es doch gar nicht sein. Sonst mochtest du Partys immer gern. Gefällt es dir nicht mal ein kleines bisschen?"

„Jetzt gerade würde ich mir lieber heiße Nadeln in die Augen stechen, als hier mit den ganzen Trotteln zu sein. Von dir abgesehen", gebe ich trocken zurück.

Justin fängt an zu lachen und kommentiert nicht weiter, dass ich unsere anderen Freunde irgendwie als

Trottel bezeichnet habe. Was ich im Grunde genommen nicht mal so meine. Ich seufze. Zwischen Macey, Drew und mir liegt eine Schlucht, von der ich aktuell nicht weiß, wie ich sie überwinden soll. Von meinem besten Freund Ethan ganz zu schweigen. Auch jetzt überkommt mich eine Gänsehaut, wenn ich daran denke, wie Ethan reagiert hat, als er das Foto von mir und Liam gesehen hat, auf dem wir uns küssen. Unwillkürlich drängt sich das Bild in meine Gedanken, wie kalt Ethan mich angesehen hat.

Das hätte ich nie von dir gedacht, hallen seine Worte in meinem Kopf wider.

„Na gut, was hältst du davon, wenn wir", setzt Justin an und hält plötzlich inne. Er sieht irgendwen hinter mir mit großen Augen an. Doch bevor ich mich umdrehen kann, kommt er einen Schritt dichter auf mich zu. Sehr dicht. Überrascht sehe ich ihn an. Sein Gesicht nähert sich meinem und bevor ich fragen kann, was los ist, schließt Justin den Abstand zwischen uns und küsst mich.

Ich gebe einen überraschten Laut von mir, schiebe ihn aber nicht weg. Seine weichen Lippen liegen warm auf meinen, als ich den Mund leicht öffne und den Kuss erwidere. Keine Ahnung, warum ich ihn ebenfalls küsse, denn eigentlich waren wir uns einig, dass das zwischen uns nichts werden kann. Definitiv nicht. Nicht wenn jeder zweite Gedanke von mir Liam gilt. Allein die Erinnerung an ihn sorgt dafür, dass ich mich von Justin löse und meinen Oberkörper zurückziehe. Doch weshalb? Schließlich gibt es keinen Grund, ihn von mir zu schieben. Es ist nicht schlimm, ihn zu küssen.

Im Gegenteil. Eigentlich ist er ein guter Küsser. Aber er ist nicht Liam.

Ich bin so was von kaputt!

„Äh. Was war das gerade?", frage ich verwirrt, als Justins Blick mich fixiert. Er beugt sich wieder zu mir und nähert sich meinem Ohr.

„Dreh jetzt nicht durch und bleib ganz ruhig. Aber ... Liam steht da hinten", flüstert er mir zu.

Ich zucke zusammen und mir wird eiskalt. Gleichzeitig beginnen meine Hände zu schwitzen, während mein Herz mir bis zum Hals schlägt.

Völlig entgeistert sehe ich Justin an. Doch seine ernste Miene verrät mir, dass das hier kein blöder Scherz ist, um mich rumzubekommen. Er hat mich geküsst, damit Liam es sieht. Damit ich nicht schon wieder wie der letzte Trottel dastehe. Damit Liam nicht sieht, wie verflucht schlecht es mir geht. Umgehend fährt mein ganzer Körper Achterbahn.

Ich atme tief durch und drehe mich langsam um.

Nichts könnte mich darauf vorbereiten, was sein Anblick in mir auslöst. Kann man zeitgleich glücklich und todunglücklich sein? Denn so fühle ich mich gerade. Einerseits tut es so unendlich gut ihn zu sehen und zu wissen, dass er hier ist. Anderseits sorgt sein Anblick dafür, dass die Wut mich wie eine Walze zu überrollen droht.

Liam steht mitten im Wohnzimmer. Er trägt eine dunkle Jeans und ein schwarzes enges T-Shirt. Seine Haare sind länger geworden und reichen bis über seine Ohren, was ihm verdammt gut steht. Und seine Augen ... seine Augen. In ihnen tobt der Ozean und trifft mich mitten ins Herz.

So ziemlich jeder im Raum starrt ihn an, doch sein Blick ruht auf mir. Es kostet mich extrem viel Kraft, ihm einfach den Rücken zuzudrehen und meine Aufmerksamkeit wieder auf Justin zu richten. Mein Herzschlag donnert laut in den Ohren. Meine Atmung geht viel zu schnell.

„Ich geh pissen", murmele ich und stürme in Richtung der Toilette davon. Ich ignoriere die aufdringlichen Blicke meiner Mitschüler, die genau beobachtet haben, wie Justin mich geküsst hat – und denen sicherlich nicht entgangen ist, dass Liam aufgetaucht ist. Ich zwänge mich zwischen den Leuten durch den schmalen Flur zur Treppe und nehme mehrere Stufen auf einmal. Meistens ist oben weniger los, da fast alle Zimmer abgeschlossen sind. Justin hat drei Schwestern, die ihm den Kopf abreißen würden, wenn jemand Fremdes ihre Zimmer betreten würde. Zu meinem Glück treffe ich auf niemanden. Mittlerweile zittern meine Hände, während mein Herz in der Brust zu explodieren droht.

Liam ist hier.

Wie ferngesteuert setze ich meinen Weg fort und stoße die Tür zum großen Badezimmer auf. Und stehe plötzlich Ethan gegenüber, der sich die Hände wäscht.

Ethan, meinem eigentlich besten Freund, der seit meinem Outing kein Wort mehr mit mir gesprochen hat.

Überrascht schaut er mich an.

„Sorry", brumme ich und will mich schon wieder umdrehen.

„Schon gut. Bin so gut wie fertig, komm rein."

Scheinbar gleichgültig trete ich in das geräumige Badezimmer, das ich nur aufgesucht habe, um mich zu verstecken, denn aufs Klo muss ich eigentlich gar nicht.

Ich lehne mich an die schwarzgeflieste Wand und lasse meinen Kopf dagegen sinken. Tiefe Atemzüge nehmend, versuche ich meine zitternden Hände und meine zu schnelle Atmung unter Kontrolle zu bekommen. Im Spiegel mir gegenüber sehe ich deutlich, wie gehetzt ich wirke. Das scheint auch Ethan wahrzunehmen, der mich beim Hände abtrocken im Spiegel mustert.

„Alles klar?", fragt er mit gerunzelter Stirn.

Ich blinzele ihn irritiert an.

Sein Ernst? Seit drei Monaten behandelt er mich wie Luft und jetzt will er wissen, ob alles okay ist, wo es das offensichtlich nicht ist.

Da ich nicht die geringste Ahnung habe, was ich darauf antworten soll, schweige ich und sehe ihn an. Fuck, ich habe ihn vermisst.

An einem einzigen Tag habe ich nicht nur meinen festen, sondern auch meinen besten Freund verloren.

Immerhin lenkt mich sein Anblick ab und sorgt dafür, dass sich meine Atmung wieder verlangsamt.

Ethan lässt sich währenddessen nicht beirren und starrt mich weiter an, obwohl er längst fertig ist. „Also, du und Justin, ja?"

Was für ein Themenwechsel.

Ich lache bitter auf. Schließlich ist es genau das, was alle denken.

„Ich und Justin was?", frage ich scharf, doch er verzieht nicht mal eine Miene.

„Na ja, ich habe den Kuss gesehen. Seid ihr zusammen?"

Okay, ich werde absolut nicht schlau aus Ethan. Wieso redet er plötzlich mit mir?

„Nee."

„Wieso? War der Sex nicht gut?", fragt er flapsig weiter, so als wäre nie etwas zwischen uns vorgefallen.

Meine Augenbrauen heben sich, ohne dass ich etwas dagegen tun kann.

„Der Sex war klasse, das Problem war eher, dass ich direkt danach angefangen habe zu heulen wie ein kleines Baby." Keine Ahnung, weshalb ich ihm das erzähle.

Leider ist es nicht mal gelogen. Vor kurzem habe ich mit Justin geschlafen, was im Nachhinein ein totales Desaster war. Ich habe ungelogen direkt danach losgeheult und mich eine ganze Weile nicht beruhigen können. Es hat sich angefühlt, als hätte ich Liam betrogen, auch wenn das natürlich Blödsinn ist. Dennoch ändert es nichts daran, dass ich ihn liebe. Und dass es keinen anderen für mich geben kann.

Zu behaupten, dass Justin überfordert war, wäre die Untertreibung des Jahrhunderts. Vermutlich war das auch der Moment, in dem uns beiden klargeworden ist, dass aus uns nicht anderes werden kann als Freundschaft.

Ethan verzieht bei meiner Erzählung das Gesicht und dreht sich zu mir um.

„Du hast geweint?"

„Rotz und Wasser. Mit viel Sabber und Schnodder und das, bevor ich mich wieder anziehen konnte."

Wenn möglich, verzieht sich sein Gesicht noch mehr.

„Keine Sorge. Ich erspare dir die schwulen Details", setze ich bitter nach, denn ich habe die Worte von ihm nicht vergessen, die er mir entgegengeschleudert hat, nachdem ich Liam und mich auf Social Media geoutet habe.

Das hätte ich nicht von dir gedacht.

„Stört mich nicht", sagt er achselzuckend und sieht mich abwartend an.

„Ja, ist klar. Du hast deutlich gemacht, wie angewidert du bist."

Ethans Gesicht nimmt einen verwirrten Ausdruck an. „Was meinst du?"

„Ich meine", sage ich und verschränke die Arme vor der Brust, „dass du mir vor drei Monaten vor der Schule noch gesagt hast, dass du so was niemals von mir gedacht hättest."

Ethan zuckt zurück, den Mund leicht geöffnet und die Augen aufgerissen.

„Ich weiß, es tut ... Warte mal", unterbricht er sich selbst. „Du glaubst, ich habe das auf dein Schwul-Sein bezogen?"

Ich erspare mir eine Antwort und starre stumm zurück, versuche mich auf das Hier und Jetzt zu konzentrieren. Die Erinnerungen an diesen Tag sind verdammt schmerzhaft. Seitdem ist alles anders.

„Fuck", knurrt Ethan und vergräbt beide Hände in seinen dunklen Haaren.

Er kommt ein paar Schritte näher und steht jetzt dicht vor mir, was irgendwie ziemlich unangenehm ist. In letzter Zeit ist Justin der Einzige gewesen, der mir näher gekommen ist. Selbst Macey halte ich auf Abstand. Leider kann ich nicht weiter zurückweichen, da ich bereits an der Wand lehne.

„Jamie, es tut mir leid. Ich war verdammt sauer auf dich, aber doch nur, weil du mir nichts gesagt hast. Du warst da mit Macey, die wie immer in alles eingeweiht war, und ich musste davon durch das scheiß Internet erfahren. Das hat mich verletzt und deshalb habe ich so blöd reagiert."

Ich lasse sein Geständnis sacken, während ich dümmlich blinzele.

„Willst du mich verarschen?", würge ich hervor.

„Ähm. Nein."

Ein Lachen löst sich aus meiner Kehle und lässt sich nicht mehr zurückhalten, was eine absolute Premiere ist, da ich mich nicht mehr an das letzte Mal erinnern kann.

„Du hast mir so einen Spruch vor der ganzen Schule gedrückt, nachdem Liam ... Und dann bist du einfach gegangen und hast mich da stehen lassen, während alle mit dem Finger auf mich gezeigt haben. Ich war völlig am Ende, wusste nicht, was ich machen soll. Und das alles nur, weil du beleidigt warst, weil ich dir nicht früher erzählt habe, dass ich auf Typen stehe?", fasse ich zusammen.

Ethan verzieht nun wieder das Gesicht und streicht mit seiner Hand über seinen Hinterkopf. „Äh. Also. Ja."

„Ist dir klar, wie bescheuert das ist?"

„Ich glaube, ich habe nicht richtig nachgedacht."

„Du glaubst?"

Ethan lacht kurz laut auf, bevor er mich angrinst. „Ich habe nicht nachgedacht. Ehrlich gesagt habe ich das sogar bis eben gerade nicht. Ich war es so verdammt leid, dass ich immer die zweite Geige hinter Macey spielen muss. Dabei bist du doch mein bester Freund. Nur ich irgendwie nie deiner."

Keine Ahnung, ob ich lachen oder weinen soll. Leider klingt das absolut nach Ethan. Und ich weiß sogar ganz genau was er meint, weil es schon immer ein Thema in unserer Freundschaft war.

„Wieso hast du es mir nicht einfach gesagt?", fragt Ethan kurze Zeit später.

Ich seufze. „Weil ich es eigentlich niemandem sagen wollte. Das Ganze war so nicht geplant. Es liegt nicht daran, dass ich dir nicht vertraue. Oder vertraut habe. Keine Ahnung."

Ethan presst seine Lippen fest aufeinander. „Ich habe es ganz schön verkackt, oder?"

Ich zucke mit den Schultern.

Nun stöhnt Ethan laut auf. „Ich war ein beschissener Freund."

Wieder nur ein Schulterzucken von mir. Was soll ich auch sonst tun? Fakt ist, dass er nun mal ein beschissener Freund gewesen ist.

Einige Minuten stehen wir schweigend da und überraschenderweise ist es nicht mal wirklich unangenehm. In den letzten Monaten habe ich Schweigen durchaus zu schätzen gelernt.

„Ich habe eben da draußen Liam gesehen", durchbricht Ethan meine Gedankengänge.

Gegen meinen Willen zucke ich heftig zusammen. Seinen Namen laut zu hören, stellt viel zu viel mit mir an, lässt mich viel zu viel fühlen. Allem voran Schmerz.

„Keine Ahnung, was er hier zu suchen hat", sage ich resigniert.

Ethan mustert mich nachdenklich. „Du wusstest also nichts davon?"

„Seit drei Monaten habe ich nichts mehr von ihm gehört und jetzt kommt er einfach so hierher."

Seine Augen weiten sich geschockt. „Fuck!"

Ein leichtes Lächeln schleicht sich auf meine Lippen, weil ich sein Fluchen vermisst habe.

„Wie geht's dir damit? Kommst du klar?"

Mein Herz pocht mir immer noch bis zum Hals, ich schwitze und zittere nach wie vor wie Espenlaub. Ich bin also sehr weit davon entfernt klarzukommen. „Ich bin total am Arsch", sage ich seufzend und vergrabe das Gesicht in meinen Handflächen.

Auch wenn ich nicht weiß, weshalb ich mich ausgerechnet Ethan gegenüber öffne, fühlt es sich richtig an.

„Hast du Bock von hier zu verschwinden?"

Überrascht hebe ich den Kopf und sehe einen entschlossenen Ausdruck auf seinem Gesicht. Was auch immer bis jetzt zwischen uns gestanden hat, es scheint, als wäre es aus der Welt geschafft. Ich ergründe kurz, ob ich weiterhin sauer oder verletzt sein soll und komme zu dem Schluss, dass ich Ethan in dieser Sekunde viel zu sehr brauche. Und dass er nach wie vor mein bester Freund ist, obwohl er sich wie ein Arsch benommen hat.

„Nichts lieber als das."

Kapitel 3

Liam

„Atme, Liam", raunt Kim mir zu und hält mir ein Bier unter die Nase. Gott sei Dank hat sie mich nach Oceanside begleitet. Nicht wegen des Bieres, sondern ... weil sie für mich da ist. Wir stehen zusammen in Justins Küche, wo ich versuche, mein pochendes Herz unter Kontrolle zu bekommen. Vergebens.

„Die haben mich alle angeglotzt, oder?", frage ich erstickt.

Kim hebt eine Augenbraue. „Klar, reden wir über die ganzen anderen Leute und nicht über den Typen, bei dem Jamie eben eine ausgiebige Mandeluntersuchung vorgenommen hat."

Wäre ich nicht so durcheinander, hätte ich bestimmt gelacht, doch stattdessen belasse ich es bei einem gequälten Gesichtsausdruck.

„Fuck", stöhne ich und fahre mir durch die Haare. Einen großen Schluck aus dem Bier nehmend, versuche ich den Anblick von Jamie und Justin aus meinen Gedanken zu vertreiben, doch vermutlich hat er sich für immer in meine Netzhaut gebrannt.

„Ich glaub, ich muss kotzen", brumme ich.

Dass Jamie mir nicht sofort um den Hals fallen würde, habe ich natürlich erwartet, aber dass er mit Justin knutscht, wäre mir in meinen schlimmsten Träumen niemals in den Sinn gekommen.

„Ich halte deine Haare", versucht sich Kim an einem Witz, der mir immerhin ein leichtes Schmunzeln entlockt. Seit Wochen macht sie sich über meine Frisur lustig. „Wer war denn der Typ?"

Ich schnaube verächtlich. „Justin."

„Wie jetzt?", fragt Kim überrascht. „Der Justin, mit dem du angebändelt hast?"

Ich verziehe das Gesicht und nicke. „Genau der."

„Also noch mal zusammengefasst: Justin hat an dir rumgebaggert, du hast ihn abblitzen lassen. Und kaum bist du weg, macht er sich an Jamie ran?"

Jedes ihrer Worte fühlt sich an wie ein Messerstich. Kim scheint zu merken, dass sie das Falsche gesagt hat, denn ein entschuldigender Ausdruck legt sich auf ihr puppengleiches Gesicht. Sie verzieht ihre kirschroten Lippen und kommt einige Schritte auf mich zu. Ihre kleine Hand legt sie auf meinen Arm. „Entschuldige", murmelt sie.

„Ich verstehe einfach nicht, warum ...", setze ich an, doch weiß selbst nicht, wie ich diesen Satz eigentlich beenden soll.

„Ich will mit ihm reden", gebe ich stattdessen kleinlaut zu, auch wenn in der kleinen Küche niemand außer uns ist.

„Mit Justin?", fragt Kim entsetzt.

„Quatsch, natürlich nicht. Mit Jamie." Allein seinen Namen auszusprechen ist zeitgleich Balsam und Qual für meine Seele.

Kim nickt verständnisvoll. „Dann lass ihn uns suchen.“

Entschlossen greift sie nach ihrer Flasche Bier, strafft die Schultern und verlässt zielsicher die Küche. Ich stolpere ihr hinterher.

Augenblicklich ist der Lärm zurück. Die Bässe wummern aus den Boxen, Lachen erklingt und überall klackern Bierflaschen. Kim schlängelt sich durch die Leute hindurch und zieht dabei mehrere Blicke auf sich. Heute hat sie schwarze Chucks mit einer engen Jeans und einem Buzz-Lightyear-Hoodie kombiniert. Es gibt nichts, was sie mehr liebt als Toy Story. Die Haare hat sie wie gewohnt zu einem unordentlichen Knoten zusammengebunden. Alles in allem kein Partyoutfit – aber das kann ich von mir in meinem klassischen schwarzen T-Shirt und der unscheinbaren dunklen Jeans auch nicht behaupten.

Obwohl Kim ziemlich klein ist, geht sie nicht in der Masse unter und durchquert innerhalb kürzester Zeit das gesamte Wohnzimmer und den unteren Flur.

„Mist“, sagt sie und bleibt stehen, ehe sie sich einmal um die eigene Achse dreht. Ich tue es ihr gleich und stelle erleichtert fest, dass das Interesse an mir anscheinend abgeflaut ist und mich kein Schwein mehr beachtet. Zum Glück.

„Liam“, vernehme ich eine laute Stimme hinter mir und drehe mich um.

Drew steht direkt vor meiner Nase und zieht mich in eine Umarmung. Ich klammere mich mehr als nötig an ihm fest, bevor ich ihm kräftig auf den Rücken klopfe.

„Hey, Mann.“ Gott, was habe ich meinen besten Freund vermisst.

„Wieso hast du nicht gesagt, dass du nach Oceanside kommst?“, fragt er mich vorwurfsvoll, als er sich von mir löst. Wie immer fallen ihm seine schwarzen Haare in die mit Kajal umrandeten Augen. Schwarze Kleidung und schwarze Fingernägel runden seinen Look ab.

„Ehrlich gesagt hatte ich so viel zu regeln, dass ich dafür keine Zeit hatte.“ Auch wenn ich Oceanside vor ein paar Monaten den Rücken gekehrt habe – zu Drew habe ich den Kontakt nie abgebrochen. Er ist der Einzige, von meinem Dad mal abgesehen, mit dem ich in den letzten Wochen gesprochen habe.

„Das ist ja wohl noch untertrieben“, schnaubt Kim neben mir und zieht damit Drews Aufmerksamkeit auf sich. Fasziniert sieht er auf sie hinunter.

„Hi, ich bin Drew“, stellt er sich vor und lächelt sie an wie ein kleiner, nach Aufmerksamkeit hechelnder Welpe. Lustig, wenn man bedenkt, dass er fast zwei Köpfe größer ist als sie.

Über Kims Gesicht huscht ein Lächeln.

„Kim“, gibt sie zurück und reicht ihm die Hand, die er in Rekordgeschwindigkeit ergreift. Ein Wunder, dass er sie nicht vollsabbert. Sein Blick huscht zu mir.

„Kim, so wie deine beste Freundin Kim?“, hakt er nach.

„Die einzig wahre“, sagt sie, so als wäre ich gar nicht da. Stumm stehe ich daneben, während die beiden sich austauschen wie längst verschollen Verwandte. Warum auch nicht? In fünf Minuten wird mein Leben immer noch in Scherben liegen. Jamie wird mich immer noch hassen, meine Noten und meine berufliche Zukunft stehen auf der Kippe und von meinem Dad brauche ich gar nicht erst anzufangen.

„Wie lange habt ihr vor, in Oceanside zu bleiben?"

Drews Stimme reißt mich aus meinem Gedankenkarussell, das sich schwindelerregend schnell dreht und droht, mich in den Abgrund zu reißen.

„Ähm", druckse ich herum und muss über mich selbst die Augen verdrehen.

„Liam wohnt wieder hier und ich versuche ihm dabei zu helfen, sein Leben wieder auf die Reihe zu bekommen." Kims Stimme klingt vergnügt, als sie ihren Kopf an meine Schulter lehnt.

Drew starrt uns mit offenem Mund an.

„Du wohnst wieder hier? Und das erfahre ich erst jetzt?" Der Vorwurf ist nicht zu überhören und irgendwie habe ich das verdient. Entschuldigend verziehe ich das Gesicht.

„Tut mir leid, Mann. Aber das alles mit der Schule und meinem Dad zu regeln, war gar nicht so einfach."

„Wieso? Hat er sich nicht gefreut?"

Ich presse die Lippen aufeinander. „Tja … nein. Ich habe ihm die ganze Zeit weißgemacht, dass ich den Onlineunterricht im Griff habe."

Drew beobachtet mich aus zusammengekniffenen Augen, was ihn durch die schwarzumrandeten Augen bedrohlich aussehen lässt. Dabei ist Drew der netteste Kerl auf der Welt.

„Und das hast du doch, oder nicht?", hakt er nach. Immerhin habe ich ihm genau das gleiche vorgegaukelt.

„Bitte", mischt Kim sich spöttisch ein. „Er hat haufenweise Hausarbeiten versäumt und hängt gnadenlos zurück."

Drews Augen werden groß. „Wir reden aber schon noch von Liam, oder? Einser-Liam? Streber-Liam? Klugscheißer-Liam?"

„Schulschwänzer-Liam", ergänzt Kim, wofür ich ihr einen bösen Blick zuwerfe, den sie ungerührt erwidert.

„Mann, was ist denn los? Du hast doch gesagt, dass alles gut läuft." Drews Stimme hat einen sanften Ton angenommen.

Ich atmete tief durch und starte zum Gegenangriff. „Ja, und du hast mir nichts von Justin gesagt."

Drew zuckt zurück und tritt ein paarmal auf der Stelle. „Okay, ich weiß auch nicht, was da zwischen den beiden läuft. Ehrlich nicht. Außerdem wolltest du ja nicht über Jamie reden." Touché.

Ich reibe mir mit Daumen und Zeigefinger über die Augen, als die Erschöpfung mich überrollt und augenblicklich wünsche ich mir Kims gemütliche Couch zurück.

„Weißt du, wo er ist?", würge ich hervor.

Drews Ausdruck wechselt von überrascht zu mitleidig. Toll. „Nein, das letzte Mal habe ich ihn mit Justin gesehen, als ... na ja, du weißt schon."

Ich nicke dümmlich, während ein Sturm in meinem Inneren tobt und dafür sorgt, dass mir das Atmen schwerfällt.

„Was hast du jetzt vor?", fragt Drew vorsichtig.

„Heulen ist keine Option, oder?"

Niemand lacht.

„Wir sorgen dafür, dass Jamie ihm verzeiht. Er hat gar keine andere Wahl."

Drew nickt ein paarmal nachdenklich, ehe auch er einen entschlossenen Blick aufsetzt. „Okay. Bin dabei."

„Dann sind wir jetzt wohl die drei Musketiere", sagt Kim begeistert.

Ich lächele schwach. Wenn es doch nur so einfach wäre.

***

„Können wir jetzt endlich gehen?" Ich kann nichts gegen den genervten Unterton in meiner Stimme tun. Seit mehreren Stunden sitze ich mit Drew und Kim auf ein paar Gartenstühlen auf der Terrasse und will einfach nur weg von dieser Party, weil ich mir ziemlich sicher bin, dass Jamie nicht mehr Teil davon ist. Er ist abgehauen, kaum dass er mich gesehen hat. Hinter meiner Stirn wütet ein dumpfer Schmerz, der dem in meinem Herzen in nichts nachsteht. Das Bier, das ich intus habe, trägt auch nicht unbedingt dazu bei, dass ich mich weniger zu einer Kugel zusammenkauern will. Leider ist es keine Option, allein zu gehen. Kim kennt sich hier nicht aus und schläft die nächsten Wochen bei mir.

„Nein, du wirst nicht nach Hause gehen und dich in deinem Elend suhlen", antwortet Kim und nippt an ihrem Bier. Drew stimmt ihr zu. Die beiden scheinen sich blendend zu verstehen.

„Bitte!" Ich bin mir nicht zu schade zu betteln. Denn viel länger halte ich es hier nicht mehr aus.

Kim beginnt zu zweifeln und auch Drew beobachtet mich aufmerksam.

„Du siehst scheiße aus", stellt er fest.

Ich verziehe das Gesicht. „Danke."

Kim springt auf die Füße. „Ach, verfickte Scheiße noch mal. Gut. Wir gehen."

Erleichtert atme ich aus und spüre, wie die Anspannung von mir abfällt. Ich stehe schwerfällig auf, ebenso wie Drew.

Schwungvoll wird neben uns die Terrassentür aufgestoßen, mein Atem stockt ein weiteres Mal. Mit eisigem Gesichtsausdruck tritt ausgerechnet Jamies beste Freundin Macey zu uns in die dunkle Nachtluft. Scheiße. Sie kann ja gar nicht anders, als mich zu hassen. Immerhin habe ich ihrem besten Freund auf ziemlich üble Weise das Herz gebrochen. Und mir gleich mit. Ich hasse mich selbst.

Macey trägt kurze Shorts und ein lockeres, buntes Top zu schlichten Sandalen.

„Hey", krächze ich. Es ist unheimlich schwer ihr gegenüberzustehen. Jamie und Macey stehen sich nahe und sind sich obendrein auch noch sehr ähnlich. Ich kann Macey gar nicht ansehen, ohne automatisch auch Jamie vor mir zu sehen. Und das tut weh.

„Ich muss mit dir reden", sagt Macey mit fester Stimme und durchbohrt mich mit ihrem durchdringenden Blick, unter dem ich mich total entblößt fühle.

Ich nicke hektisch. „Klar." Wieso höre ich mich an, wie ein Zwölfjähriger im Stimmbruch?

Kim sieht abwechselnd zwischen Macey, Drew und mir hin und her, bis sie endlich irgendetwas in Drews

Gesicht bemerkt, das sie dazu bewegt, sich wieder zu setzen. Drew tut es ihr gleich.

„Komm." Macey kommt in Bewegung und ich trotte ihr den langen Weg durch den dunklen Garten hinterher, der nur von kleinen Lämpchen erleuchtet wird, die in den Boden gesteckt sind. Vor dem weißen Holzzaun bleibt sie stehen und dreht sich um. Auch in dem schwachen Licht kann ich ihre schmalen Lippen und ihre zusammengezogenen Augenbrauen erkennen. Und wie sauer sie ist. Macey kommt ohne einen Ton einen Schritt auf mich zu. Dann noch einen. Und noch einen – bis sie unmittelbar vor mir steht.

„Es tut ...", setze ich an und werde von einer schallenden Ohrfeige überrascht, die mich völlig unerwartet trifft. Meine Hand gleitet zu meiner Wange, die augenblicklich brennt. Mit offenem Mund und großen Augen sehe ich zu Macey, die wütend schnauft.

„Du Arschloch!", wirft sie mir vor. „Du blödes, egoistisches Arschloch!"

Ich schlucke und wünsche mir sehnlichst, ihr widersprechen zu können.

„Hast du überhaupt eine Ahnung, was du ihm angetan hast? Erst zwingst du ihn sich zu outen, obwohl er überhaupt nicht so weit war, und dann haust du einfach ab? Ohne ein Wort der Erklärung?" Mittlerweile schreit sie beinahe.

Tränen steigen in mir auf, doch ich schlucke sie herunter.

„Es tut mir so leid", flüstere ich. Uns ist beiden klar, dass meine Worte eigentlich Jamie gelten und nicht ihr.

„Ich hasse dich dafür, dass du ihm das Herz gebrochen hast", fährt Macey unerbittlich fort. Jedes einzelne Wort habe ich verdient.

Ich nicke nur und beiße mir auf die Unterlippe, bis ich Blut schmecke. Alles, um nicht loszuheulen.

Die Arme verschränkend funkelt Macey mich an. Mit ihren wirren Locken hat sie in diesem Moment fast etwas von Medusa mit ihren Schlangenhaaren.

„Hol ihn dir, verdammt noch mal, zurück!" Maceys Stimme dringt durch meinen Verstand und hallt in meinem Kopf wider wie ein Echo. Verwirrt blinzele ich sie an, todsicher, dass ich mich verhört haben muss.

„Wie bitte?"

„Hol ihn dir zurück! Kriech zu Kreuze. Entschuldige dich. Mach es wieder gut, mir egal! Aber Hauptsache ihr beiden werdet wieder ein Paar."

Mein Mund öffnet sich, schließt sich wieder, nur um wieder offenzustehen. Mehrmals setze ich zu einer Antwort an, unfähig einen klaren Satz zu formulieren.

„Aber ..." Ich schüttele den Kopf, um das Wirrwarr darin zu ordnen. „Du hast doch eben gesagt, dass du mich hasst? Dass ich ein Arschloch bin?"

„Absolut!"

„Warum willst du das dann?", frage ich verwirrt, denn ich verstehe nicht, was hier passiert.

Macey seufzt, als ihre ganze angriffslustige Haltung in sich zusammenfällt und einem traurigen Ausdruck weicht.

„Weil Jamie seit eurer Trennung am Ende ist. Er ist einfach nicht mehr Jamie. Er lacht nicht, macht keine Witze und redet kaum noch mit mir. Es geht ihm nicht gut. Und wenn ich dich so ansehe, geht es dir auch nicht gut."

Meine Schultern sacken ebenfalls in sich zusammen, als die gewohnte Schwere mich übermannt. Allein der Gedanke daran, dass Jamie leidet, droht mich in die Knie zu zwingen. Paradox, wenn man bedenkt, dass ich allein schuld daran bin.

„Ich habe echt Scheiße gebaut." Meine Stimme bricht mir weg, was Macey registriert, denn ihr Blick wird plötzlich weich.

„Das hast du."

„Ich habe es total bei Jamie verkackt."

„Und wie du das hast", stimmt sie zu und entlockt mir damit ein kleines, verzweifeltes Lachen, von dem ich nicht sicher bin, ob es nicht doch ein Heulen ist. Das folgende Schniefen lässt wohl auf letzteres schließen. Eine Träne löst sich aus meinem Augenwinkel. Es folgt eine zweite. Ich würde sie gern wegwischen, doch ich finde keine Kraft dafür.

„Liebst du ihn?"

In meinem Hals steckt ein dicker Kloß, den ich vergeblich versuche herunterzuschlucken. „Mehr als mir selbst klar war."

„Dann tu etwas!", sagt Macey eindringlich. „Er wird dich wegstoßen, er wird gemein sein und vor allem wird er versuchen, dich mit allem, was er hat, auf Abstand zu halten. Lass ihn nicht gewinnen."

Ich nicke, während gleich noch mehr Tränen ihren Weg über meine Wange finden.

„Wieso denkst du, dass er das möchte?", frage ich mit gebrochener Stimme, die überhaupt nicht wie meine eigene klingt.

„Weil ich Jamie besser kenne als er sich selbst. Ich weiß, dass er dich liebt. Und ich weiß, dass er ohne dich nicht glücklich wird."

Hoffnung durchflutet mich bei ihren Worten. „Denkst du das wirklich?"

„Ja. Und ich hoffe, dass Jamie das selbst auch erkennen wird. Aber dazu braucht er dich."

Mein Herz rutscht mir wieder in die Hose. „Glaubst du denn, dass er mir verzeiht?"

Macey zögert, atmet tief durch und schaut einige Minuten nach oben in den Sternenhimmel. „Keine Ahnung", gibt sie schließlich zu. „Find's heraus."

Ich lasse ihre Worte sacken, bevor ich ein entschlossenes Nicken zustande bringe. Genau das werde ich tun. Herausfinden, ob ich noch eine Chance habe.

Kapitel 4

Jamie

Keuchend atme ich ein und aus, während meine Füße im Sand versinken. Mein Herz pocht unaufhaltsam und der Schweiß läuft mir in Strömen den Rücken hinunter. In mir herrscht ein solches Gefühlschaos, dass ich nicht aufhören kann zu laufen. Eigentlich bin ich völlig am Ende, weil ich die ganze Nacht nicht geschlafen habe und doch renne ich hier um mein Leben. Weil Liam zurück ist. Einfach so.

Mein Blick fällt auf den Ozean und die Wellen, die sanft an den Strand spülen und im Kontrast zu dem Sturm in meinem Inneren stehen. Das Brennen in meinen Beinen ignorierend, treibe ich mich unermüdlich an weiterzulaufen. Von Weitem sehe ich bereits unser Haus, was mich nun doch dazu bringt, langsamer zu werden. Ich habe Angst nach Hause zu kommen, Angst davor Liam zu begegnen und gleichzeitig habe ich Angst davor, ihn nicht zu sehen.

Ergibt das irgendeinen Sinn?

Als ich bei unserem Haus ankomme und das Hämmern meines Herzens nicht mehr auf das Joggen schieben kann, bleibe ich schnaufend stehen und stemme die Handflächen auf meine Oberschenkel. Ich ziehe mir den Pullover, der unangenehm auf der Haut klebt, über den Kopf und wische mir damit den Schweiß ab, bevor ich ihn achtlos in den Sand fallen lasse. Augenblicklich umweht mich die sanfte Meeresbrise und beschert mir eine Gänsehaut. Ich friere, ignoriere den Umstand jedoch gekonnt, wie ich es nun schon seit Wochen tue. Mein Wohlbefinden strebt zurzeit sowieso gegen Null, da spielt es keine Rolle, ob mir warm oder kalt ist. Tief durchatmend versuche ich, wieder zur Ruhe zu kommen. Mein Atem beruhigt sich, doch mein Herz rast unerbittlich in der Brust – und jeder einzelne Schlag schmerzt. Ich lasse mich in den Sand fallen, lege meine Ellenbogen auf die angezogenen Knie und versuche mich vom Anblick des Meeres beruhigen zu lassen. Es funktioniert nicht. Seit Liam weg ist, funktioniert es nicht.

Das Klingeln meines Handys reißt mich aus meinem Jammerzustand. Ich greife mit einer Hand danach und zucke zusammen, als ich den Namen auf dem Display erkenne. Dad.

Wieso ausgerechnet heute?

Ich verfluche mich selbst dafür, dass ich den Anruf nicht einfach ablehnen kann, doch Fakt ist: Ich vermisse meinen Dad. Seit ich mich geoutet habe, ist zwischen uns beiden nichts mehr wie zuvor, denn er redet nicht mehr mit mir. Ich habe zwar das Glück gehabt, dass Mom und Liams Dad Jeff nichts von meinem Post mitbekommen haben, aber das gilt nicht für meinen Vater. Das Kussbild von Liam und mir ist nur ein paar Minuten online gewesen, die haben aber gereicht. Mein Dad hasst mich.

Mit zitternden Händen nehme ich den Anruf entgegen und halte mir das Smartphone ans Ohr.

„Dad?", frage ich leise.

„Hallo, Jamie-Schätzchen. Wie geht es dir?"

Enttäuschung durchflutet mich, als ich die Stimme von Candy vernehme, der Verlobten meines Dads. Der hochschwangeren Verlobten meines Dads, die lustigerweise im Gegensatz zu ihm noch mit mir redet.

„Hey Candy, was gibt's?" Ich klinge erschöpft, das ist mir selbst klar.

„Ist alles in Ordnung bei dir?", fragt sie besorgt.

Es ist seltsam. Seit sie schwanger ist, scheint sie in den Mami-Modus geschaltet zu haben. Ich ärgere mich selbst darüber, aber mittlerweile mag ich sie sogar. Dabei habe ich mir immer fest vorgenommen, sie nicht zu mögen.

„Harte Nacht." Ich seufze. „Ich habe mit Ethan durchgesoffen." Noch so eine Sache, die mich schwer verwirrt. Mit Ethan hat es sich so angefühlt wie immer, und ich habe nicht die geringste Ahnung, ob ich noch wütend auf ihn bin oder nicht.

„Oje, das klingt hart. Du solltest dir eine Aspirin einwerfen und eine Mütze Schlaf bekommen."

„Ja, da hast du recht." Nur habe ich Angst zu Hause auf Liam zu treffen.

Ich schüttele den Gedanken ab. „Warum rufst du an, Candy? Geht es dem Baby gut?" Bis zur Geburt des kleinen Scheißers sind es nur noch wenige Wochen. Es ist das Einzige, worauf ich mich im Moment überhaupt freuen kann. Alles andere strengt einfach nur an.

„Natürlich, keine Sorge. Dein Bruder tritt mir bei jeder Gelegenheit auf die Blase und nimmt mir die Luft zum Atmen, aber ihm geht es gut – das ist die Hauptsache.“

Ein kleines Lächeln schleicht sich auf mein Gesicht. Candy nennt ihn jedes Mal ganz selbstverständlich meinen Bruder.

„Ich kann es kaum erwarten ihn kennenzulernen“, murmele ich.

„Weshalb ich eigentlich anrufe“, sagt sie leise, „dein Dad würde gerne mit dir sprechen.“

„Was?“, quieke ich erschrocken.

Im Telefon erklingen komische Geräusche, so als ob jemand um das Handy streiten würde. Klar, Dad möchte mit mir sprechen. Als ob.

„Ich will nicht“, höre ich seine Stimme, die mir einen Stich versetzt.

„Du redest jetzt sofort mit deinem Sohn!“ Das Zischen kommt eindeutig von Candy.

Ich bin kurz davor aufzulegen, als sich die Geräusche allmählich beruhigen.

„Jamie.“ Mein Vater klingt förmlich und hat seine Arbeitsstimme aufgesetzt.

„Dad“, gebe ich trotzig zurück.

Ich ziehe die Beine enger an den Körper, da ich nun doch zu zittern beginne.

Stille. Gott, das hier ist einfach … unangenehm. Und traurig. Mein eigener Vater hat keine Ahnung, wie er mit mir reden soll.

„Tolles Gespräch, Dad“, entgegne ich verbittert.

Er räuspert sich. „Also, Candy sagt, dass …“ Wieder ein Rumpeln in der Leitung, direkt gefolgt von einem Schmerzenslaut meines Dads. Offenbar Candys Werk.

„Ich wollte dir etwas mitteilen", korrigiert er sich. „Wir haben ein Haus in Kalifornien gekauft."

Ich blinzele verwirrt. Der Typ kauft den ganzen Tag irgendetwas. Von Häusern bis Gartenschläuche ist alles dabei. Nur warum erzählt er das jetzt?

„Okay?" Keine Ahnung, was er jetzt hören möchte. Allerdings will er vermutlich gar nichts hören, er möchte ja nicht mal mit mir sprechen.

„Ja. Candy möchte ..." Wieder ein Rumpeln. „*Wir* möchten, dass das Baby dort zur Welt kommt."

Langsam dringen seine Worte in mein Gehirn vor und werden dort verarbeitet. Mein Mund steht mir offen.

„Ihr zieht hierher?", frage ich entsetzt. Ich weiß nicht, ob ich mich darüber freue oder nicht. Eher nicht.

„Ja."

Erneute Stille.

„Nach Oceanside?", frage ich nach ein paar Minuten des Schweigens, die so unangenehm sind, dass ich bereits darüber nachdenke mich im Meer zu ertränken.

„Nun ja ... irgendwie schon."

Entgeistert schnappe ich nach Luft. „Irgendwie? Wie kann man irgendwie nach Oceanside ziehen?"

Im Hintergrund erklingt wieder Candys Stimme, die mehr zischt, als dass sie flüstert. Sie klingt weniger erfreut und es wirkt fast so, als sei sie auf meiner Seite.

„Ja. Oceanside."

Ich stoße einen unterdrückten Fluch aus und fahre mir mit der freien Hand über die Augen. Wenn meine Mom davon erfährt, wird sie komplett ausflippen. Wenn ich es recht bedenke, flippe ich selbst gerade aus. Wie soll das funktionieren? Dad hasst mich, seit er weiß, dass ich schwul bin und jetzt sollen wir uns morgens beim Bäcker über den Weg laufen? Fuck.

„Na das werden ja lustige Familienessen. Wir können ja Mom dazu einladen“, würge ich trotzig hervor.

„Jamie“, knurrt Dad warnend. „Hier geht es nicht um deine Mutter.“

Ich lache bitter auf. „Schon klar. Um Mom ist es dir ja noch nie gegangen.“

Mein Vater schnauft genervt auf. Sein Augenrollen ist praktisch durchs Telefon zu hören. Ein fieser Stich durchfährt mich, wenn ich daran denke, dass er mich, vor meinem Outing, mit Stolz überschüttet hat. Davon ist nichts mehr übrig.

„Warum zieht ihr hierher?“ Ich bekomme es nicht in meinen Schädel.

„Na ja“, antwortet mein Vater zögernd. „Wir möchten in deiner Nähe sein.“

Diesmal kann ich das laute Lachen nicht unterdrücken. „Dir ist schon klar, dass du seit Monaten nicht mit mir redest?“

„Du machst es einem ja auch nicht gerade einfach.“ Arschloch.

„Wieso?“ Meine Stimme hat einen provozierenden Ton angenommen. „Weil ich schwul bin?“

Dad sagt nichts. Zur Sicherheit checke ich kurz, ob die Verbindung unterbrochen wurde. Wurde sie nicht. Enttäuscht lasse ich den Kopf zwischen meine Knie sinken.

Warum kann er jetzt nicht einfach was Nettes sagen? Ganz egal was.

Ich höre Candys Stimme im Hintergrund, die meinen Vater dazu drängt etwas zu sagen. Er tut es nicht.

„Hey, Jamie-Schatz." Nun ist wieder Candy am Telefon. Dad ist nicht mal in der Lage das Gespräch mit mir zu Ende zu führen. Ich beiße mir auf die Lippen, um nicht laut zu schreien.

„Hey", murmele ich. Mittlerweile bin ich so erschöpft und müde, dass ich direkt hier am Strand einpennen könnte.

„Wir melden uns bei dir, wenn wir den genauen Umzugstermin kennen. Glaub mir, wir freuen uns so auf dich. Wir beide." Die letzten zwei Worte betont sie besonders und dennoch schaffe ich es nicht, ihr zu glauben. *Candy* wünscht sich, dass mein Dad und ich uns vertragen. *Sie* möchte nach Oceanside ziehen. *Sie* möchte mich im Leben des Babys. Nicht Dad. Meine Augen beginnen verdächtig zu brennen.

„Ich muss dann auch langsam mal los, Candy."

„In Ordnung. Ich melde mich wieder. Bye."

„Bye." Ich nehme das Handy vom Ohr und lasse es neben mich auf den Pullover fallen. Meine Hände vergraben sich in meinen Haaren und ich ziehe leicht daran.

Mein Dad hasst mich. Liam ist hier. Ich liebe Liam. Ich hasse Liam.

Fuck.

Kapitel 5

Liam

„Was denkst du dir eigentlich, Liam?", donnert Dads aufgebrachte Stimme durch das helle, freundliche Wohnzimmer. Ich mache mich unter seinem strafenden Blick immer kleiner und kleiner und traue mich nicht zu antworten. Das hier ist ganz klar eine Moralpredigt und wenn ich jetzt etwas dazu sage, mache ich es nur schlimmer. Ich drücke mich tiefer in die helle Couch. Dad steht vor mir und tigert wie verrückt hin und her.

„Mal ehrlich. Du bist seit Jahren ein Ausnahmeschüler, jede verdammte Tür für ein Elitecollege stand dir offen. Dann erlaube ich dir, zurück nach Seattle zu gehen und zur Krönung des Ganzen gestattet die Schule dir aufgrund deiner Noten den Onlineunterricht. Und was tust du? Du trittst alles mit Füßen!" Dad fuchtelt wie wild mit den Armen umher, während sein Gesicht rot angelaufen ist. Ich kann mit Gewissheit sagen, dass ich meinen Vater noch niemals so wütend gesehen habe. Und natürlich hat er recht. Ich habe meine Zukunft aufs Spiel gesetzt. Dennoch kreisen alle meine Gedanken um Jamie.

Er ist gestern nicht nach Hause gekommen. Ich habe in seinem Zimmer nachgesehen, als ich endlich zu Hause war und habe die ganze Nacht gelauscht und darauf gewartet, dass er zurückkommt. Vergeblich. Und möglicherweise habe ich mich sogar in sein Zimmer geschlichen, nur um mit seinem kleinen, flauschigen Kaninchen Cracker zu kuscheln. Und ganz vielleicht habe ich ein bisschen in sein Fell geflennt.

Kurz gesagt – die Nacht war die Hölle und anstatt jetzt mit Jamie reden zu können, hocke ich hier und muss mich meinem Dad stellen.

„Du hast außerdem deine Familie damit verletzt. Beverly war furchtbar traurig, ebenso wie ich. Du hast uns hier gefehlt. Und was ist mit Jamie? Ihr habt euch so gut verstanden und dann gehst du einfach und sagst ihm nichts. Er hat so oft nach dir gefragt und ist seitdem total geknickt", treibt mein Dad den Dolch immer tiefer in mein Herz.

Überrascht sehe ich ihn an. Jamie hat nach mir gefragt? Er ist geknickt? Scheiße. Ich muss endlich mit ihm reden. Maceys Worte kommen mir wieder in den Sinn und so langsam mache ich mir wirklich Sorgen.

„Hast du gar nichts dazu zu sagen?", fährt Dad mich in dieser Sekunde an.

Ich zucke zusammen. „Es tut mir leid?", erwidere ich, in Gedanken immer noch bei Jamie.

„Ist das eine Frage?" Mein Dad steht jetzt direkt vor mir und sieht mich eindringlich an. Ich wünsche mir sehnlichst Beverly her. Jamies Mom hat immer so eine beruhigende Wirkung auf ihn.

„Meine Antwort. Natürlich."

„Du siehst nicht so aus, als würde es dir leidtun."

„Dad", seufze ich gequält auf und streiche meine Haare nach hinten. „Es tut mir wirklich leid. Es war nie meine Absicht, die Schule schleifen zu lassen oder irgendjemanden traurig zu machen. Mir ging es einfach nicht gut und ich konnte nicht anders."

Mein Vater überlegt, bis sein Blick schließlich ein bisschen weicher wird.

„Was ist denn los? Vielleicht verrätst du mir endlich, weshalb du überhaupt von hier wegwolltest."

Ich knabbere an meiner Unterlippe. „Na ja. Nein."

„Nein, was?"

„Nein, ich möchte dir das nicht erzählen."

Dad seufzt auf und lässt sich schließlich neben mir auf das Sofa fallen. „Geht es um einen Jungen?"

Ich zögere, was vermutlich schon Antwort genug ist, denn er seufzt wieder. „Hat er dir wehgetan?"

„Nein", sage ich schnell. „Doch. Ach verdammt, es ist einfach kompliziert, okay? Ich schätze, wir haben uns beide wehgetan."

Dad rutscht näher zu mir heran und legt mir einen Arm um die Schulter.

„Liam. Ich bin dein Vater. Du kannst mit mir über alles reden, das weißt du doch."

„Ich weiß. Aber ... kannst du es vielleicht akzeptieren, dass wir nicht darüber reden?", bitte ich ihn leise.

„Ganz ehrlich? Ich weiß es nicht. Aber fürs Erste kann ich das."

„Danke", flüstere ich.

„Dir ist klar, dass du jetzt trotzdem ohne Ende lernen wirst, um die versäumten Hausarbeiten nachzuholen? Du kannst von Glück sagen, dass du eine Schonfrist bekommst."

Ich zwinge mich zu einem Nicken. „Ja, Dad. Ist klar."

„Gut. Und jetzt geh nach oben zu Kim, sie wartet bestimmt schon auf dich."

So schnell ich kann, springe ich auf die Füße und verlasse fluchtartig das Wohnzimmer. Alles in allem hätte es schlimmer kommen können. Zielstrebig gehe ich auf die große Treppe zu, als das Geräusch der Haustür mich innehalten lässt. Keine zwei Sekunden später steht Jamie in der Tür. Mein Atem stockt. Seine Haare sind verstrubbelt und er trägt die Hose von gestern. Seinen Pullover hält er zusammengeknüllt in einer Hand. Er wirft einen vorsichtigen Blick die Treppe hoch und schiebt sich durch die Tür. Man sieht ihm an, dass er versucht, leise zu sein. Vermutlich um mir nicht zu begegnen. Mein Herz wird schwer in meiner Brust. Ich will nicht, dass er in seinem Zuhause herumschleichen muss. Jamie streift sich die Schuhe von den Füßen, schweift mit seinem Blick durch den Flur und hält mitten in der Bewegung inne, als er mich sieht.

Unsere Blicke treffen sich und eine Gänsehaut breitet sich auf meinem Körper aus. Sein Mund öffnet sich leicht. Ich muss den Drang unterdrücken ihm in die Arme zu fallen, denn … mir wird schmerzlich bewusst, wie sehr ich ihn vermisst habe. Tränen treten mir gegen meinen Willen in die Augen, was er registriert. Auch seine Augen weiten sich und in ihnen scheint ein Sturm zu toben. Er schluckt sichtbar.

„Hey, Jamie", raune ich, er zuckt deutlich zusammen. Als wäre er aus einer Trance erwacht, verändert sich sein Gesichtsausdruck und wird hart. Verschlossen. Un-jamie-mäßig.

„Hey, Liam", sagt er spöttisch und setzt ein Grinsen auf, das eher einer fiesen Fratze gleicht. „Fick dich, Liam", setzt er nach und dreht sich zur Treppe um.

Nun ist es an mir zusammenzuzucken. Autsch.

Mit einem Ruck komme ich in Bewegung, als Jamie schon fast die Treppe hoch ist.

„Warte", rufe ich, doch er hört nicht auf mich. Zwei Stufen auf einmal nehmend jage ich ihm hinterher, bis ich ihn an seiner Zimmertür schließlich eingeholt habe. Ich halte ihn am Arm fest und drehe ihn zu mir um. „Kannst du bitte mit mir reden?"

Jamie entreißt mir wütend den Arm und funkelt mich aus zusammengekniffenen Augen, unter denen dunkle Schatten liegen, an. „Also erstens: Fass mich nicht an. Und zweitens: Nein."

Ich presse die Lippen aufeinander und trete einen kleinen Schritt zurück, damit er merkt, dass ich ihm Raum gebe.

„Bitte", schiebe ich nach. Ich klinge dabei wie ein kleines Kind, aber es könnte mich nicht weniger kümmern. „Bitte, lass es mich erklären."

Jamie stößt ein Seufzen aus und fährt sich über die müde aussehenden Augen. „Spar es dir einfach."

„Aber ..."

„Lass mich in Ruhe, Liam!", fällt er mir ins Wort und schmeißt die Tür vor meiner Nase zu.

Gequält schließe ich meine Augen, als der Schmerz mich zu überrollen droht. Ich wusste vorher, dass er mir nicht einfach so verzeihen wird. Dass er aber nicht mal mehr mit mir reden möchte und sogar zum zweiten Mal vor mir davonläuft, ist jenseits von Gut und Böse.

Tränen schießen mir in die Augen, die ich verzweifelt herunterschlucke. Ich habe mir das hier selbst eingebrockt und rumheulen bringt mich nicht weiter. Raum. Ich muss ihm Raum geben und vielleicht ... vielleicht gibt er mir dann auch die Möglichkeit, ihm alles zu erklären. Von Wren zu erzählen. Meinem Outing.

Ich atme schwer ein und aus und setze schließlich einen Schritt vor den anderen. Kurz zögere ich, stoße aber dann die Tür zu meinem eigenen Zimmer auf. Auf dem Bett liegt meine beste Freundin auf dem Bauch vor ihrem Laptop, große Over-Ear-Kopfhörer auf den Ohren. Ihre Haare sind zu einem unordentlichen Knoten aufgetürmt, aus dem sich einzelne Strähnen gelöst haben. Sie sieht genau so aus, wie ich meine Kim kenne.

Noch während ich auf mein Bett zugehe, bemerkt sie mich und schiebt sich ihre Kopfhörer in den Nacken.

„Na, Standpauke überstanden?"

Ich stöhne laut auf und lasse mich rückwärts auf das Bett fallen. Frustriert starre ich an die Decke. „Dad ist maßlos enttäuscht und hat deutlich gemacht, dass ich von nun an lernen werde."

Kim nickt. „Ja, das wirst du."

Ich verdrehe die Augen, auch wenn sie das vermutlich gar nicht sehen kann. „Im Flur ist mir Jamie begegnet." Meine Stimme gleicht einem Flüstern.

„Was?", quietscht sie und setzt sich blitzschnell auf. Mit großen Augen sieht sie mich an. „Was hat er gesagt?"

„Dass ich ihn in Ruhe lassen soll." Ich schlucke schwer, als der Kloß in meinem Hals wächst. „Er hat sich geweigert, mit mir zu reden. Und vielleicht hat er mich sogar ein bisschen beleidigt."

Kim presst die Lippen fest zusammen, bevor sie schließlich fragend den Kopf schief legt. „Ein bisschen?"

Ich nicke.

„Wie kann man jemanden ein bisschen beleidigen?"

Ich übergehe ihre Frage und kaue stattdessen auf meiner Unterlippe herum. „Er hat es mich nicht mal erklären lassen."

Kim greift sich in den Nacken, schmeißt ihre Kopfhörer von sich und legt sich neben mich auf den Rücken. Ihre Hand findet meine und drückt sie leicht. „Hast du denn erwartet, dass es so einfach werden würde?"

„Ich weiß nicht." Frustration trieft aus meinen Worten. „Irgendwie schon."

Kurz herrscht Stille zwischen uns.

„Liam …", murmelt Kim mit sanfter Stimme, die nichts Gutes für mich verheißt. „Du warst drei Monate weg. Das ist eine ziemlich lange Zeit, wenn man ein Paar ist und der eine den anderen einfach sitzen lässt."

Ich verziehe das Gesicht, als ich mich auf den Bauch drehe und den Kopf in meinem Kissen vergrabe. „Ich weiß", sage ich laut. „Ich bin schrecklich."

Ich drücke mich noch tiefer ins Kissen und schreie einmal so laut ich kann hinein. Schreie meinen Frust heraus. Meinen Schmerz.

Kapitel 6

Liam

Kein Kaffee der Welt ist stark genug, um das hier zu überstehen. Wenn ich dachte, dass die Standpauke von Dad fies gewesen wäre – ich habe mich geirrt. Mein Direktor Mr Denvers erklärt mir seit geschlagenen zwanzig Minuten, wie furchtbar enttäuscht er von mir sei. Und er scheint noch lange nicht fertig zu sein. Dabei hat er mich noch kein einziges Mal zu Wort kommen lassen, weshalb ich dazu übergegangen bin, nur dann und wann mit dem Kopf zu nicken.

Ich könnte jetzt eigentlich im Unterricht sitzen und was Sinnvolles tun, aber stattdessen verschwende ich hier meine Zeit.

„Die Fördergelder, Liam", setzt Mr Denvers seine Tirade fort. „Wir haben so viele Hoffnungen in Sie gesetzt. Haben Sie eine Ahnung, wie wichtig das für uns als Schule ist?"

Ich blinzele ihn nur verwirrt an und hebe leicht eine Augenbraue. Er ist sauer, weil er meinetwegen keine Fördergelder bekommt?

„Und was das erst für Sie und Ihre Zukunft bedeutet. Sie können von Glück sagen, dass wir Ihnen noch eine Chance geben."

Pflichtbewusst nicke ich erneut und senke meinen Blick.

Mr Denvers seufzt theatralisch. „Was haben Sie sich nur dabei gedacht, Liam?"

Überrascht schaue ich auf. Soll ich jetzt etwa reden? Seinem erwartungsvollen Blick nach zu urteilen schon.

Ich räuspere mich einmal kurz. „Nun ja, es war zu keinem Zeitpunkt meine Absicht, die Schule schweifen zu lassen oder ein schlechtes Licht auf Sie zu werfen. Es ist nur so, dass es mir gesundheitlich nicht gut ging."

Missbilligend verzieht der Direktor seinen Mund. „Ja, das sagte Ihr Vater mir auch schon."

Ich presse die Lippen zusammen und nicke ein weiteres Mal. Das hier ist verdammt unangenehm.

„Ich erwarte von Ihnen von nun an Höchstleistungen. Es reicht aus, dass die Noten Ihres Bruders eine absolute Katastrophe sind. Ich zähle auf Sie, Liam."

Gequält schaue ich auf meine ineinander verschlungenen Finger in meinem Schoß hinunter. Mehr denn je hasse ich es, wenn jemand Jamie meinen Bruder nennt.

„Stiefbruder", brumme ich.

„Bruder, Stiefbruder. Das ist doch ein und dasselbe", murmelt Mr Denvers abgelenkt und wühlt bereits in seinen Unterlagen.

Nein. Das ist so was von nicht dasselbe! Mit seinem Stiefbruder kann man schlafen. Mit dem Bruder definitiv nicht.

Obwohl das momentan sowieso nicht zur Debatte steht, also weshalb mache ich mir darüber Gedanken?

Ich will hier raus!

„Darf ich dann in den Unterricht gehen?"

„Ich habe Ihnen einen neuen Unterrichtsplan geschrieben", sagt er und übergeht damit meine Frage. „Dieser sollte dafür sorgen, dass Sie schnell wieder Anschluss finden. Auf dem Plan finden Sie außerdem die neuen Abgabedaten für die verpassten Hausarbeiten."

Mr Denvers schiebt mir ein Blatt Papier hinüber. Ein kurzer Blick genügt, dass ich heulen könnte. Das sind viele Stunden. Das sind verdammt noch mal deutlich mehr Stunden als zuvor. Und die Abgabefristen sind auch mehr als nur knapp bemessen. Fuck, der Typ muss wirklich sauer auf mich sein.

Ich greife nach dem Blatt und lasse es kommentarlos in meinem Rucksack verschwinden.

„Danke. Darf ich jetzt gehen?"

Mr Denvers schnalzt mit der Zunge. „Dürfen Sie."

Erleichtert atme ich auf, springe auf, greife nach meinem Rucksack und gehe zur Tür.

„Liam?"

Ich bleibe stehen und blicke über meine Schulter zu ihm zurück. „Ja?"

„Enttäuschen Sie mich nicht."

Ich zwinge mir ein Lächeln aufs Gesicht und stürme aus dem viel zu kleinen Büro.

Ein Blick auf die große Uhr im Schulflur verrät mir, dass die erste Stunde gleich vorbei ist.

Seufzend ziehe ich das Blatt aus dem Rucksack. Als Nächstes steht Mathe auf dem Plan. Ein Leistungskurs, weshalb ich nicht mehr mit Jamie zusammen in einem Kurs sein werde. Scheiße.

Das wird ein langer Vormittag.

„Du siehst beschissen aus", kommentiert Drew trocken, als ich neben ihm die Cafeteria betrete.

„Ich brauche dringend Kaffee. Der Tag ist brutal."

Ich beschleunige meine Schritte, was Drew mir schmunzelnd gleichtut.

„War das Gespräch mit Direktor Denvers so schlimm?", hakt mein bester Freund nach, während wir uns den Weg zur Essensausgabe bahnen.

Ich schnaube. „Er hat mir einen ewig langen Vortrag darüber gehalten, dass ich dem Ansehen der Schule geschadet habe. Er hat mich in viel zu viele Leistungskurse gesteckt und meine Abgabefristen engmaschig getaktet. Und das war noch nicht mal das Schlimmste an meinem Tag."

Drew verzieht das Gesicht. „Shit."

„Zu allem Überfluss tuscheln alle um mich herum die ganze Zeit über mich. Aber nicht nur das – besonders gern reden sie darüber, dass Jamie jetzt was mit Justin hat." Ich schlucke, als meine eigenen Worte mir einen fiesen Stich versetzen.

Mitfühlend klopft mir Drew auf meine Schulter.

„Wir schaffen das schon, Bro. Das Getuschel über Justin und Jamie gibt es schon eine ganze Weile."

Ich lasse mir einen Teller Spaghetti von der Cafeteria-Mitarbeiterin reichen. „Danke", murmele ich und schiebe mein Tablett weiter. Dann findet mein Blick wieder Drews.

„Ach ja? Haben die beiden auch die ganze Zeit schon auf Partys rumgemacht?"

Seine Augenbrauen schießen in die Höhe. „Nun ja ... nein.“

Ich schenke ihm einen bedeutungsvollen Blick, bestelle mir einen Kaffee und schiebe meine Ausbeute zur Kasse. Währenddessen berichte ich Drew von meinem neuen Kurs, der an sich weniger schlimm ist, als ich es befürchtet habe.

Nachdem auch er bezahlt hat, gehen wir zu unserem üblichen Tisch.

Viel zu schnell lande ich wieder am Boden der Tatsachen. Viel zu schnell wird mir erneut vor Augen geführt, dass sich einfach alles verändert hat.

An unserem gewohnten Tisch sitzt Macey – nur Macey. Der sonst so gefüllte Tisch ist leer.

Zögernd gehe ich darauf zu und schiele zu Drew hinüber, der nur mit den Schultern zuckt.

„Hey, Macey“, murmele ich kleinlaut und setze mich auf einen Stuhl ihr gegenüber. Sie sieht auf und lächelt mich an.

„Gut, dass du wieder hier bist“, sagt sie.

Ein Grinsen breitet sich auf meinem Gesicht aus. „Danke.“

Ich fange an, die Spaghetti zu essen und höre Drew und Macey dabei zu, wie sie sich über ihren Mathekurs unterhalten, dem ich leider nicht mehr angehöre. Trotzdem beteilige ich mich ab und zu, allein schon, um den Umstand zu verschleiern, dass der Tisch viel zu groß für uns drei ist. Dass eindeutig Menschen fehlen.

Auch Macey scheint nicht so ganz bei der Sache zu sein. Ihr Lachen erreicht ihre Augen nicht.

Jetzt schweift ihr Blick durch die Cafeteria und wird plötzlich um einiges trauriger, als sie an einem Tisch hängen bleibt. Ich sehe ebenfalls hinüber und zucke ein kleines bisschen zusammen. Da ist er. Jamie.

Er sitzt zwischen Justin und Ethan, die fröhlich zu quatschen scheinen, während er selbst finster dreinblickt. Schon wieder. Er hat sie die Kapuze seines Hoodies tief ins Gesicht gezogen und lehnt sich zurück, beide Arme miteinander verschränkt.

„Ethan?", fragt Drew in die Stille hinein, die plötzlich an unserem Tisch eingezogen ist. „Wie ist das passiert?"

„Und vor allem wann?", pflichtet Macey ihm bei.

Ich runzele verwirrt die Stirn und sehe die beiden abwechselnd an. „Wie ist das gemeint?"

Macey und Drew tauschen einen bedeutungsvollen Blick.

„Gar nicht." Drew zuckt mit den Schultern und widmet sich wieder seinem Teller.

„Hä? Es ist gar nicht gemeint?"

Drew hält mitten in seiner Bewegung inne, als würde ihm gerade selbst klar werden, dass seine Aussage keinerlei Sinn ergibt.

„Genau", sagt er langsam und nickt dabei. „Genau."

Ich räuspere mich betont. Mehrmals. Bis er mich endlich wieder ansieht.

Drew seufzt laut, resignierend. „Die beiden haben nicht mehr miteinander geredet, seit … na ja, seit eben."

Ich presse meine Lippen fest aufeinander, bin aber dennoch dankbar, dass er es nicht ausspricht. Macey ist da leider anderer Meinung.

„O bitte, hör auf, ihn in Watte zu packen. Ethan hat Jamie vor der Schule einen blöden Spruch geknallt und seitdem nicht mehr mit ihm gesprochen. Das war zur gleichen Zeit, als du angefangen hast, dich wie ein Arschloch aufzuführen."

Macey fixiert mich mit ihrem Blick und pikt genüsslich eine Kartoffel mit ihrer Gabel auf.

Ich verziehe gequält das Gesicht.

„Ach, komm schon, Macey." Drew, diplomatisch wie immer.

Betont langsam steckt sie sich die Gabel in den Mund und fängt an zu kauen.

„Schon gut", hake ich ein. „Ich hab's verkackt. Warum darum herumreden."

Macey lächelt triumphierend und deutet mit ihrer Gabel auf mich. „So sieht's aus."

Ich zwinge mich zu einem kleinen Lächeln, auch wenn mir nicht nach Lächeln zumute ist. Ob ich es nun verkackt habe oder nicht – jede Erinnerung an diesen verdammten Schultag schmerzt. Jede Erinnerung daran, dass ich das Beste, was ich hatte, einfach weggeschmissen habe. Trotzdem verstehe ich Macey. Warum sollte sie mich mit Samthandschuhen anfassen? Ich habe ihrem besten Freund das Herz gebrochen und seitdem scheint es auch zwischen den beiden komisch zu sein. Dabei gab es die beiden ursprünglich immer nur im Doppelpack.

Meine Augen wandern wieder zu Jamies Tisch zurück. Für meinen Geschmack sitzt Justin viel zu nah an Jamie. Dennoch sehen die beiden jetzt nicht nach glücklichem Paar aus. Oder?

„Sehen Justin und Jamie für euch ... keine Ahnung ..."

„Verliebt aus?", hilft Macey aus.

Erneut verziehe ich das Gesicht. „Ich hasse dich", murmele ich frei heraus.

„Aw. Das beruht auf Gegenseitigkeit."

Nun kann ich das Schmunzeln nicht mehr unterdrücken.

„Um zu deiner Frage zurückzukommen", wirft Drew ein und wirft uns beiden einen bösen Blick zu. „Die beiden sehen nicht wie ein glückliches Paar aus."

„Aber ..." Abwartend nicke ich ihm zu.

„Aber trotzdem haben wir alle gesehen, wie die beiden rumgeknutscht haben." Macey spricht erneut einfach aus, was sie denkt und nimmt mir damit sofort sämtliche Luft aus den Lungen.

„Gott, Macy. Gib ihm eine Pause. Er sieht doch sowieso schon aus, als ob er gleich in Tränen ausbricht." Drew klopft mir freundschaftlich auf den Rücken.

Ich lasse mein Gesicht in die Hände sinken und bin mit einem Mal einfach nur erschöpft. „Der Tag soll endlich zu Ende sein."

„Wenigstens starren dich nicht mehr alle an." Maceys Stimme dringt wie durch Nebel zu mir durch.

Ich lächele unter meinen vorgehaltenen Händen. „Gleich habe ich dafür einen neuen Englisch-Leistungskurs, bei dem ich mir wieder ausgiebig irgendwelche wilden Theorien anhören muss."

„Du schaffst das, Bro. Es wird jedes Mal leichter, ich sag es dir. Irgendwann interessiert es die Leute nicht mehr." Drews Hand landet erneut auf meiner Schulter. „Du hast doch uns."

Ich seufze. „Danke."

„Zugegebenermaßen hast du Drew schon deutlich mehr als mich, aber ich will mal nicht so sein."

Lachend nehme ich die Hände vom Gesicht. „Ich hab dich vermisst, Macey."

Sie lächelt niedlich in sich hinein und zwinkert mir zu, was mir zeigt, dass sie ihre bissigen Kommentare gar nicht so ernst meint, wie sie es vorgibt.

Ich beiße auf meine Unterlippe, als ich mich erneut zu Jamies Tisch drehe. Jetzt muss ich nur das noch irgendwie auf die Reihe bekommen. Auch wenn ich keine Ahnung habe, wie ich das anstellen soll.

Es liegen nur wenige Meter zwischen uns in der Cafeteria. Ich könnte spielend leicht aufstehen und wäre schneller bei ihm, als ich *Happy Birthday* singen könnte. Und dennoch liegen tausende Meilen zwischen uns. Meinetwegen.

Kapitel 7

Jamie

Grenzenlos erschöpft und genervt werfe ich meinen Rucksack in die Ecke, kaum dass ich die Haustür hinter mir zugeworfen habe. Diese Woche war ein Albtraum. Ein unglaublich nerviger Albtraum.

Seufzend lege ich den Kopf in den Nacken und starre einige Minuten die Decke an. Meine Hände fahren über mein Gesicht und reiben über die Augen. Ich bin müde. Verdammt müde. Man könnte auch sagen, dass ich so beschissen schlafe, dass es ein Wunder ist, dass ich überhaupt die Tage überstehe. Insbesondere, wenn man bedenkt, dass ich die gesamte Woche überall nur Liam gesehen habe. In der Schule läuft er mir permanent über den Weg und auch hier zu Hause ist es nicht so leicht, ihm aus dem Weg zu gehen, wie ich gehofft habe. Unsere Eltern haben in den vergangenen vier Tagen zwei Mal darauf bestanden, dass wir gemeinsam zu Abend essen. Zwei. Mal.

Das Ganze war so eine gezwungene Scheiße, dass ich mir sicher bin, dass sich das Thema erst mal von selbst erledigt hat. Hoffentlich.

„Du bist ja schon zu Hause", reißt mich die Stimme von Jeff aus den Gedanken. Er ist offenbar auf dem Weg in die Küche, eine Kaffeetasse in der Hand.

„Meine letzte Stunde ist ausgefallen", lüge ich. Ein Scheiß ist ausgefallen, ich hatte nur keine Lust, mir am Freitagnachmittag noch meine Mathelehrerin zu geben.

Jeff nickt. „Wo ist Liam?"

Ich zucke betont gelangweilt mit den Schultern. „Keine Ahnung. Ist mir egal."

Eine weitere Lüge. So sehr ich mir wünsche, dass mir egal wäre, was er tut, ist es das eben nicht. Nichts an Liam könnte mir je egal sein. Was ich niemals jemandem verraten werde. Eher breche ich mir selbst einen Finger.

Jeff verzieht das Gesicht, sieht aber dennoch mitfühlend aus. „Du bist immer noch wütend auf ihn, oder?"

Ich zucke zusammen und blicke entgeistert zu ihm. Weiß er etwa etwas? Woher?

Erst nach ein paar Sekunden der Stille wird mir allmählich klar, was er damit meint. Er lebt im gleichen Haus wie ich und hat sicherlich mitbekommen, dass ich mich seit Liams Abwesenheit verändert habe.

Meine Schultern heben und senken sich. „Kann schon sein. Er ist einfach abgehauen."

Jeff nickt nachdenklich. „Ich weiß nur nicht wieso."

Ich beiße mir auf die Zunge und presse die Lippen fest zusammen. Sage gar nichts.

Nach weiteren unangenehmen Sekunden der Stille schüttelt Jeff den Kopf, wie um sich zu sammeln, und schenkt mir ein kleines Lächeln. „Wie auch immer", sagt er und geht dabei ein paar Schritte in die Küche.

Ich folge ihm, denn seine Tonlage verrät, dass er sich noch immer mit mir unterhält. Außerdem mag ich Jeff. Ehrlich gesagt sind wir uns in den letzten Monaten nähergekommen und mittlerweile ist es für mich selbstverständlich, dass er hier ist.

Ich lasse mich auf einen der Barhocker sinken, während er die Kaffeemaschine ansteuert. Dabei erinnert er mich so sehr an Liam, dass ich schlucken muss.

„Beginnt morgen nicht deine wohltätige Arbeit?“, erkundigt er sich.

Ich lächele ein ehrliches Lächeln, als mir klar wird, dass er mir tatsächlich richtig zugehört hat, als ich davon erzählt habe.

„Ja. Morgen früh um sechs Uhr treffen wir uns am Harbor Beach.“

„Es ist klasse, dass du das machst!“, sagt er zustimmend. „Ehrlich, ich bin stolz auf dich.“

Überrascht sehe ich auf und starre ihn ungläubig an. Gleichzeitig würde ich bei seinen Worten am liebsten anfangen zu heulen.

„Danke“, gebe ich leise zurück.

Niemals hätte ich gedacht, dass er so begeistert sein würde, weil ich ehrenamtlich bei einer Organisation arbeite, die sich für die Rettung der Meere einsetzt. Auch wenn ich mich über seine Zustimmung freue, war sie nicht der Grund für meine Entscheidung. Ich musste einfach irgendwas tun. Etwas Sinnvolles. Bedeutendes.

Entweder das oder ich würde auf kurz über lang an die Decke gehen, weil ich es mit mir selbst nicht mehr aushalte.

Aber jetzt freue ich mich sogar auf die Arbeit. Glücklicherweise hat sich Justin dazu entschieden, sich mir anzuschließen, also wird es vielleicht ganz … lustig. Oder so.

Jeff geht zum Kühlschrank und seufzt tief, als er hineinblickt. „Gähnende Leere", murmelt er, wobei ich ihn kaum verstehen kann, weil er halb darin versunken ist. Schmunzelnd sehe ich zu ihm.

„Sieht aus, als ob ich einkaufen gehen müsste, zumindest, wenn wir nicht verhungern wollen", fährt er fort. „Wie sieht's aus? Hast du Lust mich zu begleiten?" Er kommt aus den Tiefen des Kühlschranks hervor und sieht mich abwartend an.

Argwöhnisch runzle ich die Stirn. Auch, wenn ich ihn mag und ich mich total an ihn gewöhnt habe, gehen wir normalerweise nicht zusammen einkaufen. Oder machen überhaupt etwas gemeinsam außerhalb der Küche oder des Wohnzimmers.

„Hast du nicht gestern beim Essen noch gesagt, dass meine schlechte Laune nicht zu ertragen ist?", frage ich geradeheraus.

Jetzt sieht Jeff unbehaglich aus. Abwägend legt er den Kopf erst auf eine Seite, dann auf die andere.

„Nun ja", druckst er herum. „Schon. Also … ja. Deine schlechte Laune ist wirklich … nun ja. Aber das heißt ja nicht, dass wir nichts dagegen tun können, oder?"

Ich schmunzele leicht. „Und du meinst Einkaufen ändert etwas an meiner Stimmung?" Meine Stimme klingt belustigt. Und ungläubig.

„Nein, eigentlich nicht", seufzt Jeff. „Aber ist es nicht besser, als einfach nur schlecht gelaunt herumzuhängen?"

Ich hebe eine Augenbraue. „Touché, Jeff."

Er lacht auf. „Also? Wie sieht's aus?"

Leider hat er recht. Einkaufen ist nicht der Knaller, aber es ist immer noch besser, als hier herumzusitzen und mich selbst zu bemitleiden. Ich könnte zwar auch an meinem Computerspiel, das ich selbst programmiere, weiterarbeiten, aber ... nun ja. Seit Liam wieder hier ist, fällt es mir unheimlich schwer mich zu konzentrieren, weil jeder verdammte Gedanke ihm gilt.

„Bin dabei", antworte ich schnell und springe auf. „Aber nur, wenn wir Kakao kaufen."

Jeff lacht ein weiteres Mal, diesmal lauter. „Glaub mir. Deine Mom hat mir schon eingebläut, dass ich bei jedem Einkauf Kakao mitbringen muss."

„Meine Mom weiß eben, was wichtig ist."

Jeffs Lächeln wird um einiges wärmer. „Ja, das weiß sie. Und ich weiß, dass sie es begrüßen würde, wenn etwas zu essen im Kühlschrank ist, wenn sie nach Hause kommt, also lass uns gehen."

Er klatscht dabei in die Hände, um mich anzutreiben. Ich verdrehe die Augen, kann aber trotzdem ein kleines Schmunzeln nicht unterdrücken. Irgendwie bin ich froh, dass ich ihm eben in die Arme gelaufen bin. So ist ein absoluter Scheißtag nicht mehr ganz so scheiße.

Kapitel 8

Liam

„Ich soll was machen?" Entgeistert sehe ich meinen Dad an, der eben in mein Zimmer marschiert kam, als wäre es nicht mehr nötig anzuklopfen. Als hätte ich mein Recht auf Privatsphäre verwirkt. Und anscheinend habe ich jetzt nicht mal mehr die Entscheidungsmacht über meine Aktivitäten.

„Ich habe dich eben telefonisch angemeldet." Mit verschränkten Armen steht er vor mir.

Ich liege auf meinem Bett und sehe mir wieder einmal Tom und Jerry auf meinem Laptop an. Ich bin nicht stolz darauf. Ich quäle mich einfach gern selbst.

„Aber warum? Warum soll ich denn jetzt an einem Samstagmorgen das Meer retten?" Ich verstehe es nicht. Wo kommt das plötzlich her?

„Weil es immer sinnvoll ist, etwas Gutes zu tun, Liam." Sein Tonfall ist streng. Gern wäre ich sauer auf ihn, aber leider habe ich verdient, dass er noch sauer auf mich ist.

„Dad, ich habe haufenweise für die Schule zu tun!", sage ich, um aus der Nummer wieder herauszukommen.

Mein Vater hebt eine Augenbraue. Glücklicherweise sieht er nicht, was ich mit meinem Laptop mache. Immerhin könnte ich gerade auch eine Hausarbeit schreiben.

„Und wessen Schuld ist das?"

Ich schnaube. Was soll man darauf antworten?

„Dad, bitte." Mein Tonfall wird sanfter. Quengelnder.

Er seufzt laut auf, während sein Gesicht weich wird. Langsam lässt er sich auf meine Bettkante sinken.

Als ich schon denke, dass ich gewonnen habe, fängt er wieder an zu sprechen. „Es ist einfach eine gute Sache, auch wenn du viel für die Schule nachzuholen hast." Er betont das Wort nachholen besonders. „Ich will nicht, dass du dich wieder gehen lässt, wie es in Seattle der Fall war. Ein paar Stunden am Samstag werden dir schon nicht im Weg stehen."

Stöhnend lasse ich meinen Kopf gegen die Wand sinken.

„Außerdem", schiebt Dad nach, „ist das eine gute Möglichkeit dich wieder etwas mit Jamie gutzustellen."

Ich reiße meinen Kopf zu ihm herum. „Wie meinst du das?"

Ich ignoriere mein plötzlich schnell schlagendes Herz, um nicht so euphorisch zu klingen. „Wieso hilft mir das bei Jamie?"

„Na, weil er auch dort arbeitet, wusstest du das nicht?"

Ich reiße die Augen auf und zwinge mich dazu, ruhig zu bleiben, obwohl ich am liebsten ausflippen würde. Aufregung durchflutet mich.

„Nein, das wusste ich nicht." Ich klinge überraschend gefasst.

Das ist die Gelegenheit, Zeit mit Jamie zu verbringen. Ihn dazu zu bringen, mir wieder etwas zu vertrauen oder überhaupt gut von mir zu denken. Ich weiß, wie sehr er den Ozean liebt.

„Okay", murmele ich möglichst gelassen. „Ich mache es."

„Ich weiß", sagt Dad lachend, als er sich wieder erhebt. „Das stand auch nicht zur Debatte."

Ich schenke ihm ein schiefes Grinsen. Keine Frage – ich habe ihn vermisst. Es gab immer nur Dad und mich und die letzten Wochen auch ihn nicht zu sehen, war unglaublich schwierig.

„Wann geht es los?"

„Um sechs Uhr. Harbor Beach."

Ich nicke mehrmals, sogar noch, als Dad endlich den Raum verlassen hat. Das ist meine Chance. Wenn wir zusammenarbeiten, hat Jamie keinerlei Chance vor mir davon zu laufen. Dann muss er einfach mit mir reden. Eine weitere Welle von Aufregung durchflutet mich. Und etwas, das sich verdächtig nach Hoffnung anfühlt.

***

Hoffnung geht genauso schnell vorbei, wie sie einen überkommt. Ein kurzer Moment reicht, um einen beinahe vor Aufregung platzen zu lassen und ein einziger Windhauch genügt, um alles zum Einsturz zu bringen wie ein Kartenhaus.

Wenn ich angenommen habe, dass Jamie sich vielleicht sogar ein kleines bisschen über meine Anwesenheit freuen würde, dann habe ich mich geirrt. So was von geirrt.

Fassungslosigkeit spiegelt sich in seinem Gesichtsausdruck, als ich am Strand von Harbor Beach ankomme. Trotz der warmen Temperaturen trägt Jamie einen Hoodie und hat die Kapuze aufgesetzt. Sein Mund steht sperrangelweit offen. Zu meinem Leidwesen steht Justin direkt neben ihm und sieht nicht weniger geschockt aus. Mich durchfährt ein fieser Stich. Sofort lehnt er den Kopf dichter zu Jamies Ohr, doch der starrt weiterhin zu mir. Ich versuche mich an einem kleinen Lächeln. Einem sehr kleinen.

„Hey. Wie ist dein Name? Bist du schon bei uns angemeldet?" Ein junger Mann unterbricht unseren Blickkontakt.

Ich schüttele den Kopf und konzentriere mich auf den Typen, um nicht unhöflich zu erscheinen.

Ich würde ihn auf Anfang zwanzig schätzen. Seine braunen Haare blitzen unter einer Cap mit dem *Save the Oceans*-Logo darauf. Er ist schmal gebaut, dafür aber sehr groß. Das breite Lächeln auf seinen Lippen macht ihn direkt sympathisch.

„Liam Cooper. Mein Dad hat mich gestern angemeldet."

Das Lächeln wird breiter. „Ah, richtig. Wir haben uns sehr gefreut, dass noch jemand dazu kam, auch wenn wir schon ganz gut besetzt sind. Ich bin Niall und ich bin einer der Gruppenleiter von *Save the Oceans*."

„Freut mich", gebe ich lächelnd zurück. Ich erspare mir, ihm die Hand zu reichen. Schließlich versuche ich zu verstecken, dass sie bereits um sechs Uhr am Morgen schweißnass ist, was nicht etwa an der Hitze, sondern allein an Jamies Anwesenheit liegt.

„Wir warten noch, bis alle hier sind und dann kann es auch schon losgehen. Also entspann dich ruhig noch etwas."

Ich nicke zustimmend. Meine Augen fliegen wieder zu Jamie, der sich jetzt aber demonstrativ von mir abgewandt hat. Unschlüssig stehe ich herum und stelle fest, dass ich der Einzige bin, der allein gekommen ist. Ich wünschte Kim wäre auch hier, aber leider muss sie samstags in einem Diner arbeiten. Den Job hatte sie schnell gefunden, und sie ist dankbar für die vielen Schichten. Das schlechte Gewissen nagt erneut an mir. Nur meinetwegen ist Kim in Oceanside.

Natürlich hat sie recht damit, dass sie genauso gut hier fürs College sparen kann, aber dennoch habe ich das Gefühl, sie von irgendetwas abzuhalten. Sie muss mit mir in meinem Zimmer rumhängen, anstatt zu Hause in ihrer eigenen Wohnung zu sein. Zum Glück ist ihre Miete nicht gerade hoch. Zumal sie in Oceanside wesentlich mehr verdient als in Seattle.

Ihrer Meinung nach ist es eine win-win-Situation, aber dennoch lässt sich das schlechte Gewissen nicht abschütteln.

Ich seufze leise. Dass ich hier blöd allein herumstehe, hilft nicht. Also sehe ich mich um. Die meisten anderen Jugendlichen haben sich auf Holzbänke niedergelassen, die sich unter mehreren Holzdächern befinden. Sie stehen nicht so unschlüssig wie ich in der Sonne herum, auch wenn ich sagen muss, dass die Sonnenstrahlen auf der Haut verdammt guttun. Sie blenden aber, weil die Sonne noch tief am Himmel steht, was mir wieder mal beweist, dass ich so gut wie nichts von Oceanside weiß.

Niall hat eine Cap, die ihn vor den Sonnenstrahlen abschirmt und alle anderen tragen Sonnenbrillen. Plötzlich fühle ich mich wie der letzte Trottel.

„Liam", ruft jemand quer über den Strand. Ich hebe den Kopf und grinse, als ich Macey ausmache, die gerade über die Straße aus Richtung der Parkplätze zu uns läuft.

„Ich dachte nicht, dass du wirklich kommst", murmele ich in ihr Haar, als sie bei mir ankommt und sich für eine kurze Umarmung an mich drückt.

„Ja, eigentlich weiß ich nicht mal richtig, warum ich das mache." Ihr Blick fällt auf die anderen Leute, die auf den Bänken verteilt sitzen. Auf Jamie und Justin. „Ah, richtig. Für den da mache ich diesen Scheiß hier", fügt sie hinzu und fährt sich kurz durch ihre braunen Locken. Sie hat ebenfalls eine Sonnenbrille aufgesetzt und steckt in kurzen Shorts und einem lockeren Top. Dazu trägt sie schwarze Vans.

Niall blickt sich um und runzelt die Stirn, als er zu uns herüberschaut. Sein Blick fällt zurück auf sein Klemmbrett, mit dem er die ganze Zeit herumläuft. Irritiert setzt er sich in Bewegung.

„Hey, ich bin Niall", stellt er sich Macey vor, als er bei uns ist. „Kann es sein, dass du noch nicht auf meiner Liste stehst?"

Macey lächelt ihn freundlich an. „Das ist absolut richtig. Ich habe mich spontan entschlossen teilzunehmen – also natürlich nur, wenn noch ein Platz für mich frei ist."

Niall freut sich sichtlich. „Wir wollen die Meere und ihre Bewohner retten – dafür können wir gar nicht genug Leute dabeihaben. Würdest du dich hier eintragen?" Er hält ihr sein Klemmbrett mit einer Liste hin, die Macey in Windeseile ausfüllt und ihm zurückgibt. „Danke", sagt er. „Würdet ihr mit rüber zu den anderen kommen? Mein Kollege Logan ist eben angekommen."

Mit dem Kopf deutet er zur Gruppe und einem Typen, der die gleiche Cap aufhat wie Niall. Allerdings ist er kleiner und deutlich breiter. Ehrlich gesagt sieht er ziemlich gut aus, was mir bestätigt wird, je näher wir der Gruppe kommen. Ein dunkler Bartschatten ziert sein Gesicht und das Muskelshirt betont seine Oberarme, die zur Abwechslung mal nicht ohne Ende muskelbepackt sind.

Niall stellt sich direkt neben Logan, der einen Pfiff mit Daumen und Zeigefinger loslässt. Eine Fähigkeit, um die ich ihn beneide. Als Kind habe ich mir immer gewünscht, dass ich das hinbekomme, aber leider war dem nicht so.

„Okay, Freunde", ruft er quer über den Strandabschnitt. Etwas, das gar nicht nötig gewesen wäre, immerhin stehen wir recht dicht zusammen. „Ich bin Logan, das ist Niall. Wir sind für die nächsten Wochen eure Betreuer und Ansprechpartner von *Save the Oceans*." Extrovertiertheit lässt grüßen.

„Okay, jetzt bin ich taub", murmelt Macey neben mir, aber laut genug, dass jeder sie hören kann.

Jamies Kopf fährt ruckartig in unsere Richtung herum. „Mace?", bringt er überrascht hervor.

„O Jamie, du auch hier?" Macey klingt tatsächlich so, als wäre sie ebenso überrascht wie er. „Ich hatte ja keine Ahnung, dass du auch hier bist. Cool."

Völlig überfordert nickt Jamie und setzt zu einer Antwort an, wird aber von Logan unterbrochen.

„Vielleicht könnt ihr eure Wiedersehensfreude ja auf später verschieben, damit ich hier mal unser Vorgehen für die nächste Zeit präsentieren kann."

„Tu dir keinen Zwang an", gibt Macey flapsig zurück, während Jamie das Gesicht verzieht und Logan einen bösen Blick schenkt.

„Ich glaube nicht, dass wir uns darüber unterhalten müssen, dass Müll und besonders Plastik unsere Meere zerstören. Auch wenn es immer nur ein Tropfen auf dem heißen Stein ist", verschmitzt schaut Logan zu Niall, „setzen wir alles daran, um die Strände sauber zu halten und Müll aus dem Meer zu fischen. Außerdem brauchen die Meeresbewohner immer wieder unsere Hilfe, weil sie sich in Plastik verfangen. Circa acht bis zwölf Millionen Tonnen an Plastik verschmutzen unsere Weltmeere jedes Jahr, das muss man sich mal reinziehen." Eine bedeutungsvolle Pause. „Manchmal tun wir allerdings auch ganz alltägliche Dinge, wie zum Beispiel Schildkröteneier kennzeichnen und sichern. Sammeln von Plastik, das Retten von unschuldigen kleinen Schildkröten – alldem werden wir uns in den nächsten Wochen widmen."

Ich kann nichts dagegen tun, ich halte kurz inne. Natürlich ist mir klar, dass Plastik ein riesengroßes Problem ist, aber ... acht bis zwölf Millionen Tonnen? Diese Zahl ist ... krank.

Wenn ich auch ursprünglich nur hierherkommen wollte, um Jamie nah zu sein, möchte ich jetzt helfen.

„Ich weiß, dass die meisten es nicht besonders sexy finden, irgendwo Müll aufzusammeln. Aber denkt dabei einfach an die süßen, schnuffeligen Meeresbewohner, die sich im Plastik verheddern oder die etwas davon fressen und dann elendig daran zugrunde gehen“, fährt Logan schonungslos fort, wofür er sich von Niall ein Kopfschütteln einfängt. Logan zwinkert seinem Kollegen zu und mit einem Mal frage ich, ob die beiden wirklich nur Kollegen sind.

Ehe ich mir weiter darüber Gedanken machen kann, klatscht Logan in die Hände. „Alles klar, Leute. Wir werden nun Teams bilden, um uns am Strand zu verteilen. Jeder von euch bekommt einen Greifer und eine biologisch abbaubare Tüte, in der ihr den Müll entsorgt. Schmeißt alles rein, was ihr findet.“

Ich nicke zustimmend und um uns herum ertönt leises Gemurmel. Überraschenderweise sieht niemand in der Runde angeekelt oder genervt aus. Jede Person scheint hier zu sein, weil sie hier sein will und plötzlich fühle ich mich schlecht, weil ich anfangs nicht aus Überzeugung hierhergekommen bin. Ein Seitenblick auf Macey zeigt mir, dass er ihr ähnlich gehen muss.

„Okay, Leute, habt ihr Fragen dazu?“

Stille und gemeinschaftliches Kopfschütteln.

Logan nickt zufrieden und deutet auf Niall, der den Blick auf sein Klemmbrett gesenkt hat. „Okay“, sagt er, wesentlich leiser als Logan, aber immer noch gut zu verstehen. „Ich habe euch eben mal in Teams eingeteilt, damit das Ganze schneller geht.“

Mein Kopf ist nicht der Einzige, der überrascht nach oben gerissen wird. Erschrocken schauen wir uns gegenseitig an. Jamies Augen sind geweitet und dennoch sieht er absolut hinreißend aus. Hoffnung keimt in mir auf. Möglicherweise habe ich Glück und kann mit ihm gemeinsam arbeiten. Ich schaue mich um und zähle rasch durch. Zwölf Leute, Niall und Logan nicht mitgezählt.

Sagt man nicht immer, dass alles möglich ist, wenn man nur fest daran glaubt?

Ein paar Namen werden aufgerufen, woraufhin sich die ersten Personen zusammenfinden. Zwei Paare. Drei. Meine Hoffnung wächst.

„Liam", sagt Niall laut. Ich blicke auf. „Zusammen mit Justin."

Meine Hoffnung zerschlägt vor meinen Füßen wie eine fallen gelassene Porzellantasse. Ich bin mir sicher, dass ich ähnlich begeistert aussehe wie Justin. Warum ausgerechnet er? Von allen anwesenden Personen ist er derjenige, mit dem ich am wenigsten über den Strand spazieren möchte.

„Macey und Jamie", vernehme ich dumpf neben mir.

Macey atmet hörbar ein. Ich muss gestehen, dass ich mich für sie freue. Es wird Zeit, dass die beiden endlich miteinander reden. Jamie hingegen scheint vollends überfordert zu sein. Er sieht von Macey zu Justin. Immer wieder hin und her.

Macey lässt die Schultern sinken. Ohne groß darüber nachzudenken, greife ich nach ihrer Hand und drücke sie fest. Sie beißt sich auf die Unterlippe und blinzelt ein paar Mal. Um ehrlich zu sein sieht sie aus, als würde sie jede Sekunde in Tränen ausbrechen. Das scheint auch Jamie aufzufallen, denn sein Gesichtsausdruck wird traurig und er flucht leise. Mein Herz wird schwer, weil man ihm mit einem Mal die Zerrissenheit ansieht, die sogar mir körperlich wehtut. Ich atme ein mal tief durch.

„Das letzte Team sollte dann klar sein, da nur noch ihr beide übrig seid. Claire und Max." Niall deutet auf ein groß gewachsenes blondes Mädchen mit Pferdeschwanz und einen beinahe gleichgroßen, dunkelhaarigen Typen, der mit seiner Muschelkette, dem Muskelshirt und den Lederarmbändern verdächtig nach Surfer aussieht. Beide nicken und lächeln sich an.

„Gut, Leute. Macht euch an die Arbeit. In zwei Stunden treffen wir uns hier. Wer den meisten Müll sammelt, gewinnt einen Gutschein von *Crispy's Burger*", ruft Logan laut. „Dort drüben auf dem Tisch findet ihr alles, was ihr braucht."

So gut wie alle setzen sich in Bewegung. Alle außer Jamie, Justin, Macey und ich. Wir bleiben wie angewurzelt stehen und starren uns gegenseitig an.

Irgendwann halte ich es nicht mehr aus. Leicht ziehe ich an Maceys Hand, sodass wir ein paar Schritte auf die anderen beiden zugehen. Ich schlucke schwer und zwinge mich mein schlagendes Herz unter Kontrolle zu halten.

„Hey", murmele ich.

Justin zieht überrascht eine Augenbraue nach oben.

„Hey", murmelt Jamie mit einem fiesen Unterton.

Erneut herrscht Stille zwischen uns. Sie als unangenehm zu bezeichnen, würde nicht mal annähernd diese Situation beschreiben.

„Gut", bricht Macey schließlich das Schweigen. Ein entschlossener Ausdruck hat sich auf ihrem Gesicht ausgebreitet. „Ob du nun willst oder nicht, Jamie – wir beide werden jetzt diesen Strand von Müll befreien. Und wir werden besser sein als die anderen."

Jamie blinzelt einige Sekunden lang verwirrt (und sieht dabei hinreißend aus), bis sich schließlich ein schüchternes Lächeln auf seinen Zügen ausbreitet. So unsicher habe ich ihn noch niemals gesehen.

„Okay", sagt er leise. Das Lächeln ist sogar aus seiner Stimme herauszuhören. Als sein Blick jedoch meinen streift, verhärten sich sofort seine Züge. Ich presse die Lippen zusammen. Er hasst mich, während ich vor Sehnsucht nach ihm verrecke.

„Bringen wir es hinter uns", murrt Justin in meine Richtung. Ich seufze. Das Letzte, was ich will, ist mit ihm den Strand entlangzulaufen. Justin setzt sich in Bewegung und geht zu den Utensilien hinüber, die wir offenbar für unsere Mission benötigen: Handschuhe, diese Greif-Dinger zum Aufheben von Müll und Müllbeutel. Mit viel mehr Wucht als notwendig, knallt er mir alles vor die Brust. „Hier."

Mir bleibt kurz die Luft weg. „Hey!", protestiere ich.

Justin verdreht die Augen und wendet sich ab. „Hab dich nicht so."

Ich widerstehe dem Drang ihn zu treten, beiße die Zähne zusammen und atme tief durch die Nase, um mich zu beruhigen. Das kann ja lustig werden.

Ich streife mir die Handschuhe über und folge ihm, denn irgendwie scheint er ein Ziel zu haben.

Er sieht über die Schulter zu mir. „Du musst mir nicht hinterherlaufen, weißt du?"

Arschloch. Seit wann ist er so fies?

„Wir bilden ein Team, falls es dir noch nicht aufgefallen ist", antworte ich trocken, obwohl ich lieber schreien würde. Keine Ahnung, was sein Problem ist.

„Toll." Sarkasmus schwingt in Justins Stimme mit.

Ich verdrehe die Augen, laufe ihm aber trotzdem weiter hinterher. Er geht den Strandabschnitt weiter hinunter und entfernt sich somit etwas von den anderen, die irgendwie alle an der gleichen Stelle den Müll aufsammeln. Schließlich wird er langsamer, als eine Felsengruppe vor uns auftaucht. Elegant springt er über einige hinüber, indem er all sein Zeug in die linke Hand nimmt und sich mit der anderen abstützt. Gegen meinen Willen bin ich beeindruckt. Ich klettere hinterher.

„Woah", entfährt es mir, als mir das Ausmaß an Müll klar wird, das sich vor meinen Augen erstreckt. Dosen, Flaschen, Tüten, ebenso wie Pappkartons türmen sich hier. Die meisten Etiketten deuten auf Alkohol hin.

„Hier treffen sich einige Jugendliche, um sich zu betrinken. Und zum Kiffen", murmelt Justin, der offenbar meinen fragenden Blick bemerkt hat. Er hat bereits eifrig mit dem Sammeln begonnen. Ein Ruck fährt durch meinen Körper. Auch wenn ich mich total down wegen Jamie fühle und hier zu sein deutlich schwieriger ist als angenommen, werde ich es durchziehen. So viel Müll auf einem Haufen. Ich will gar nicht wissen, wie viel bereits ins Meer gelangen konnte. Kann man nicht saufen, Spaß haben und hinterher seinen Scheiß wegräumen? Ich verstehe es nicht.

Schweigend arbeiten Justin und ich nebeneinander und wechseln kein einziges Wort. Wir kommen gut voran und können mehrere Plastiktüten füllen. Mir entgehen dabei nicht die finsteren Blicke, die er mir immer wieder zuwirft. Meine Laune verfinstert sich ebenfalls. Währenddessen knallt die Sonne auf uns herunter und sorgt dafür, dass mir der Schweiß in Strömen am Rücken hinunterläuft. Mein Shirt klebt unangenehm an meiner Haut.

Als Justin mich schon wieder anstarrt, bricht meine mühevoll aufgebaute Selbstbeherrschung in sich zusammen.

„Hör auf damit!", knurre ich.

„Womit?" Jetzt dreht er sich zu mir herum, lässt die Tüte und den Greifer fallen und reißt beide Hände nach oben, als hätte er nur hierauf gewartet.

„Du starrst mich die ganze Zeit an. Das nervt."

Justin verdreht demonstrativ die Augen. „Die Welt dreht sich nicht nur um dich, Liam."

Meine Augenbrauen schießen in die Höhe. „Wie bitte?" Der Unglaube ist mir deutlich anzuhören. „Vor ein paar Monaten hast du noch mehr als offensichtlich an mir herumgebaggert und jetzt verhältst du dich so …" Ich deute mit den Händen auf ihn und fahre einmal von oben herab.

„Tja, das ist vorbei." Jetzt verschränkt Justin die Arme, als wäre er eingeschnappt, weil ich ihn an seine Schwärmerei für mich erinnert habe.

„Okay, fein." Ich bemühe mich, meine Stimme wieder ruhiger klingen zu lassen. „Warum bist du so gemein?"

„Ich bin nicht gemein." Richtig überzeugt scheint er selbst nicht zu sein.

„Du wirfst mir also völlig grundlos bei jeder Gelegenheit mörderische Blicke zu? Ist es, weil ich dich abgewiesen habe?"

Verwirrt verengt er seine Augen zu Schlitzen und verzieht sein Gesicht. „Hä?“

„Was?“ Jetzt bin ich auch verwirrt.

Justin seufzt und fährt sich mit den Fingern durch die Haare.

„Es geht doch überhaupt nicht um mich.“

„Worum geht es denn dann?“, frage ich, die Stimme einige Oktaven zu hoch, so frustriert bin ich.

„Um Jamie!“ Ob ich zusammenzucke, weil Justin brüllt oder weil er den Namen ausgesprochen hat, kann ich nicht sagen.

Scharf ziehe ich die Luft ein.

„Okay ...“ Mehr bringe ich nicht über die Lippen, dabei ist es absoluter Schwachsinn, immerhin ist gar nichts okay.

„Du ...“, knurrt Justin und kommt einige Schritte näher. „Du hast ihn wie den letzten Dreck behandelt. Hast du eine Ahnung, womit du ihn hier allein gelassen hast?“

„Ich“, setze ich an, werde jedoch sofort wieder von ihm unterbrochen.

„Du hast ihm das Herz gebrochen. Und jetzt tauchst du wieder hier auf und willst ihn einfach so wiederhaben? Das kannst du vergessen!“ Justins Gesicht nimmt einen entschlossenen Ausdruck an.

Mit großen Augen sehe ich ihn an. Mein Herz schlägt schnell in meiner Brust und jeder einzelne Schlag schmerzt. Als ob mir nicht schon selbst klar gewesen wäre, was ich Jamie angetan habe. Ich lasse die Schultern sinken. „Ich habe einen riesengroßen Fehler gemacht.“

„Ja, ach was." Noch immer klingt Justin aufgebracht, also hebe ich den Blick. Er flucht leise. „Genau das kannst du vergessen. Du brauchst gar nicht mit diesem Getretener-Welpe-Blick kommen und denken, dass er dir deshalb verzeiht."

Beinahe hätte ich aufgelacht. *Getretener-Welpe-Blick?*

Warum ist Justin so wütend? Weil er seinen Freund verteidigen will? Weil er ... plötzlich kommt mir der Kuss der beiden wieder in den Sinn. Allein die Erinnerung tut körperlich weh.

„Warum interessiert es dich, ob Jamie mir verzeiht oder nicht?" Nun klingt meine Stimme ebenfalls scharf.

„Weil ...", sagt Justin herausfordernd, „ich die ganze Zeit für ihn da war. Jeden einzelnen Tag, seit du ihn verlassen hast. Ich bin mit ihm durch die Scheiße gegangen, die du verursacht hast. Ich lasse nicht zu, dass du ihm noch mal das Herz brichst!" Justins Augen leuchten, während er mir entschlossen gegenübersteht. Ziemlich dicht. Leider ist er größer als ich.

Meine Hände ballen sich zu Fäusten, als mir nach und nach klar wird, was seine Haltung und seine Aussagen zu bedeuten haben. Mit einem Mal fällt es mir wie Schuppen von den Augen.

„Du bist in ihn verliebt", stoße ich hervor.

Justin wendet den Blick ab und fährt sich mit der Zunge über die Unterlippe.

Fassungslosigkeit überkommt mich. Und Angst. Richtig große Angst. Sind die beiden nicht plötzlich *best buddies?* Sie hängen ständig aufeinander und SIE HABEN SICH GEKÜSST.

„Fuck“, murmele ich und wende mich von ihm ab. Schaue aufs Meer hinaus. „Du bist in ihn verliebt? So richtig?“

Justin schnaubt. „Kann man falsch in jemanden verliebt sein?“

Jetzt will er mich doch verarschen. „Du weißt genau, wie ich das meine!“

„Ach, weißt du was? Leck mich, Liam!“

Ich drehe mich wieder zu ihm herum, als Wut über mich hinweg rollt. „Nein danke! Und ich habe auch absolut keine Lust mehr, dazu mich weiter von dir anmachen zu lassen. Du hast keine Ahnung, wer ich bin oder was ich für Beweggründe hatte abzuhauen. Du hast kein recht darüber zu urteilen. Es freut mich wirklich sehr, dass du für Jamie da warst, aber das war’s auch schon. Halte dich einfach raus! Ich liebe ihn und ich werde alles daransetzen, dass ich ihn zurückgewinne!“

Justin verzieht den Mund und lässt seinen Blick einmal an mir auf und abwandern. Der sonst so niedlich wirkende Justin sieht mit einem Mal bedrohlich aus. „Das kannst du vergessen. Zwischen ihm und mir läuft es gut. Das lass ich mir von dir doch nicht kaputtmachen!“ Seine Stimme gleicht einem tiefen Knurren.

Auch wenn seine Worte ein Loch in mein Innerstes fressen, überspiele ich diesen Umstand. Meine Wut hilft erheblich dabei.

„Da gibt es doch gar nichts kaputtzumachen. Jamie ist genauso wenig über mich weg wie ich über ihn. Weshalb drängst du dich dazwischen? Du hast keine Chance!“

Jetzt zuckt Justin zurück. Offenbar habe ich einen Nerv getroffen. Er sieht verletzt aus. Ein schlechtes Gewissen überkommt mich. Ich will nicht gemein sein, nicht mal zu Justin.

„Du hast überhaupt keine Ahnung!", zischt er. „In den letzten Wochen sind wir uns verdammt nahegekommen. Und stell dir mal vor: Es ging nicht immer nur um dich. Du warst nicht jeden Tag Thema. Du warst nicht Thema, als wir uns geküsst haben. Du warst nicht Thema, als wir Sex hatten, du warst nicht …"

Justin spricht so schnell, dass sich seine Worte beinahe überschlagen, doch plötzlich hält er inne, als wäre ihm klar, dass er zu viel gesagt hat. „Fuck."

Eiseskälte überkommt mich, während sich kleine Nadeln in mein Herz bohren.

„Was?", sage ich beinahe flüsternd.

Justin wendet sich ab, sein Gesicht spricht Bände.

Am liebsten würde ich mich zu einem Ball zusammenrollen. Sex? Jamie und Justin? Mein Jamie? Das … kann nicht sein.

„Du lügst", würge ich hervor. „Ich glaube dir nicht."

Justin zuckt seufzend mit den Schultern, wirkt mit einem Mal erschöpft. „Glaub es oder nicht. Das macht den Sex auch nicht ungeschehen."

Ich schlucke schwer, weil meine Kehle plötzlich wie zugeschnürt ist. Eine Mischung aus Schmerz, Verzweiflung und Wut schwappt über mich hinweg und hinterlässt eine Taubheit, die mich zu überwältigen droht. Hilflos sehe ich mich um und mir wird wieder klar, weshalb wir überhaupt hier sind. Wortlos schnappe ich mir mein Zeug und klettere vorsichtig zurück über die Felsen.

„Wo willst du hin?", ruft er mir hinterher.

„Weg von dir. Ich bin so kurz davor, dir in die Fresse zu hauen, dass ich Abstand von dir brauche. Viel." Ich sehe zu ihm zurück. Seine Augen sind geweitet, sein Mund steht offen. Keine Ahnung, ob ich überhaupt schon mal jemanden geschlagen habe, aber jetzt gerade weiß ich genau, dass ich nicht klar denken kann. Der Gedanke an Jamie und Justin zusammen macht mich wahnsinnig. Gleichzeitig glaube ich, jeden Augenblick kotzen zu müssen, so übel ist mir.

„Was für eine Art Freundschaft sich auch immer zwischen uns beiden angebahnt hat, sie hat sich hiermit erledigt. Fick dich!", schleudere ich ihm entgehen und laufe mit schnellen Schritten vor ihm davon.

Zu meinem Leidwesen haben sich Niall und Logan genau diesen Augenblick ausgesucht, um uns wieder zusammen zu trommeln. Dennoch ignoriere ich Justin und laufe zu den anderen.

Ich treffe auf Jamie, der mich nicht mal ansieht, sondern stur zu der Gruppe geht. Es hilft mir nicht, dass er dabei auch Justin nicht beachtet. Schnell stelle ich meinen Müllsack ab und knalle Handschuhe und Greifer auf den Tisch. Meine Hände zittern. Aus dem Augenwinkel nehme ich Macey wahr. Ein Blick auf sie reicht, um zu wissen, dass es ihr ebenfalls nicht gut geht. Wir kommunizieren ohne ein Wort und entfernen uns mit zügigen Schritten von den anderen. Wir laufen den Strand in die entgegengesetzte Richtung entlang und schweigen eine gefühlte Ewigkeit.

„Wir haben kaum miteinander geredet. Es war, als wären wir Fremde", bricht Macey schließlich das

Schweigen. „Ich will meinen besten Freund zurückhaben.“ Ihre Stimme bricht leicht.

„Jamie und Justin hatten Sex.“ Meine Stimme klingt hingegen tot.

Macey atmet scharf die Luft ein und bleibt stehen. „Niemals.“

Ich lache bitter auf, auch wenn ich am liebsten schreien möchte. „Doch.“

Erschöpft lasse ich mich in den Sand fallen, ziehe die Knie an und lege meine Ellenbogen darauf ab. „Ist das alles abgefuckt.“

Macey setzt sich zögerlich neben mich. „Ich würde gerne irgendwas tun oder sagen, was dir hilft, aber ehrlich gesagt fühle ich mich gerade einfach hilflos.“

Ich presse fest die Lippen zusammen, als das Brennen hinter meinen Augen überhandnimmt. Doch es wird von Sekunde zu Sekunde heftiger. Ich halte die Luft an.

„Ach, Liam“, sagt Macey leise und legt den Kopf an meiner Schulter ab. Das lässt meine Dämme brechen. Ein Schluchzen löst sich aus meiner Kehle und die Tränen laufen ungehindert meine Wangen hinab. Ich senke den Kopf zwischen die Knie und kann mich nicht mehr beherrschen. Das Beben von Maceys Schultern signalisiert mir, dass auch sie zu weinen angefangen hat. Fuck. Mein Körper zuckt unter den Schluchzern, die meine Kehle verlassen. Bislang hatte ich es mir kaum erlaubt zu heulen, dafür trifft es mich jetzt mit doppelter Wucht. Und jede einzelne Träne ist ganz allein meine Schuld.

Kapitel 9

Jamie

„Ich will zum Strand runter", murmelt Ethan, der neben mir auf meiner Couch lungert und Playstation zockt. Irgendwie hat er sich heute selbst eingeladen. Er stand unangemeldet vor meiner Tür und hat verkündet, dass wir den Tag miteinander verbringen würden.

„Wollen wir nicht was anderes machen?", halte ich dagegen. „Wir könnten bei *Crispy's* einen Burger essen."

Ethan verzieht das Gesicht, ohne den Blick vom Bildschirm zu nehmen. „Nein, danke. Das Wetter ist heute so grandios, dass nicht mal du frierst. Lass uns ein bisschen am Strand chillen und baden. Das haben wir ewig nicht zusammen gemacht."

„Wir waren auch ewig nicht mehr im Kino."

Normalerweise wäre ein Tag am Strand genau das richtige für mich. Aber der Strand erinnert mich an Liam ...

„Ich gehe doch bei dem Wetter nicht ins Kino. Bist du bescheuert?" Unglauben schwingt ins Ethans Stimme mit.

Ich seufze. „Schön", gebe ich mich geschlagen und stehe auf, um mich zu strecken. „Ich packe uns ein paar Drinks ein. Bestimmt finde ich auch noch ein paar Tüten Chips."

„Schau nach, ob deine Mom Barbecue gekauft hat."

Hat sie. Massenhaft. Sie weiß genau, dass das Ethans Lieblingssorte ist. Mom wusste nichts von unserem ... Streit? Was auch immer. Ihr muss aber aufgefallen sein, dass Ethan nicht mehr bei uns war. Trotzdem hat sie immer und immer wieder seine Lieblingschips vom Einkaufen mitgebracht.

„Ich komme gleich runter", ruft Ethan mir hinterher. „Ich muss die Mission noch zu Ende spielen."

An der Tür bleibe ich stehen. „Ernsthaft? Das kann eine Ewigkeit dauern." Erwartungsvoll sehe ich ihn an.

„Quatsch. Ich bin gut, das geht schnell."

Ich verdrehe die Augen, doch ein kleines Lächeln mischt sich dazu. Ich kann nicht abstreiten, dass mir diese charmante Arroganz von Ethan gefehlt hat.

Ich nehme immer zwei Stufen auf einmal die Treppe hinunter, was ich schon eine Ewigkeit nicht mehr getan habe. Es tut mir gut, dass Ethan hier ist.

Im Flur greife ich nach meinem Rucksack und ziehe meine Schulblöcke und mein Mathebuch heraus. Achtlos knalle ich alles auf die kleine Kommode im Flur. Ich habe sowieso nicht vor, davon etwas am Wochenende zu benutzen. Oder überhaupt irgendwann.

Schule nervt.

Zielsicher steuere ich den Küchenschrank an, in dem sich die Snacks befinden. Ich schnappe mir zwei Tüten von Ethans heißbegehrten Lieblingschips und sichere mir zusätzlich ein paar Chocolate-Chip-Cookies und

Muffins. Sollte passen. Zwei Dosen Energy-Drinks runden das Ganze ab. Zufrieden nicke ich meinem Rucksack zu, den ich an die Küchentür gestellt habe. „Gut gemacht, Hemingworth."

„Mit wem redest du?"

Ich zucke so heftig zusammen, dass ich mir den Ellenbogen am Küchentresen stoße, und unterdrücke einen Fluch.

Liam. Liam hat gerade die Küche betreten.

„Mit niemandem." Leider klinge ich nicht so abweisend, wie ich möchte. Seine Haare lenken mich ab. Sie teilen sich in der Mitte und die schwarzen Strähnen reichen bis zu seinen Ohren. Der Ozean in seinen Augen zieht mich wie immer in seinen Bann.

Liams Mundwinkel zucken. „Hat der Rucksack einen Namen oder der Kühlschrank?" Verdammt. Er kennt mich viel zu gut.

„Rucksack", gebe ich kleinlaut zurück. Keine Ahnung, weshalb ich ihm überhaupt davon erzähle. Ich muss ihn auf Abstand halten. Was schwierig ist, wenn ich mich am liebsten in seine Arme stürzen würde. Mein Herz pocht schnell. Sehnsüchtig. Verletzt. Sofort fällt mir das Atmen schwerer.

Liam lächelt, doch es fällt plötzlich wieder in sich zusammen. Er kaut auf seiner Unterlippe herum und spielt mit seinen Fingern. Senkt den Blick.

Ich verziehe das Gesicht. So wird es jetzt immer sein, oder? Seltsam?

Wo bleibt Ethan nur?

Ich schüttele den Kopf, um mich zu besinnen. Der Rucksack liegt nicht weit von Liam entfernt, aber ich brauche ihn, um aus der Küche zu kommen. Zumal er direkt neben der Tür steht. Scheiß drauf!

Ich setze mich in Bewegung und greife im Vorbeigehen nach meinem Rucksack. Beinahe bin ich erleichtert, als sich meine Finger um den Griff schließen. Doch gleichermaßen jagen Stromstöße durch meinen Körper, weil Liam die Gelegenheit genutzt hat, um mich am Arm festzuhalten.

Viel zu viele Gefühle strömen auf einmal in mich hinein. Liebe, dicht gefolgt von Verrat und Trauer. Allem voran aber der Schmerz, der mich seit Monaten aufzufressen droht.

Ich reiße meinen Arm los. „Lass das." Wieder fehlt meiner Stimme der Nachdruck. Fuck. Bisher hat das wesentlich besser geklappt.

„Warte", hält Liam mich dennoch zurück, doch ich beeile mich trotzdem, aus der Küche zu kommen. Ich kann hier nicht länger mit ihm allein sein.

„Hast du mit Justin geschlafen?"

Ruckartig bleibe ich stehen. „Was?", frage ich, traue mich aber nicht mich herumzudrehen.

„Ob du ..." Liams Stimme bricht, weshalb er sich räuspert. Er läuft an mir vorbei und kommt direkt in mein Sichtfeld. Schaut mich an. „Hast du mit Justin geschlafen? Stimmt es?"

Messerstiche bohren sich in mein Herz, als ich sein Gesicht sehe. Warum ist das hier so verdammt hart? Ich weiß, dass ich nichts Schlimmes getan habe. Und dennoch fühlt es sich genau danach an.

Letzten Endes kann ich Liam einfach nur ansehen. Was als Antwort wohl genügt.

Liam schließt gequält seine Augen. „Du hast", stößt er aus.

Mein Herz bricht. Schon wieder. Gleichermaßen bin ich frustriert und wütend. „Das ist nicht fair! Du brauchst nicht herkommen, nachdem du mich Monate lang ignoriert hast und mir vorwerfen, dass ich mit jemand anderem Sex hatte!"

„Wie konntest du so schnell …?" Er bricht ab und atmet deutlich hörbar ein und aus.

„Schnell?", frage ich schnaubend. „Hast du eine Ahnung, wie das ist, wenn man permanent versucht, jemanden zu erreichen? Wenn man plötzlich blockiert wird?"

Aus dem Nichts taucht Ethan hinter ihm auf. Scheinbar hat er sich leise heruntergeschlichen. Mit einem Kopfnicken und einem fragenden Gesichtsausdruck steht er da. Liam hat ihn noch nicht bemerkt.

Flehend starre ich Ethan an. Er muss mich hier herausholen. Es besteht nämlich die absolut gerechtfertigte Angst, dass ich gleich zu heulen anfange, weil alles so verdammt beschissen ist.

„Liam", ruft Ethan gutgelaunt aus, läuft an ihm vorbei und legt den Arm um meine Schultern. „Lange nicht gesehen. Ich würde sagen so drei Monate? Oder wie lange hast du noch mal nichts von ihm gehört, Jamie?"

Überfordert blickt Liam von ihm zu mir und wird unter den deutlichen Worten etwas kleiner.

„Ethan", würgt er hervor.

Der scheint aber erst so richtig in Fahrt zu kommen, ganz im Beste-Freunde-Modus. „Es ist lustig, weil es sich für mich eben so angehört hat, als würdest du Jamie etwas vorwerfen, was ja nun absolut lächerlich ist, findest du nicht?"

„Ich habe ihm nichts vorgeworfen!" Liams Blick sucht wieder meinen. „Ich kann einfach nur nicht verstehen, dass du ..."

„Tja gut, ich verstehe auch so einiges nicht", fällt Ethan ihm ins Wort. „Aber Wahnsinns-Sex mit Justin finde ich schon recht nachvollziehbar. Aber im Prinzip ist ja sowieso jeder Sex, an dem Jamie beteiligt ist, phänomenal. Davon habe ich mich selbst überzeugt." Ethan drückt mir einen Kuss auf die Wange. „So, und nun komm Schnuckelchen, wir beide gehen jetzt zum Strand. War nett dich gesehen zu haben, Liam. Versuche doch beim nächsten Mal nicht die Fehler woanders als bei dir zu suchen."

Mit einem breiten Grinsen im Gesicht greift er nach meiner Hand und zieht mich in Richtung Wohnzimmer, wo wir wenig später durch die Terrassentür verschwinden. Doch Ethan bleibt nicht stehen, er zieht mich immer weiter hinter sich her, so lange, bis wir endlich am Strand angekommen sind. Erst dann lässt er mich los.

Blinzelnd starre ich ihn an, während die Situation von eben wieder und wieder in meinem Gehirn abläuft. Er grinst. Und plötzlich kann ich nicht anders – ich breche in schallendes Gelächter aus. Nicht, weil die Situation eben lustig war, oder sie nicht wehgetan hätte, denn das hat sie. Sondern, weil Ethan völligen Mist gelabert hat und angedeutet hat, wir hätten miteinander geschlafen. Was so absurd ist, dass ich gar nicht anders kann. Keine Ahnung, wann ich das letzte Mal gelacht habe. Tränen laufen mir übers Gesicht, während mein ganzer Körper geschüttelt wird. Auch Ethan bekommt sich vor Lachen nicht mehr ein.

„Schnuckelchen?", würge ich zwischen Lachsalven hervor. „Hast du mich wirklich Schnuckelchen genannt?"

Allmählich beruhigt Ethan sich wieder. „Was Besseres ist mir auf die Schnelle nicht eingefallen."

Ich wische mir über das Gesicht und atme tief durch, halte mir den Bauch.

„Danke fürs Raushauen!", sage ich schließlich.

Ethan hat mir eben den Arsch gerettet. Und er hat keine Sekunde gezögert. Fuck. Er ist nun mal mein bester Freund. Und in diesem Moment weiß ich endlich, dass ich nicht mehr wütend auf ihn bin.

„Jederzeit." Er zwinkert mir zu und lässt sich in den Sand plumpsen, nicht weit von der Stelle entfernt, an der die Wellen an den Strand spülen. Ich setze mich neben ihn, öffne den Rucksack und werfe ihm eine Tüte Chips zu. Glücklich öffnet er sie. Ich selbst schnappe mir die Kekse.

„Das war eben ... ziemlich scheiße, oder?", fragt Ethan vorsichtig.

Ich seufze gequält. „Das war total beschissen. Keine Ahnung, woher Liam von mir und Justin weiß, aber ich fühle mich mies. Als hätte ich ihn betrogen."

Ethan schnaubt. „Blödsinn. Du hast ihn nicht betrogen. Nicht mal ansatzweise. Er hat dich verlassen und dich danach geghostet. Somit hat er kein Recht, sauer zu sein oder sich betrogen zu fühlen."

Ich weiß das. Trotzdem fühle ich mich schlecht.

„Keine Ahnung, mag schon sein. Ich kann das schlechte Gewissen aber nicht abstellen."

Mein bester Freund schiebt sich eine Handvoll Chips in den Mund.

„Af komm fon", sagt er. „Maf ef dir, dof nif selbst fo fwer."

„Was?", frage ich glucksend.

Ethan kaut und kaut. Schließlich grinst er. „Ich habe gesagt, dass du es dir selbst nicht so schwer machen sollst. Aber wenn es dir hilft – den Sex mit Justin fandest du doch sowieso schlecht. Vermutlich sagt das eine Menge aus, an der Schule erzählt man sich nämlich, dass Justin ziemlich gut sein soll."

„Es war nicht ... schlecht", halte ich dagegen. „Ich habe nur danach geheult."

Ethan zieht beide Augenbrauen nach oben. „Genau. Ich bin mir sicher, du hattest einen so wahnsinnig extremen Orgasmus, der dich direkt zum Heulen gebracht hat."

Ich reibe mir übers Gesicht. „Nein, Mann. Natürlich nicht."

„Du kannst sagen, was du willst – dass du geflennt hast, ist ein ziemlich deutliches Zeichen für das Desaster zwischen dir und Justin, das ihr scheinbar Sex nennt. Technisch gesehen mag das ja auch stimmen. Davon abgesehen bin ich mir sicher, dass es für dich ein trauriger Versuch war klarzukommen."

Überrascht reiße ich die Augen auf. Fuck ...

Letzten Endes war es ganz genau das. Ich wollte mir selbst etwas beweisen. Ich wollte keinen Liebeskummer mehr haben. Ich wollte, dass es mir endlich besser geht. Ich wollte Liam vergessen. Und irgendwie hatte ich gehofft, dass es sich gut anfühlen würde. Leider ist das gewaltig in die Hose gegangen.

„Ich liebe es, wenn ich recht habe", murmelt Ethan neben mir. Ein Lächeln gleitet wie von selbst über mein Gesicht.

„Ich habe dich vermisst." Die Worte sind raus, bevor ich länger darüber nachdenken kann.

„Fuck, Bro. Und ich dich erst."

Schweigend essen wir und sehen dabei auf die Wellen, die sich aufbauen, kurz bevor sie brechen und schließlich ruhig über den Sand spülen. Die Sonne scheint und verwandelt das Wasser in einen türkisblauen Traum, der exakt die Farbe von Liams Augen widerspiegelt.

„Warum wolltest du nicht herkommen?", fragt Ethan in die Stille hinein.

Ich rümpfe die Nase. „Na ja", setze ich an. „Der Ozean erinnert mich an Liam. Weshalb ich mich in letzter Zeit eher ferngehalten habe."

„Schwierig, wenn man am Strand wohnt, oder?"

Ich lache auf. „Schon. Aber nicht so schwierig, wie man denkt."

„Willst du lieber gehen?", bietet er an.

„Ich dachte, du wolltest unbedingt hier sein und baden?" Mit gerunzelter Stirn sehe ich zu ihm hinüber.

Ethan streicht sich die dunklen Locken aus dem Gesicht. „Ja schon. Aber ich will nicht, dass du dich schlecht fühlst."

Schon wieder lächle ich. Das wird langsam gruselig.

„Schon okay. Eigentlich ist es ganz schön hier."

„Ich hatte gehofft, dass du das sagst.“ Ethan grinst diabolisch. „Tatsächlich steht noch aus, wer von uns beiden am längsten auf den Beinen bleiben kann, wenn große Wellen kommen.“

Ich lege den Kopf schief und schmunzele. „Okay. Na, dann mach dich mal aufs Verlieren gefasst!“

Ethan schnaubt. „Vergiss es!“

Schnell ziehen wir uns bis auf die Unterwäsche aus, wie wir es schon machen, seit wir Teenager sind, und rennen ins Wasser, um uns in die Wellen zu schmeißen.

Kapitel 10

Jamie

„Stellst du schon mal die Teller bereit, Jamie?", fragt meine Mom und drückt sie mir keine zwei Sekunden später in die Hände.

„Klar", murmele ich verschlafen.

Ich bin so verdammt müde. Die ganze Woche war ein Albtraum, im wahrsten Sinne des Wortes. Ich schlafe schlecht. So schlecht, dass ich an einem Freitagabend zu nichts zu gebrauchen bin. Zeitgleich muss ich mir die prüfenden Blicke meiner Mom geben, die jeden Tag schlimmer werden.

Ich schlurfe ins Wohnzimmer und stelle die Teller bereit. Meine Mom ist direkt hinter mir und drapiert die kunstvoll gefalteten Servietten. Auch sonst sieht der Tisch äußerst hübsch aus. Frische Blumen stehen darauf und Mom hat die besten Gläser herausgesucht. Sie wirken neu, vielleicht hat sie auch extra für diesen Anlass welche gekauft. Sie trägt ein geblümtes rotes Kleid und war extra beim Friseur. Ihre blonden Haare liegen in Wellen auf ihren Schultern.

„Du siehst hübsch aus."

„Wirklich?", fragt sie. „Ist es nicht zu viel?"

Ich lächle. „Nein, ist es nicht. Jeff wird Augen machen.“

Das Strahlen meiner Mom trifft mich mitten ins Herz.

„Ich hoffe es“, murmelt sie. „Für unseren ersten Jahrestag soll alles perfekt sein. Ich hoffe, dass Liam auch gleich hier ist.“

Ich wende mich ab, damit sie mein Gesicht nicht sieht. Heute muss ich mich besonders zusammenreißen. Mom hat diesen Abend verdient. Seit Stunden kocht sie, weil sie eine besondere Erinnerung sammeln möchte. Der erste Jahrestag. Ich weiß nicht, ob ich lachen oder weinen soll, ich weiß nur, dass ich völlig überfordert bin.

„Hast du schon mit deinem Dad gesprochen?“ Diese Frage höre ich gerade täglich von ihr. Ich glaube, sie hat sich irgendwie zusammengereimt, dass mein seltsames Verhalten auf mein Verhältnis mit Dad zurückzuführen ist. Und dass mein akutes Durchdrehen nicht mit Liams Rückkehr, sondern Dads Umzug nach Oceanside zusammenhängt.

„Nein, habe ich nicht.“

„Du solltest mit ihm reden. Es ist schön, dass er jetzt nicht weit von dir entfernt wohnt. Er will in deiner Nähe sein.“

Ich seufze. Dieses Gespräch führen wir viel zu oft. Und es führt mir immer wieder vor Augen, dass mein Dad nicht meinetwegen hier ist. Und dass er eben nicht mit mir sprechen will. Doch nichts davon sage ich laut.

„Mal sehen“, murmele ich stattdessen.

Meine Mutter schenkt mir einen wissenden Blick, hält sich aber mit einem Kommentar zurück. Stattdessen blickt sie zufrieden auf den gedeckten Tisch.

„Kann ich dir noch helfen, Mom?“

„Nein, schon gut. Das Essen ist fast fertig.“ Mit diesen Worten verschwindet sie Richtung Flur. Ich folge ihr, weil ich Angst habe einzuschlafen, wenn ich mich allein irgendwo hinsetze.

Jeff sucht sich genau diesen Moment aus, um nach Hause zu kommen. Er trägt einen Anzug und hat einen Strauß bunter Blumen in der Hand. Keine einzige Rose. Diese Blumen hasst sie. Es freut mich sehr, dass er das anscheinend weiß. Jeff schaut meine Mom an und wirkt dabei … ehrfürchtig. Und glücklich. Er überreicht die Blumen, doch sie legt sie zur Seite, um ihm in die Arme zu fallen.

Ich gehe zurück ins Wohnzimmer. Das hier ist mir irgendwie zu intim.

Unschlüssig stehe ich im Raum und setze mich schließlich an den Tisch. Ich weiß nicht, wie ich mich auf das Essen vorbereiten soll. Wann immer ich diese Woche Liam über den Weg gelaufen bin, war es dank der Stille, die zwischen uns herrschte, furchtbar unangenehm. Und das Happy-Family-Essen wird es vermutlich auch werden. Mom zuliebe ziehe ich das durch.

Ich zwinge mir ein Lächeln aufs Gesicht, als sie mit dem Essen ins Zimmer kommt. Jeff folgt ihr und kurz darauf stehen Steaks, Kartoffeln, Baguette, grüne Bohnen und Salat auf dem Tisch. Mir läuft augenblicklich das Wasser im Mund zusammen. Doch der Platz neben mir ist leer. Liam ist noch nicht da.

Jeff sieht auf seine Uhr. „Es ist bereits nach acht.“

Meine Mom zuckt mit den Schultern. „Er ist bestimmt gleich hier.“

„Jamie, hast du was von ihm gehört?", wendet mein Stiefvater sich an mich.

„Äh ..." Verdutzt blinzele ich. „Nein, eigentlich habe ich nicht mal mit ihm geredet."

Mom und Jeff tauschen einen bedeutungsvollen Blick, ein trauriges Lächeln. Ich unterdrücke ein Schnauben. Mit einem Mal wünsche ich mir doch, Liam wäre hier, dann müsste ich das hier nicht allein durchstehen.

Wir warten. Und warten. Doch er kommt nicht. Unruhig rutsche ich auf meinem Platz hin und her. Jeff sieht angepisst aus und Mom enttäuscht. Ich beäuge das Essen, das bisher keiner von uns angerührt hat.

„Könntest du Liam anrufen, Jamie?", bittet mich Mom schließlich.

Mein Mund öffnet sich leicht. *Warum ich?*

Ich nicke unbeholfen und stehe auf. Mit rasendem Herzen gehe ich in den Flur. Was soll ich jetzt machen?

Meine Hände sind schwitzig, als ich nach meinem Handy greife. Eine gefühlte Ewigkeit schwebt mein Daumen über seinem Namen. Zitternd. Mein Herzschlag donnert in den Ohren. Ich beiße mir auf die Unterlippe, als mir klar wird, dass ich Angst habe ihn anzurufen. Nicht, weil ich denke, dass er rangehen könnte. Sondern, weil ich mich noch zu gut an den Schmerz erinnere, als ich die letzten tausend Male angerufen habe und Liam mich blockiert hat. Was, wenn es noch so ist? Mein Herz beginnt wie verrückt zu rasen und Schweiß bricht mir aus. Ich ziehe am Halsausschnitt meines Pullovers, weil ich mit einem Mal das Gefühl habe keine Luft mehr zu bekommen. Für einen Moment verschwimmt mir die Sicht. Diese Situation habe ich schon viel zu oft durchgemacht. Unzählige Male habe ich versucht, ihn zu erreichen. Vergeblich. Und jeder erfolglose Anruf hat tiefer in die Wunde geschnitten. Hat mir mein Herz noch mehr zerfetzt.

Ehe ich einen Rückzieher machen kann, tippe ich auf den Namen.

Ein einzelnes Tuten, kurz danach fliege ich aus der Leitung.

Eine Eiseskälte durchdringt mich, als mir klar wird, was das bedeutet. Liam hat mich immer noch blockiert. Meine Hand zittert heftiger. Ich spüre wie das Blut aus meinen Wangen weicht und für eine Sekunde schwanke ich. Scheiße.

Ich atme tief durch und dränge die Tränen zurück, die in mir aufzusteigen drohen. Scheiße. Nicht hier. Nicht jetzt. Warum tut es immer noch so weh? Müsste ich es mittlerweile nicht gewohnt sein?

Einatmen. Ausatmen. Wieder und wieder. Mein Herzschlag verlangsamt sich, auch wenn er immer noch viel zu schnell ist.

Ich klatsche mir ein Lächeln aufs Gesicht, das falscher nicht sein könnte und gehe zurück ins Wohnzimmer.

„Er geht leider nicht ran", lüge ich. „Ich hab's ein paar Mal versucht."

„Das darf doch wohl nicht wahr sein", knurrt Jeff. „Was denkt er sich denn? Wir fangen jetzt mit dem Essen an, länger warte ich nicht."

Ich sage nichts dazu und setze mich lieber hin, während Mom das Essen auf den Tellern verteilt. Eben wollte ich es noch in mich reinstopfen, jetzt ist mir kotzübel. Dennoch zwinge ich mich dazu einen Bissen vom Steak zu nehmen. Kalt. Je mehr ich esse, desto weniger schmecke ich. Dennoch kaue ich weiter, bis mein Teller leer ist. Die Stimmung am Tisch ist angespannt.

Mom versucht verzweifelt so zu tun, als wäre alles normal, während Jeff so wütend sein Steak malträtiert, dass das Besteck auf dem Geschirr klappert.

Als wir fertig sind, springe ich freiwillig auf, um den Tisch abzuräumen. „Bleibt ruhig sitze, ich mach das."

„Danke, Schatz." Mom schenkt mir ein kleines Lächeln. „Was hältst du davon, wenn wir drei zusammen etwas spielen?"

Ich will schlafen.

Meine Mom blickt mich so hoffnungsvoll an, dass ich gar nicht anders kann, als zu nicken. „Klar."

Zufrieden klatscht sie in die Hände, ein plötzliches Funkeln in den Augen. „Okay, wir starten mit einer Runde *UNO*. Ich werde euch zum Weinen bringen, weil ihr nur verlieren werdet!"

Ich lache leise auf. Das ist meine Mom. Der liebste Mensch auf Erden, außer du spielst mit ihr ein Spiel. Dann wird sie zu einer Maschine, die aufs Gewinnen ausgelegt ist. Na ja. Irgendwoher muss ich meine Liebe zu Wettkämpfen ja haben.

***

Ich habe Kopfschmerzen. Es ist gleich Mitternacht und ich sitze immer noch hier und spiele mit meiner Mom und meinem Stiefvater, deren Laune sich glücklicherweise gebessert hat. Immerhin.

Trotzdem ist es ein fürchterlich anstrengender Abend. Nach *UNO* sind wir zu *Activity* übergegangen und schließlich sind wir bei einem Spiel mit peinlichen Fragen gelandet, dass die beiden so toll finden, dass wir es seit zwei Stunden spielen. Ich bin also seit zwei Stunden am Lügen wie Pinocchio, damit meine Mom mich nicht plötzlich für einen Drogen nehmenden, psychisch kranken, saufenden Gigolo hält. Und ich habe Dinge erfahren, die ich niemals wissen wollte. Niemals.

Die beiden kippen ein Glas Rotwein nach dem anderen, sodass sie kichern wie Zwölfjährige, und offenbar haben sie jegliches Schamgefühl verloren.

Ich kneife mir mit Daumen und Zeigefinger in die Nasenwurzel. Großer Gott. Dank dieses grandiosen Spiels weiß ich jetzt, dass meine Mom ihre Jungfräulichkeit auf dem Rücksitz einer schwarzen Corvette verloren hat. Dieses Wissen wird mich mein Leben lang verfolgen.

„Wir hatten wilde Zeiten damals", kichert Jeff und prostet meiner Mom zu.

Ich presse meine Lippen fest aufeinander und unterdrücke mit aller Macht ein Schnauben.

Wilde Zeiten? Warum lügen die nicht einfach, wie es jeder normale Mensch bei so einem Spiel mit anwesenden Kindern tun würde?

Ich will zu Cracker nach oben.

„Wenn du wüsstest, Schatz. Du hättest dich früher nicht mal groß anstrengen müssen, um mich zu kriegen. Eine schicke Frisur mit ordentlich Pomade im Haar, ein freches Grinsen und schon hättest du mich auf dem Rücksitz gehabt", stößt meine Mom im Sing-Sang aus.

„O Gott." Ich schlage meine Hände vorm Gesicht zusammen. „Hört auf damit!"

„Das muss dir nicht peinlich sein, Schatz." Mom klingt plötzlich wieder etwas mehr wie sie selbst. „Du wirst auch noch dahinterkommen und dich ausleben."

Ich verziehe das Gesicht. Was denkt sie eigentlich? Dass ich wie die Jungfrau Maria durchs Leben gehe?

Sicher werde ich sie nicht korrigieren und das Zuknallen der Haustür bewahrt mir vor Schlimmerem. Wenn es überhaupt noch schlimmer geht. Ich glaube nicht.

Schlagartig verschwindet das Lächeln vom Gesicht der Erwachsenen.

„Liam!", brüllt Jeff durch das Wohnzimmer, so laut, dass ihn sicher die weit entfernten Nachbarn noch hören können.

Wenig später erscheint Liam im Türrahmen. Er sieht ein wenig ... durch aus. Glasige Augen, verstrubbelte Haare. Ich sehe von hier, dass er getrunken hat. Leider scheine ich damit nicht allein zu sein. Mom seufzt wissend.

„Wo warst du?", fragt Jeff scharf.

Liam blinzelt verwirrt und erfasst die Szenerie vor sich. Den gedeckten Tisch. Seinen Vater im Anzug. Meine Mom hübsch zurechtgemacht.

„Fuck", murmelt er zerknirscht. „Das Essen." Er fährt sich mit der Hand durch die Haare. „Dad, es tut mir leid!"

„Wo warst du?", wiederholt Jeff ungerührt.

Ich mache mich automatisch kleiner auf meinem Stuhl.

„Mit Drew und Kim unterwegs."

„Okay, und wo ist Kim jetzt?", hakt mein Stiefvater weiter nach. Himmel, ist der sauer. So habe ich ihn noch nie erlebt.

„Bei Drew." Liam ist kleinlaut. So habe ich *ihn* wiederum noch nie erlebt.

Jeff räuspert sich. „Jamie, würdest du uns bitte kurz allein lassen?"

Ich springe auf. „Ja. Ich wollte sowieso ins Bett. Gute Nacht."

Er schenkt mir ein müdes Lächeln, bevor er seinen Sohn wieder mit einem bösen Blick straft.

„Schlaf gut, Schatz", sagt meine Mom, als ich ihr einen Kuss auf die Wange drücke.

An der Tür schiebe ich mich an Liam vorbei, der verdammt gut riecht. Nicht nach Bier, wie ich es erwartet hatte. Sondern nach Liam. Nach Kaffee und ... Buchseiten und einem frischen Morgen am Strand. Eine Gänsehaut breitet sich auf meinem Körper aus. Liams Augen folgen mir, als ich an ihm vorbeigehen, doch er bleibt an Ort und Stelle stehen. Natürlich.

Ich sprinte die Treppe nach oben und bleibe schließlich stehen, weil ich Jeffs laute Stimme vernehme.

„Dieser Abend war uns sehr wichtig, Liam. Wie kann es sein, dass du nicht hier warst? Wir haben eine Ewigkeit auf dich gewartet!"

„Es tut mir leid. Ich habe es vergessen." Liam klingt, als würde es ihm wirklich leidtun.

„Ist das alles, was du dazu zu sagen hast? Beverly hat ein wunderbares Essen zubereitet, das wir deinetwegen dann kalt genießen durften. Es ist unser erster Jahrestag, den wir gerne als Familie hätten verbringen wollen!"

„Es tut mir leid, Dad. Was willst du noch von mir?“ Frust schwingt in Liams Stimme mit, was ich gut verstehen kann. Ich verziehe das Gesicht und setze mich auf die oberste Treppenstufe. Eigentlich sollte ich nicht lauschen, aber was soll's.

„Ich möchte, dass du dich wieder daran erinnerst, was wichtig ist. Erst gehst du nach Seattle, lässt die Schule schweifen. Dann kommst du wieder und verhältst dich so unzuverlässig und ... bist du betrunken?“ Jetzt schreit Jeff.

Ich halte mir eine Hand vor den Mund. Ich wusste nicht, dass Jeff schreien kann.

„Ich habe nur ein bisschen Bier getrunken“, verteidigt sich Liam.

„Jetzt reicht es mir aber endgültig! Glaubst du eigentlich, dass du tun und lassen kannst, was du willst? Als ich das letzte Mal nachgesehen habe, warst du noch achtzehn Jahre alt und nicht einundzwanzig.“

„Entschuldige, Dad.“ Den Satz höre ich nur ganz leise. Mitleid überkommt mich.

„Ja, Liam. Mir auch. Ich bin wirklich enttäuscht von deinem Verhalten.“

Autsch. Der wohl verletzendste Satz, den Eltern bringen können.

„Geh jetzt ins Bett und schlaf deinen Rausch aus. Wir sprechen uns morgen“, schiebt Jeff hinterher.

Nur wenige Sekunden später blickt Liam mir vom Fuß der Treppe entgegen. Er seufzt schwer und schlurft die Stufen nach oben. Neben mir lässt er sich auf die oberste Stufe sinken.

„Das war fies“, murmele ich, weil ich das Gefühl habe, irgendwas sagen zu müssen.

„Wem sagst du das“, brummt Liam und fährt sich mit beiden Händen durch die Haare. „Warum hast du mich nicht angerufen?“

Ein vorwurfsvoller Tonfall schwingt in seiner Stimme mit.

Ich zucke zurück, bevor ich meine Augen zu Schlitzen verenge. „Wie bitte?“

„Na ja, du hättest mir doch einfach kurz Bescheid sagen können. Ich habe es total vergessen.“

Kleine Nadeln bohren sich in mein Herz.

„Ich hab’s probiert. Leider hast du mich immer noch geblockt“, kommentiere ich trocken und versuche mir meinen Schmerz nicht anmerken zu lassen. Er soll die Wut sehen, nicht wie ich vorhin beinahe eine Panikattacke bekommen habe, nur weil er mich noch immer blockiert hat.

Erschrocken reißt Liam seinen Kopf zu mir herum, die Augen groß wie Untertassen. „Shit.“

Ich stehe frustriert auf. Verletzt. Verdammt verletzt. „Schön, dass das aber auch wieder meine Schuld ist.“ Möglicherweise reagiere ich gerade über.

„Scheiße, so habe ich das überhaupt nicht gemeint. Es tut mir leid.“ Flehend sieht er zu mir hoch, was leider total süß ist. Glücklicherweise bin ich gerade nicht mehr zurechnungsfähig. Ich lasse die Wut die Kontrolle übernehmen.

„Übrigens“, zische ich und beuge mich leicht zu ihm hinunter. „Ich hatte dank dir einen fantastischen Abend mit den beiden da unten und musste mir alles über ihre wilden Jugendzeiten anhören. Ich weiß viel

zu detailliert darüber Bescheid, wie die beiden entjung-
fert wurden und möchte mir möglicherweise die ganze
Nacht die Seele aus dem Leib kotzen.“

Fassungslosigkeit huscht über Liams Züge. Er blinzelt
mich irritiert an, bevor seine Mundwinkel zu zucken
beginnen. „Was?“, fragt er und prustet schließlich los.

Auch mir entfährt ein kleines Lachen. „Ja, schon gut.
Ist auch irgendwie lustig.“ Dieser Moment überfordert
mich. Eben war ich noch schrecklich wütend und jetzt
schafft er es, mich zum Lachen zu bringen. Sehnsucht
zerrt an mir. Ich schüttele den Kopf. „Übrigens. Dein
Dad hatte sein erstes Mal in einem Autokino, während
Grease über die Bildschirme lief. Viel Spaß mit diesem
tollen Wissen.“

Liam steht der Mund offen, was ich als guten Moment
empfinde, um ihn allein zu lassen. Kurz darauf
schlüpfe ich in mein Zimmer und lasse mich erschöpft
auf das Bett fallen. Ehe ich es verhindern kann, füllen
Tränen meine Augen.

Kapitel 11

Liam

Ich fühle mich wie der größte Idiot. Da wünsche ich mir nichts sehnlicher, als dass Jamie mir verzeiht und dabei bemerke ich nicht mal, dass ich ihn noch blockiert hatte.

Gedankenverloren schüttele ich den Kopf. Dad würde mich umbringen, wenn er wüsste, dass ich jetzt bei einer Party am Strand bin. Er glaubt, dass ich zusammen mit Macey und Drew an einem Schulprojekt arbeite, das viel Zeit in Anspruch nimmt, weshalb ich wohl erst spät kommen werde. Ich hoffe wirklich, dass er mich nicht kontrolliert. Denn dann bin ich am Arsch.

Immerhin habe ich diese Woche eine versäumte Arbeit nachholen können. Das ist schon mal was. Das hier habe ich mir also verdient.

Ich sehe mich um, inspiziere das kleine, aber feine Lagerfeuer in der Mitte, das in der Dunkelheit des Strandes flackert. Die tanzenden Mitschüler um mich herum.

„Ich liebe Pre-Spring-Break", murmelt Macey, die sich tropfnass neben mich stellt. Sie war eine Runde schwimmen. Im Dunkeln.

„Ich verstehe das Konstrukt noch nicht“, murmele ich. „Warum feiert man nicht einfach Spring Break?“

Die Frühlingsferien stehen kurz bevor, mir ist also nicht klar, warum die Jugendlichen in Oceanside zwei Wochen vorher zum Feiern an den Strand gehen.

„Ach, Liam“, sagt Macey. „Hast du eine Ahnung, was hier während Spring Break los ist? Cops überall, die genauestens kontrollieren, wie alt du bist. Alles ist überfüllt. Und niemand will Highschool-Schüler mitfeiern lassen. Deshalb feiern wir jetzt. So gut wie jeder ist hier.“

Da hat sie allerdings recht. Nicht weit von uns stehen Jamie, Justin und Ethan zusammen, die anscheinend das neue Trio sind. Allein der Anblick von Justin, der dicht bei Jamie steht, reicht aus, dass sich mein Magen verknotet.

Auch Drew und Kim gesellen sich zu uns. Händchenhaltend wohl gemerkt. Ein wohliges Gefühl überkommt mich, das mich von Jamie ablenkt. Ich hatte so ein schlechtes Gewissen, dass Kim mit mir hierhergekommen ist, doch ganz offensichtlich hat es sich für sie ebenfalls gelohnt. Sie verbringt unheimlich viel Zeit mit Drew und die beiden scheinen sich immer näherzukommen.

Kim schaut auf ihre Uhr am Handgelenk. „Na gut, ich muss mich dann leider auf den Weg machen, meine Schicht fängt bald an.“ Entschuldigend lächelt sie mich an, bevor sie mich fest an sich drückt. „Rede endlich mit Jamie“, flüstert sie mein Ohr.

Ich schlucke. „Ich versuch's“, wispere ich.

Ein strafender Blick trifft mich, als sie mich aus der Umarmung entlässt. „Das reicht nicht. Du musst es auch tun."

„Er will nicht mit mir reden." O Mann. Ich bin selbst davon genervt, wie weinerlich meine Stimme klingt. Selbst Drew hebt eine Braue.

Kim hingegen verdreht nur die Augen. „Jaja. Alles ganz schlimm. Zwing ihn einfach dazu, mit dir zu reden. So kann das jedenfalls alles nicht weitergehen. Du bist seit Wochen hier und bisher hast du nichts erreicht, außer dass ihr euch permanent missversteht, euch auf die Füße tretet oder euch gegenseitig verletzt. Das ist doch bescheuert", ermahnt sie mich.

Ich seufze. „Ja, du hast ja recht."

„Dafür sind wir nicht hergekommen. Wir sind hergekommen, damit du ihn zurückgewinnst. Also gewinn ihn auch zurück!"

„AMEN!", ruft Macey so laut, dass sich viel zu viele Gesichter zu uns umdrehen. Inklusive Jamie, dessen Blick lange auf Macey ruht.

„Ach, du brauchst gar nicht so zu tun", wende ich mich leise an sie. „Du müsstest genauso wie ich das Gespräch mit ihm suchen."

Macey rümpft die Nase. „Ich hasse dich."

Kim fängt schallend an zu lachen. „Schade, dass ich gehen muss. Aber habt trotzdem viel Spaß, Leute." Sie lächelt jeden von uns an und verharrt schließlich bei Drew, bei dessen Anblick ihr Lächeln strahlender wird. Süß. Sie drückt ihm einen Kuss auf die Lippen und geht schließlich.

Drew grinst in sich hinein. Ich stoße ihm mit dem Ellenbogen zwischen die Rippen. „Was war das denn?"

Er zuckt unschuldig mit den Schultern. „Keine Ahnung, was du meinst."

„Ihr habt euch also eben nicht geküsst?", hake ich nach.

Sein Grinsen wird breiter. Ich glaube, er wird sogar ein bisschen rot, doch ganz genau kann ich das im Licht des Feuers nicht sagen. „Doch."

„Die beiden sind so was von verliebt", wirft Macey ein. „Verliebter geht's gar nicht."

Drew gluckst. „Kann schon sein."

„Das ist klasse, Mann." Ich klopfe ihm auf die Schulter. Ich freue mich wirklich für sie, auch wenn ich vor Neugier platze.

„Wie weit seid ihr gegangen?", erkundige ich mich.

Drews Mundwinkel zucken. „Darüber rede ich nicht."

„Warum nicht?" Ich lege meinen Kopf schief.

„Keine Ahnung", sagt er mit zuckenden Schultern. „Fühlt sich einfach nicht richtig an, darüber zu sprechen."

Irgendwie ist das der Moment, in dem mir klar wird, dass ich mir keinen besseren Kerl für Kim vorstellen könnte. Drew ist der Beste.

„Cool." Ich stoße meine Faust gegen seine.

„Eure Bromance könnte einen glatt zum Heulen bringen", kommentiert Macey, die gerade wieder in ihre kurze Jeans schlüpft.

„Ich fasse das als Kompliment auf", erwidert Drew. „Weil diese *Bromance* ..." Er betont das Wort extra. „Wirklich ziemlich toll ist." Erneut knallen unsere Fäuste gegeneinander.

„So ist es." Zufrieden nicke ich.

Macey kichert und erinnert mich dabei so sehr an Jamie, dass ich den Blick abwenden muss. Blöderweise schaue ich aber stattdessen zu ihm. Ethan redet aufgeregt und Jamie hört ihm aufmerksam zu. Hin und wieder erkenne ich ein Schmunzeln in seinem Gesicht. Das ist ... schön. Seit ich zurück bin, habe ich ihn nicht mehr wirklich lächeln sehen.

„Wetttrinken!", brüllt Ethan plötzlich über das Feuer hinweg.

Einige jubeln zustimmend und heben zufrieden ihre Getränke. Mein Blick klebt weiter an Jamie fest. Er schüttelt den Kopf. Wieder und wieder.

Schlägt er etwa eine Challenge aus? Das kann nicht sein.

Irgendwann scheint Ethan sich geschlagen zu geben.

Wenig später beginnt das Wetttrinken. Mit Energydrinks. Und es ist absolut falsch, dass Jamie nicht dabei ist. Unsere Blicke treffen sich über das Feuer hinweg, nur scheint diesmal niemand von uns wegsehen zu können. Gott, wie sehr ich ihn vermisse. Am liebsten würde ich einfach zu ihm gehen. Ihn in den Arm nehmen. Ihn küssen. Warum muss alles immer so verdammt schwierig sein? Warum kann ich nicht einfach zu ihm hinübergehen und erneut das Gespräch suchen?

Weil du ein Feigling bist!

Ich seufze. Schon wieder. Ich drehe mich zu Drew und Macey.

„Sag mal, was macht ihr in den ...?", setze ich an, unterbreche mich aber, als Lichter über die Dünen an den Strand gelangen. Sind das Taschenlampen. Ich kneife die Augen zusammen, um besser sehen zu können.

„Cops!", schreit irgendjemand, was der Startschuss für das totale Chaos ist. Die Taschenlampenlichter flackern nun schnell hin und her, was darauf schließen lässt, dass die Polizisten ebenfalls losgerannt sind. Um mich herum hat sich einfach jeder in Bewegung gesetzt. Abgesehen von mir. Mein Herz schlägt schnell, doch ich kann mich nicht bewegen, bin vollkommen unschlüssig, was ich jetzt tun soll. Das sind Cops. Vor denen rennt man doch nicht einfach weg? Ich habe nichts Verbotenes getan. Ein paar Leute von unserer Schule haben Bier getrunken, aber ich nicht. Meine Freunde haben heute auch auf Alkohol verzichtet.

Plötzlich werde ich am Arm herumgerissen. Jamie.

„Renn!", brüllt er mir zu, greift nach meiner Hand und zieht mich mit, weg von den Cops.

Als hätte er mich wachgerüttelt, setze ich endlich einen Fuß vor der anderen und renne. Jamie ist eindeutig besser in Form als ich, denn noch immer zieht er mich mit sich, während ich schnaufe.

„Stehen bleiben!" Die Rufe der Polizisten werden laut, sie sind aber nicht unmittelbar hinter uns. Jamie rennt weiter den Strand hinunter, was ich zunächst weniger clever finde. Da wir aber die Einzigen sind, macht es vielleicht doch Sinn. Die anderen flüchten über die Dünen. Wie das klingt. Flüchten. Noch nie bin ich vor der Polizei weggerannt.

Viel zu schnell bin ich außer Atem, doch Jamie gönnt mir keine Pause. Er rennt durch die Dunkelheit und ich bin auf seine Hand angewiesen, denn ich sehe kaum etwas. Das einzige Licht spendet der Mond.

„Können wir anhalten?", keuche ich.

„Nein. Weiter, komm!"

Ich schnaufe wie ein Elefant. Meine Muskeln in den Oberschenkeln brennen wie Feuer.

Nach einer gefühlten Ewigkeit verlangsamt Jamie seine Schritte und kommt schließlich ganz zum Stehen. Viel zu schnell lässt er mich los und lässt sich in den Sand fallen. Er streckt beide Arme aus und legt sich keuchend auf den Rücken. Mir bleibt nichts anders übrig, als es ihm gleich zu tun.

„Ich sterbe", japse ich.

Einige Minuten liegen wir schweigen und schwer atmend nebeneinander. Die Nacht ist klar. Nicht nur der Mond, auch die Sterne leuchten auf uns herunter und mit einem Mal kommt mir die Nacht gar nicht mehr so dunkel vor. Ich drehe den Kopf, um Jamie anzusehen. Seine Brust hebt und senkt sich noch immer schnell, doch er keucht nicht mehr. Seine Haare hängen ihm verschwitzt in der Stirn. Wie immer trägt er einen Hoodie.

Ich lasse meine Augen an seinem weichen Kinn entlanggleiten. Seiner kleinen Nase. Der glatten Haut. Jamie ist so unglaublich hübsch. Mein Herz, das sich eigentlich allmählich beruhigen wollte, schlägt wieder schneller. Meine Hände werden schwitzig.

„Danke. Aber warum mussten wir weg?", wispere ich in die Stille.

Jamie dreht seinen Kopf ebenfalls zu mir, deutet ein Nicken an. „Da lagen Alkoholflaschen. Keine Ahnung, ich glaub der eine Typ hatte sogar ein bisschen Gras dabei. Ich will nicht derjenige sein, der das den Cops erklärt. Oder unseren Eltern."

Shit. Da hat er allerdings recht. Dad würde mich umbringen.

„Warum hast du mir geholfen?", frage ich leise.

Jamie atmet schwer, wendet aber seinen Blick nicht ab. „Ich konnte dich nicht einfach dort zurücklassen."

Ich schlucke. Was soll ich sagen? Wie beginnt man dieses Gespräch? Berechtigterweise habe ich Angst, dass er verschwindet, sobald ich zu sprechen anfange.

Ich kann aber auch nicht weiterhin kneifen. Ich ertrage nicht mehr, wie es zwischen uns ist. Am liebsten würde ich erneut nach seiner Hand greifen. Doch ich tue es nicht. Ich lege mir meine Worte zurecht, während ich zurück in die Sterne schaue. Als läge dort irgendeine Wahrheit versteckt, die ich bisher nicht sehen konnte.

Kapitel 12

Jamie

Der Pulli klebt unangenehm an meinem Körper. Am liebsten würde ich ihn ausziehen, doch ich bin unfähig mich zu bewegen. Liam liegt direkt neben mir im Sand und jede seiner Bewegungen, seiner Atemzüge, ist mir viel zu bewusst.

Wieso tut es so weh und ist gleichzeitig so schön? Fuck.

„Jamie", durchbricht Liam erneut unser Schweigen. Seine Stimme allein genügt, dass mir ein kleiner Schauer über den Rücken läuft. „Ich muss dir endlich erklären, was los war. Warum ich gegangen bin."

Ich schließe die Augen, als mir die Luft wegbleibt. Ich habe es kommen sehen. Es war klar, dass wir irgendwann an diesem Punkt landen mussten. Natürlich interessieren mich seine Beweggründe. Nur leider habe ich ebenso große Angst davor sie zu hören.

Ich muss es aber schaffen, diese Wut loszuwerden, die mich seit Monaten begleitet. Vielleicht muss ich einfach mit ihm reden.

„Jamie?", fragt Liam erneut. „Darf ich?"

Da ist er wieder. Mein Liam. Seattle Liam. Der Liam, der sich ständig um mein Wohlbefinden sorgt. Der darauf bedacht ist, nie eine meiner Grenzen zu überschreiten oder etwas zu tun, das ich nicht möchte.

„Okay", würge ich hervor und öffne endlich die Augen. Plötzlich fühlt sich auch das Liegen falsch an, also setze ich mich auf und ignoriere dabei den Sand, der in meinen Haaren hängt.

Langsam setzt auch Liam sich hin und winkelt die Beine an.

„Ich war nicht ehrlich zu dir", sagt er und schaut dabei aufs Wasser, von dem man lediglich die Wellen am Ufer erkennt.

Ich hebe überrascht die Augenbrauen, denn ich hatte erwartet, dass er erneut mit einer Entschuldigung starten würde. Die ich nicht hören will.

„Fuck, ich weiß nicht mal richtig, wo ich anfangen soll." Liam klingt frustriert.

„Keine Ahnung", antworte ich. „Einfach irgendwo, schätze ich."

Liam atmet sichtbar tief durch und streicht sich durch die Haare.

„Mein Outing war beschissen!", platzt er heraus.

Ich zucke zusammen und fahre erschrocken zu ihm herum. „Was?"

Liam lacht bitter auf. „Ich komme ursprünglich aus Texas. Bis vor ein paar Jahren haben wir auch dort gewohnt. Ich wusste schon immer, dass ich schwul bin. Aufgrund meiner eher wenig aufgeschlossenen Umgebung habe ich es versteckt. Nur Dad und meine engsten Freunde waren eingeweiht. Und ich hatte nicht viele Freunde. Es gab diesen Jungen. Wren."

Ich presse die Lippen fest zusammen und höre einfach zu. Ich habe das Gefühl, dass ich alles kaputtmache, wenn ich jetzt spreche. Außerdem glaube ich, dass das, was er zu sagen hat, wichtig ist.

„Wren gehörte dem Football-Team an, was für mich so ziemlich die größte Red Flag war." Er stolpert über das Wort Football. Ich runzele die Stirn, höre aber weiter zu. „Er wohnte nebenan und irgendwann sind wir Freunde geworden. Wir haben viel Zeit miteinander verbracht. Und sind uns nähergekommen. Haben viele erste Male miteinander erlebt. Er war die erste Person, mit der ich gesprochen habe, wenn irgendwas Aufregendes passiert ist. Ich war verliebt. Und ich dachte, er wäre es auch."

Das hört sich nicht gut an. Die Geschichte scheint jetzt eine fiese Wendung zu nehmen.

„Was hat er gemacht?", platze ich heraus. Meine Stimme verrät deutlich meine Abneigung und das, obwohl ich keine Ahnung habe, wie die Geschichte weitergeht oder wer Wren überhaupt ist.

„Er ..." Liam räuspert sich mehrmals. Es ist offensichtlich, dass es ihm schwerfällt darüber zu sprechen. Was für mich gleichermaßen schrecklich ist. Gerne würde ich ihm sagen, dass er nichts erklären muss, aber das muss er eben doch.

„Ein Bild ist irgendwann in Umlauf geraten. Von mir. Wie ich Wren einen geblasen habe. Ein Foto, das er gemacht macht. Man hat nur mich darauf gesehen, nicht ihn. Die Footballer haben das Foto gesehen, mich beschimpft. Und schließlich alle auf mich eingeprügelt."

Scharf ziehe ich die Luft ein. Ein undefinierbares Geräusch entfährt meiner Kehle.

„Footballer? Mehrzahl?", frage ich entsetzt.

Liam nickt mit zusammengepressten Lippen.

Mein Herz bricht. Schmerz überflutet mich bei dem Gedanken, dass ihm jemand wehgetan hat. Und dann die Art und Weise …

Plötzlich habe ich das Gefühl keine Luft mehr zu bekommen.

Wie kann das sein? Wie kann so eine Scheiße tatsächlich passieren? Wie kann es sein, dass ein Schüler in der Schule von einer Horde Footballer verprügelt wird? Warum muss die Welt manchmal so verdammt unfair sein? Und fuck. Warum hat niemand etwas getan?

„Hat dir jemand geholfen?" Ich muss diese Frage stellen.

„Nicht wirklich." Er klingt resigniert. „Irgendwann war das Geschrei so groß, dass sie aufgehört haben. Danach kamen Lehrer."

„Sind die alle von der Schule geflogen?"

Er schüttelt den Kopf. „Ich habe nicht gesagt, was passiert ist. Ich … keine Ahnung. Wollte weg. Wollte nicht aussprechen, was los war."

Der Drang ihn in den Arm zu nehmen, wird übermächtig. Doch ich kann nicht. Ich schweige schockiert, während mir durch den Kopf geht, wie furchtbar es für ihn gewesen sein muss.

Bis ein weiteres Detail seinen Weg in meine Gedanken findet.

„Warte mal … hast du nicht gesagt, dass dieser Wren Footballer war?"

„Ja." Liams trauriger Gesichtsausdruck bringt mich beinahe um, tut mir körperlich weh.

„Das heißt, er hat auch …“ Ich traue mich nicht es auszusprechen.

Liam presst seinen Kiefer fest zusammen, bevor er schließlich antwortet. „Das hat er.“

Kälte breitet sich in mir aus und mein Herz zieht sich schmerzhaft zusammen. Das ist … das kann … wow. Das ist heftig.

Sein erster Freund, seine erste große Liebe hat ihn verprügelt, als dieses Bild in Umlauf geraten ist. Das kann ich mir nicht mal in meinen schlimmsten Albträumen vorstellen.

Nach meinem Outing hat man unglaublich viel über mich geredet und getuschelt. Über mich und Liam. Sicher sind auch dann und wann mal beleidigende Worte aus einer Ecke gekommen. Aber mich hat niemand körperlich angegriffen.

„Wren hat sich nie entschuldigt, weißt du. Als ich ihn am gleichen Tag vor seiner Haustür abgefangen habe, hat er mich gefragt, ob ich tatsächlich gedacht habe, dass er schwul sei. Er meinte, dass er nur so getan habe, damit … damit ich blöde Schwuchtel bloßgestellt werde.“

Ehe ich weiter darüber nachdenken kann, greife ich nach seiner Hand und drücke sie. Was Liam erleben musste, ist der Horror. Ein besseres Wort fällt mir nicht ein. Am liebsten würde ich ihm den Schmerz nehmen, doch leider kann auch ich nichts an der Vergangenheit ändern.

„Damit führst du wohl die Liste der beschissensten Outings an“, versuche ich mich an einem schlechten Scherz, für den ich mir selbst in die Fresse hauen könnte.

Wer sagt so was? Bei einem so ernsten Thema?

In den letzten Monaten habe ich so oft meine Klappe gehalten, warum also nicht jetzt? Warum ist der vorlaute Jamie wieder da?

Liams Mundwinkel zucken und ein kleines Lachen entfährt ihm, das viel zu viel mit mir anstellt.

„Ich habe deine direkte Art, Dinge auszusprechen, vermisst.“ Liams Blick trifft auf meinen.

„Ja?“ Unsicherheit nagt an mir. „Na immerhin das scheinst du ja an mir zu mögen.“ Wieder sind die Worte raus, ohne dass ich sie stoppen kann.

Liam legt seine Stirn in Falten. „Was meinst du?“

„Soweit ich mich erinnere, hast du mir vor der Schule vorgeworfen, nur an mich selbst zu denken. Und kindisch zu sein.“ Der verletzte Unterton unterstreicht meine Worte. „Ich weiß nicht mal, ob du meine Persönlichkeit überhaupt magst.“

„Jamie“, sagt Liam sanft und drückt jetzt meine Hand. „Ich liebe deine Persönlichkeit. Deinen Sinn für Humor. Deine schonungslose Ehrlichkeit. Und ja – auch deine kindische Art.“

Mein Herz bleibt eine Sekunde stehen, bevor es einen Marathon hinlegt. Die Worte sind Balsam für meine Seele. Nur leider reichen sie nicht.

„Und trotzdem bist du gegangen“, erwidere ich schärfer als beabsichtigt.

Liam zuckt zusammen und ringt um Worte. „Ich … du … er …“ Er flucht leise. „Ich habe überreagiert. Das alles vor der Schule. Das Foto. Ich war plötzlich wieder in Texas. Ich hatte Panik und konnte nicht mehr klar denken. Ich konnte nicht glauben, dass du mir so was antust und habe überhaupt nicht gerafft, was ich dir antue. Oder uns."

Meine Augen beginnen zu brennen und ich muss die Tränen wegblinzeln. Erst jetzt bekomme ich die Zusammenhänge hin. Das Foto. Ich habe es ohne seine Erlaubnis ins Internet gestellt. Unsere Beziehung öffentlich gemacht. Natürlich hat ihn das an seine schlimme Vergangenheit denken lassen. Vermutlich hat er bereits die Tritte gespürt, die auf ihn niedergeregnet sind.

„Du hast gesagt, dein Outing wäre toll gewesen", werfe ich ihm vor. Ich kann nicht anders.

„Ich weiß", sagt Liam gequält. „Ich habe gelogen, damit du eher zu einem gemeinsamen Outing bereit bist. Ich wollte dir keine Angst machen."

Autsch. Er hat mich mit Absicht etwas Falsches glauben lassen. Hat meine Sorgen als unbedeutend abgetan. Und das, obwohl er am eigenen Leib erlebt hat, was passieren kann, wenn die Menschen dich nicht akzeptieren.

Ich schnaube also. „Lügen ist ja auch die schönere Variante."

Frustriert entziehe ich ihm meine Hand und vergrabe sie stattdessen im kühlen Sand neben mir. Ein leichter Windzug lässt mich frösteln, immerhin trage ich immer noch den verschwitzten Kapuzenpulli.

„Es tut mir leid, Jamie. Wirklich. Ich wollte mit aller Macht, dass unsere Beziehung funktioniert. Ich liebe dich, das war das Einzige, woran ich die ganze Zeit denken konnte."

Erneut muss ich heftig blinzeln. Er hat gesagt, er liebt mich. Keine Vergangenheit.

Es wäre so schön, wenn ich mich einfach zu ihm beugen und ihn küssen könnte. Wenn alles, was passiert ist, vergessen wäre. Ist es aber nicht. Der Schmerz ist präsent. Seine Lügen. Dass er gegangen ist. Und mich verlassen konnte.

„Meinst du, du kannst mir verzeihen?"

Die Frage hängt zwischen uns in der Luft wie ein Damoklesschwert.

„Ich verstehe, warum du ausgeflippt bist und warum du dringend wegmusstest. Also, ja. Ich denke schon, dass ich dir verzeihen kann."

„Wirklich?" Auf Liams Gesicht erscheint ein strahlendes Lächeln.

„Ich kann dir verzeihen", sage ich leise. „Aber nicht mehr mit dir zusammen sein."

Die Worte schmerzen. Viel zu sehr.

Liams Lächeln fällt in sich zusammen. „Was?", wispert er. „Warum nicht?"

Mein Blick gleitet zum Meer und dem Himmel darüber. Nur die Sterne verraten mir, wo was Wasser aufhört und der Horizont beginnt.

Ein dicker Kloß sitzt in meinem Hals, den ich verzweifelt versuche hinunterzuschlucken.

„Weil ... du mir das Herz gebrochen hast." Ich kann die Tränen nicht länger zurückhalten. Ungehindert laufen sie mir über die Wangen. „Du hast mich mit allem hier allein gelassen. Ich war der Typ, der von seinem Stiefbruder sitzen gelassen wurde. Alle haben mit dem Finger auf mich gezeigt. Mein Dad hat den Post gesehen und redet seitdem nicht mehr mit mir. Und weißt du was? Alles wäre halb so schlimm gewesen, wenn du bei mir gewesen wärst. Aber du bist gegangen. Und du hast mich einfach aus deinem Leben gestrichen. Du hast mir nichts erklärt. Gar nichts. Bis eben habe ich mich ständig damit gequält, was ich eigentlich falsch gemacht habe. Ob du mich überhaupt magst oder je gemocht hast. Du hast mich blockiert. Einfach so. Drei Monate lang hast du kein Wort mit mir gesprochen." Ich rede viel zu schnell, meine Stimme ist brüchig. Tief atme ich gegen die Tränen an und wische mir frustriert übers Gesicht.

„Es tut mir so leid." Auch Liam hat zu weinen angefangen.

„Ich verstehe, dass es schlimm ist, was du durchmachen musstest. Aber es ist umso schlimmer, dass du es mir nicht gesagt hast. Dass du mich zu einem Outing gezwungen hast, trotz deiner Vergangenheit."

„Ich wollte dir kein Ultimatum stellen", hält Liam dagegen und fährt sich durch die dunklen Strähnen. „Ich konnte einfach nicht mehr so weitermachen. Du hast mich ziemlich scheiße behandelt."

Ich seufze, was bei meinen Tränen eher wie ein Schluchzen klingt.

„Ich weiß. Und das tut mir leid. Aber ... Ich kann nicht einfach weitermachen. Nicht nach dem, was passiert ist."

Weil ich niemals ertragen könnte, das Ganze noch mal zu erleben.

Schweigend sitzen wir nebeneinander im Sand. Eine Traurigkeit liegt in der Luft, die mich zu erdrücken droht. Erneut wische ich mir mit dem Handrücken über die Augen.

„Liebst du mich?", fragt Liam in die Dunkelheit.

Ich zögere, jedoch nur kurz. Es scheint, als passen in diesem Moment keine Geheimnisse zwischen uns.

„Natürlich tue ich das. Mehr als du ahnst."

Ich fröstele. Ob wegen der kühlen Brise oder wegen meiner aufgewirbelten Gefühle, kann ich nicht sagen.

„Ich wünschte das würde genügen." Ein weiteres Mal bricht Liams Stimme unter seinen Worten.

Mein Herz liegt offen auf dem Boden. Und Nadeln bohren sich immer weiter hinein.

Das Gespräch war überfällig. Und trotzdem tut es verdammt weh.

„Ich auch", hauche ich.

Eine Weile sitzen wir so zusammen. Die Stille legt sich wie eine dunkle Decke über uns. In letzter Zeit habe ich sie zu schätzen gelernt, doch jetzt erdrückt sie mich. Ich schlucke. „Wir sollten nach Hause gehen."

Liam nickt, wirkt jedoch völlig abwesend. Er bemüht sich, mich nicht anzusehen, was den Kloß in meinem Hals wieder anschwellen lässt.

Schweigend treten wir den Heimweg an, laufen den Strand hinunter. Schweigend kommen wir an unserem Strandabschnitt an. Schweigend laufen wir die Treppe zu unserem Haus nach oben.

„Darf ich dich noch was fragen?", erklingt Liams Flüstern hinter mir, gerade als ich meine Hand an die Klinke zur Terrassentür lege, die sowieso nie verschlossen ist.

Ich halte inne, schaffe es aber nicht, mich umzudrehen. Ich bin mir sicher, dass ich dann zusammenbreche. „Ja."

„Liebst du ihn auch? Justin?" Er klingt zögerlich, beinahe zaghaft, als hätte er Angst vor meiner Antwort.

„Nein!“, antworte ich umgehend, weil ich nicht darüber nachdenken muss. „Ich liebe ihn nicht. Er ist ein guter Freund und hat mir in den vergangenen Monaten sehr geholfen. Dass wir was hatten ... es war nicht mehr als ein verzweifelter Versuch, dass es aufhört. Dass es aufhört wehzutun. Ich wollte dich vergessen.“

„Hat es geklappt?“

„Nein. Keine einzige Sekunde.“ Mit diesen Worten öffne ich die Tür und trete in das dunkle Wohnzimmer.

Kapitel 13

Jamie

Natürlich kann ich nicht schlafen. Gar nicht. Man könnte mich eher als eine kleine, zusammengekauerte Raupe bezeichnen, die hilflos und aufgelöst ist.

Kurz habe ich mit dem Gedanken gespielt Ethan anzurufen, aber Ablenkung ist nicht das, was ich jetzt brauche. Mein Herz gleicht einer offenen, klaffenden Wunde. In meinem Bauch sitzt ein schmerzhafter Knoten. All die Gefühle, die ich in den letzten drei Monaten von mir geschoben habe, unterdrückt habe, liegen jetzt offen da. Und ich bin allein.

Justin kann ich auch nicht anrufen. Es fühlt sich falsch an, zumal es mitten in der Nacht ist. Ich brauche … meine beste Freundin. Die ich erfolgreich vergrault habe.

Ich drehe mich auf die Seite und greife nach dem Smartphone. Damit ich keinen Rückzieher mache, tippe ich schnell auf ihren Namen und halte mir das Handy ans Ohr.

„Jamie?" Macey klingt verschlafen. Zu Recht. Es ist zwei Uhr dreißig in der Nacht.

„Hi", murmele ich.

„Hi.“

„Hast du Zeit zu reden?“ Meine Frage ist lächerlich, wenn man die Uhrzeit bedenkt.

„Natürlich, Jamiro. Immer.“

Der Spitzname löst irgendwas in mir aus. Erneut laufen mir Tränen die Wange hinunter. Ich schniefe.

„Alles okay bei dir?“, fragt sie leise.

„Nein. Ich habe mit Liam geredet. Also ... richtig geredet.“

Ich höre sie durch Telefon nach Luft schnappen. „Was hat er gesagt?“

Ich atme tief durch. „Er hat mir erklärt, warum er gegangen ist.“

Einen kurzen Moment sagt sie nichts.

„Warum ist er gegangen?“, erkundigt sie sich.

Seufzend schüttele ich den Kopf, auch wenn sie das am Telefon natürlich nicht sehen kann. „Ehrlich gesagt ist das seine Geschichte. Es steht mir nicht zu, darüber zu reden. Aber ich verstehe ihn sogar.“

„Okay“, sagt Macey vorsichtig. „Aber ...?“

„Er hat mir das Herz rausgerissen, als er gegangen ist.“ Meine Stimme bricht. Ich heule ungehindert los.

„Soll ich vorbeikommen?“

Ich will schon ablehnen, doch die Worte kommen einfach nicht über meine Lippen. „Bitte.“

Ein Rascheln in der Leitung signalisiert mir, dass sie aufgestanden ist und sich nun etwas überzieht. Sie sagt nichts, bleibt aber die ganze Zeit am Telefon. Ihre Schritte auf der Treppe in ihrem Haus sind zu hören, kurz darauf das Klicken der Haustür.

„Bin in zwei Minuten bei dir.“ Sie spricht leise. Tatsächlich wohnt Macey nicht weit von uns entfernt. Ein

Klackern lässt darauf schließen, dass sie sich ihr Fahrrad geschnappt hat. Sie atmet laut, also fährt sie einhändig. Etwas, das sie mir beibringen musste, weil ich es einfach nicht hinbekommen hatte.

„Ist die Hintertür offen?", fragt Macey.

„Na klar."

„Gut." Wieder Geräusche. Schließlich die Tür. Schritte. Treppenstufen. Und dann, endlich, öffnet sich meine Zimmertür und meine beste Freundin steht vor mir. Erneut fließen die Tränen wieder schneller.

Maceys Blick wird weich, als sie mich sieht. „Ach, Jamiro."

Ich setze mich auf, als sie zu meinem Bett läuft und sich darauf sinken lässt. Sie wartet ab, so als wüsste sie nicht recht, was sie tun darf und was nicht.

„Ich habe dich vermisst", schluchze ich und schlinge die Arme um sie. Sofort legt auch sie die Arme um mich und drückt mich fest an sich. Der vertraute Duft ihres Shampoos umgibt mich und spendet mir Trost.

„Ich wollte die ganze Zeit mit dir reden", murmele ich an ihrem Hals.

„Warum hast du es nicht getan?", fragt sie frustriert.

„Weil ich dann endgültig zusammengebrochen wäre."

Das ist die Wahrheit. Meine schlechte Laune, meine scheinbare Unbekümmertheit. Nichts davon hätte ich aufrechterhalten können, wenn ich Macey an mich herangelassen hätte. Also habe ich sie von mir gestoßen. Was dumm war. So dumm.

Eine Weile sitzen wir einfach so da, halten uns fest. Wir klammern uns aneinander wie Ertrinkende an einem Rettungsring.

„Es tut mir leid." Meine Stimme wird abgedämpft, weil ich mein Gesicht immer noch an Maceys Hals vergraben habe.

Sie drückt mir einen Kuss auf die Schläfe. „Ich war dir keine Sekunde böse, Jamiro. Ich wusste, dass du leidest."

Ich liebe dieses Mädchen. Wie konnte ich nur jemals denken, dass ich ohne sie auskomme?

„Kannst du hierbleiben?"

Macey schiebt mich leicht von sich, um mich anzusehen. Mit dem Daumen wischt sie mir eine Träne von der Wange. Auf ihren Lippen liegt ein Lächeln, auch wenn ihre Augen ebenfalls verräterisch glänzen. „Rutsch rüber, bester Freund."

Ich stoße ein weinendes Lachen aus und lege mich wieder hin. Macey tut es mir gleich und schlingt sofort ihre Arme um mich.

„Ich bin hier. Ich halte dich", flüstert sie.

„Danke." Ich greife nach ihrer Hand und schließe die Augen. Sofort sehe ich den Ozean. Wie jedes Mal.

Kapitel 14

Jamie

„Danke, dass du mich mitnimmst", sagt Liam leise. Er sitzt neben mir auf dem Beifahrersitz und bemüht sich sichtlich, nicht in meine Richtung zu sehen.

„Ja … gern geschehen. Irgendwann musste deine Schrottmühle ja liegen bleiben."

Ich presse die Lippen aufeinander, damit ich einfach mal meine Klappe halte. Er weiß, dass er ein Schrottauto hat und er weiß, dass es liegen geblieben ist. Was rede ich also?

Meine Finger krallen sich fester ums Lenkrad. Sicherlich habe ich mich noch nie so sehr auf den Straßenverkehr konzentriert wie heute.

Liam versucht sich an so etwas wie einem Lachen, aber es ist so aufgesetzt, dass er es schnell wieder lässt.

O Gott. So komisch war es zwischen uns noch nie. Seit dem Wochenende tänzeln wir beide umeinander rum, peinlich darauf bedacht, nichts Falsches zu sagen. Unsere Gespräche sind, wenn überhaupt oberflächlich. Und mein Auto ist verdammt klein.

Der Schultag war auch nicht besser. Gleich in zwei Fächern haben wir eine Klausur zurückbekommen. In beiden bin ich durchgefallen. Wie ich das meiner Mom erklären soll, weiß ich auch nicht. Mein einziger Lichtblick war, dass Macey heute an meiner Seite war. Es tut gut, sie wieder bei mir zu haben, auch wenn es anders ist. Ich bin anders.

Irgendwann muss ich doch zu ihm rüber sehen. Diese Frisur. Der Mittelscheitel. Die Strähnen, die in einer perfekten Welle zu jeder Seite fallen. Wie macht er das? Liam sah schon immer gut aus. Aber diese Frisur ist … heiß. So verdammt heiß.

Schnell richte ich meine Augen wieder auf die Straße. Abbiegen. Ich kann mich gerade so davon abhalten, erleichtert aufzustöhnen, als unser Haus in Sicht kommt.

„Deine Mom ist ja schon da", murmelt Liam so leise, dass ich ihn kaum verstehen kann.

Ich runzele die Stirn. Ihr Auto steht in der Einfahrt und ich parke mit Bumblebee direkt daneben.

„Seltsam", sage ich mehr zu mir als zu Liam. „Eigentlich hat sie heute ihren langen Tag."

Bei den Stufen zu unserem Haus bleibe ich stehen. Liam, der vorangegangen ist, stoppt ebenfalls, als er sieht, dass ich ihm nicht folge.

„Alles okay?", fragt er nach.

Ich wedele mit der Hand in der Luft hin und her. „Weiß nicht. Hab irgendwie ein mieses Gefühl."

„Hä?" Verständnislos blinzelt Liam und schüttelt den Kopf. „Was ist?"

Ich verziehe das Gesicht. „Irgendwie glaube ich, dass gleich was Blödes passieren wird."

„Wie kommst du darauf?"

Perplex starre ich zu ihm hoch. Wie komme ich eigentlich darauf? „Keine Ahnung."

Sichtlich irritiert legt Liam eine Hand in seinen Nacken. „Was machen wir jetzt?"

Er hat *wir* gesagt. Scheiße, warum sagt er solche Sachen? Und warum messe ich diesem kleinen Wort so viel Bedeutung bei?

„Jamie?", fragt er erneut nach und mir sickert ins Gehirn, dass ich ihn die ganze Zeit nur dämlich anstarre, anstatt zu antworten.

„Äh ..." Ich schüttele den Kopf. „Reingehen?"

Liam runzelt die Stirn und presst die Lippen zusammen. Sieht beinahe so aus, als müsste er sich bemühen, nicht zu grinsen.

„Wir gehen rein", sage ich zuversichtlicher, als ich mich fühle. Denn Fakt ist: Ich habe ein schlechtes Gefühl. So ein Gefühl, das ich als Kind hatte, kurz bevor ich mit meinem Taschengeld Süßigkeiten einkaufen wollte. Nur um dann im Supermarkt festzustellen, dass genau die Sache, die ich wollte, ausverkauft war.

Und ich drifte gedanklich mal wieder ab. Shit.

„Ja gut, also dann ..." Ich steige die Stufen hinauf und weiß selbst, wie blöd ich mich anhöre. Gott, ich bin heute total neben der Spur. Wieder einmal.

An der Haustür zögere ich kurz, kann mich dann aber selbst nicht mehr ertragen und öffne sie.

Drinnen ist alles wie immer. Nichts deutet auf irgendetwas Komisches hin. Ich trete mir die Schuhe von den Füßen, während Liam seine feinsäuberlich ins dafür vorgesehene Regal stellt. Wir lauschen beide. Beinahe lache ich auf, weil Liam mit eingezogenem Kopf und ausgebreiteten Armen neben mir steht. Er geht auf Zehenspitzen.

Plötzlich kann ich ein Lachen nicht mehr unterdrücken und er steigt mit ein.

„Gut, scheinbar besteht keine Gefahr." Ich zucke mit den Schultern.

„JAMIE ABRAHAM HASTINGS!", donnert die Stimme meiner Mutter durch das Untergeschoss.

Ich fahre so sehr zusammen, dass ich das Gleichgewicht verliere und gegen die Wand knalle. Auch Liam muss sich zu Tode erschrocken haben, immerhin legt er jetzt eine Hand auf seine Brust. Auch mein Herz schlägt mir bis zum Hals. Scheiße. Wenn meine Mom meinen Zweitnamen auspackt, muss es schlimm sein. Richtig schlimm.

Liams Blick huscht zu mir.

„Abraham?", formt er stumm mit den Lippen.

Ich verziehe das Gesicht. Dieses Geheimnis wollte ich mit ins Grab nehmen.

„Mom?", frage ich piepsend. Was passt, immerhin fühle ich mich gerade klein wie ein Mäuschen.

„Ins Wohnzimmer. SOFORT!"

Liams Augen sind weit aufgerissen. Ich bin davon überzeugt, dass er diesen Tonfall noch nie bei meiner Mom gehört hat. Ich leider schon. Übel. Richtig übel.

Langsam setze ich mich in Bewegung und bin viel zu schnell beim Türrahmen angekommen. Ich höre Liams Schritte auf der Treppe.

Mom sitzt aufrecht am Esszimmertisch. Scheiße. Ihr Blick ist ... mörderisch.

„Hinsetzen", knurrt sie und zeigt auf den Stuhl, der ihrem gegenübersteht.

Ihr Tonfall duldet keinerlei Widerrede, also beeile ich mich ihrer Aufforderung nachzukommen. In ihr Gesicht kann ich nicht schauen, also fixiere ich die Tischplatte vor mir.

Mom atmet tief durch.

„Ich kann dir gar nicht sagen, wie enttäuscht ich im Augenblick von dir bin!"

Fuck. Alles, nur nicht dieser Satz. Fühlt sich an wie ein Hieb in die Magengrube.

„Deine Schule hat mich heute angerufen. Dein Abschluss steht heftig auf der Kippe. Du drohst in drei Fächern durchzufallen. DREI! Und nicht nur das – anscheinend ist mein Sohn jetzt auch noch unter die Schulschwänzer gegangen, ist das nicht fabelhaft?"

Fuck!

Mein Gesicht verzieht sich von selbst zu einer Fratze. Ich liebe den Sarkasmus meiner Mom. Aber nur, wenn er nicht so fies ist wie jetzt gerade.

Ich ringe um Worte, denn leider weiß ich, dass sie jetzt eine Antwort von mir erwartet.

„Die Lehrer übertreiben?", setze ich vorsichtig an und schiele zu ihr.

Mom zieht ihre Augenbrauen zusammen und droht mir mit dem Finger. „O nein, diesmal nicht, mein Freund. Du wirst dich nicht mit einem lustigen Spruch herauswinden."

„Nicht?"

„Jamie!"

Ich mache mich ein bisschen kleiner. „Entschuldige."

Mom seufzt. Ich seufze.

„Und?", fragt sie mich auffordernd.

Hilflos sehe ich sie an. „Und was?"

Moms Miene wird noch eine Spur düsterer. „Wirklich? Ist das hier ein Witz für dich?"

„Nein", antworte ich kleinlaut.

„Okay. Hast du irgendwas dazu zu sagen?" Abwartend trommelt sie mit den Fingerspitzen auf den Tisch. Kleiner Finger. Ringfinger. Mittelfinger. Zeigefinger. Beinahe hypnotisch starre ich auf ihre Hand.

„Es tut mir leid", murmele ich zerknirscht.

„Das ist ja wohl das Mindeste!" Jetzt klingt Mom wieder aufgebrachter. „Jamie – es geht hier um deine Zukunft. Du kannst vergessen, dass es jetzt so weitergehen wird. Permanent ausgehen und Alkohol trinken? Ist gestrichen!"

Ich knabbere auf den Innenseiten meiner Wangen, bis ich Blut schmecke. Warum sind solche Gespräche so ätzend?

„Ich hab's nicht absichtlich getan."

„Ach so? Du hast also aus Versehen die Schule geschwänzt?" Wieder dieser Sarkasmus.

„Nein", halte ich dagegen. „Warst du mal in diesem scheiß Unterricht der Oceanside-High? Da würdest du auch abhauen."

Jetzt klinge ich wie ein bockiges Kind. Das ich irgendwie bin.

„Ich weiß einfach nicht, was mit dir los ist, Jamie. Ich weiß die Trennung von Dad war schwer für dich. Es tut mir unendlich leid, dass du das erleben musstest. Aber du wirktest so, als kämst du endlich damit klar. Selbst nach Jeffs und Liams Einzug schien nach anfänglichen Schwierigkeiten alles in Ordnung. In letzter Zeit überhäufst du aber alle mit deiner miesen Laune, schwänzt jetzt offenbar die Schule und drohst durchzufallen. Das geht einfach nicht! Mit deinem Dad redest du auch nicht, obwohl er jetzt sogar nach Oceanside gezogen ist, um wieder näher bei dir zu sein. Und ich finde es zum Kotzen, dass ich ihm das jetzt zugutehalten muss." Den letzten Satz sagt sie so unzufrieden, dass ich gelacht hätte, wenn der Inhalt ihrer Worte nicht so schmerzvoll wäre.

Dad wohnt nicht meinetwegen in Oceanside. Dad hasst mich, seit er weiß, dass ich schwul bin.

Also sage ich gar nichts.

Mom schnaubt unzufrieden. Ich schnaube unzufrieden.

„Jamie, du wirst dir den Arsch aufreißen, um deinen Abschluss zu machen. Und wage es nicht noch einmal, die Schule zu schwänzen! Du kannst jede Hilfe bekommen, die du brauchst, auch wenn ich dich gut genug kenne, um zu wissen, dass du nur keine Lust hast. Nur noch ein paar Monate, Schatz. Reiß dich ein paar Monate zusammen!"

Ich nicke unbeholfen. Irgendwann musste ich mir diese Strafpredigt anhören. Letzten Endes stimme ich ihr ja zu. Ich will meinen Abschluss nicht verkacken und am Ende ein weiteres Jahr in der Schule hängen. Ohne meine Freunde.

„Gut. Jetzt wo wir den blöden Teil unserer Unterhaltung hinter uns gebracht haben – möchtest du mir sagen, was mit dir los ist?" Mom hat ihre gewohnt liebevolle Stimmlage aufgesetzt. Ihre Mom-Stimme.

Ich bin schwul. Liam und ich waren ein Paar. Ich habe den schlimmsten Liebeskummer, weil ich nur mit ihm zusammen sein will. Und weil ich es nicht sein kann.

„Alles okay. Bin ein bisschen neben der Spur."

„Sprich mit mir Schatz. Worum geht es? Vielleicht kann ich dir helfen."

Ich zwinge mir ein kleines Lächeln aufs Gesicht. „Es geht mir gut. Manchmal ist es nicht so leicht ein Jugendlicher zu sein."

Die Gesichtszüge meiner Mutter werden weich, als sie nach meiner Hand greift. „Du weißt, dass du mir alles sagen kannst, oder? Alles. Selbst wenn du am Ende die Schule angezündet hast. Du kannst es mir sagen."

Ein Lachen findet den Weg aus meiner Kehle, obwohl sie so verengt ist, weil Mom die Worte gesagt hat, die ich eigentlich hören muss. Trotzdem traue ich mich nicht, es auszusprechen. Was, wenn meine Homosexualität genau das eine ist, womit sie nicht klarkommt? Ich weiß selbst, dass die Wahrscheinlichkeit klein ist. Sie hat Liam von Anfang an mit offenen Armen begrüßt und nie auch nur ansatzweise darauf schließen lassen, dass sie ein Problem damit hat. Aber ... was, wenn doch? Ich habe Angst. Schließlich habe ich nur noch sie. Und wenn es einmal ausgesprochen ist, kann ich es nicht mehr zurücknehmen. Sollte ich es ihr sagen? Meine Gedanken fahren Achterbahn und lösen Schwindel in mir aus.

„Ich soll die Schule anzünden?", frage ich also stattdessen.

Mom bricht in schallendes Gelächter aus. „Klar, dass du das als Vorschlag verstehst." Sie legt ihren Kopf schräg. „Geht es hier um Mia?"

Ich runzle die Stirn. „Was?"

„Na ja ... könnte ja sein, dass es noch immer wegen der Trennung ist."

Ich knabbere an meiner Unterlippe. „Nein. Es ist … es sind viele Dinge auf einmal."

„Zum Beispiel?", hakt sie nach.

Ich schnaube. „Hör auf, mich zu löchern."

Sie lächelt. „Ich bin deine Mom. Es ist meine Aufgabe, genau das zu tun."

Kurz spiele ich mit dem Gedanken, ihr alles zu sagen. Die Worte *Ich bin schwul* liegen greifbar in der Luft. Doch ich schaffe es nicht. Nicht heute.

„War einfach alles etwas viel in letzter Zeit. Die Schule … Dad … die Trennung von Mia …", murmele ich. Mom mustert mich ausgiebig. Ich sehe ihr an, dass sie mir nicht wirklich glaubt.

Sie steht auf, geht um den Tisch herum und tritt hinter mich. Sanft legt sie die Arme auf meine Schultern und drückt einen Kuss auf meinen Kopf. „Ich liebe dich, Schatz. Auch wenn du Mist baust. Vergiss das nicht."

Der Kloß in meinem Hals wird noch dicker. „Ich dich auch, Mom."

Kapitel 15

Liam

Beeindruckt sehe ich mich um. Hohe Holzdecken, stilvolle Holzpfeiler. Weiße Tische zu hellen Holzstühlen. Frische Blumenarrangements auf jedem Tisch. Ich befinde mich wohl in dem schönsten Restaurant, das ich jemals gesehen habe. Die Seiten sind komplett offen, sodass die Aussicht auf die Palmen und das Meer garantiert ist und gleichzeitig eine angenehme Brise weht. Der Ort ist wunderschön. Und so teuer, dass mir schlecht wird.

Ich richte meinen Blick wieder auf die Menükarte. 125 Dollar für ein Steak? Haben die den Verstand verloren? Allerdings scheine ich der Einzige zu sein, der aufgrund der Preise Schnappatmung bekommt, denn alle anderen sehen ungerührt in die Karte.

„Alles in Ordnung, Liam?", fragt Beverly, der wohl mein Gesichtsausdruck aufgefallen sein muss.

„Ja, schon, nur ... die Preise."

Leider weiß ich ganz genau, dass Dad sich das nicht leisten kann. Wir sind keine armen Leute, aber das heißt nicht, dass wir Geld aus dem Fenster werfen können.

Dad und Beverly tauschen einen liebevollen Blick. Argwöhnisch schaue ich ihnen dabei zu. Auch Jamie blickt mit hochgezogenen Augenbrauen von seiner Karte auf, hinter der er sich bisher versteckt hat.

„Ich wurde befördert", sagt Dad schließlich und lässt damit die Bombe platzen.

„Wirklich?", rufe ich aufgeregt. „Das ist ja fantastisch!"

Ich springe auf, um meinen Dad zu umarmen und ihm anerkennend auf die Schulter zu klopfen. Seit einer Ewigkeit wartet er auf diese Beförderung. Er arbeitet seit etlichen Jahren im Unternehmenscontrolling einer ziemlich großen Firma, mit Standorten überall in den USA verteilt. Es wird also Zeit, dass er aufsteigt.

„Vor euch sitzt der leitende Manager des Controlling-Teams von Logan Inc. Enterprises in Kalifornien."

Mit mache große Augen. „Ist das dein Ernst?"

Ein stolzes Grinsen macht sich auf seinem Gesicht breit. „Ist es."

„Wahnsinn!" Ich drücke meinen Vater gleich noch mal an mich. Das hat er sich verdient. So was von verdient. „Jetzt ist klar, warum wir feiern müssen."

Ich lasse Dad los und trete ein paar Schritte zurück. Überrascht stelle ich fest, dass Jamie ebenfalls aufgestanden ist und meinen Dad überschwänglich umarmt. Er lächelt dabei. Sein ehrliches Lächeln. Eins von der Sorte, das ich seit Monaten nicht mehr gesehen habe. Mir bleibt die Luft weg. Das Atmen fällt mir plötzlich schwer. Schnell setze ich mich, räuspere mich und trinke hastig einen Schluck von dem Eiswasser, das uns wie selbstverständlich serviert wurde, ohne dass wir darum gebeten haben.

Jamie setzt sich wieder, hat das Lächeln noch immer auf seinem Gesicht. Er bringt mich völlig durcheinander.

„Du hast es echt durchgezogen und dich beworben", murmelt er.

Dad nickt. „Danke für den Arschtritt."

Irritiert runzle ich die Stirn.

„Wie ist das gemeint?", hakt Beverly verwirrt nach, die Nase leicht gerunzelt.

„Ach." Dad winkt ab. „Vor ein paar Wochen waren Jamie und ich beim Einkaufen und da habe ich beiläufig von der offenen Stelle in der Firma erzählt. Jamie hat darauf gedrängt, dass ich mich bewerbe. Ehrlich gesagt hatte ich es nicht vor. Aber ich habe es dann einfach getan. Und es hat funktioniert."

„Wirklich?", fragen Beverly und ich wie aus einem Munde.

„Ich habe nur gute Ratschläge", kommentiert Jamie. „Ich sage meiner Mom seit Jahren, dass sie ein Vermögen damit machen würde, wenn sie ihre getragenen Socken bei *OnlyFans* verkaufen würde. Aber sie weigert sich."

Ich gluckse und sogar mein Dad fängt schallend an zu lachen.

„Jamie", erwidert Beverly trocken. „Ich melde mich nicht bei *OnlyFans* an! Das ist ja wie eine Porno-Website!" Sie senkt ihre Stimme und scheint tatsächlich etwas peinlich berührt zu sein. Zugegebenermaßen stehen die Tische nicht sehr weit auseinander. Wer weiß, wer hier zuhört.

„Mom, es ist keine Porno-Website. Du zeigst den Leuten lediglich deine Füße. Es gibt tatsächlich Menschen, die das erotisch finden. Willst du die etwa verurteilen?"

Der Kellner sucht sich genau diesen Moment aus, um an unseren Tisch zu treten. Seine Augen weiten sich, als Jamies Worte bei ihm ankommen.

Auf Jamies Gesicht breitet sich ein fettes Grinsen aus, das er hinter seiner Faust zu verstecken versucht. Beverly läuft rot an wie eine Tomate. Dad beäugt die Szenerie schmunzelnd. Und ich kann meinen Blick nicht von Jamie abwenden. Zum ersten Mal, seit ich zurück bin, verhält er sich so richtig jamie-mäßig. Was meine Sehnsucht nur noch mehr verschlimmert.

„Sind Sie bereit zu bestellen?", erkundigt sich der Kellner, der tut, als wäre er eben nicht Zeuge eines seltsamen Familiengesprächs geworden.

Beverly stimmt zu und so geben wir alle nacheinander die Bestellung auf. Ich entscheide mich für ein Rib-Eye-Steak mit Coleslaw und einem gegrillten Maiskolben. Auch wenn ich den Preis noch immer unverschämt finde.

Ich reiche dem Kellner die Menükarte zurück und er entfernt sich schnell von unserem Tisch. Möglicherweise hält er uns jetzt für verrückt.

„Es gibt noch etwas, was wir mit euch besprechen möchten, Jungs."

Jamie und ich sehen synchron auf. Misstrauisch. Was kommt jetzt?

„College – wichtiges Thema. Die umliegenden Colleges haben demnächst Tag der offenen Tür. Wir möchten, dass ihr sie besucht, damit ihr das richtige College für euch findet. Darüber hinaus müsst ihr uns sagen, wo ihr noch hinwollt. Liam – ich denke zum Beispiel, dass du dir New Haven ansehen willst?" Fragend hat Dad die Augenbrauen hochgezogen.

Ich knabbere auf meiner Unterlippe herum. „Schon. Ich weiß aber nicht, ob die mich jetzt noch nehmen."

„Warum sollten sie nicht?", platzt es plötzlich aus Jamie heraus. Er presst die Lippen zusammen, als hätte er nichts sagen wollen.

Ich tue es ihm gleich. Was soll ich darauf antworten? Dass ich die letzten Monate ein kleines Häufchen Elend war, das nichts auf die Reihe gekriegt hat?

Leider hält Dad nicht so viel vom Schweigen wie ich. „Liam ist während seiner Auszeit in Seattle seinen Online-Unterrichtspflichten nicht nachgekommen." Er erzählt davon, als würde er eine Präsentation in seiner Firma halten. Fehlt eigentlich nur die passende Power-Point-Präsentation dazu.

Jamies Blick trifft auf meinen. Sein Mund steht leicht offen, der Kopf liegt leicht schief. Er sieht niedlich verwirrt aus.

„Da Jamie die Schule leider ähnlich an die Wand gefahren hat …", mischt sich Beverly ins Gespräch ein, „haben wir entschieden, euch ein bisschen unter die Arme zu greifen, was die Colleges angeht. Ihr habt momentan genug mit der Schule zu tun."

Ich verziehe das Gesicht. Was sie sagt, klingt gleichermaßen richtig und falsch. Ich hatte immer genau gewusst, was ich wollte. Yale-University. Das war immer mein Traum. Jetzt weiß ich es nicht mehr.

„Am kommenden Wochenende findet ein Schnupperwochenende an der University of Oregon statt", fährt meine Stiefmutter fort. „Wir haben euch beide angemeldet."

„In Oregon?", frage ich irritiert. „Wie kommt ihr auf Oregon?"

Tatsächlich stand die Uni nicht auf meiner Bucket-List. Warum soll ich ausgerechnet dorthin?

„Meine Mom kommt aus Oregon", murmelt Jamie in meine Richtung, bevor er sich seiner Mutter zuwendet. „Wird das so ein klassisches Wochenende im Wohnheim?"

Beverly lächelt ihn triumphierend an. „Nicht für euch. Ich denke sowohl Jeff als auch ich haben deutlich gemacht, dass eure Partys mal eine Weile ausgesetzt sind. Ich habe mit Collin gesprochen. Er freut sich darauf, euch ein bisschen herumzuführen, euch alles zu zeigen und euch zu begleiten. Schlafen werdet ihr selbstverständlich nicht im Wohnheim, sondern bei Grandma."

Hä? Collin? Grandma? Was?

Ich blinzele verwirrt.

„Bei Grandma?", fragt Jamie entsetzt. „Wir beide?"

Ich sehe zwischen Jamie und seiner Mom hin und her und versuche Zusammenhänge zu schaffen. Offensichtlich wohnt Jamies Grandma in Oregon. Oder?

„Ja. Bei Grandma, Schatz. Sie freut sich auf dich. Und auf … uns."

Jamie entfährt ein undefinierbarer Laut.

„Ihr?", fragt er nach. Seine Augen sind schockgeweitet, seine Schultern angespannt. „Das ist ein Witz."

Was entgeht mir hier? Selbst Dad runzelt die Stirn und beäugt Beverly überrascht. Wir tauschen einen fragenden Blick.

„Grandma möchte gerne Jeff und Liam kennenlernen. Wir fliegen alle gemeinsam nach Oregon", sagt Beverly. Unbehaglich rutscht sie auf ihrem Stuhl hin und her und setzt ein gequältes Lächeln auf.

Jamie lässt sich zurücksinken. Noch immer steht ihm der Mund offen. „Das wird 'ne Katastrophe, das ist dir doch klar, oder?"

Okay. Dad und ich sind nicht Teil des Gesprächs, ganz eindeutig nicht. Und ich verstehe nur Bahnhof.

Beverly seufzt. „Ja. Das ist mir klar. Aber sie hat mir versichert, dass sie sich freut und … nun ja."

Jamie fährt sich mit der rechten Hand durch seine Haare. Schüttelt den Kopf. „Was hast du nur angerichtet."

Beverly verzieht das Gesicht. „Ich hätte schlecht Nein sagen können." Sie klingt dabei so sehr wie Jamie, dass ich ein Schmunzeln nicht unterdrücken kann.

„Könnte uns vielleicht mal jemand aufklären, was hier los ist?", mischt Dad sich endlich ein. Er wirkt ungeduldig.

„Nichts ist los, mach dir keine Sorgen. Meine Mutter ist eben einfach … ein bisschen speziell", sagt Beverly sanft und legt meinem Dad die Hand auf den Unterarm.

Jamie schnaubt. „Sagen wir mal einfach, dass unsere direkte Art Dinge auszusprechen nicht von irgendwoher kommt."

Dad rutscht auf seinem Stuhl hin und her. „Was soll das bedeuten? Ist sie … unfreundlich oder gemein? Eine schlechte Grandma etwa?"

„Nein!", widerspricht Jamie sofort. „Sie ist eine tolle Grandma!"

„Aber?", hake ich nach.

Er zuckt mit den Schultern. „Aber sie ist der absolut größte Fan meines Dads. Findet, dass er immer alles richtig macht und dass die Trennung meiner Eltern nur vorübergehend ist, bis meiner Mom endlich auffällt, was sie für einen schrecklichen Fehler gemacht hat."

Beverly stützt sich mit den Ellenbogen auf dem Tisch ab und vergräbt ihr Gesicht in den Händen. Leider widerspricht sie ihm nicht.

„Stimmt das?", fragt mein Dad vorsichtig nach.

„Das kommt hin. Aber – sie hat deutlich gemacht, dass sie euch beide kennenlernen möchte und dass sie keine Szene machen wird. Sie hat es mir versprochen."

Dad nickt einige Male. „Das ist okay."

„Echt?" Das Wort platzt einfach aus mir heraus. Ich hätte gedacht, dass er sauer ist oder … keine Ahnung. Das Ganze doch lieber absagt.

Doch Dad winkt ab. „Mit Schwiegereltern ist das manchmal so eine Sache. Man muss sich zwar mit ihnen abfinden, aber letzten Endes ist es egal, was sie denken."

Beverly hebt den Kopf und sieht meinen Dad an. „Ich liebe dich."

Er lacht leise auf und greift dabei nach ihrer Hand. „Ich weiß. Und ich dich."

Das ist irgendwie rührend. Als sie sich küssen, wende ich allerdings den Blick zur Seite. Zu Jamie.

Der schüttelt immer noch den Kopf.

Plötzlich fällt mir wieder was ein. „Wer ist eigentlich dieser Collin, von dem deine Mom gesprochen hat?"

„Mein Cousin. Er geht auf die UO. Ist allerdings im ersten Jahr. Er spielt für die Oregon Ducks." Jamie sieht beinahe ein bisschen stolz aus, was die Vermutung nahelegt, dass die beiden sich nahestehen.

„Football?"

Er schüttelt den Kopf. „Basketball."

„Das ist cool."

Jamie lächelt. „Ist es. Er ist gut. Wenn auch manchmal etwas unsicher."

Ich atme einmal tief durch. „Okay ... Oregon also. Wo ist die UO eigentlich genau?" Ich konzentriere mich auf die Pflanze, die direkt neben Jamie in einem hübschen Kübel steht, damit ich ihn nicht die ganze Zeit anstarre.

„Eugene. Ist eigentlich ganz nett da. Coole Bars."

„Die ihr nicht besuchen werdet", hält Beverly dagegen, offensichtlich fertig mit der Turtelei. „Dieses Wochenende dient nicht zu eurer Unterhaltung – es geht nur darum sich das College anzusehen."

„Und um Happy-Family-Time mit Grandma."

Beverly stößt einen unzufriedenen Laut aus, bis sie ihrem Sohn schließlich die Zunge rausstreckt. „Nervensäge", murmelt sie in seine Richtung, bemerkt aber den Kellner nicht, der direkt neben ihr auftaucht. Er hebt leicht eine Augenbraue.

Sie presst ihre Lippen fest aufeinander und sendet einen bösen Blick in Jamies Richtung. Er wiederum grinst. Unbeschwert. Und dieser Anblick geht mir durch Mark und Bein.

Kapitel 16

Jamie

Ich bin zu spät. Das ist meine Art zu rebellieren.

Misstrauisch beäuge ich das große Haus vor mir, das so anders aussieht als unseres. Und es befindet sich nicht direkt am Strand, was mich doch wundert. Stattdessen liegt es auf dem großen Hügel und gibt einen hervorragenden Blick über Oceanside frei. Irgendwie passt es zu meinem Dad. Zu seinem jetzigen Ich.

Ehe ich einen Rückzieher machen kann, drücke ich auf die Klingel der viel zu großen Doppel-Haustür.

Ein ewig langes Ding-Dong ertönt, das mir bereits nach wenigen Sekunden auf die Nerven geht. Ich verdrehe die Augen. Das ist kein guter Tag. Die Aussicht, dass ich gleich auf meinen Dad treffen werde, stresst mich. Bereits vor mehreren Tagen habe ich das Treffen gezwungenermaßen mit ihm arrangiert (Moms Schuld) und seitdem ist meine Laune wieder so schlecht, wie sie vor meiner Aussprache mit Liam war.

Die Tür öffnet sich und eine strahlende Candy begrüßt mich. Sie lächelt breit und zieht mich sofort in ihre Arme. Überfordert erwidere ich die Geste. Die seltsamste Umarmung meines Lebens, wenn man bedenkt, dass ein riesengroßer Babybauch zwischen uns ist. Ich starre schockiert darauf. Meine Güte, ist der groß.

Candy sieht anders aus. Beim letzten Mal, als ich sie gesehen habe, hat man ihr die Schwangerschaft noch gar nicht angesehen. Sie hat auf äußerst knappe Kleidung gesetzt. Viel Make-Up. Eigentlich hat sie sich gar nicht so sehr verändert, aber irgendwie eben doch. Sie trägt eine kurze Latzhose aus Jeansstoff, die ihren Bauch betont. Ihre Haare sind zu einem lockeren Pferdeschwanz gebunden und sie hat Make-Up aufgelegt. Trotzdem ... dieses Strahlen ist anders. Sie wirkt unheimlich glücklich.

„Du siehst gut aus." Ich lächle sie an.

„Danke. Komm rein."

Sie zieht mich ins Innere des Hauses. Die Inneneinrichtung wirkt edel. Viel weißes Leder und Glas. Ziemlich ungünstig, wenn man ein Baby bekommt, oder? Aber was weiß ich schon über Kinder.

Candy führt mich über die massiven verglasten Terrassentüren nach draußen.

Wow.

Das ist mal ein Pool. Ein Infinitypool, um genau zu sein, der genau an die Felskante gebaut wurde. Nett.

Aber wieder frage ich mich, wie babysicher das alles ist.

„Setz dich." Candy deutet auf die Lounge-Möbel, die sich unter einem Vordach mit Ventilator befinden. Auf dem Tisch stehen Teller mit Sandwiches, Croissants und Donuts. Außerdem Getränke. Und ein Kübel mit Eis. Mit einem Mal fühle ich mich schlecht, dass ich zu spät bin.

„Wo ist Dad?", frage ich, als ich mich auf einen der Sessel fallen lasse.

Candy setzt sich mir gegenüber und schnaubt unzufrieden. „Er kommt leider später. Warum kann ich dir nicht sagen."

Enttäuschung überflutet mich, gepaart mit Frust und Wut.

„Ich bin über eine Stunde zu spät", gebe ich zurück.

Candy seufzt. „Ich weiß."

Ein trauriges Lachen entfährt mir. „War ja klar."

„Ich freue mich jedenfalls, dass du hier bist. Möchtest du etwas trinken?"

Ich fahre mir durch die Haare. „Klar. Eine Cola wäre toll."

Sie greift nach einem Glas, drapiert Eiswürfel und gießt Cola hinein.

Obwohl ich keinen Durst habe, nehme ich es und trinke einen Schluck. Sie selbst entscheidet sich für Wasser.

Ein paar quälende Minuten sitzen wir schweigend voreinander. Auch wenn wir in den letzten Monaten häufiger miteinander telefoniert haben, ist es trotzdem seltsam, jetzt mit ihr hier allein zu sitzen. Immerhin ist sie immer noch die Frau, wegen der mein Dad Mom und mich verlassen hat. Allerdings habe ich es aufgegeben, ihr die Schuld dafür zuzuschieben. Dad ist erwachsen und hat sich selbst dafür entschieden, unsere Familie kaputt zu machen. Jetzt ist es eben, wie es ist. Außerdem ist Candy mit meinem Bruder schwanger. Wie könnte ich sie da weiter anfeinden?

„Wie lange noch, bis der kleine Scheißer kommt?", frage ich, weil mir das Schweigen auf die Nerven geht.

Candy lächelt und legt liebevoll eine Hand auf ihren Bauch. „Noch drei Wochen. Ich kann es gar nicht erwarten. Kannst du das fassen? In drei Wochen habe ich ein Baby auf dem Arm."

Ganz schön gruselig.

„Irgendwie nicht, nein. Habt ihr vor, hier wohnen zu bleiben?"

Sie blinzelt irritiert. „Natürlich, warum? Denkst du, dass wir gleich wieder gehen werden? Wir möchten langfristig in deiner Nähe sein."

Natürlich weiß ich, dass das nur ihre Worte sind, nicht Dads. Trotzdem tun sie gut.

„Das meine ich nicht. Ich habe nur Angst, dass mein Bruder irgendwann anfängt zu laufen und direkt von einer Klippe stürzt."

Ein Kichern verlässt ihre Kehle. „Mach dir keine Sorgen. Bevor er mobil wird, machen wir alles babysicher."

Ich hebe eine Augenbraue. Wie man tödliche Klippen babysicher machen kann, ist mir nicht so ganz klar, aber sie wird es schon wissen. Hoffentlich.

„Uff. Er tritt. Willst du mal fühlen?"

„Äh …" Überfordert starre ich auf den Bauch. Irgendwie ist es merkwürdig, wenn ich jetzt an ihrem Bauch rumfummle. Oder nicht? Andererseits kann mein Leben auch nicht mehr schräger werden, also was soll's.

Ich strecke zögerlich die Hand aus und lege sie auf Candys Bauch. Sie greift danach, um sie an der richtigen Stelle zu positionieren. Ich runzele die Stirn. Fühlt sich an wie ein Luftballon. Abgesehen davon fühle ich nichts. Plötzlich stößt etwas gegen meine Finger. Meine Augen weiten sich und drohen mir aus dem Kopf zu fallen. „Abgefahren", murmele ich.

Candy kichert wieder. Ihr ganzer Bauch bebt einmal und kurz darauf bekomme ich wieder einen Stoß gegen die Finger, diesmal etwas kräftiger.

Irgendwie wird mir das Ganze dann aber doch zu … intim? Ich ziehe die Hand zurück. Trotzdem liegt ein Lächeln auf meinen Lippen. Es ist komplett surreal, dass mein Bruder dort in dem Bauch wohnt und mich tritt.

„Habt ihr schon einen Namen?", erkundige ich mich, schnappe mir ein Sandwich und beiße hinein.

„Leider nicht. Es ist so schwierig etwas zu finden, was wir beide gut finden. Alles, was ich liebe, mag dein Vater nicht und umgekehrt."

„Lass mich raten", nuschele ich zwischen zwei Bissen. „Er will das Kind Abraham nennen?"

Candys Augen werden groß. „Woher weißt du das?"

Abraham ist der Vorname meines Dads.

„Hat er bei mir schon versucht. Er konnte meine Mom aber nur davon überzeugen, ihn als Zweitnamen zu nehmen. Was immer du tust – lass bitte nicht zu, dass der arme Junge Abraham als Vornamen trägt."

Schallend fängt sie an zu lachen. Mir fällt auf, dass ich sie noch nie so richtig habe lachen hören. Macht sie noch sympathischer.

„Wir müssen das Ego deines Vaters nicht noch mehr streicheln. Abraham streichen wir von der Liste. Welchen Namen schlägst du vor?"

Überrascht halte ich inne. Mir war nicht klar, dass meine Meinung überhaupt eine Rolle spielt. „Willst du wirklich einen Vorschlag von mir?"

„Ja. Du darfst hier und jetzt einen Namen nennen, der offiziell auf unsere Namensliste wandert."

Ich beiße mir auf die Wangen, um nicht zu lächeln. Wieso ist es mit Candy einfach und mit Dad so scheiße?

„Jaxon", platzt es aus mir heraus, ohne dass ich darüber nachdenken muss.

Candys Gesicht nimmt einen seltsamen Ausdruck an. Sie öffnet ihren Mund, nur um ihn dann wieder zusammenzupressen, als würde sie ein Lächeln unterdrücken.

„Warum Jaxon?"

Ich winke ab. „Ach, das war immer so eine Sache als Kind. Lustigerweise wollte ich in der Middleschool immer einen Bruder haben. Oder einen Hund. Beides habe ich nicht bekommen. Jedenfalls habe ich mir gesagt: Egal, ob ich einen Hund oder einen Bruder bekomme: Er muss Jaxon heißen." Ich lache auf und schüttele meinen Kopf.

Candy strahlt noch mehr. „Weißt du ..."

Sie wird von meinem Vater unterbrochen, der nach draußen auf die Terrasse tritt. Wie immer trägt er einen dunkelblauen Anzug zu einem hellblauen Hemd. Ich muss ihm zugutehalten, dass ihm das Outfit verdammt gut steht.

Mein Gesicht verfinstert sich augenblicklich, ebenso meine Laune.

„Es tut mir leid, Schatz. In letzter Sekunde kam noch ein Meeting rein. Du weißt doch, kurz vor einem neuen Launch ist immer die Hölle los."

Diese Worte richtet er nicht an mich. Natürlich nicht. Ist ja nicht so, dass wir beide eine Verabredung hätten.

Innerhalb von zwei Sekunden kocht mein Blut, weil ich so scheißwütend bin. Ich verspanne mich und setze mich aufrecht hin. Wann ist er so ein blödes Arschloch geworden? Und warum?

Candy gibt ein abfälliges Schnauben von sich, wofür ich ihr gern applaudieren würde.

„Wieso entschuldigst du dich bei mir?", fährt sie ihn an. Laut. „Du hast ein Treffen mit deinem Sohn vereinbart, Bram. Entschuldige dich gefälligst bei ihm." Sie verschränkt die Arme vor der Brust, wobei sie sie eher auf ihrem Bauch ablegt.

Endlich schafft mein Vater es, auch mich anzusehen. „Jamie."

Ich hebe eine Augenbraue. Das war's?

„Ich hoffe, du musstest nicht zu lange warten?" Immerhin sieht er mich jetzt an.

Candy und ich antworten zeitgleich. „Doch!"

Ein genervter Ausdruck huscht über Dads Gesicht. „Nun gut. Entschuldige bitte, dass du warten musstest. Aber kurz vor einem neuen Launch habe ich einfach keine Wahl."

Der Klassiker. Er entschuldigt sich, während er sich gleichzeitig von jeglicher Schuld freispricht. Das hat er früher schon getan.

„Ist ja nie was deine Schuld", murmele ich.

„Willst du jetzt wirklich so anfangen, Jamie?" Dads genervter Tonfall geht mir gegen Strich. Ich merke selbst, dass ich kurz davor bin auszuflippen.

„Lass ihn in Ruhe, Bram", zischt Candy ihn an. „Er kann nun wirklich nichts dafür."

Dad beißt sich auf die Unterlippe und muss sich sichtlich zusammennehmen. Von meinem Platz am Tisch aus kann ich sehen, dass er tief einatmen muss.

Schließlich glätten sich seine Gesichtszüge. „Ich gehe mir kurz etwas Bequemes anziehen. Bin gleich zurück.“

Beinahe bedauere ich, dass Candy sich eingemischt hat. Dad hat in den letzten drei Monaten kaum ein Wort mit mir geredet. Wenn wir uns anschreien, dann reden wir wenigstens.

„Entschuldige mich kurz“, murmelt Candy und schenkt mir ein kleines Lächeln. Mit verkniffenem Mund geht sie meinem Dad nach.

Ich lege den Kopf nach hinten und stöhne gequält. Ich hätte nicht herkommen sollen. Vielleicht muss ich einfach akzeptieren, dass mein Dad und ich keine Beziehung mehr zueinander haben. Ich schlucke schwer.

Meine Wut flaut etwas ab, dafür nimmt Enttäuschung ihren Platz ein.

Wenig später kommen mein Dad und Candy wieder nach draußen. Beide lächeln, als wäre nie etwas vorgefallen. Die aufgesetzte Scheiße nervt mich jetzt schon. Candy setzt sich zurück auf ihren Stuhl, Dad lässt sich gegenüber von mir nieder.

Ich verschränke die Arme vor der Brust und schweige. Die beiden können vergessen, dass ich jetzt den Smalltalk vorantreibe. Ihren ekelhaft glücklichen Gesichtern nach wollen sie über nichts Unangenehmes sprechen.

Herausfordernd starre ich Dad an.

„So, Jamie, du wolltest vorbeikommen. Hat Candy dich schon rumgeführt?“, eröffnet er das Gespräch.

„Mom hat mich gezwungen“, antworte ich trocken. „Ansonsten habe ich das Wohnzimmer und die Terrasse gesehen. Ich verzichte aber auf die Führung, danke.“

„Sag einfach, falls du deine Meinung änderst. Wir haben auch ein Zimmer für dich“, wirft Candy ein.

Ich verziehe das Gesicht. „Wofür?“

„Damit du eine Möglichkeit hast, wenn du sie mal brauchst. Oder nutzen möchtest.“ Candy klingt freundlich und verständnisvoll. Sie lächelt und irgendwie nehme ich es ihr sogar ab.

„Danke“, sage ich leise.

Wieder herrscht Schweigen. Dieses Treffen ist beschissen.

„Wie läuft es in der Schule?“, fragt Dad.

Seufzend verdrehe ich meine Augen. „Schlecht.“

Mein Vater runzelt die Stirn. „Wirklich? In welchem Fach?“

„In welchen Fächern ...“, korrigiere ich ihn.

Ein dunkler Schatten huscht über Dads Gesicht. Eine Regung. Geht doch.

„Was soll das bedeuten?“ Anspannung ist aus seiner Stimme zu hören.

„Dass ich in drei Fächern vermutlich durchfalle.“ Es brodelt in mir und ich drohe jede Sekunde überzukochen. Doch vorher will ich, dass auch Dad aus seiner Haut fährt. Und sein scheiß zufriedenes Gesicht aufgibt.

„Warum zur Hölle?“, fährt er mich an. „Dafür bist du doch viel zu intelligent.“ Endlich ist der Ausdruck auf seinem Gesicht verschwunden. Nun erkenne ich Wut darin. Gut. Das ist besser als die Gleichgültigkeit, die er mir präsentiert, seit er von meiner sexuellen Orientierung erfahren hat.

„Tja, scheinbar nicht“, murmele ich spitz.

Dass ich mich selbst darüber ärgere, dass ich drohe durchzufallen, muss er nicht wissen.

„Verdammt noch mal, Jamie! In letzter Zeit erkenne ich dich nicht wieder."

Ich zucke zurück. „Na, dann wären wir ja schon zu zweit!", antworte ich scharf.

Dad brummt unzufrieden. „Du weißt doch, wie wichtig das letzte Schuljahr für dich ist. Wieso riskierst du ausgerechnet jetzt alles? Du weißt, dass ich eine gute Uni finanzieren kann, aber dafür brauchst du einen Abschluss und passable Noten."

„Genau, Dad. Weil ich das auch mit Absicht gemacht habe. Ich dachte mir: Mh. Nö. Das letzte Schuljahr versaue ich mir so richtig."

„Kein Grund sarkastisch zu sein!" Jetzt wird mein Vater laut. „Das ist nicht lustig, Jamie!"

„Siehst du mich vielleicht lachen? Falls ja, solltest du deine Wahrnehmung prüfen!"

Mir ist klar, dass ich provoziere. Aber ich glaube, er hat einfach keine Ahnung, wie sehr er mich verletzt.

„Ist das dein neuer Lebensstil? Verhältst du dich deshalb so?" Seine Worte knallen durch die Luft wie ein Peitschenhieb.

Mein Mund steht sperrangelweit offen, dabei dürfte mich eigentlich nichts mehr schocken.

„Wie bitte?", frage ich gefährlich ruhig.

„Du weißt schon, was ich meine. Früher hast du dich nie so verhalten. Und jetzt ..."

„Jetzt was?" Ich springe von meinem Stuhl auf. „Jetzt bin ich anders, weil ich Typen küsse, oder was? Was hat das eine mit dem anderen zu tun?"

Dad steht ebenfalls auf. „Früher warst du ein Junge, der die Schule im Griff hatte, mit dem man sich unterhalten konnte und bei dem alles normal war. Seit du dieses Foto gepostet hast, ist es das nicht mehr.“

Autsch.

„Fick dich!“, zische ich. „Unsere Beziehung ist im Arsch, seit du Mom verlassen hast. Du hast mich mit Geschenken überhäuft und mir sonst zu keinem Zeitpunkt zugestanden, wütend auf dich zu sein. Dabei hast du unsere Familie zerstört. Du ganz allein. Das war der Zeitpunkt, an dem es *komisch* …“, ich setze Anführungszeichen in die Luft, „wurde. Was spielt es für eine Rolle, mit wem ich vögle?“

Ich habe mich in Rage geredet.

„Ich verstehe es einfach nicht“, hält mein Vater dagegen. „Ich meine, du hattest dieses Mädchen und alles war gut.“

„Ein Scheiß war gut!“ Frustriert fahre ich mir durch die Haare. „Ich habe mir die ganze Zeit selbst etwas vorgemacht!“ Wieso kapiert er gar nichts?

„Aber warum? Warum Männer?“

Verständnislos schüttele ich meinen Kopf. „Weil ich gerne Schwänze lutsche, was willst du, verdammt noch mal, von mir hören?“

„Ich weiß es nicht!“, brüllt Dad zurück. „Es ist nicht einfach, mit so was klarzukommen!“

Ein fetter Kloß nistet sich in meinem Hals ein. „Ich bin aber nicht *so was*. Ich bin dein Sohn. Und du bist ein beschissener Vater.“

Mit den Worten stürme ich davon.

„Jamie, warte“, versucht Candy mich zurückzuhalten. Dem Ächzen nach zu urteilen, steht sie gerade auf.

Leider schaffe ich es nicht, mich umzudrehen. „Entschuldige, Candy. Danke für die Sandwiches."

Zu mehr bin ich gerade nicht in der Lage. So schnell ich kann durchquere ich das Wohnzimmer meines Dads und verlasse das Haus.

Mein Vater mag in Oceanside leben. Dennoch liegen Kilometer zwischen uns. Was zur Hölle ist sein Problem? Wie kann der Umstand, dass ich lieber Männer als Frauen küsse, so einen Unterschied für ihn machen?

Er behandelt mich, als wäre ich ein komplett anderer Mensch. Und das tut weh.

Es tut verdammt weh!

Kapitel 17

Liam

Ich weiß nicht mehr wo oben und unten ist. Meine Welt steht Kopf, meine Gefühle stehen Kopf. Keine Ahnung, wie dieses Wochenende in Oregon ablaufen soll, aber Jamie hat mir nicht gerade Mut mit den Aussagen über seine Grandma gemacht. Nicht dass sie am Ende so eine verbitterte Ziege ist, die Dad und mich nur runtermacht. Dad mag es vielleicht egal sein. Mir aber nicht.

„Und du kannst heute Abend sicher nicht mitkommen?", fragt Kim, die vor dem kleinen Spiegel in meinem Zimmer steht und sich die Haare zu einem Knoten frisiert.

Frustriert lasse ich mich in meine Kissen sinken. „Ich darf nicht. Erziehungsmaßnahme von Dad."

Ein strafender Blick trifft mich. „Das weiß ich, Liam. Die Frage ist ja, ob er nicht vielleicht eine Ausnahme machen würde. Immerhin ist es ein Konzert. Ein kleines, zugegebenermaßen, aber ein Konzert."

Ich greife nach einem Kissen und drücke es mir auf die Brust. „Und wenn es ein Besuch im Disneyland wäre – Dad hat klar gemacht, dass ich fürs Erste abends nicht wegdarf. Wie Hausarrest – nur für den Abend.“

„Es ist ja aber noch nicht Abend“, wirf Kim ein und dreht sich zu mir herum, die Hände in die Hüften gestemmt. Passend zum Konzert trägt sie einen Oversize-Pullover in Schwarz zu einer dünnen Strumpfhose und Boots.

„Kim“, jammere ich. „Ich wäre kaum dort, dann müsste ich schon wieder zurückfahren.“

„Okay, schon gut.“ Sie brummt unzufrieden. „Ich hätte dich gerne dabei.“

Ich lache freudlos auf. „Und ich *wäre* gerne dabei. Stattdessen werde ich in meinem Zimmer herumliegen und mich selbst bemitleiden. Ich habe keine Ahnung, wie ich das Wochenende mit Jamie überstehen soll. Bei der komischen Grandma.“

Kim bricht in schallendes Gelächter aus. „Du musst mir danach alles über sie erzählen. Vielleicht jagt sie dich und deinen Dad mit der Heugabel wieder aus dem Haus.“

Das entlockt mir doch ein kleines Lächeln. „Vielleicht vergiftet sie uns auch mit einer bunten Süßigkeit, um uns aus dem Weg zu haben.“

Kim deutet mich dem Zeigefinger auf dich. „Wenn sie das tut – bitte vergiss nicht, mir ein Video davon zu schicken, kurz bevor du abkratzt.“

„Deal“, murmele ich lachend. „Tja, ich muss los. Schnapp dir ein Buch und lies noch ein paar Seiten. Das Wochenende wirst du schon überstehen. Vielleicht konzentrierst du dich für den Moment wirklich aufs College und siehst, ob es dir gefällt.“

Spöttisch ziehe eine Augenbraue nach oben. „Jetzt klingst du wie mein Dad."

Kim streckt mir die Zunge raus. „Manchmal hat er eben recht."

Ich schüttele den Kopf. „Habt viel Spaß auf dem Konzert. Grüß Drew von mir."

Kim grinst. „Danke. Melde dich, wenn die Heugabel dich aufgespießt hat." Mit diesen Worten wirft sie mir einen Luftkuss zu und verlässt mein Zimmer.

Als die Tür ins Schloss fällt, seufze ich. Wie Kim mir geraten hat, schnappe ich mir ein Buch und beginne zu lesen. Leider stelle ich recht schnell fest, dass das heute nichts wird, auch wenn ich es wirklich versuche. Meine Gedanken sind einfach zu laut.

Jamie war die letzten Tage komisch. Lustigerweise hatte ich bei unserem Familienessen das Gefühl, dass er wieder der Alte ist, aber kurz danach ist der lustigen Unbeschwertheit wieder etwas anderes gewichen, das ich nicht greifen kann. Jamie ist mürrisch, abwesend und ... keine Ahnung. Ich wäre gern für ihn da, aber ich weiß nicht wie. Bin ich vielleicht erneut verantwortlich, dass er so komisch ist?

Ehe ich mich weiter in meinen Gedanken verliere, schleppe ich mich zum Badezimmer. Vielleicht bekomme ich mit einer Dusche meinen Kopf wieder klar.

Ein Blick in den Spiegel verrät mir, dass meine Haare total zerwühlt sind. Und ich müde aussehe. Ich schüttele den Kopf und ziehe mir das Shirt aus. Kurz danach folgt meine Shorts. Belustigt stelle ich fest, wie braun ich in den letzten Tagen geworden bin. Hausaufgaben lassen sich viel besser am Strand in der warmen Sonne erledigen.

Ich stelle das Wasser an und drehe es wärmer als gewöhnlich. Irgendwie brauche ich das heute. Ein wohliges Brummen entfährt mir, als ich mich unter das heiße Wasser stelle. Von dieser Regendusche werde ich wohl nie genug bekommen. Bereits nach kurzer Zeit ist das ganze Bad voll mit nebligem Wasserdampf. Ich greife nach dem Duschgel und verteile es auf meinem Körper.

Die Badezimmertür öffnet sich, was mich so sehr erschreckt, dass ich beinahe ausrutsche. Es ist nicht meine Tür. Es ist Jamies. Ich habe vergessen abzuschließen. Fuck.

Jamie trägt seine geräuschdämmenden Kopfhörer, die ich schon ein paar Male bei ihm gesehen habe. Und kein Shirt. Seine graue Jogginghose sitzt tief auf seinen Hüften. So tief, dass ich seine Beckenknochen sehen kann. Ich schlucke schwer.

Er wirkt abwesend und gedankenverloren. Mit einer Hand reibt er sich über die sichtlich müden Augen und schlurft zum Waschbecken, wo er den Wasserhahn anstellt und sich Wasser ins Gesicht spritzt.

Er hat mich noch nicht mal bemerkt, obwohl das Badezimmer einem Dampfbad gleicht. Ich stehe wie bedröppelt unter der Dusche, heißes Wasser läuft auf mich herab und ich traue mich nicht, mich auch nur einen Millimeter zu bewegen.

Jamie stützt sich mit den Armen auf dem Waschbecken ab und lässt die Schultern hängen. Was ist mit ihm?

Er hebt den Kopf und sieht in den Spiegel, in dem man so langsam wieder etwas erkennen kann, dank der offenen Zimmertür.

Jamie zuckt zusammen, als er mich im Spiegel erblickt. Ich zucke zusammen. Unsere Augen treffen sich. Allerdings nur kurz, denn plötzlich gleiten seine Augen tiefer. Viel tiefer.

Ohne Vorwarnung jagt Hitze durch meinen Körper und landet in südlichen Regionen.

Jamies Mund öffnet sich leicht, als er die Kopfhörer in seinen Nacken schiebt. Keiner von uns beiden bewegt sich. Erregung durchflutet mich, als er sich leicht auf die Unterlippe beißt.

Seine Brust hebt und senkt sich schnell. Mein Anblick lässt ihn auf keinen Fall kalt. Und das fühlt sich so gut an. Richtig.

Ehe ich überhaupt darüber nachdenken kann, was ich tue, schiebe ich meine Hand nach unten. Ich lasse sie über meine Brust, meinen Bauch und schließlich mein Schambein wandern. Jamies Blick folgt meiner Hand. Nach wie vor über den Spiegel. Ich fahre mit meinen Augen an seinem trainierten Rücken entlang. Seinen festen Schultern.

Zeit alles auf eine Karte zu setzen.

Noch immer prasselt das heiße Wasser auf mich herab, als ich mich mit der Faust selbst umfasse. Ich halte den Atem an, während Jamie einen zischenden Laut von sich gibt. Seine Augen sind geweitet. Ob vor Schock? Oder Lust?

Vorsichtig schiebe ich meine Hand auf und ab, darauf bedacht nichts zu tun, was Jamie verschrecken könnte. Was vollkommen surreal ist, wenn man bedenkt, dass ich in der Dusche stehe und mir vor seiner Nase einen runterhole.

Doch es fühlt sich nicht surreal an. Keine Sekunde.

„Liam …“, flüstert Jamie.

Ich liebe es, wie er meinen Namen sagt. Als würde er mich … brauchen. Shit.

„Jamie“, raune ich leise zurück.

Er schließt die Augen und presst seinen Kiefer fest zusammen. Als er sie wieder öffnet, haben sie sich verdunkelt.

Ohne jede Vorwarnung schiebt er die Hand in seine Hose.

Oh. Mein. Gott.

Ein Keuchen entweicht mir. Er wird doch nicht …

Ich bearbeite mich weiter, kann gar nicht anders. Aufhören ist keine Option mehr. Ich stöhne leise, doch laut genug, damit er es hören kann.

Jamie nimmt die Hand aus der Hose und schiebt sie sich kurzerhand über die Hüften. Als Erstes registriere ich seinen perfekten Hintern. Danach sehe ich zu seinem Penis. Jamie umfasst sich zielsicher und zögert dabei keine Sekunde.

Der Drang zu ihm zu gehen, ihn anzufassen, ist überwältigend, dennoch bleibe ich, wo ich bin, den Blick fest auf Jamie gerichtet. Meine Bewegungen werden fahrig, grob.

Er legt seinen Kopf leicht in den Nacken und stöhnt. Laut.

Großer Gott.

„Fuck“, knurre ich.

Meine Hand, von der ich mir vorstelle, es wäre Jamies, fühlt sich so gut an. Das Ziehen in meinem Unterleib nimmt zu. Ich bin so kurz davor zu kommen, will aber gleichzeitig, dass das hier niemals endet. Das Wasser auf meinem Körper nehme ich nur noch am

Rande wahr. Alles in mir ist auf den Jungen vor mir ausgerichtet. Und auf meinen Penis. Das hier ist so fucking intensiv und intim, dabei berühren wir uns nicht mal.

Jamie stützt sich mit einer Hand am Waschbecken ab und wird mit seiner anderen immer schneller. Unkontrolliertes Stöhnen verlässt seinen Mund. Die Sehnen an seinem Hals treten deutlich hervor, ebenso wie die Muskeln an seinen Schultern.

Die ganze Zeit über beobachtet er mich genau, wandert immer wieder mit den Augen zwischen meinem Gesicht, meinem Körper und meinem Schwanz hin und her. Schließlich verschränken sich unsere Blicke fest miteinander.

Trotz der Hitze in meinem Körper und der um mich herum überkommt mich eine Gänsehaut. Das Ziehen in meinem Unterleib wird immer stärker, der Sturm in mir braut sich mehr und mehr zusammen. Ein Kribbeln durchfährt meine Wirbelsäule.

„Jamie", wimmere ich laut. Die Wellen schlagen über mir zusammen, als ich abspritze. Wieder und wieder.

Jamie folgt mir wenige Sekunden später. Er söhnt heiser, als er kommt. Auf den Badezimmerunterschrank. Scheiße ist das heiß!

Wir atmen beide sichtbar schwer. Jamies Schultern heben und senken sich schnell.

Plötzlich geht ein Ruck durch seinen Körper. Er greift nach dem Bund seiner Hose und zieht sie zügig wieder über den Hintern. Erneut treffen sich unsere Blicke im Spiegel, wenn auch nur kurz, denn er wendet sich schnell ab. Unschlüssig steht er da, sieht sich im kleinen Raum um, als wüsste er nicht, was er tun soll.

Schlussendlich greift er nach einem Handtuch. Seine Finger zittern.

„Jamie", raune ich leise.

Er hält in der Bewegung inne und schluckt sichtbar. Sein Kehlkopf tritt deutlich hervor.

„Nicht", bittet er und macht sich daran, den Schrank sauber zu wischen.

Ich stehe währenddessen nach wie vor unter der Dusche, mittlerweile fröstelnd. Jamie sieht mich kein weiteres Mal an. Das Handtuch landet im Wäschekorb und wenig später flüchtet er aus dem Badezimmer.

Ich schalte das Wasser ab, schaffe es aber nicht aus der Dusche zu treten. Mein Herz droht in meiner Brust zu explodieren. Das war … heftig. Es war intensiv und wundervoll und … keine Ahnung. Es ist ein Anfang. Vielleicht ist es ein Anfang. Doch ich muss daran glauben, dass es nicht das Ende ist.

Kapitel 18

Liam

Ich bin hibbelig. Anders lässt es sich nicht beschreiben. Mein Kopf ist ausgiebig damit beschäftigt, die gestrige Dusch-Nummer wieder und wieder abzuspielen.

Unruhig rutsche ich hin und her. Ich sitze neben Jamie auf der Rückbank von Dads Auto. Wir sind auf dem Weg zum Flughafen. Jamie ist mir so verdammt nah, auch wenn er krampfhaft damit beschäftigt ist, aus dem anderen Fenster zu sehen. Er hat demonstrativ Kopfhörer aufgesetzt. Deutlicher kann er mir nicht zeigen, dass er nicht mit mir reden will. Und trotzdem … Ich kann nichts dagegen machen, dass ich Hoffnung geschöpft habe.

Dad lenkt den Wagen ins Flughafenparkhaus von San Diego. Wir stehen kaum, da springt Jamie aus dem Auto. Er schnappt sich seinen Trolley und starrt auf sein Smartphone.

Ich lasse mir meinen Koffer von Dad reichen, der viel zu gute Laune für so einen Tag hat. Sein Optimismus ist niedlich, leider teile ich ihn nicht.

Da wir ausschließlich mit Handgepäck reisen, haben wir schnell die Sicherheitskontrolle hinter uns gebracht.

„Ich geh noch ein bisschen was einkaufen. Wir sehen uns am Gate", nuschelt Jamie und läuft in die entgegengesetzte Richtung.

Ich freue mich darüber, denn ehrlich gesagt hätte ich selbst gerne ein bisschen Zeit allein. Es ist noch früh am Morgen, trotzdem muss ich die Gelegenheit nutzen, um endlich Drew anzurufen. Ich muss dringend reden. Ganz dringend.

„Bin auch mal weg." Ich deute ein Winken an und lasse Dad und Beverly stehen, die mir belustigt hinterhersehen. Es dauert nicht lange, bis ich eine ruhige Ecke gefunden habe. Ich ziehe mein Handy aus der Hosentasche und wähle den Namen meines besten Freundes.

„Liam?" Er klingt verschlafen. Scheiße. Ich habe das Konzert vergessen. „Alles okay?"

„Alles gut", versichere ich ihm. „Hast du eine Minute?"

Drew schnaubt. „Da ich bis eben geschlafen habe, ist meine To-Do-Liste recht überschaubar."

Ich lache leise. „Ich würde dir ja sagen, dass es mir leidtut. Aber ich brauche wirklich dringend jemanden zum Reden."

Ich klinge genauso hibbelig, wie ich schon den ganzen Morgen drauf bin, dabei ist das so gar nicht meine Art.

Das scheint auch Drew aufzufallen. „Ist etwas passiert?", fragt er neugierig.

„Irgendwie schon."

Stille. „Sagst du mir auch was oder spielen wir jetzt Quiz-Show?"

Ich pruste los. „Morgens bist du sarkastisch, ja?"

„Alter, Liam! Es ist sechs Uhr dreißig. Sprich oder stirb!"

„Sarkastisch und mürrisch. Gut zu wissen."

„LIAM!"

„Okay, okay. Entschuldige. Ich bin heute nicht ganz ich selbst. Ich bin hibbelig wie ein Eichhörnchen auf Speed und kann nicht mehr stillsitzen."

Ich wische mir die schwitzige Hand an der Hose ab. Tief hole ich Luft, sehe mich um, ob ich auch wirklich allein bin. „Jamie und ich sind uns gestern wieder nähergekommen."

„Nein." Ich kann förmlich hören, wie Drew sich in seinem Bett aufsetzt. „Ihr habt endlich geredet?"

„Nun ja ... nein."

„Ihr hattet Sex?" Missbilligung schwingt in seiner Stimme mit.

„Nein!", wehre ich ab. „Natürlich nicht."

Mir ist klar, dass Jamie und ich reden müssen, nicht vögeln.

„Rumgemacht?", rät Drew weiter.

„Nein."

„Was denn bitte dann?", ruft Drew genervt. „Ihr seid euch nähergekommen, habt aber weder geredet noch rumgemacht oder gevögelt. Was zur Hölle habt ihr gemacht? Euch Telegramme hin und her geschickt?"

Ich breche in schallendes Gelächter aus, was mehr einem Grunzen gleicht. Drew steigt mit ein.

„Jetzt sag es mir endlich. Ich habe genug geraten."

„Na ja." Plötzlich weiß ich nicht, wie ich das Erlebnis im Bad in Worte fassen soll. „Ich war gestern unter Dusche."

„Was wird das denn jetzt für eine Geschichte?", unterbricht er mich. „Muss ich mich jetzt also darauf einstellen, dass du nackt warst?"

„Natürlich war ich nackt!" Ich bin eindeutig zu laut. Die Frau, die den Gang vor mir entlangläuft, bleibt mit großen Augen stehen und beäugt mich, bevor sie schnell weiterläuft. Shit. Röte schießt mir in die Wangen.

„Ist ja gut. Schön, du warst also duschen. Nackt. Und weiter?"

Ich schnaufe. „Ich habe vergessen abzuschließen. Und ... Jamie kam ins Badezimmer."

„Okay, jetzt hast du definitiv meine Aufmerksamkeit."

Ich lächle. „Er hat mich erst nicht bemerkt, aber dann eben doch. Und wie er mich bemerkt hat."

„Ist das ein Code dafür, dass er dir auf den Schwanz gestarrt hat?" Drew klingt sachlich, als würden wir über eine bevorstehende Klausur reden.

„Ja. Und, na ja ... dann habe ich möglicherweise angefangen, an mir herumzufummeln. Und ... er dann irgendwie auch an sich."

Stille.

„Verstehe ich das richtig", hakt Drew nach. „Du standest unter der Dusche und hast dir einen runtergeholt. Er hat das gleiche vor deiner Nase gemacht?"

„Er stand vor dem Spiegel und wir haben uns nur über den Spiegel angesehen. Aber sonst ... ja."

Drew stößt ein kleines Pfeifen aus. „Das ist heiß. Das ist ... wirklich heiß.“

Da ich nicht länger stillsitzen kann, laufe ich auf der Stelle hin und her. „Du hast keine Vorstellung davon, wie heiß das war.“

„Ihr habt's auch beide bis zum Ende durchgezogen?“, fragt er.

„Jap.“

„Ich bin echt überrascht, wie sexy sich das anhört. Und jetzt?“

„Und jetzt was?“

Drew seufzt. „Was war danach?“

„Nun ... gar nichts. Er ist gegangen.“

„Okay“, sagt mein bester Freund zögerlich. „Und du hast auch nichts gesagt?“

Ich knabbere auf meiner Unterlippe, bevor ich antworte. „Nicht so wirklich. Ich war irgendwie in einem postorgasmischen Koma.“

Drew stößt einen undefinierbaren Laut aus. „Na ja, ihr habt ja dann jetzt ein ganzes Wochenende zum Reden.“

Ich seufze. „Ja. Jamie tut alles, was ihm möglich ist, um nicht mit mir zu reden.“

„Wir wissen beide, dass er das kein ganzes Wochenende schafft. Ihr müsst reden. Erst einigt ihr euch darauf, dass ihr nicht zusammen seid“, erinnert er mich an das wohl fieseste Gespräch meines Lebens. „Und dann macht ihr diesen ... diesen ... Nicht-Fick-Fick und ... keine Ahnung. Darüber müsst ihr reden.“

„Du bist echt lustig so früh am Morgen“, gluckse ich.

„Kann sein“, murmelt er. „Aber es stimmt trotzdem, was ich sage.“

Ich murmele. „Ich weiß, dass wir reden müssen."

„Echt? Denk beim nächsten Mal dran, bevor du dir vor seiner Nase einen runterholst", merkt Drew trocken an.

„Jaja. Ist schon gut."

Er lacht. „Mach was aus dem Wochenende. Und sag mir, wie das College ist. Ich wäre gerne dabei. Die UO soll gut sein."

„Das stimmt", murmele ich abgelenkt, in Gedanken schon wieder bei meinem Stiefbruder.

„Wende den Blick wenigstens ab und zu von Jamie ab, um dir den Campus anzusehen, okay?"

„Mache ich", verspreche ich lächelnd. „Danke fürs Zuhören."

„Jederzeit", murmelt er gähnend. „Ich werde dann mal aufstehen."

„Sorry fürs Wecken."

„Egal. Die News waren es wert."

Drew ist der Beste, habe ich das schon erwähnt?

„Danke, Drew. Ich melde mich wieder."

„Okay. Und Liam?", hält er mich zurück.

„Ja?"

„Reden. Nicht vögeln."

Ich verdrehe meine Augen. „Hör schon auf. Zwischen Jamie und mir liegt immer noch eine Schlucht so groß wie der Mariannengraben. Sex liegt in weiter Ferne, egal, was gestern war. Glaub mir."

„Bro, ihr habt echt einiges zu kitten."

Ich seufze. Mein Hoch verfliegt so langsam, aber sicher. „Schön, dass es du es noch mal deutlich machst." Ich klinge geknickt.

„Entschuldige“, sagt Drew leise. „So meinte ich es nicht.“

„Schon gut. Ist nicht deine Schuld. Es stimmt ja, was du sagst. Ich hatte gestern einfach das Gefühl, dass … keine Ahnung. Dass es ein gutes Zeichen ist, dass Jamie nicht schreiend weggerannt ist.“

„Liam, das ist ein gutes Zeichen!“, beteuert Drew. „Ich will nur nicht, dass du dich verrennst und am Ende mit noch größerem gebrochenem Herzen dastehst.“

„Das ist kaum möglich“, merke ich an.

„Wie auch immer. Halte mich auf dem Laufenden. Ich bin mir sicher, dass ihr am Wochenende zum Reden kommt.“

Ein kleines Lächeln schleicht sich auf mein Gesicht zurück.

„Das glaube ich auch.“

„Schnapp ihn dir, Bruder. Melde dich.“

„Bis später.“

Ich lege auf. Mein Herz klopft schnell in meiner Brust. Ein Blick auf die Uhr verrät mir, dass ich mich auf den Weg zu unserem Gate machen muss.

***

„Das war eine blöde Idee. Das war eine ganz blöde Idee.“ Beverly wiederholt die Worte wie ein Mantra, als wir aus dem Auto steigen.

„Wie ich es dir schon die ganze Zeit sage.“ Jamie schiebt sich seine Kopfhörer in den Nacken, die er den ganzen Flug und die darauffolgende Autofahrt nicht abgenommen hat, und grinst seine Mutter an.

„Das hilft nicht, Schatz.“ Sie verzieht das Gesicht.

Jamie zuckt mit den Schultern. „Jetzt sind wir hier.“

Weiterhin vermeidet er es, mich anzusehen.

„Und wenn sie uns hasst?", werfe ich ein, als wir alle gemeinsam zur Haustür marschieren, während ich das Haus vor mir beäuge. Das zugegebenermaßen schön ist. Überschaubar groß mit einer hübschen Veranda, die einmal darum herum zu gehen scheint. Bunte Blumen hängen am Geländer herunter. Das weiße Holz sieht frisch und einladend aus.

„Sie wird euch sowieso hassen", murmelt Jamie.

„JAMIE!", zischt seine Mom in seine Richtung. „Hör auf so was zu sagen."

Ich kann nur seinen Hinterkopf sehen, aber ich bin mir sicher, dass er gerade die Augen verdreht.

Ein Blick zu Dad verrät mir, dass er doch nicht so cool ist, wie er den ganzen Morgen gewirkt hat. Super.

Jamie ist der Erste, der die Treppenstufen zur Veranda hochsteigt und schließlich klingelt.

Wenig später öffnet sich die Haustür und eine blonde Frau tritt in den Türrahmen. „Jamie, mein Schatz!", stößt sie freudestrahlend aus.

Ich hebe eine Augenbraue. Das ist seine Grandma? Sie wirkt ... so gar nicht grandma-mäßig, im Gegenteil. Wie alt ist diese Frau? Ihre hellen Haare reichen ihr bis zu den Schultern und sie steckt in einem hellblauen Strickpullover. Dazu eine helle Hose und ... sind das Chucks?

Ich blinzele ein paar Mal und starre die Frau an, die Jamie noch immer fest im Arm hält. Als sie sich endlich von ihm löst, umfasst sie lächelnd sein Gesicht. „Du bist noch viel hübscher als beim letzten Mal."

Jamie wendet sich schmunzelnd ab. „Hab dich auch vermisst, Grandma."

Er geht ins Haus und nach ihm begrüßt Beverly ihre Mutter. Die beiden umarmen sich, wobei deutlich wird, wie ähnlich sie sich sehen.

„Mom, das ist Liam, mein Stiefsohn", stellt Beverly mich vor. Ich trete unschlüssig nach vorne und reiche der Frau meine Hand. Sie ergreift sie sofort. Ihr Lächeln wirkt ehrlich.

„Es freut mich sehr, dich kennenzulernen, Liam. Ich bin Veronica. Komm rein."

Sie zieht mich hinter sich ins Haus. Wir befinden uns in einem offenen Wohnzimmer. Jamie sitzt auf der Couch und sieht argwöhnisch zu uns herüber.

„Jamie hat mir schon viel Gutes über dich berichtet, Liam. Es ist schön, dass du hier bist." Meine Augenbrauen schießen in die Höhe. Hat er?

Jamie versteift sich sichtlich und brummt etwas Unverständliches vor sich hin.

Verunsichert blicke ich mich um. Zu meiner Rechten befindet sich das Wohnzimmer, offenbar das Herzstück des Hauses mit der Couch, auf der Jamie sitzt, einer gemütlichen Leseecke mit einem Ohrensessel und einer riesigen Lampe dahinter. In der Mitte des Raumes steht ein großer, heller Esstisch. Links abgehend befindet sich die offene Küche. Die Möbel um uns herum sind in Weiß gehalten und wohin man auch sieht, stehen Pflanzen. Gemütlich.

Links von mir erspähe ich die Treppe ins obere Stockwerk.

„Möchtest du etwas trinken, Liam? Oder hast du Hunger?", reißt Veronica mich aus meiner Musterung.

Ehe ich antworten kann, tritt Beverly zu uns.

„Mom", sagt sie mit schmalen Lippen. Ihr Lächeln sieht gezwungen aus. „Du hast vergessen, Jeff zu begrüßen."

Veronica sieht sich überrascht um. „Natürlich. Bitte entschuldige, Liebes." Sie geht einige Schritte auf meinen Vater zu und hält ihm die Hand hin. „Veronica."

„Es freut mich sehr, dich endlich kennenzulernen. Beverly spricht nur gut von dir."

Veronicas Blick nimmt einen weichen Ausdruck an, als sie zu ihrer Tochter blickt. „Ich weiß, dass das gelogen ist. Aber netter Versuch."

Beverly unterdrückt sichtlich ein Grinsen.

„Wie auch immer", wendet sich Jamies Grandma wieder an meinen Dad. „Ich freue mich, dass du ebenfalls hier bist. Schließlich muss ich mir ein Bild davon machen, ob du gut genug für meine Bev bist."

„Mom", stöhnt diese leise.

Dad lächelt. „Das verstehe ich. Ich hoffe mal, du wirst nicht enttäuscht sein."

„Oh, das hoffe ich auch", murmelt sie und bringt mich damit zum Kichern. „Fühl dich wie zu Hause, Jeff. Das machst du im Haus meiner Tochter ja auch."

Meine Augen werden groß. Allmählich wird mir klar, woher Jamie und Beverly ihre direkte Art haben.

Meine Stiefmutter seufzt. „Schon gut. Kommen wir erst mal an."

Veronica wendet sich wieder mir zu, lächelt und sieht dann zu Jamie. „Euer Zimmer ist oben vorbereitet, Jungs. Jamie, zeigst du Liam alles?"

Er zögert kurz, nickt aber schließlich. „Klar."

„Collin wird gleich hier sein", wirft Beverly ein. „Er nimmt euch mit zum Campus."

„Ich weiß, er hat mir schon geschrieben.“

Jamie deutet mir mit einem Kopfnicken an ihm zu folgen, also tue ich genau das.

Wir tragen unsere Koffer die schmale Treppe hoch. Der Flur oben ist ebenfalls schmal. Zu beiden Seiten gehen Zimmer ab. Zwei auf der linken und zwei auf der rechten Seite. Jamie steuert das hintere rechte Zimmer an. Er tritt ein und bleibt wie angewurzelt stehen.

Das Zimmer ist überraschend klein. Auf der rechten Seite stehen zwei Einzelbetten nebeneinander, wobei Einzelbetten wohl der falsche Ausdruck ist – die haben beide eher Queensize-Format. Sie stehen genau genommen so dicht zusammen, dass dazwischen nur ein schmaler Gang bleibt.

Jamie wirft mir einen Blick über die Schulter zu und lacht schließlich leise auf. „Großartig.“

„Enger als erwartet?“, frage ich.

Jamie seufzt. „Wesentlich. Ich habe angenommen, dass du im zweiten Zimmer untergebracht wirst, aber leider hat meine Grandma jetzt ein Atelier für ihre Kunst.“

„Sie malt?“, erkundige ich mich, weil ich keine Ahnung habe, was ich sonst sagen soll.

Jamie wirft mir einen skeptischen Blick zu. „Die Frau ist im Ruhestand und ihr ist stinklangweilig. Natürlich malt sie.“

Ein kleines Lachen findet den Weg aus meiner Kehle.

Auf der linken Seite des Raumes gehen zwei weitere Türen ab. Dazwischen steht eine kleine Kommode mit Fotos, darüber hängen einige Sportmedaillen.

„Deine?“, frage ich mit einem Kopfnicken darauf.

„Junior-Baseball-League“, antwortet er.

Ich nicke. Und stehe blöd in der Gegend rum.

„Deine Grandma ist nett", sage ich und schaffe es nicht, die Überraschung zu verbergen.

„Ich liebe diese Frau", stimmt er zu.

„Wirkt so, als hasse sie uns doch nicht."

Er schmunzelt. „Dich mag sie. Jeff hasst sie."

„Meinst du?" Ich runzle die Stirn.

„Ganz sicher. Ich erzähle ihr permanent, wie toll er ist und wie gern ich ihn habe. Sie ist immer noch mehr als nur skeptisch. Aber das wirst du noch feststellen."

Es freut mich sehr, dass Jamie gut von meinem Dad spricht. Die beiden scheinen sich wirklich ... angefreundet zu haben? Kann man sagen, dass man sich mit seinem Stiefvater angefreundet hat? Keine Ahnung. So oder so macht es mich glücklicher, als es sollte.

Jamie zieht sein Smartphone aus der Hosentasche. „Collin ist gleich hier." Er deutet auf die linke der beiden Türen. „Da ist das Bad, wenn du es brauchst." Mit den Worten dreht er mir wieder den Rücken zu und stellt seinen Trolley am Fuß des linken Bettes ab.

Da ich tatsächlich aufs Klo muss, verschwinde ich im Bad. Als ich wieder zurückkomme, bin ich allein im Zimmer. Und atme tief durch. Jamie hat mir kein einziges Mal in die Augen gesehen.

Kapitel 19

Jamie

Ich überlebe dieses Wochenende nicht. Ein kleines Zimmer. Mein Bett dicht neben Liams. Liam direkt neben mir. Wie zur Hölle soll das gehen?

Der Besuch bei Dad hat mich aus der Bahn geworfen. Komplett. So sehr, dass ich gestern meine Mauern nicht aufrechterhalten konnte. Der nackte Liam hat es mühelos darüber geschafft.

Dabei habe ich gemeint, was ich zu ihm gesagt habe. Ich kann nicht mehr mit ihm zusammen sein, ihm vertrauen. Ihm nahe sein. Noch mal packe ich das alles nicht. Aber wie soll ich ihm das klar machen, wenn ich so reagiere wie gestern Abend? Was habe ich mir nur dabei gedacht mir vor seiner Nase einen runterzuholen?

Ich schüttele den Kopf über mich selbst, als ich den Kühlschrank öffne, um mir eine Flasche Kakao zu nehmen, die Grandma extra für mich gekauft hat.

Ich nehme einen Schluck. Die Hintertür wird aufgerissen. Mein Cousin Collin kommt hereingeschlendert und grinst mich schief an. Ich grinse zurück.

Er trägt eine Cap falsch herum auf dem Kopf, so wie ich es von ihm kenne. Seine Oregon-Ducks-Collegejacke rundet sein Outfit ab.

Wir begrüßen uns mit dem Handschlag, den wir uns als kleine Kinder ausgedacht haben. Collin ist nur ein Jahr älter als ich und wir haben uns schon immer mehrmals im Jahr gesehen, ob nun in Eugene oder in Oceanside.

„Schön dich zu sehen, Mann", sage ich ehrlich, als ich ihm schließlich auf die Schulter klopfe.

„Es ist schön *dich* zu sehen, Bro!", erwidert er. „Wurde Zeit, dass du mal wieder herkommst."

Kurz darauf kommen viel zu viele Familienmitglieder in die Küche. Zuerst Grandma. Dann Mom, die sich ebenfalls sichtlich freut ihren Neffen zu sehen.

„Collin, das ist mein Lebensgefährte Jeff." Mom deutet auf meinen Stiefvater. „Und das ist Liam."

Ich sehe nicht hin, höre aber, dass die beiden sich begrüßen.

„Ihr fahrt jetzt zum College?", wendet Mom sich direkt an Collin.

Er nickt. „Ja. Dort ist heute einiges geplant. Ich führe die beiden rum und danach zeige ich ihnen mein Wohnheim. Ein paar Freunde wollten abends noch was essen gehen."

Mom runzelt die Stirn. „Aber keinen Alkohol. Die beiden haben striktes Alkohol- und Partyverbot."

Collin gluckst. „Notiert."

„Schatz, hast du nicht erwähnt, dass dein Neffe ebenfalls erst neunzehn ist? Dann hat er selbst auch Alkoholverbot." Jeff versucht leise zu reden, aber es gelingt ihm nicht.

Grandma verdreht sofort die Augen. „O seht, die Alkoholpolizei."

Jeff läuft ein bisschen rot an. Mom streichelt ihm liebevoll über die Wange und geht gar nicht erst auf Grandmas Worte ein.

„Ich zähle auf dich." Mom deutet mit dem Zeigefinger auf meinen Cousin. Lustig, dass Erwachsene immer das Gefühl haben, dass Verwandte auf dem College automatisch erwachsen sind. Aus sicherer Quelle weiß ich, dass Collin und seine Freunde sehr häufig trinken und feiern. Was ich meiner Mom natürlich nicht auf die Nase binden werde.

„Mach dir keine Sorgen, Tante Bev. Ich passe auf die beiden auf." Collin grinst in seiner gewohnt einnehmenden Art und wickelt damit jeden Erwachsenen im Raum um den Finger.

Wir verabschieden uns und verlassen das Haus.

„Die denken auch, ich gehe jeden Tag in die Kirche zum Beten", murmelt Collin grinsend, als wir zu seinem Truck gehen.

„Bitte sag mir, dass ich heute irgendwo Alkohol bekommen werde." Flehend sehe ich ihn an.

Collin schenkt mir einen spöttischen Blick. „In einer Woche fangen die Ferien an. Alle sind bereits im Spring Break-Fieber. Außerdem ist das Einführungswochenende jedes Jahr ein guter Grund für Partys."

Wir steigen in seinen Wagen, ich auf den Beifahrersitz und Liam hinten.

Unsere Blicke treffen sich im Rückspiegel. Augenblicklich denke ich an unsere letzte Spiegel-Begegnung. Ein Schauer läuft mir den Rücken und ich brauche zu lange, um meinen Blick wieder abzuwenden.

„Was wollt ihr zuerst machen?", fragt Collin.

„Bier", lautet meine knappe Antwort.

„Infostände", murmelt Liam zeitgleich.

Collin kann ein Grinsen nicht unterdrücken. „Okay, alles klar. Tante Bev bringt mich um, wenn wir nicht wenigstens irgendwas machen, das euch das College näherbringt. Was haltet ihr von einer kleinen Führung über den Campus, inklusive Infostände, und danach gehen wir bei meinen Freunden ein Bier trinken?"

„Wohnen Sie im Wohnheim?", erkundige ich mich. Freunden klingt so nach Mehrzahl.

„Nein", antwortet er und lenkt den Wagen aus Grandmas Straße. „Ein paar Jungs aus dem Team haben eine Wohnung in der Nähe vom Campus. Mein Mitbewohner ist mit einem von ihnen zusammen."

„Mit dem Hübschen, richtig?", platze ich raus, ohne darüber nachzudenken.

Collin gluckst. „Ohne Scheiß, das musst du schon näher eingrenzen. Ich habe permanent das Gefühl in einem Team voller Supermodels zu spielen. Dabei bekommt man übrigens ziemliche Komplexe."

„Die musst du definitiv nicht haben", kommt es trocken vom Rücksitz. „In die Supermodel-Schlange kannst du dich einreihen."

Collin zeigt sein bestes Zahnpasta-Lächeln. „Aw, danke. Ich würde ja mit dir rummachen, aber ich habe schon eine Freundin. Außerdem bist du jetzt mein Stief-Cousin, das wäre also weird."

Ich verziehe das Gesicht zu einer Grimasse. Ein Blick in den Rückspiegel verrät mir, dass es Liam ebenso geht.

„Treffe ich deine heiße Freundin bald mal?“, wechsle ich das Thema.

Collin zuckt mit den Schultern. „Ich weiß nicht genau. Sie war sich noch nicht sicher, ob sie es heute schafft. Aber ich habe ihr gesagt, dass es mich freuen würde, wenn sie meinen Lieblingscousin trifft.“

„Ich bin dein einziger Cousin, Collin.“

„Nicht mehr.“ Er dreht sich kurz zu Liam herum. „Vielleicht wird er ja mein neuer Lieblingscousin.“ Collin hält seine linke Faust über die rechte Schulter und Liam schlägt mit seiner dagegen.

„Wie geht’s deiner Freundin?“, fragt Collin mich wenig später.

Meine Augen werden groß. Oh. Ups. Möglicherweise habe ich ihm noch gar nichts von … mir gesagt.

„Tja“, murmele ich. „Das habe ich wohl vergessen zu erwähnen.“

„Habt ihr schlussgemacht?“, fragt Collin vorsichtig, bedauernd.

„Japp.“

„Tut mir leid.“

„Ich habe nämlich festgestellt, dass ich schwul bin.“

Ich beobachte Liam genau über den Rückspiegel, als ich mit dem Satz herausplatze. Sein Mund steht ihm leicht offen. Ungläubig. Es ist glaube ich das erste Mal, dass er mitbekommt, dass ich es laut vor jemandem ausspreche.

Collin schielt zu mir herüber. „Wirklich? Oder ist das wieder einer dieser Sätze, die du so daher sagst?“

Ich hebe eine Augenbraue. „Nein, es ist mein Ernst.“

Collin lächelt. „Cool.“ Doch kurz darauf wirkt er wieder nachdenklicher. „Was sagt dein Dad dazu?“

Ich zucke zusammen. Meine Hände ballen sich wie von selbst zu Fäusten.

„So schlimm?", hakt er leise nach.

„Ja."

Collin schnaubt und schielt in den Rückspiegel, so als wüsste er nicht, wie offen er sprechen darf.

„Dahinten ist der Campus", sagt er stattdessen und deutet durch die Windschutzscheibe. Ich sehe zwar nur einen Parkplatz, aber gut. Ein paar Gebäude tauchen auch im Hintergrund auf.

„Wollen wir mal sehen, was die UO so zu bieten hat." Ich klinge mürrisch.

„Es ist gar nicht so übel. Die Uni ist cool."

„Ich freu mich auf den Campus. Welche Kurse belegst du?" Liam klingt wirklich interessiert.

Dennoch blende ich die beiden aus, auch als wir aus dem Truck steigen.

Der Gedanke an meinen Dad hat meine Stimmung deutlich gedrückt. Außerdem laufe ich hinter Liam und Collin her, wobei nicht mal ich abstreiten kann, dass ich Liam auf den Arsch gucke. Scheiße!

***

Ich habe Kopfschmerzen. Seit Stunden erkunden wir nun schon den zugegebenermaßen hübschen Unicampus. Überall begegnen wir fröhlichen Menschen, die lächeln und lachen und ... anstrengend sind. Meine Lust auf Uni hält sich momentan schwer in Grenzen. Außerdem brauche ich was zu trinken. Liam wirkt hier so zufrieden und glücklich, dass ein richtig seliger Ausdruck auf seinem Gesicht liegt. Der mich komplett fertig macht. Und jedes Mal, wenn mich das Gefühl überkommt, mich in seine Arme stürzen zu wollen, bekomme ich fiese Flashbacks von dem Moment vor der Schule. Als er mich verlassen hat.

Mein Gemütszustand liegt also irgendwo zwischen Magic Mike, Titanic und Armageddon.

Warum dieses Wochenende? Warum, verdammt noch mal?

„Wie gefällt's dir, Jamie?" Collin dreht sich zu mir herum und erwartet offensichtlich eine Antwort.

Wäre es gemein zu sagen, dass ich den Tag im Allgemeinen beschissen finde? Vermutlich.

„Träumchen", kommentiere ich und schaffe es nicht, den Sarkasmus aus meiner Stimme fernzuhalten.

Collin lacht und zeigt mir den Mittelfinger. „Dein Gesicht spricht Bände."

Ich setze ein Grinsen auf, woraufhin mein Cousin mit dem Kopf schüttelt. „Lass es lieber. Das ist gruselig."

Mein Handy vibriert zum ungefähr tausendsten Mal heute in meiner Tasche. Ein Blick darauf verrät mir, dass es wieder Justin ist. Doch ich fühle mich gerade nicht in der Lage, mit ihm zu sprechen. Nicht heute. Ich bin hier am Durchdrehen, das will ich echt nicht erklären müssen.

Liam schielt zu mir herüber. Ich schiele zurück, wobei ich natürlich so tue, als würde ich es nicht tun. Herrgott.

Prompt renne ich in Collin hinein, der auf einmal stehen geblieben ist.

„Aua, was machst du denn?", beschwert er sich.

„Warum bleibst du denn stehen?"

Collin schenkt mir einen missbilligenden Blick. „Weil ich mich in der Regel ungerne überfahren lasse. Tut mir sehr leid. Beim nächsten Mal renne ich einfach auf die Straße.“

„Oh.“ Mir ist nicht aufgefallen, dass wir an einer Straße stehen.

„Wo hast du denn deine Augen?“, fragt Collin. Ich presse die Lippen aufeinander und nuschele etwas von *nirgends.*

Wir sind am Rande des Campus. Direkt gegenüber befinden sich Geschäfte, unter anderem ein Donut-Shop mit der Aufschrift *Fluffy Donuts.* Gegen meinen Willen lache ich auf.

Liam und Collin tauschen einen irritierten Blick. Vermutlich halten sie mich für verrückt. Erst ziehe ich eine Fresse, dann lache ich einfach los. Klar, dass sie da nicht ganz mitkommen. Im Allgemeinen verstehen sich die beiden sehr gut, was vermutlich daran liegt, dass sie nette Menschen sind. Und die Begeisterung für diesen Campus teilen.

„Zeigst du uns noch dein Wohnheimzimmer?“, fragt Liam interessiert. „Ich würde gerne sehen, wie es sich hier lebt.“

Collin rümpft die Nase und legt eine Hand in seinen Nacken. „Ungern. Könnte sein, dass es dort ziemlich unaufgeräumt ist. Seit mein Mitbewohner bei seinem Freund lebt, jedenfalls die meiste Zeit, habe ich keinen Grund mehr, die Bude sauber zu halten.“

„Bist du immer noch so chaotisch?“ Ich schließe zu Collin auf und überquere nun neben ihm die Straße.

„Bist du doch auch“, wirft Liam leise ein. „Und nicht nur das - mein Zimmer hast du auch gleich mit in einen Müllhaufen verwandelt.“

Ich verziehe das Gesicht. War das ein Seitenhieb von Liam? Oder geht mir der Arsch gerade so auf Grundeis, dass ich nicht mehr klar denken kann?

„Hattest“, korrigiere ich ihn.

Einige Sekunden herrscht Stille.

„Autsch“, murmelt Liam mit fester Stimme. „Danke.“

Collin runzelt die Stirn. Verwirrt ruckt sein Kopf von mir zu Liam.

Ich schnaube frustriert.

Das. Hier. Ist. Scheiße. Und beweist mir ein weiteres Mal, dass ich das Wochenende nicht mit Liam verbringen kann.

„Irgendwas entgeht mir gerade, oder?“ Collins Stimme klingt nüchtern.

„Weiß ich nicht, Collin. Tut es?“, frage ich sarkastisch.

„Soll ich fragen?“ Er hebt eine Braue, doch anscheinend spricht mein Gesicht ein weiteres Mal Bände. „Also nicht“, schiebt er nach.

„Wie war das noch mal mit dem Bier?“, wirft Liam ein. Ihn lässt das alles hier wohl auch nicht kalt.

„Wir sind fast da“, antwortet Collin. Als wir um eine Ecke biegen, nickt er mit dem Kopf zu einem Gebäude. „Da drüben ist es. Jamie, soll ich mich jetzt überfahren lassen oder darf ich schauen, bevor ich auf die Straße renne?“

Jetzt bin ich es, der ihm den Mittelfinger zeigt.

„Der Sarkasmus in eurer Familie ist echt nicht normal“, murmelt Liam. „Charmant, aber eben … speziell.“

„Zufällig bin ich gerne *nicht normal.*“ Bei den letzten beiden Worten setze ich Anführungszeichen in die Luft. Tatsächlich nerve ich mich gerade selbst. Ich sollte einfach die Klappe halten.

„Du weißt ganz genau, wie ich das gemeint habe", verteidigt sich Liam. Irgendwie weiß ich das. Und dann wieder nicht.

Womit wir wieder vor der Schule wären. Fuck.

Das Hämmern in meinem Kopf verstärkt sich und ich beschleunige meine Schritte.

Collin drückt auf die Klingel, kurz darauf ertönt ein Summen und wir können endlich hineingehen.

An der Tür werden wir von einem schwarzhaarigen Typen begrüßt. Mir verschlägt es die Sprache, weil er unglaublich hübsch ist mit den durchdringenden grauen Augen.

Ich weiß genau, wer das ist. Brandon West. Ich habe das Mannschaftsfoto des Teams gegoogelt, als Collin bei den Ducks angefangen hat und habe mich ein bisschen über Brandon erkundigt.

Er grinst breit. „Blakey-Boy, dein Mitbewohner ist da", schreit er über seine Schulter ins Innere der Wohnung.

Dann schlägt er mit Collin ein.

„Das sind mein Lieblingscousin Jamie und sein Bruder Liam." Collin deutet nacheinander auf uns.

„Stiefbruder", sagen Liam und ich Chor.

Das Grinsen von Brandon wird breiter. „Okaaaay. Ich bin Brandon."

Ich presse den Kiefer fest zusammen.

„Die beiden sind möglicherweise etwas mürrisch. Ich denke, sie könnten ein Bier vertragen", schlägt Collin vor.

„Ich bin nicht mürrisch. Ich ziehe erst ein Gesicht seit Jamie beschlossen hat, das Arschloch raushängen zu lassen." Liam klingt so frustriert wie ich mich fühle.

Ich drehe mich um und bleibe an seinen Augen hängen. Darin tobt ein Sturm. Die Wellen schlagen um sich. Liam reckt sein Kinn ein Stück weiter vor. Wieso provoziert mich heute alles, was er sagt? Und wieso möchte ich ihn am liebsten zum Schweigen bringen, indem ich ihn küsse?

„Damit, das Arschloch raushängen zu lassen, kennst du dich ja bestens aus", knurre ich und drehe mich wieder zu Brandon. „Sorry. Danke, dass wir kommen dürfen."

Er fängt an zu lachen. „Kein Ding. Kommt rein."

Einladend wedelt er mit dem Arm in Richtung des Flurs. Wir schieben uns nacheinander an ihm vorbei, wobei mir Liams Anwesenheit direkt hinter mir nur allzu bewusst ist. Auf meinem Arm bildet sich eine Gänsehaut.

Wir landen in einem großen Wohnzimmer, in dem zwei helle Sofas und ein Sessel stehen. In der Ecke mache ich noch einen Esstisch aus, aber davon abgesehen sieht es wie eine typische College-Bude aus. Brandon deutet auf einen hellblonden Typen, der am Küchentresen der offenen Küche lehnt, ein Bier in der Hand. „Dieser hübsche, heiße, umwerfende Mann hier ist Blake."

Die beiden küssen sich. Innig. Ich atme tief durch. Ein Paar. Toll. Und die beiden zusammen sind irgendwie heiß.

„Bier?", fragt Blake, als die beiden es schließlich schaffen, sich voneinander zu lösen.

Ehe ich antworten kann, übernimmt Brandon das für mich. „Ich weiß nicht, ob die zwei noch mehr gute Laune ertragen, aber wir können es ja mal versuchen."

Ich unterdrücke ein Grinsen. Der Spruch hätte von mir sein können.

„Setzt euch", sagt Collin, obwohl er nicht mal hier wohnt.

Nur zu gerne. Ich lasse mich auf die freie Couch plumpsen, Liam entscheidet sich glücklicherweise für den Sessel. Leider sitzt er mir jetzt aber gegenüber, was für mich bedeutet, dass ich mich höllisch anstrengen muss, ihn nicht anzusehen. Stattdessen wandert mein Blick zu Brandon, der sich mit seinem Freund auf die Couch sinken lässt. Collin setzt sich schließlich zu mir und drückt mir eine Dose Bier in die Hand. Ich öffne sie und nehme einen großen Schluck. Und noch einen.

„Hab ich was im Gesicht?", fragt Brandon schließlich, den ich immer noch anstarre.

Ich schüttele den Kopf. „Sorry. Mir ist nur gerade klar geworden, warum ich so viel Zeit damit verschwendet habe, eurer Mannschaftsfoto anzustarren. Memo an mich selbst: Es ist nicht, weil ich so stolz auf meinen Cousin bin, wovon ich eigentlich ausgegangen bin."

Damit bringe ich alle zum Lachen. Und mich selbst zum Nachdenken. Mittlerweile fällt es mir leicht, solche Dinge auszusprechen. Doch beim Gedanken daran, meiner Mom zu sagen, dass ich schwul bin, würde ich mir am liebsten die Haut vom Körper reißen. Was null Sinn ergibt. Und wunderbar mein Leben beschreibt. Meine Mom ist die wichtigste Person in meinem Leben. Ich vertraue ihr. Doch das habe ich letztes Jahr von meinem Dad auch noch gedacht. Und innerhalb kürzester Zeit geriet alles ins Wanken. Und jetzt schafft er es kaum mich anzusehen, so angeekelt ist er von mir.

„Ich sage doch, überall Supermodels", murmelt Collin neben mir und klingt beinahe beleidigt.

„Naw. Dich würde ich auch nicht von der Bettkante stoßen", sagt Brandon grinsend in meine Richtung. „Natürlich nur, wenn mein Freund nicht drinnen liegt." Seiner Tonlage hört man an, dass es ein Scherz ist. Blake sieht das offenbar ebenso, denn er schüttelt mit dem Kopf, lächelt aber dabei und lehnt sich an seinen Freund.

„Brandon, du siehst seinem Bruder viel zu ähnlich." Collin beugt sich vor und deutet mit dem Finger erst auf Liam, dann auf mich. „Das wäre weird."

„Stiefbruder", widerspreche ich.

Die Jungs lachen wieder. Alle außer Liam. Der funkelt mich aus zusammengekniffenen Augen an. „Ja, Jamie. Wäre das nicht weird?"

Ich starre zurück und nehme demonstrativ einen weiteren Schluck von meinem Bier. Diesen Seitenhieb habe ich mir garantiert nicht eingebildet.

Tausend Worte liegen mir auf der Zunge, doch ich schlucke jedes einzelne hinunter.

Die anderen machen große Augen und tauschen bedeutungsvolle Blicke. Die müssen uns wirklich für bekloppt halten, eine andere Möglichkeit gibt es nicht.

Glücklicherweise fängt Brandon an, über das bevorstehende Basketballspiel zu sprechen, weshalb die drei schnell in ihre Unterhaltung vertieft sind. An der weder ich noch Liam teilnehmen.

Wir trinken Bier. Jeder für sich und dennoch zusammen. Immer wieder begegnen sich unsere Blicke. Mal länger. Mal kürzer. Aus einem Bier werden zwei, dann drei.

„Wie gefällt euch eigentlich das College?", fragt Blake irgendwann.

„Magisch", erwidere ich sarkastisch.

„Ich mag es total. Ich könnte mir vorstellen, hier zu studieren und zu leben." Liam klingt ernsthaft überzeugt.

Halt die Klappe, Jamie. Halt die Klappe …

„Fragt sich nur wie lange. Nicht dass du beteuerst, das College zu mögen und es dann hinterher blockierst."

Stille.

Fuck! Ich habe zu viel gesagt. Frustriert fahre ich mir mit den Fingern durch die Haare.

Liam sagt nichts mehr. Ein Blick zu ihm verrät mir, dass er verletzt ist. Scheiße, ich will ihn nicht verletzen. Ich will nur … Keine Ahnung, was ich will. Ihn küssen, ihn in den Arm nehmen, mehr tun als küssen und ihn so weit wie möglich von mir wegstoßen.

„Ich muss mal eben telefonieren. Mein bester Freund will, dass ich was bei den Infoständen für ihn nachfrage. Deshalb gehe ich da mal vorbei." Liam steht auf und deutet auf sein Handy.

„Soll ich mitkommen?", fragt mein Cousin sofort.

Liam winkt ab. „Quatsch, das schaffe ich allein."

„Okay. Du kommst dann aber später mit uns in die Bar?", fragt Collin besorgt.

Liam winkt ab. „Auf jeden Fall. Bin gleich zurück."

„Bis gleich", rufen die Jungs nacheinander.

Ich höre auf Liams Schritte. Als endlich die Haustür ins Schloss fällt, lasse ich mich zurückfallen und atme erleichtert auf.

Ich packe das nicht. Mit der freien Hand reibe ich mir über die Augen. Dann widme ich meinem Bier und leere es in einem Zug.

„Hast du eben erleichtert aufgestöhnt?", fragt Collin und haut mir den Ellenbogen zwischen die Rippen. Ich erwidere die nette Geste sofort.

„Halt die Klappe", murre ich.

Brandon starrt mich an. Ebenso sein Freund.

„Also …", setzt Brandon an. „Ich spreche jetzt mal aus, was wir alle hier denken. Ihr beiden habt doch gevögelt oder nicht?"

Ich verziehe das Gesicht.

„Das denken wir überhaupt nicht!", wehrt Collin ab. „Richtig, Blake?"

„Ähm …" Er legt den Kopf leicht schräg, rümpft die Nase und wägt offenbar ab, was er sagen könnte.

„Bitte, wenn die beiden nicht rumvögeln, dann esse ich eine Woche keine Donuts mehr!", kommt Brandon ihm zuvor.

„Das ist doch Quatsch!" Collin scheint wirklich überzeugt zu sein, doch plötzlich verstummt er und scheint zum ersten Mal die Möglichkeit in Betracht zu ziehen. „Oder?" Jetzt sieht er mich direkt an. Mund und Augen weit aufgerissen.

Ich zucke mit den Schultern. „Ist ’ne lange Geschichte."

„Ich wusste es!", ruft Brandon. „Ich erkenne sexuelle Spannungen sofort! Als wäre ich ein Superheld." Schwungvoll steht er auf. Er geht schnurstracks in die Küche, öffnet einen Schrank und holt eine große Flasche daraus hervor.

„Hochprozentiges?" Fragend hält er die Flasche hoch.

„Fuck, ja!“ Nie habe ich einem Shot mehr entgegengefiebert.

Es dauert nicht lange, bis ich ein gefülltes Glas vor der Nase habe. Ich kippe die Flüssigkeit hinunter, die ich sofort als Wodka identifiziere. Ich verziehe gequält das Gesicht. Widerlich. Der Schnaps brennt in meinem Hals.

„Du fickst ernsthaft deinen Stiefbruder?“, fragt Collin, kaum dass er seinen Shot abgesetzt hat.

Ich seufze. „Wir kannten uns schon, bevor diese ganze Stiefbruder-Nummer überhaupt Thema war.“

„Schade. Ist irgendwie heiß“, kommentiert Brandon. „Blake, können wir morgen so tun, als wärst du mein Stiefbruder?“

„Klar, wenn wir dann diese andere Sache machen, von der du gesagt hast, dass wir sie nicht machen.“

Irgendwie bin ich den beiden dankbar für ihr Blödsinn-Gequatsche. Zu Blödsinn bin ich nämlich momentan nicht in der Lage. Und es nimmt der Situation den Druck und das Gefühl, dass das zwischen Liam und mir grundlegend falsch gewesen wäre. Das war es nicht. Bis es das dann eben doch war.

Ich drehe das kleine Glas in meinen Händen hin und her.

„Ihr wart zusammen, bevor ihr von euren Eltern wusstet?“ Collin braucht offenbar mehr Infos, was ich ihm nicht vorwerfen kann.

Also erzähle ich kurz und knapp von uns. Von Seattle. Der Zeit danach. Unser Hin und Her lasse ich weg, ebenso meine Beziehung zu Mia. Das Drama vor der Schule kann ich ebenfalls nicht in Worte fassen. Also erzähle ich, dass ich uns geoutet habe und er mich daraufhin verlassen hat. Ohne eine Erklärung.

Nachdem ich geendet habe, herrscht betretenes Schweigen.

Zumindest solange Collin es aushält. „Das ist heftig, Bro. Und jetzt ist er wieder da? Einfach so?"

„Jap."

„Und ihr zickt euch seitdem an, oder was?"

Das Bild von Liam unter der Dusche taucht wieder vor meinem inneren Auge auf.

„Blödsinn. Die beiden tun es. Und wollen es tun." Brandon verschränkt grinsend die Arme.

„Deine Ehrlichkeit ist zum Kotzen, weißt du das?", grummele ich. Dabei mag ich ihn. Keinen Zweifel.

„Das sagt ja der Richtige." Collin ist ebenfalls in Fahrt. „Ich weiß noch genau, als ich meine Haare blond gefärbt hatte. Du hast damals gesagt, dass ich aussehe wie ein Jack Russel Terrier, der versucht ein Golden Retriever zu sein."

Jetzt pruste ich los. „Du sahst auch so aus. Vielleicht auch wie die Wish Version von Owen Wilson."

Erneut rammt er mir den Ellenbogen zwischen die Rippen, was mich nur lauter lachen lässt. Shit, das tut irgendwie gut.

„Also fassen wir mal zusammen, dass deine Situation momentan ziemlich abgefuckt ist. Was können wir dagegen tun, außer mehr Alkohol zu trinken?" Brandon klingt so sachlich, als würden wir über das Wetter spekulieren.

Ich schnaube. „Wenn ich das wüsste, wäre meine Situation wesentlich weniger abgefuckt."

„Wie wäre es mit Strip-Poker?"", schlägt Brandon vor.

„Nein, danke“, hält Collin dagegen. „Lieber möchte ich
mich aus eurem Fenster stürzen.“

„Spielverderber“, gibt Brandon zurück. „Ich bin sicher, dass Jamie Lust darauf hat.“

„Hat Jamie eigentlich nicht, nein“, gebe ich knapp zurück. „Jamie möchte sich eigentlich nur betrinken und
für einen Abend dem Drama entkommen.“

Brandon grinst. „Versuch’s. Aber ich kann dir aus Er-
fahrung sagen, dass das nicht klappen wird.“

Ich schnaube. „Danke für die aufmunternden Worte.“

„Stets zu Diensten.“

Ich weiß nicht, ob ich lachen oder weinen soll.

Kapitel 20

Liam

Nach einer kleinen Runde über den Campus habe ich mich wieder beruhigt, auch wenn ich nicht mit Drew telefoniert habe. Ich brauchte ihn lediglich als Ausrede, um aus dieser Wohnung zu entkommen. Ich weiß nicht mehr, was ich von diesem Tag halten soll. Heute Morgen noch hatte ich einen kleinen Höhenflug und war aufgeregt wegen dem, was zwischen Jamie und mir passiert ist. Und jetzt provozieren wir uns gegenseitig, wo es nur geht. Das ist ätzend. Ich will nicht, dass es so zwischen uns ist.

Zögernd blicke ich mich um. Ich stehe in einem schmalen Flur eines Wohnheims und starre auf weiße Wände und das, obwohl ich auf einer Wohnheimparty gelandet bin. Vermutlich sollte ich mich unter Leute mischen. Aber hier stehe ich. Allein.

Bei den Infoständen bin ich mit einem Typen ins Gespräch gekommen, dessen Namen ich noch nicht mal kenne. Irgendwie sah er mit seinen blauen Haaren vertrauenswürdig aus, was ich wieder nur auf den Alkohol schieben kann. Jedenfalls weiß ich, dass der Typ Basketball spielt und in seinem Wohnheim Party angesagt

ist. Nun stehe ich hier. Allein. Nur, um nur nicht zurück
in diese Wohnung gehen zu müssen. Den Blauhaarigen
habe ich schon länger nicht mehr gesehen. Ich stehe
verloren in diesem Flur und klammere mich an meinen
roten Plastikbecher voll Bier. Möglicherweise ist es bereits mein zweiter. Und möglicherweise bin ich betrunken.

„Dein Handy klingelt", ruft ein dunkelhaariges Mädchen über die Musik hinweg, die hier im Flur gar nicht
so laut ist. Auch deshalb habe ich mich hierher geflüch-
tet. Um Taylor Swift zu entkommen. Das Mädchen
wirkt, als wollte sie an mir vorbeilaufen, doch jetzt
bleibt sie stehen und mustert mich.

„Oh", murmele ich und ziehe mein Smartphone aus
der Tasche. Eine unbekannte Nummer.

„Hallo?"

„Hey", ertönt die fröhliche Stimme von Collin durch
die Leitung. „Wo bist du, wir warten alle auf dich."

Ach, richtig. Ich habe ja behauptet zurückzukommen.
Statt die Frage zu beantworten, konzentriere ich mich
zuerst auf etwas anderes.

„Woher hast du meine Nummer?", frage ich verdutzt.

„Von Jamie natürlich", gibt er zurück, als wäre ich etwas beschränkt.

„Oh", erwidere ich. Jamie will mich also immer noch
nicht anrufen. Ich habe ihn von der Liste der blockier-
ten Kontakte genommen, aber ... Shit. Kein Wunder,
dass er mich hasst.

„Wo bist du?", fragt Collin erneut. „Ist das Musik im
Hintergrund?"

„Äh ja", stottere ich. „Irgendwie bin ich auf einer Party
gelandet."

„Du bist auf einer Party?", ruft Collin ungläubig.

„Ja."

„In welchem Wohnheim?"

„Keine Ahnung. Hab ich nicht drauf geachtet. Da war dieser Typ, der mich eingeladen hat. Und jetzt bin ich hier."

Unter Alkoholeinfluss bin ich wohl wirklich etwas begriffsstutzig.

„Du bist einfach mit irgendwem zu einer Party mitgegangen? Du passt tatsächlich gut zu diesem College. Wie hieß der Typ?"

„Keine Ahnung. Hab ich nicht gefragt."

„Dann frag ihn doch jetzt." Langsam schwingt Genervtheit in seiner Stimme mit.

„Ich stehe hier allein, Collin. Der Typ ist längst weg. Ich bin nicht *mit* ihm hier."

Collin seufzt. „Kannst du bitte irgendwie rausfinden, wo du bist? Das wäre zauberhaft."

Neben mir steht immer noch das Mädchen. Mit halb verschränkten Armen, damit sie ihren Bierbecher noch halten kann.

„Hey", wende ich mich an sie. „In welchem Wohnheim sind wir?"

Sie verzieht ihre knallroten Lippen. „New Residence Hall."

Der Name könnte Programm sein. Alles sieht hier verdammt schön und neu aus.

Ich gebe den Namen am Telefon weiter, werde jedoch ignoriert.

„War das Adrianna?", fragt Collin entrüstet.

„Bitte was?"

„Mit der du geredet hast. War das Adrianna?"

„Wer ist Adrianna?", frage ich verwirrt.

„Boah, Liam. Frag sie einfach!"

„Bist du Adrianna?", frage ich also das Mädchen, die mich bereits düster ansieht, seit ich ihren Namen erwähnt habe.

„Wer will das wissen?", fragt sie scharf. Irgendwie macht sie mir ein bisschen Angst.

„Sag ihr, dass ihr Freund gefragt hat." Collin klingt angepisst. Richtig angepisst.

„Ähm", murmele ich. „Dein Freund?"

Überrascht weiten sich ihre Augen. „Collin?"

„Ja", erwidere ich, während Collin das Ja zeitgleich ins Telefon brüllt. Ich verziehe das Gesicht.

„Jetzt kapiere ich gar nichts mehr." Verwirrung steht ihr auf die Stirn geschrieben.

„Wir sind gleich da", knurrt Collin und legt auf.

Ich nehme mein Handy vom Ohr und lasse es wieder in meiner Hosentasche verschwinden.

„Okay, wieso hast du mit meinem Freund telefoniert? Und wer bist du gleich?" Sie klingt beinahe vorwurfsvoll, so als hätte ich irgendwas gemacht.

Ich gebe ihr einen kurzen Abriss über das neue Verwandtschaftsverhältnis zwischen mir und Collin. Und wie ich hier gelandet bin. Mein Alkoholeinfluss treibt mich leider sogar so weit, dass ich anfange von Jamie erzählen. Ziemlich detailliert. Adrianna gibt ihre Abwehrhaltung auf, hört mir aufmerksam zu. Sie nickt an den richtigen Stellen, reißt passend die Augen auf und murmelt dann und wann ein paar obszöne Worte. Ich mag sie.

„Das ist ja … wow." Sie schüttelt den Kopf und ringt um Worte. Ich habe eben meine Erzählung beendet. Inklusive des Nicht-Fick-Ficks.

„Jap." Ich seufze. Und nehme einen weiteren Schluck Bier, ebenso wie sie.

„Also … klar, dass jetzt gerade alles scheiße ist, aber … für mich hört sich das so an, als würdet ihr zusammengehören."

Zweifelnd sehe ich sie an. „Schön wär's."

„Ich bin mir sicher. Das letzte Mal als ich so eine herzzerreißende Liebesgeschichte gehört habe, war bei meinem besten Kumpel Brandon. Er und sein Freund dachten auch, dass sie es nicht packen können, doch sie haben es geschafft. Weil sie so ekelhaft verliebt ineinander sind. Und das scheint ihr ja auch zu sein."

Ob sie von dem Brandon spricht, bei dem wir eben in der Wohnung waren?

„Soll ich uns noch ein Bier holen?", fragt sie.

„Super Idee", stimme ich eine Spur zu begeistert zu. Ich bin traurig und betrunken. Schreckliche Kombi.

Sie lächelt und zwinkert mir zu. Ihr dunkles Augen-Make-Up lässt sie irgendwie geheimnisvoll wirken. Mit den schwarzen langen Haaren, der engen Jeans und der Lederjacke, die sie mit Boots kombiniert hat, könnte sie glatt für die Shadow-Hunters-Serie vorsprechen.

Ehe sie die Möglichkeit hat mit unseren Bechern davonzugehen, werden wir in unserer Zweisamkeit gestört.

Collin und seine Freunde kommen in unsere Flur-Ecke. Und Jamie.

„Alles klar, Liam?", wendet sich Collin zuerst an mich. Er ist süß, anders kann ich ihn gar nicht beschreiben.

„Bestens. Hab mich gut mit Adrianna unterhalten."

Sie zwinkert mir erneut zu.

Jetzt wendet auch Collin seine Aufmerksamkeit ihr zu. Sein Gesicht verfinstert sich. „Was machst du hier?"

Auch ihre Miene wird wieder verbissen und abwehrend, so wie vor unserem Gespräch.

„Entschuldige?" Ihre Stimme schneidet durch die Luft.

„Du hast gesagt, dass du heute lernst. Und jetzt hängst du hier auf der Party von Jake rum."

„Wie bitte?", knurrt sie wütend. „Brauche ich jetzt etwa deine Erlaubnis? Darf ich ohne meinen Freund nichts mehr allein unternehmen? Weil ich eine Frau bin?"

Collin verzieht das Gesicht. Eindeutig verwirrt. „Was?"

„Ich brauche nicht deine Erlaubnis, um auf eine Party zu gehen, Collin."

„Fuck, du weißt genau, dass ich das nicht gemeint habe. Seit wann schreibe ich dir irgendwas vor?" Zerknirscht reibt er sich über das Gesicht und tut mir plötzlich leid. „Es geht darum, dass es mich wirklich freuen würde, wenn du Jamie kennenlernst. Und du wusstest das. Ich habe keinen Bruder wie du, deshalb kommt mein Cousin dem wohl am nächsten. Du hast gesagt, dass du keine Zeit hast und jetzt bist du hier, anstatt bei mir. Das ist scheiße."

„Ich habe ein eigenes Leben, Collin. Mein Bruder gibt die Party und er hat mich gebeten zu kommen. Das war eine spontane Entscheidung."

Collin nickt bitter. „Ist klar. Wie immer alles, was du willst. Wozu auch einmal etwas tun, was mir etwas bedeutet." Er hebt beide Hände. „Viel Spaß bei deiner Party. Ist mir egal."

Ich verziehe das Gesicht. Collin dreht sich um und geht davon.

Vorsichtig sehe ich zu Adrianna. Sie sieht aus, als würde sie gleich explodieren. Jetzt funkelt sie mich an. „Vergiss, was ich gesagt habe. Beziehungen sind scheiße!"

Brandon kommt auf uns zu und nimmt sie ohne ein Wort in den Arm. Sie stöhnt gequält. „Hör auf damit, du weißt, dass ich das hasse."

„Lass es einfach geschehen", murmelt er und drückt sie noch fester an sich.

Sie ächzt. „Lass das." Ihre Stimme macht deutlich, dass sie nicht so abgeneigt ist, wie sie tut.

Irgendwann löst Brandon sich von ihr. „Ich liebe den Kleinen, aber wenn du willst, dann mische ich ihm Enthaarungscreme in sein Duschgel."

Damit bringt er Adrianna zum Lachen. „Ich werde darauf zurückkommen. Momentan ist es beschissen." Sie schielt wieder zu mir. „Ich bleibe dabei. Ohne Beziehung bist du besser dran."

„Dabei ist die doch gerade so interessant." Brandon grinst mich breit an. Sehr breit.

Ich hebe eine Augenbraue. Ein Blick nach links verrät mir, dass wir drei allein hier stehen. Jamie und die anderen haben sich verzogen. Vielleicht sind sie hinter Collin her?

Brandon starrt mich immer noch grinsend an.

„O nee", murmele ich, als der Groschen fällt. „Er hat euch was erzählt, oder?"

Brandon lacht dreckig. „Stiefbruder. Das ist zu heiß, um wahr zu sein. Ich beneide dich, Bro."

Ich blinzele verdattert. „Ja. Ist auch großartig, wenn man seine große Liebe zurückhaben will, die einem aber deutlich macht, dass die Sache gelaufen ist."

Brandons Gesichtszüge werden weich. „Aw. Das ist jetzt süß."

„Du hättest dabei sein müssen, als er sein Herz ausgeschüttet hat. Selbst ich hab mich in den Typen verliebt, so sehr hat er geschwärmt", wirft Adrianna ein.

„Der Typ ist süß, passt also." Brandon verschränkt seine Arme und sieht mich an.

„Du hast ihn kennengelernt?", fragt Adrianna aufgeregt.

„Du hättest ihn auch gesehen, wenn du nicht mit deinem Liebsten gestritten hättest."

Sie seufzt. „Manchmal könnte ich ihn erwürgen."

„Du weißt aber schon, dass er recht hat?"

Adriannas Kopf ruckt schwungvoll zur Seite. „Sag das noch mal."

„Du weißt, ich liebe dich. Ich bin immer auf deiner Seite, egal was ist. Wenn du drüber nachdenkst, weißt du genauso gut, wie ich, dass er im Recht ist. Trotzdem ziehe ich das mit der Enthaarungscreme durch und schwöre vor jedem, der es nicht hören will, dass er derjenige ist, der Mist gebaut hat."

Ich lache leise. Brandon scheint ein ziemlich guter Freund zu sein.

„Ich werde mal Bier holen", sage ich zu den beiden und nehme Adrianna den Becher aus der Hand. Sie bemerkt es ohnehin kaum, weil sie mit Brandon diskutiert.

Ich atme einmal tief durch. Anscheinend bin ich nicht der Einzige, bei dem es beschissen läuft. Der Streit zwischen ihr und Collin war ... fies.

Ich würde nicht sagen, dass Collin im Recht ist, was aber nur daran liegt, dass ich sie nicht gut genug kenne, um mir ein Urteil erlauben zu können. Die letzte halbe Stunde war Adrianna allerdings großartig und hat mir, ohne zu zögern, zugehört - auch wenn ich mir vorstellen kann, dass mein Gejammer etwas anstrengend war. Deshalb hoffe ich, dass die beiden sich wieder vertragen, denn auch Collin scheint ein feiner Kerl zu sein.

Ich bahne mir einen Weg durch die Gäste, die laut zur Musik abgehen oder gegen sie anbrüllen.

Beim Bierfass angekommen, fülle ich beide Becher auf. Einer wird mir kurz darauf aus der Hand gerissen. Jamie. Er leert den Becher in einem Zug.

Überrascht sehe ich ihm dabei zu. Er atmet hörbar durch.

„Alles klar?", frage ich vorsichtig.

Er schüttelt den Kopf. Seine Haare sind völlig durcheinander, so als wäre er sich mehrmals hindurch gefahren.

„Weit davon entfernt", murmelt er trocken. „Nicht nur, dass der Tag eine Katastrophe war, jetzt musste ich noch meinen heulenden Cousin trösten."

Mitgefühl erfasst mich. „Er hat geweint?"

„Ein bisschen." Jamie seufzt schwer. „Scheint gerade nicht gut mit seiner Freundin zu laufen. Und es ist unschwer zu erkennen, wie verliebt er ist. Warum auch immer. Wenn du mich fragst, wirkt sie nicht gerade wie ein Sonnenschein."

„So wie du, meinst du?", gebe ich bissig zurück. Und könnte mir kurz darauf selbst eine Ohrfeige verpassen. Jamie hat sich verändert, weil ich ihn verlassen habe. Keine clevere Idee, ihm das um die Ohren zu hauen. Und unfair ist es auch. Ich sollte nichts mehr trinken. Zu meiner Überraschung nimmt Jamie mir diesen Kommentar diesmal nicht krumm. Da ist wohl noch jemand ziemlich betrunken. Ich nehme einen weiteren Schluck Bier.

„Touché." Jamie prostet mir zu.

„Wo ist Collin jetzt?"

„Er ist in sein eigenes Wohnheim gegangen. Die Lust auf Party ist ihm vergangen. Ich hab ihm gesagt, dass wir uns später ein Uber rufen."

Ich nicke. Collin tut mir leid.

„Ich geh mal pissen. Übrigens – die Party ist scheiße", setzt Jamie mich in Kenntnis.

Er lässt mich neben dem Bierfass stehen und ich weiß plötzlich nicht mehr so ganz, was ich tun soll. Ich sehe mich um, finde aber niemanden, den ich kenne. Und meine Lust das ganze Wohnheim abzulaufen, hält sich in Grenzen. Zumal ich Collins Freunde eigentlich auch nicht kenne.

Zu meiner Erleichterung laufen Brandon und Adrianna an mir vorbei.

„Wir gehen an die Luft. Kommst du mit?" Sie hält mir eine Hand hin.

„Gott, ja!“

Gemeinsam bahnen wir uns den Weg nach draußen und kurz darauf trete ich in die kühle Abendluft. Überrascht bemerke ich, dass es bereits dunkel geworden ist.

Zögerlich nehme ich das Handy in die Hand und schreibe meine erste Nachricht seit Monaten an Jamie. Meine Hand zittert, während mein Herz mit einem Mal schneller klopft.

Wir sind draußen.

Unspektakulärer könnte meine Nachricht kaum sein. Trotzdem bin ich aufgeregt. Vielleicht will ich ihn auch einfach wissen lassen, dass ich ihn nicht mehr blockiere.

Bin gleich da.

Kurz und knapp. Aber er hat geantwortet. Ein kleines Lächeln schleicht sich auf meine Lippen.

Wir gehen an einer Gruppe Typen vorbei, doch ich kann nur auf den kleinen Bildschirm starren. Jamie hätte mich auch ignorieren können. Hat er aber nicht. Wieder durchflutet mich eine Welle von Hoffnung, obwohl ich selbst weiß, dass es nichts bedeutet. Der ganze Tag hat gezeigt, dass Jamie mich nicht will.

„Dein Freund Schrägstrich Bruder kommt her. Sorry – Stiefbruder“, raunt Brandon in meine Richtung, gerade laut genug, damit ich ihn höre, aber dennoch so diskret, damit nicht gleich alle Menschen um uns herum Teil meines Lebens werden.

Ich stecke grinsend mein Handy weg. „Jaja, schon gut." Am Rande meines Sichtfeldes tauchen Jamies Schuhe auf, doch er geht weiter, um nicht direkt neben mir zu stehen.

„Liam?", ruft jemand hinter mir.

Ich drehe mich um. Und erstarre. Augen, die mir einmal vertrauter waren als alle anderen. Und die mein Leben in Trümmer gelegt haben.

Ich blinzele durch den Nebel, der sich in meinem Kopf ausbreitet. Das ist ... das kann nicht sein. Er kann nicht hier sein.

Mein Mund öffnet sich, während meine Kehle sich zuschnürt.

Das Atmen fällt mir schwer. Mir wird schwarz vor Augen.

Mein Gesicht ist geschwollen. Bei jeder Bewegung sticht meine Rippe, von der ich sicher bin, dass sie leicht angeknackst ist. Doch ich werde nicht ins Krankenhaus gehen. Ich werde die Geschichte kein zweites Mal erzählen. Es hat gereicht, dass in meinem Dad etwas zerbrochen ist, als er erfahren musste, dass sein Sohn von einem ganzen Football-Team verdroschen wurde. Weil er eine Schwuchtel ist. Der Begriff tut immer noch verdammt weh. Er schneidet wie ein Messer tief in meine Seele. Und ich bin mir sicher, dass er Narben hinterlassen wird.

Ebenso wie die Person, die sie mir zugefügt hat. Keine Ahnung, wie dieses Bild in Umlauf geraten ist. Aber ich weiß, dass Wren nichts dagegen unternommen hat. Im Gegenteil. Als sein verfluchtes Football-Team auf mich losgegangen ist, hat er mitgemacht. Seine Tritte mögen weniger kraftvoll gewesen sein, deshalb aber umso schmerzhafter.

Vor unserer Tür ertönt das leise Klingeln am Fahrrad unseres Postboten.

Ächzend komme ich auf die Beine, wobei das Stechen in meinen Rippen so heftig wird, dass ich ein Wimmern nicht unterdrücken kann.

„Liam, was tust du? Leg dich wieder hin", höre ich meinen Dad aus der Küche. Er ist dabei, Frühstück für uns zuzubereiten und ich will nicht nutzlos wie ein Invalide auf dem Sofa liegen und ihm noch mehr Kummer machen.

„Geht schon, Dad. Das war die Post, ich hole sie nur eben rein."

Mit langsamen Schritten gehe ich zur Haustür. Die drei kleinen Stufen von der Veranda sind hart, doch ich schaffe es herunter. Nur noch ein paar Schritte. Dann bin ich endlich beim Briefkasten und nehme die Post heraus. Als ich aufschaue, bemerke ich ihn. Wren. Er hat gerade sein eigenes Haus verlassen, einen Rucksack auf den Schultern. Er sieht scheiße aus, so als hätte er nicht geschlafen.

Er erstarrt, als er mich sieht. Ich verziehe den Mund und bereue es sofort. An der Lippe hat es mich besonders schlimm erwischt und jetzt pocht es erneut unangenehm. Es würde mich nicht wundern, wenn sie wieder aufgeplatzt ist.

Wren sieht mich schockiert an und schluckt. Ich kann nicht glauben, dass er mich noch vor zwei Tagen geküsst hat. Im Arm gehalten hat. Mir gesagt hat, wie viel ich ihm bedeute.

Die Leere in mir zerfrisst mich. Es fühlt sich an, als wäre ich innerlich tot. Als wäre dort, wo sich mein Herz befunden hat, nun ein Loch.

Wie konnte er mir das nur antun?

Wren kommt einige Schritte näher, einen entschlossenen Ausdruck im Gesicht.

„Warum?" Die alles entscheidende Frage. Mehr bringe ich nicht heraus, obwohl ich ihm gerne so vieles an den Kopf knallen würde.

„Schwuchtel", murmelt Wren. Aus dem Loch wird eine klaffende Wunde.

„Warum?" Meine Stimme zittert. „Wie konntest du mir das antun?"

Beinahe unbeteiligt seufzt er und sieht an mir vorbei zur Straße.

„Hast du wirklich gedacht, das zwischen uns wäre echt?"

Ich zucke zusammen. Heftig. Und presse die Lippen aufeinander, als mich eine neue Schmerzwelle ausgehend von meinen Rippen erfasst.

„Was redest du da?", würge ich hervor.

Mir wird schlecht.

„Na ja, ich dachte es wäre lustig ein bisschen mit dir zu spielen", fährt er fort. „Das zwischen uns war keine Sekunde echt."

„Wie praktisch, dass man nur mich auf dem Foto sieht", stoße ich bitter hervor. Tränen sammeln sich in meinen Augen.

Wren schluckt sichtbar. Sein Kehlkopf tritt deutlich hervor.

Er lacht fies auf. „Meine Freunde und ich haben das seit Monaten geplant. Wie schnell kann man die

Schwuchtel dazu bringen einen Schwanz zu lutschen? Wie man sehen kann, braucht es nicht allzu viel dafür. Und jetzt halte dich fern von mir. Weder stehe ich auf dich, noch habe ich je auf dich gestanden. Du warst nur ein kleiner Witz für mich und meine Freunde."

Seine Worte schneiden sich tief in mein Fleisch.

Wie kann er das nur sagen? Wie kann er ... Gott.

Wren schenkt mir einen letzten Blick. Seine Augen waren mein Anker. Jeden Tag. Jetzt sind sie der Anker, der mich in den Abgrund zieht.

„Liam?" Eine sanfte Stimme zieht mich an die Oberfläche zurück. Grüne Augen erscheinen in meinem Sichtfeld und lösen das Braun ab, das eben noch vor meiner Nase war.

Jamie hat besorgt die Augenbrauen zusammengekniffen und steht schräg neben mir. Er ist hier. Bei mir.

Ich sehe zurück zu der Person, von der ich hoffe, sie mir nur eingebildet zu haben.

Gegen die Tränen kämpfend, atme ich ein und aus. Ich habe mich nicht geirrt. Hier draußen direkt vor einem Wohnheim in Eugene steht mein Ex-Freund. Der mich und meine Gefühle ausgenutzt, mir etwas vorgemacht hat. Und der mich mehr gedemütigt hat, als überhaupt möglich ist. Der mich körperlich und seelisch verletzt hat. Ich schlucke.

„Liam?", fragt er jetzt erneut. Seine Stimme klingt noch genauso wie vor drei Jahren. Sonst hat er sich kaum verändert. Nur seine Züge wirken weniger jungenhafter. Er lächelt mich an. Er lächelt.

„Wren ...", sage ich leise. Noch immer kämpfe ich gegen das Brennen in meinen Augen an. Ein stechendes

Gefühl in meinen Rippen gesellt sich dazu. Und Übelkeit. Überwältigende Übelkeit.

Jamie tritt näher, zwingt mich ihn anzusehen. „Wren?", fragt er nach. Er weiß genau, was hier los ist. Was die Begegnung in mir auslöst. Ich nicke nur. Jamie starrt mich mit offenem Mund an, bevor sich sein Gesicht bedrohlich verdüstert. So habe ich ihn noch nie gesehen.

Langsam dreht er sich um. Plötzlich macht er einen schnellen Schritt. Er holt aus, ballt seine Hand zur Faust und haut meinem Ex-Freund mit voller Wucht mitten ins Gesicht.

Ich halte den Atem an. Tumult bricht los. Doch ich bin immer noch erstarrt.

Kapitel 21

Jamie

Fuck. Ein scharfer Schmerz schießt durch meine rechte Hand. Ein paar Leute brüllen durcheinander. Wren stöhnt gequält. Mein Schlag hat ihn vollkommen unvorbereitet getroffen, weshalb er das Gleichgewicht verloren und auf seinem Arsch gelandet ist.

„Shit", murmele ich und schüttele meine Hand aus. Ich habe noch nie jemanden geschlagen. Jedenfalls nicht so.

Wren wird umringt, während man mich wütend anfunkelt.

„Hast du sie noch alle?", fragt mich ein Typ, der Wren aufhilft. Meine Wut ist nicht verraucht. Am liebsten würde ich noch mal zuschlagen.

Wren hält sich mit beiden Händen die Nase. Seine Augen sind weit aufgerissen, als er mich ansieht. „Was soll das?", schreit er mich an. Er klingt nasal. Blut läuft an seiner Hand herunter, was mich nicht derart befriedigen sollte.

Ich ignoriere ihn und wende mich stattdessen an Liam. Noch immer steht er entgeistert da, weiß wie eine Wand. Er sieht aus, als würde er gleich umkippen.

„Was ist hier los?“, fragen Brandon und Adrianna im Chor. Ehrlich gesagt sehen sie nicht weniger fassungslos aus.

„Liam?“

Sein Kopf zuckt zu mir. Er blinzelt ein paar Mal und scheint so langsam, aber sicher wieder anzukommen. Er sieht von mir zu Wren und wieder zurück.

„Fuck. Alles okay bei dir?“, fragt er mich besorgt. Ich muss mir auf die Unterlippe beißen. Mit dem fürsorglichen Liam kann ich nicht umgehen.

„Ihm? Ich wurde geschlagen!“, mischt Wren sich ein und nimmt demonstrativ die Hände von seinem Gesicht. Seine Nase blutet. Ziemlich stark. Einer seiner Freunde reicht ihm ein Tuch. Er atmet zischend ein, als er sie an die Nase hält. „Wahrscheinlich hat er mir die Nase gebrochen.“

„Na hoffen wir’s“, knurre ich. Am liebsten würde ich ihm den Kopf abreißen.

„Warum zur Hölle? Warum schlägst du andere Leute ohne Grund?“

Wichser.

„Grundlos, ja?“ Bedrohlich gehe ich einen Schritt auf ihn zu. Er macht einen zurück, während seine Freunde sich beschützend vor ihn stellen. „Dann bist du also nicht der kleine Bastard, der andere Menschen vorführt und bloßstellt? Oder sie mit einer Gruppe Schlägertypen verprügelt?“

Scheiße. Der Schmerz in meiner Hand wird immer heftiger. Ich versuche, sie erneut zur Faust zu ballen, schaffe es aber nicht.

Um uns herum ertönen überraschte Laute. Entsetztes Nach-Luft-Schnappen. Jetzt wird der Typ vor mir böse angestarrt.

Wren verstummt. Betreten fällt sein Blick auf Liam. Ein paar Mal setzt er zum Sprechen an. „Scheiße", entfährt es ihm plötzlich. „Können wir vielleicht irgendwo reden, Liam?" Noch immer läuft ihm Blut aus der Nase, trotz des Tuchs, mit dem er es aufzufangen versucht.

„Nein!", fauche ich ihn an. „Vielleicht kannst du dich irgendwohin verpissen, wo er dich nicht mehr sehen muss?" Den Vorschlag finde ich besser.

Leider sehe ich das Zögern in Liams Augen. Er ist überfordert, traurig und würde am liebsten wegrennen. Doch da ist noch mehr.

Wrens Blut läuft ihm an den Armen herunter, einer seiner Freunde reicht ihm ein Handtuch. Ein anderer Freund hat einen Eisbeutel in der Hand, von dem ich keine Ahnung habe, wo er den so plötzlich her hat. Wren greift danach und legt sich den Beutel mit einer Hand in den Nacken. In der anderen hält er das Handtuch. Seine Handgriffe wirken routiniert. Ist vielleicht nicht seine erste Begegnung mit einer Faust. Wundern würde es mich nicht, nach allem, was ich über ihn weiß.

„Was geht hier ab?" Brandon steht plötzlich neben uns.

Ich seufze. „Beschissener Ex." Noch immer gleichen meine Worte eher einem Knurren.

„Deiner?" Brandon hebt die Brauen.

Ich schnaube. Wren schnaubt, gefolgt von einem kleinen Schmerzenslaut.

„Liams."

„Oooooooh", sagt Brandon bedeutungsvoll. „Jetzt mag ich dich noch mehr."

Verwirrt und fragend sehe ich ihn an. „Hä?"

Er zuckt mit den Schultern. „Hab 'ne Schwäche für Freunde, die für ihre Herzensmenschen einstehen. Ab jetzt sind wir Freunde." Er hält mir die Faust hin. Grinsend schlage ich ein. Mit links. Ich bewege meinen anderen Arm und werde mit einem Stechen im Handrücken belohnt, das sich bis hinauf ein meinen Bizeps zieht.

Ich beiße die Zähne zusammen.

„Okay, also sehe ich das richtig, dass ihr noch was zu klären habt? Sonst hole ich jetzt die Campuspolizei." Einer von Wrens Freunden baut sich vor uns auf.

„Sonst hole ich die Campuspolizei", äfft Brandon ihn nach. „Sei nicht so empfindlich und halt die Klappe. Ist doch gar nichts passiert." Er verdreht die Augen und ich muss ein Lachen unterdrücken.

„Seine Nase könnte gebrochen sein", hält der Typ dagegen.

Das beeindruckt Brandon nicht im Geringsten. „Und ich könnte im Lotto gewonnen haben. Darauf verlasse ich mich aber nicht."

Jetzt pruste ich los. Dabei ist nichts an diesem Scheißtag witzig. Ich beruhige mich schnell wieder, da ich mir sicher bin sonst hysterisch zu werden.

„Ist okay", murmelt Wren. „Ich kläre das. Ich glaub sie ist nicht gebrochen. Geht ruhig rein."

Er kommt ein paar Schritte auf uns zu. Liams Augen weiten sich panisch, weshalb ich die Arme verschränke, beinahe heule, weil ich dabei höllischen

Druck auf meine Hand übertrage, und mich direkt vor ihn stelle.

Wren bleibt stehen und presst frustriert seine Lippen aufeinander. „Können wir uns bitte unterhalten?“ Er klingt weinerlich. Die geschwollene Nase unterstreicht es zusätzlich.

„Okay“, antwortet Liam zögerlich. Seine Stimme zittert.

Ich unterdrücke einen Fluch.

„Wir gehen dann auch mal wieder rein“, sagen Adrianna und Brandon. Sie werfen uns bedeutungsvolle Blicke zu, bevor sie im Wohnheim verschwinden.

Nur noch Wren, Liam und ich stehen zusammen. Noch immer stehe ich beschützend vor meinem Stiefbruder. Die Laterne über uns spendet ausreichend Licht, sodass ich Wren viel zu genau mustern kann. Er sieht nicht aus wie ein Footballer. Tatsächlich ist er recht schmächtig, aber groß. Braune Locken, braune Augen. Eigentlich ganz süß, wenn er kein manipulatives Arschloch wäre.

„Also?“, fragt Liam leise. Er klingt gefasster als noch vor ein paar Minuten. Ich schaue über die Schulter. Die Fassungslosigkeit ist von seinen Zügen verschwunden und er hat wieder ein bisschen Farbe bekommen. In seinen Augen liegt ein Funkeln. Das ist gut. Der Ausdruck vorhin hat mich rotsehen lassen. Ich will ihn nie wieder so sehen. Trotzdem erkenne ich, wie unwohl er sich fühlt. Dass ihn diese Situation erschüttert.

Mein Handy vibriert erneut in der Hosentasche, was ich ignoriere. Bestimmt wieder Justin.

„Kann dein Pitbull gehen?“, fragt Wren.

„Nein“, erwidere ich.

Ein genervter Ausdruck trifft mich. Ich revanchiere mich mit einem Mittelfinger.

„Vielleicht wartest du dort drüben?", schlägt Liam vor und deutet auf eine kleine Steinmauer, einige Meter entfernt.

„Ich will dich nicht mit dem allein lassen", protestiere ich.

Ein klitzekleines Lächeln zupft an Liams Wundwinkel. Er zögert. „Ist schon okay", sagt er schließlich.

Ich schnalze mit der Zunge. „Du willst mit ihm allein reden?"

Liam knabbert auf seiner Wange, nickt aber. „Ja."

Mit einem unzufriedenen Brummen komme seiner Bitte aber nach. Allerdings nicht, ohne Wren noch einen Todesblick zuzuwerfen.

Ich setze mich auf die Steinmauer und ziehe umständlich mein Handy aus meiner Tasche. Meine rechte Hand lege ich vorsichtig auf meinem Oberschenkel ab.

Fünf verpasste Anrufe von Justin und einige Nachrichten von ihm.

Alles okay bei dir?

Wie läuft das Wochenende? Überlebst du es?

Jamie? Lebst du noch?

Ruf mich an. Mache mir Sorgen.

Mit der linken Hand tippe ich auf meinem Handy herum, stelle mich aber unglaublich dämlich dabei an. Ich fluche leise.

Irgendwann gelingt es mir, eine Antwort abzuschicken.

Sorry, dass ich mich jetzt erst melde. Läuft alles etwas anders als geplant. War ein beschissener Tag. Bin verdammt betrunken. Und ich habe mir vielleicht oder auch nicht die Hand gebrochen.

Ich schiele zu Liam und Wren, die in ein Gespräch vertieft sind. Beide nicken immer wieder. Niemand heult. Niemand schlägt sich. Niemand sieht aus, als würde er gleich die Nerven verlieren. Könnte für den Moment schlimmer sein.

Dennoch würde ich am liebsten rübergehen und Liam wie ein Neandertaler von seinem Ex-Freund wegzerren.

Mein Smartphone vibriert erneut.

WAS? Was ist passiert?

Lange Geschichte. Ich melde mich morgen.

Ist das dein Ernst? Sag mir, was los ist!

Justin ruft mich an. Kurz spiele ich mit dem Gedanken, mit ihm zu reden, doch dann sehe ich, dass mein Stiefbruder zu mir geschlendert kommt, die Hände in den Hosentaschen seiner dunklen Jeans. Das Gespräch ist offenbar beendet. Von Wren sehe ich nur noch den

Hinterkopf, denn er verschwindet wieder in dem Gebäude. So schlimm kann es um ihn also gar nicht stehen.

Liam wirkt ... verwirrt. Nicht so, wie ich es erwartet hatte. Nach dem, was er mir über Wren gesagt hat, wäre ich an seiner Stelle ein Häufchen Elend.

Ich *bin* ein Häufchen Elend, korrigiere ich im Stillen. Und ich musste nicht das durchmachen, was er durchmachen musste. Mich plagt lediglich Liebeskummer. Schlimmer Liebeskummer.

Ich stecke mein vibrierendes Handy in die Hosentasche zurück. Mein Herz klopf schneller und schneller, je näher Liam mir kommt.

Scheiße. Wird das jemals anders sein?

„Was wollte er?", frage ich über das laute Rauschen in meinen Ohren hinweg.

Liam hebt seine Augenbrauen und legt den Kopf schräg. Noch immer steht ihm Verwirrung auf die Stirn geschrieben.

„Sich entschuldigen, schätze ich."

„Pah", platze ich heraus. „Eine billige Entschuldigung kann er sich klemmen. Das macht das, was er dir angetan hat, nicht besser."

Liam zögert, setzt sich dann aber neben mich und schaut über den Campus in die Schwärze der Nacht.

„Er ist schwul", sagt er schließlich.

Ich nehme die Info auf und versuche sie zu verarbeiten. Aber entweder bin ich zu betrunken, der Schmerz vernebelt meine Sinne oder seine Aussage macht keinen Sinn.

„Hä, warte mal." Ich schüttele den Kopf. „Hast du nicht gesagt, dass er nur so getan hat? Um dich zu verarschen? Und dass er absichtlich das Bild herumgezeigt hat?"

Liam nickt. „Ja. Anscheinend gibt es nicht immer nur Schwarz und Weiß."

Ich rümpfe meine Nase. „Was meinst du denn jetzt damit?"

Er seufzt laut. „Das mit dem Bild war keine Absicht. Einer der Jungs hat es auf seinem Handy gefunden. In seiner Panik hat er dann behauptet, er hätte mich mit einem Typen erwischt und ein Bild davon gemacht. Er ... hat mich den Haien zum Fraß vorgeworfen, damit er selbst nicht in den Verdacht gerät, schwul zu sein."

Geschockt weiten sich meine Augen. „Kleiner Wichser."

„Ja schon, aber ..."

„Aber was?", frage ich eine Spur zu hart. „Er hat dich trotzdem vor allen anderen bloßgestellt und dich verprügelt. Und das, obwohl er eigentlich dein fester Freund war."

Liam schweigt einige Sekunden, die sich anfühlen wie eine Ewigkeit. „Weißt du ... er hatte Angst."

Damit nimmt er mir den Wind aus den Segeln.

Angst. Ist es nicht genau das Gefühl, das uns Dinge tun lässt, die vollkommen unverständlich und irrational sind?

Ist Angst nicht der Grund, weshalb ich meiner Mom nicht sagen kann, dass ich schwul bin?

Ist es nicht Angst, die mich davon abhält mit Liam zusammen zu sein?

Ich atme tief durch. „Er hatte Angst?“ Meine Stimme wirkt jetzt wesentlich verständnisvoller. Trotzdem will ich sicher kein Mitleid mit dem Typen haben.

„Ja. Ich meine ... du hast recht. Es entschuldigt nicht sein Verhalten. Aber irgendwie kann ich jetzt verstehen, was los war. Du weißt ja, wie die Idioten an meiner Schule reagiert haben. Ich weiß nicht, ob ich ihm weiter vorwerfen kann, dass er versucht hat, sich davor zu schützen.“

„Er hätte aber nicht zutreten müssen.“ Ich kann mir den Satz nicht verkneifen. Wütend balle ich die Hände zu Fäusten. Oder versuche es zumindest.

Ich stöhne auf, als erneut ein heftiger Schmerz durch meine Hand und meinen Arm zieht.

Liam springt auf. Er mustert mich besorgt aus zusammengekniffenen Augen. Als sein Blick an meinem Schoß hängenbleibt, hält er inne. „Scheiße, deine Hand.“

Ich blicke ebenfalls nach unten. Mein Handrücken ist geschwollen und leuchtet bereits blau.

Liam tastet vorsichtig danach und schiebt seine Hand unter meine. Zischend hole ich Luft.

„Das ist meine Schuld“, murmelt er.

„Quatsch. Das ist überhaupt nicht deine Schuld. Ich habe zugeschlagen, was allein meine Entscheidung war.“

Liam nickt, wie um sich selbst zu überzeugen. Er knabbert leicht auf seiner Unterlippe. Was ein ganz anderes Ziehen durch meinen Körper schickt. „Es war krass dich so zu sehen“, murmelt er.

„Ja“, stimme ich ihm zu. „Ich habe vorher noch nie jemanden geschlagen. Hab ich ... dich damit erschreckt?“

„Nein."

„Sicher?", vergewissere ich mich. Plötzlich habe ich Angst, dass er jetzt Angst vor mir hat. „Nicht, dass du denkst, dass ich ... wie er bin oder so was."

„Jamie", sagt er sanft. „Ich weiß, dass du nicht wie er bist. Außerdem ... wie du mich verteidigt hast, das war ..."

„Bescheuert?", schlage ich vor.

„Heiß."

Meine Augenbrauen schießen in die Höhe und Hitze durch meinen Körper. Auf die Antwort war ich nicht vorbereitet. Mir stockt der Atem. Sein Gesicht ist nur wenige Zentimeter von mir entfernt. Unsere Hände liegen noch immer aufeinander. Langsam legt Liam seine zweite Hand auf meinem anderen Bein ab. Ich schlucke, als er näher kommt.

Mein Handy vibriert erneut. Synchron zucken wir zusammen. Ich stoße einen Fluch aus, weil meine Hand höllisch wehtut.

Liam zieht sich zurück. Ich bin zeitgleich erleichtert wie enttäuscht.

„Jamie?"

„Ja?" Meine Stimme klingt rau.

„Wir müssen ins Krankenhaus."

Ich will schon widersprechen, doch leider glaube ich, dass er recht hat. Die Schmerzen sind heftig. Das schillernde Blau gepaart mit der Schwellung sind auch keine guten Zeichen.

„Fuck."

„Komm schon." Liam hält mir eine Hand entgegen, die ich nach kurzem Zögern ergreife, um aufzustehen. Was wieder verdammt wehtut. Schnell löse ich den

Körperkontakt. Ich fühle mich, als hätte ich mich verbrannt. Und doch würde ich am liebsten sofort wieder auf die Herdplatte fassen.

„Hast du eine Ahnung, wo ein Krankenhaus ist?", fragt Liam und tut so, als wäre nichts gewesen. Kein Fast-Kuss.

Ich gebe einen zustimmenden Laut von mir. „Könnte sein, dass ich dort schon einige Male gewesen bin."

Liam verzieht den Mund zu einem kleinen Grinsen. „War ja klar."

Kapitel 22

Liam

Ich warte auf dem Gang, weil die Ärzte mich nicht in den Behandlungsraum lassen wollten. Haben irgendwas von röntgen und im Weg stehen gefaselt. Leider ist die Folge davon, dass ich hier herumsitze und mir Sorgen mache. Jamie hat vor Schmerzen das Gesicht verzogen. Immer wieder. Dass sich so schnell eine Schwellung gebildet und sich die Hand blau verfärbt hat, ist kein gutes Zeichen.

Seufzend lehne ich mich auf meinem Stuhl zurück. Kurz habe ich mit dem Gedanken gespielt Collin anzurufen, mich dann aber doch dagegen entschieden. Er hat heute genug mit sich selbst zu tun. Außerdem will ich nicht unnötig Panik verbreiten. Immerhin hatte ich den Einfall meinem Dad zu schreiben, dass das College cool ist und dass wir zusammen in der Wohnung von Collins Freunden einen Zockerabend veranstalten. Ich habe sogar nachgefragt, ob es okay ist, wenn es später wird. Und dass Collin uns nach Hause bringen würde. Zu meiner Erleichterung hat mein Dad zugestimmt.

Trotz des ganzen Schreckens bin ich immer noch angetrunken. Die Anwesenheit von Wren hat mich getroffen, keine Frage. Im ersten Moment fiel mir das Atmen schwer und ich war mir sicher jede Sekunde umkippen zu müssen. Dennoch ... das Gespräch war notwendig. So ungerne ich das auch zugeben will, aber ich verstehe ihn jetzt. Nicht, dass das, was er getan hat, richtig war. Das war es nicht. Er hat damals dafür gesorgt, dass sich mein Leben komplett verändert hat. Ich habe gelitten. Psychisch und physisch. Die Situation mit Jamie vor der Schule hat mir klargemacht, dass ich das teilweise immer noch tue. Aber ich weiß jetzt, dass Wren sich nicht aus reinem Vergnügen so verhalten hat. Er hat es aus Angst getan, in Panik. Zweifellos hat er die falsche Entscheidung getroffen. Das Wissen hilft dennoch, denn es bedeutet, dass ich mir unsere Beziehung nicht eingebildet habe. Sie war echt. Zumindest so echt sie in dem Alter überhaupt sein konnte. Die Gefühle für Wren sind nicht mal im Entferntesten mit denen zu vergleichen, die ich für Jamie empfinde.

Ich schiebe Wren aus meinen Gedanken. Ein Blick auf die Uhr verrät mir, dass es bereits tief in der Nacht ist. Ich müsste müde sein, doch das Gegenteil ist der Fall.

Ich starre auf meine Füße hinunter, die in einfachen schwarzen Chucks stecken. In Oregon ist es wesentlich kälter im Frühjahr als in Kalifornien. Jamie muss frieren. Ich habe ihn den ganzen Tag nicht ein einziges Mal danach gefragt.

„Hey“, reißt mich seine Stimme aus meinem Gedankenwirrwarr.

Ich hebe den Kopf und springe auf. „Alles in Ordnung?“ Schnell gehe ich auf ihn zu und scanne ich ihn von oben bis unten ab. Seine Hand steckt in einer Schiene. Shit. Ich lande bei seinem Gesicht und werde von einem frechen Grinsen begrüßt. Einem Jamie-Grinsen.

Träume ich?

„Alles gut." Er winkt ab. „Nicht meine erste Verletzung."

Ich berühre vorsichtig seinen Arm. „Das sieht übel aus."

„Mittelhandbruch."

Meine Augen werden groß. „Scheiße ..."

Er zuckt mit den Schultern. „Ja, ist auch für mich eine Premiere."

Noch immer sieht er ziemlich happy aus. Was für mich einfach nicht zusammenpassen will.

„Warum bist du so fröhlich?", frage ich nach.

Wenn möglich wird sein Grinsen nur noch breiter. „Die haben echt tolle Schmerzmittel."

Ein kleines Lachen entschlüpft meiner Kehle. „Wie viel haben die dir denn gegeben?"

Verschwörerisch lehnt er sich dichter zu mir. „Neben der Betäubung meiner Hand haben sie mir zwei Tabletten von irgendwas gegeben. Und welche für morgen. Vielleicht sind die für morgen aber auch schon weg."

„Du hast alle auf einmal genommen? Auf Alkohol?", frage ich entsetzt und ziehe ihn an seinem gesunden Arm dichter zu mir heran.

Jamie gluckst. „Du müsstest mal dein Gesicht sehen."

Ich unterdrücke ein Lächeln. „Ist das ein Ja?"

„Vielleicht." Er dehnt das Wort in die Länge, legt den Kopf schief und dreht einen kleinen Kreis um mich.

Als er hinter mir steht, legt er den Kopf auf meiner Schulter ab. „Aber verrat es nicht weiter."

Mein Herz gerät aus dem Takt, stolpert und rast schließlich los. Jamie ist mir verdammt nah.

Ehe ich dazu komme zu antworten, unterbricht uns eine Krankenschwester. „Mister Callum, würden Sie bitte mitkommen?"

Kurz bin ich irritiert, bis mir wieder einfällt, dass das der Name ist, den Jamie auf seinem gefälschten Ausweis hat.

Das Schnauben direkt an meinem Ohr beschert mir eine Gänsehaut.

Jamie löst sich von mir und sofort spüre ich das Gefühl des Verlustes.

Wir laufen der Krankenschwester hinterher und landen schließlich in einem kleinen Büro.

„Das ist die Finanzabteilung", murmelt sie.

„In der Nacht?", frage ich verwirrt.

Sie verzieht das Gesicht. „Da der Campus direkt um die Ecke und hier nachts immer eine ganze Menge los ist, haben wir immer jemanden hier. Wir Krankenschwestern haben ziemlich viel mit unnötigen Schlägereien zu tun." Mit diesen Worten lässt sie uns schließlich stehen.

„Was sollen wir in der Finanzabteilung? Du bist doch krankenversichert", wende ich mich an Jamie.

„Schhh", zischt Jamie. „Ich habe den anderen Ausweis benutzt, damit ich eben nicht meine Versicherung angeben muss."

„Warum?" Ich checke es nicht.

„Weil meine Mom mir sonst den Hals umdreht."

„Oh." Das macht Sinn. Meine Schulter kribbelt immer noch genau an der Stelle, an der er mich berührt hat.

Wir betreten das Büro und werden von einer jungen Frau begrüßt, die uns freundlich zulächelt. Sie bittet uns Platz zu nehmen.

Die Frau tippt auf ihrem Computer herum. „Also, Mister Callum, da haben Sie ja wirklich Glück, um eine Operation herumgekommen zu sein."

„Ich kann mein Glück kaum fassen." Sein Gesicht wirkt freundlich, doch seine Stimme trieft vor Sarkasmus.

Ich beiße auf meiner Unterlippe, um meine Gesichtszüge unter Kontrolle zu behalten.

Die Frau wirkt leicht pikiert, wendet sich allerdings wieder ihrem Monitor zu. „Gut, wie gedenken Sie die Kosten zu decken? Zahlen Sie heute oder müssen wir einen Zahlungsplan vereinbaren?" Jetzt wirkt sie kühl und sachlich. Zu Späßen ist sie wohl weniger aufgelegt.

„Kreditkarte wäre wundervoll, Ma'am."

Bei dem Wort Ma'am wird ihr Ausdruck direkt noch verkniffener.

„Fein. Die Kosten belaufen sich auf 3425 Dollar. Darin enthalten sind die Behandlung, das Röntgen, Ihre Schiene sowie die Medikamente und die lokale Betäubung zum Richten des Bruchs."

Ich unterdrücke ein Quieken und spanne mich an, als ich die Summe höre.

Jamies Mund steht weit offen. „Sagten Sie eben dreitausend?"

„Nein", erwidert sie sachlich. „Ich sagte 3425." Dabei lächelt sie überheblich.

Jamies Blick zu urteilen bin ich nicht der Einzige, der sie gern von ihrem Stuhl schubsen würde, nur damit sie das lässt.

„Ich muss mal eben telefonieren." Jamie steht auf und ich tue es ihm gleich.

„Gibt es ein Problem, Sir?" Wow. Scheinheilig und gemein.

Jamie schenkt ihr lediglich einen gelangweilten Blick. Ich folge ihm nach draußen auf den Gang.

„Wen rufst du an?", frage ich. „Müsste auf deiner Kreditkarte nicht Geld wie Sand am Meer verfügbar sein?"

Jamie verzieht das Gesicht. „Mein Dad muss Zahlungen in so einer Höhe freigeben." Er sieht gequält aus.

„Shit." Ich presse die Lippen aufeinander.

„Zum Glück bin ich gerade auf Droge. Anderenfalls würde ich mich vermutlich eher prostituieren, anstatt ihn um Hilfe zu bitten."

Ich pruste los. „Das hast du gerade nicht gesagt."

Das Grinsen kehrt auf Jamies Gesicht zurück. Er lässt seinen Blick einmal bedeutungsvoll an mir herabwandern. „Na ja, vielleicht hebe ich mir diese Option für später auf."

Mir bleibt die Luft weg. Und mir wird heiß. Verdammt heiß. Hitze steigt meinen Hals hinauf und kriecht bis in meine Wangen.

Jamie beißt sich grinsend auf die Unterlippe und dreht sich schließlich von mir weg. Dann hat er sein Handy am Ohr.

Einige Sekunden geschieht nichts.

„Hey, Dad", setzt Jamie an. „Es tut mir leid, dass ich dich wecke ... Ja, irgendwie ist schon etwas passiert. Ich habe mich verletzt und musste ins Krankenhaus. Jetzt muss ich die Rechnung über dreitausend Dollar bezahlen. Kannst du die Zahlung gleich freigeben?"

Ich stehe daneben und mache große Augen. Die beiden scheinen sich völlig sachlich zu unterhalten.

„Na ja, … Ich hab mir die Hand gebrochen … Oder einen Mittelhandknochen oder so … Ja, gut, es sind mehrere … Ist es wichtig, wie es passiert ist?"

Ich höre immer nur den Teil den Jamie zu seinem Vater sagt. Immer wieder pausiert er.

Er seufzt. „Ich habe jemandem eine reingehauen und habe offenbar keine Ahnung, wie man das macht, ohne sich zu verletzen … Natürlich hatte er es verdient! Er hat jemandem, der mir viel bedeutet, echt wehgetan … nein, emotional, Dad … ist ja auch egal … Du kannst nicht kommen, ich bin in Eugene bei Grandma … Wir sind alle hier wegen irgend so einem College-Mist … Warum fragst du jetzt, ob ich hier studieren will, das war nicht meine Idee … Dad, kannst du das nun bezahlen, oder nicht? … Ich kann meine Versicherung nicht benutzen. Dann weiß Mom, was ich gemacht habe … ja … okay, danke."

Jamies Schultern sind fest angespannt, als er sich schließlich wieder zu mir dreht. Sein Gesicht spiegelt Verwirrung.

„Das war das normalste Gespräch, das ich seit Monaten mit dem Mann geführt habe."

Meine Augenbrauen schießen in die Höhe. „Wirklich?"

Jamie zuckt mit den Schultern. „Egal, immerhin ist die Sache erledigt. Ich werde der Frau mal eben meine scheiß schwarze American Express unter die Nase halten." Darüber scheint er sich zu freuen. „Lauf nicht weg." Er zwinkert mir zu.

Ich habe einen Moment Zeit zum Verschnaufen. Bilde ich es mir ein oder ist Jamie verdammt flirty unterwegs? Scheiße. Jedenfalls kann ich momentan an nichts anderes mehr denken als an Jamies Zunge in meinem Mund. Was echt nicht normal ist, wenn man bedenkt, dass er verletzt ist und wir in einem Krankenhaus sind.

Ich stoße geräuschvoll die Luft aus meinen Lungen und fahre mir mit den Fingern durch die Haare. Wieder und wieder.

„Du musst das lassen", murmelt Jamie und steht plötzlich wieder vor mir. Er lehnt lässig an der Wand. Seine geschiente Hand, die in einer Schlinge um seinen Hals hängt, tut seiner Attraktivität keinen Abbruch. Der freche Gesichtsausdruck macht ihn heißer als jemals zuvor. Ich spüre förmlich, wie die Hormone in meinem Körper Amok laufen.

„Was meinst du?" Meine Stimme klingt kratzig. Ich räuspere mich.

Jamie blinzelt einige Male. „Gar nichts."

Er stößt sich mit einem Fuß von der Wand ab. „Komm schon."

Verdattert trotte ich ihm hinterher und lasse ihn dabei keine Sekunden aus den Augen. Er tänzelt fast umher. Dieser gut gelaunte Jamie ist das komplette Gegenteil zum Grumpy-Jamie, der mich heute den ganzen Tag begleitet hat.

Er dreht den Kopf zu mir. „Wir sollten einen Burger essen gehen." Seine Augen funkeln begeistert.

Ich schüttele lachend den Kopf. „Es ist vier Uhr nachts.“

„Schlau und hübsch“, gibt er flapsig zurück.

Ein weiteres Mal nimmt er mir den Atem und bringt mich durcheinander.

„Flirtest du mit mir Jamie?“

Seine Mundwinkel verziehen sich nur weiter. „Was hat dich drauf gebracht? Die Fick-mich-Blicke oder meine recht eindeutigen Worte?“

O Gott. Ein Schauer läuft mir über den Rücken. Sexy Sarkasmus. Warum tut er mir das an? Erst behandelt er mich den ganzen Tag so ... so ... ätzend und jetzt macht er das?

Gequält verziehe ich das Gesicht. „Tu das nicht.“

„Was?“

„Mit mir spielen. Das packe ich nicht.“

Jamie zuckt zurück und scheint kurz über meine Worte nachzudenken. „Du denkst, ich spiele mit dir?“

„Was soll ich denn denken? Du hast mir klar gemacht, dass du nicht mit mir zusammen sein kannst, dann gestern der Nicht-Sex-Sex und heute hast du mich wieder behandelt wie der letzte Dreck. Wenn du mich überhaupt beachtet hast. Und jetzt bist du flirty.“ Ich zucke mit den Schultern. „Wenn du mich nicht mehr willst, ist das okay, nur ... diese flirty-Art ist nicht fair.“

Drei Sekunden. Länger dauert es nicht, bis ich mich an die Wand gepresst wiederfinde. Jamies Gesicht ist dicht vor meinem.

„Du denkst, ich will dich nicht? Bullshit. Spürst du, wie sehr ich dich will?“ Er presst sich dichter an mich. Seine Härte an meinem Oberschenkel ist ein deutliches Zeichen. Fuck. Ich stehe in Flammen.

„Kopf gegen Herz, Liam. Das weißt du ebenso gut wie ich." Er flüstert dicht an meinem Ohr. „Mein Kopf ist gerade ausgeschaltet. Die Frage ist, ob du das auch schaffst."

Seine Lippen sind nur Zentimeter von mir entfernt. Ich spüre seinen Atem auf meiner Haut. Und mein Herz droht zu zerspringen. Vor Lust. Vor Sehnsucht. Vor Liebe.

Unsere Lippen knallen aufeinander. Jamie drückt mich noch fester gegen die Wand und nimmt mir jede Luft zum Atmen. Unsere Zungen treffen sich. Endlich. Ihn wieder zu schmecken ist wie der Himmel auf Erden. Ich greife in seine Haare, die noch tausendmal weicher sind, als ich sie in Erinnerung hatte. Nur am Rande kommt mir in den Sinn, dass Jamie Schmerzen haben müsste, so fest wie wir uns aneinanderpressen, doch ich kann den Gedanken nicht festhalten. Mein ganzer Körper ist im Ausnahmezustand. Alles kribbelt. Ich bin steinhart. Und völlig von Sinnen vor Glück, dass ich ihn endlich wieder berühren kann. Küssen kann.

Wir atmen beide schwer. Jamie stöhnt leise. Ich küsse ihn umso stürmischer.

Irgendwann löse ich unsere Lippen voneinander, nur um seinen Hals mit Küssen zu bedecken. Er neigt den Kopf zur Seite und stöhnt erneut. Fuck, er riecht so gut. Nach Salz und Meer und ... Jamie.

„Liam." Seine Stimme klingt rau und kehlig. „Ich will dich."

Ich beiße in seinen Hals.

„O Gott", murmelt er und tritt einen Schritt zurück. Ehe ich protestieren kann, greift er nach meiner Hand und zieht mich hinter sich her. Seine Haare sind vollkommen durcheinander.

„Was suchen wir?" Ich bin völlig außer Atem.

Jamie grinst mir über seine Schulter zu, drosselt sein Tempo aber keine Sekunde. „Wir suchen die Toiletten."

Aufregung durchflutet mich. Scheinbar will er nicht aufhören mich zu küssen. Er sucht nur einen privateren Ort. Wir biegen ab. Jamie scheint den Weg zu kennen. Da er mich immer noch hinter sich herzieht, werden wir vom Krankenhauspersonal und älteren Patienten, die im Rollstuhl umher geschoben werden, seltsam beäugt.

Schließlich nehme ich ein großes Schild zu den Besuchertoiletten wahr. Ruckartig werde ich nach links gezogen. Jamie stößt die Tür auf und wir betreten einen überraschend hübschen Waschraum. Die Waschbecken sind in einen schwarzen Waschtisch mit Marmoroptik eingelassen.

Jamie lässt mich los und geht weiter zu den Toiletten. Er öffnet die vielen Türen nacheinander und schaut offenbar, ob wir allein sind. Sind wir.

Stumm beobachte ich ihn dabei. Ich bin viel zu überwältigt davon, dass wir uns geküsst haben.

Er geht zurück zur Eingangstür und schließt sie ab. Mit einem heißen Grinsen dreht er sich zu mir.

„Zieh deinen Pulli aus", raunt er, als er auf mich zukommt.

Ich muss keine einzige Sekunde darüber nachdenken. Ich greife in meinen Nacken und ziehe mir schnell den Pullover samt T-Shirt über den Kopf. Und dann ist Jamie schon wieder bei mir. Sanft fährt er mit den Fingern über meine Brust und hinterlässt eine feine Gänsehaut. Seine Augen leuchten dunkel auf. In dem Grün könnte ich mich jederzeit verlieren.

Jamie greift nach meinem Pullover. Irritiert runzle ich die Stirn und sehe ihm dabei zu, wie er den Pulli auf dem Waschtisch ausbreitet.

„Was tust du da?" Ich erkenne meine Stimme kaum wieder.

Er dreht sich zu mir und ich nutze die Gelegenheit, um die Lücke zwischen uns zu schließen und ihn nun bewegungsunfähig zu machen.

„Na ja." Er neigt seinen Kopf und deutet mit einem Nicken hinter sich. „Ich hatte gehofft, dass du mich gleich ausziehst, mich hochhebst und dann besinnungslos fickst."

Mein Herz bleibt stehen. Mittlerweile pocht meine Erektion schmerzlich in meiner Hose und doch ... Mein Kopf ist im Weg. Mein blöder Kopf mit seinen blöden Gedanken.

„Ist das eine gute Idee?", frage ich leise. „Was ist, wenn du das hier morgen bereust?"

„Spielt das eine Rolle?", hält er dagegen. „Wir beide sind hier. Jetzt. Und ich weiß nur zu gut, dass du mich genauso willst wie ich dich. Das Einzige, das uns im Weg steht, ist mein Kopf, der mich verrückt macht. Kopf gegen Herz. Jetzt gerade gewinnt das Herz. Ist es wichtig, wann der Kopf sich wieder einmischt? Können wir nicht einfach den Moment genießen? Und in diesem Waschraum vögeln, bis wir nicht mehr laufen können?"

Ich atme tief durch. Kopf gegen Herz. Wenn es um diesen Jungen geht, gewinnt am Ende sowieso das Herz.

Meine Hände wandern an Jamies Seite lang. Als mir seine Verletzung wieder in den Sinn kommt, zögere ich. „Was ist mit deiner Hand."

„Tut nicht weh."

„Sicher?"

„So was von sicher. Aber schön, dass du dir wie immer Sorgen machst." Den letzten Teil flüstert Jamie beinahe.

„Immer", flüstere ich zurück.

Ich lasse meine Fingerspitzen unter seinem Pullover verschwinden und fahre mit dem Daumen den Bund seiner Hose entlang. Jamie erschauert.

„Fuck", knurrt er. Mit der linken Hand greift er in mein Haar und drückt seine Lippen wieder auf meine. Erneut finden sich unsere Zungen und umspielen einander. Stromstöße jagen durch meinen Körper und erzeugen ein Kribbeln, das bis in meine Fingerspitzen reicht. Ich öffne Knopf und Reißverschluss seiner Hose und schiebe die Hand in seine Boxershorts.

Jamie stöhnt an meinem Mund und zieht noch stärker an meinen Haaren. Entgegen allen Erwartungen spüre ich umgehend ein Ziehen in meinem Unterleib.

Ich umfasse Jamie mit der Faust und fahre auf und ab. Er löst sich von meinen Lippen und schnappt nach Luft.

„Scheiße, Liam. Das ist so gut."

Ich küsse seinen Mundwinkel, seinen Kiefer und schließlich wieder seinen Hals. Als ich die Hand aus seiner Hose nehme, stößt er einen protestierenden Laut aus. Ich hebe den Kopf, um ihm in die Augen zu sehen.

„Und du willst wirklich Sex mit mir haben?", vergewissere ich mich.

„Weißt du eigentlich, dass du immer die richtigen Sachen sagst? Und tust?"

Ich verziehe das Gesicht. „Tue ich nicht."

„Du weißt, wie ich das meine. Deine Fürsorglichkeit
ist einfach ... wow. Ich bekomme nicht genug davon. Ich
glaube, das ist eine deiner besten Eigenschaften."

Ich schlucke bei seinen Worten. Sie bedeuten mir alles. Vor allem, wenn man unsere Vergangenheit betrachtet.

„Und?", hake ich nach. „Willst du?"

Er lacht leise auf. „Eigentlich dachte ich, ich hätte meinen Standpunkt klar gemacht. Mit ziemlich deutlichen
Worten."

„Vielleicht", ich küsse sein Kinn, „liebe ich es auch
einfach, wenn du so dreckig redest."

Erneut ein Lachen. Diesmal dunkler. „Fein, wenn du
es so willst. Dann fick mich, Liam."

Darauf habe ich gewartet. Schnell trete ich zurück
und ziehe ihm in Rekordgeschwindigkeit seine Hose
mitsamt Unterwäsche aus. Seinen Pulli traue ich mich
nicht. Sicher ist das alles hier schon schlimm genug für
seine Hand.

Ich drücke meine Lippen wieder auf seine und er-
obere seinen Mund mit meiner Zunge. Mit beiden Händen umfasse ich seinen perfekten Hintern und hebe
ihn hoch, um ihn auf dem Waschtisch abzusetzen. Viel
Platz bleibt uns nicht zwischen den Waschbecken. Mit
zitternden Fingern ziehe ich mein Portemonnaie aus
der hinteren Hosentasche und angle nach einem Kondom und einem Päckchen Gleitgel.

„Streber-Liam ist vorbereitet", zieht Jamie mich auf.

„Irgendwer muss es ja sein."

Ich lege das Kondom beiseite und reiße die andere Packung auf. Kurz darauf verteile ich das Gel auf meinen Fingern und nutze die andere Hand, um Jamie Halt zu geben, als er sich zurücklehnt.

„Entspann dich", murmele ich an seinem Hals und finde den Weg zu seinem Eingang.

„Ich bin entspannt, glaub mir", murmelt er genießerisch.

Langsam beginne ich ihn vorzubereiten, indem ich sanft mit einem Finger in ihn vordringe. Dann einem zweiten. Jamie wird kurz darauf zu Wachs in meinen Händen. Heiße Laute verlassen seinen Mund. Er hat den Kopf gegen den Spiegel hinter sich gelehnt, die Augen geschlossen. Dabei sieht er so verflucht heiß aus.

„Liam", murmelt er nach einer Weile. „Ich bin bereit."

Vorsichtig lasse ich ihn los, ziehe mir die Hose aus und betrachte ehrfürchtig den Jungen vor mir. Meinen Stiefbruder. Den ich so sehr liebe, dass es wehtut. Schnell öffne ich das Kondompäckchen und rolle mir das Kondom über den Penis.

Erneut küsse ich ihn begierig. Ich schlinge meinen Arm um ihn und ziehe ihn dichter zu mir heran. Küsse ihn weiter hungrig.

Ich bringe mich in Position und trenne unsere Lippen. Ich muss ihn ansehen. Meine Stirn trifft seine. Meine Atmung geht schwer. Jamie umschlingt mich mit seinen Beinen. Und dann, endlich, dringe ich in ihn ein.

Ich stöhne auf. Langsam ziehe ich mich zurück, nur um mich direkt wieder in ihm zu versenken.

„Gott, Liam", seufzt Jamie.

Danach gibt es kein Halten mehr. Ich stoße zu. Immer und immer wieder. Unsere Lippen knallen aufeinander. Zähne, Zungen, Lippen. Jamie stöhnt ungehindert und laut und spornt mich damit nur noch mehr an. Meine Stöße werden fester. Mit meiner freien Hand gleite ich an seinem Oberschenkel hinauf und vergrabe sie schließlich an seinem Hintern. Fest kralle ich mich in sein Fleisch.

Er reißt seinen Kopf nach hinten. „Liam!" Er stöhnt meinen Namen, schreit ihn fast heraus. „Härter."

Dieser Sex ist einfach viel zu gut. Phänomenal. Weltverändernd.

Ein Kribbeln schießt durch mein Rückgrat. „Scheiße, du bist so heiß", raune ich. „So verdammt heiß."

Ich ficke ihn härter. Sein Kopf knallt immer wieder gegen den Spiegel, doch das scheint weder ihn noch mich zu kümmern.

Jamie wird noch lauter. Immer wieder entfährt ihm mein Name. Ich rase immer dichter auf meinen Höhepunkt zu. Meine Hand gleitet zwischen uns. Ich umfasse Jamie mit der Faust und bewege sie im Einklang meiner Stöße.

„O Gott. Fuck." Jamie schreit die Worte heraus. Leidenschaftlich. Sexy. Kurz darauf ergießt er sich auf meine Hand.

Ich folge ihm kurz darauf und zerspringe in tausend Teile. Alles in mir zieht sich zusammen, als ich komme. Jede Gliedmaße kribbelt. Ich stammele seinen Namen.

An Jamies Hals versuche ich schließlich wieder zu Atem zu finden. Auch Jamies Brust hebt und senkt sich schwer.

„Verdammt", keucht er. „Das war noch tausendmal heißer als in meiner Vorstellung."

Ich beiße in seinen Hals. Vermutlich hat er morgen einen Knutschfleck von mir.

Widerwillig ziehe ich mich aus ihm zurück und entsorge das Kondom. Schnell wasche ich meine Hände, ohne zu ihm zu sehen. Plötzlich habe ich Angst. Was, wenn er mich direkt wieder wegstößt, jetzt, wo wir der Spannung zwischen uns nachgegeben haben?

„Ich glaube, du müsstest mir helfen", murmelt er flapsig. Ich wage einen Blick zu ihm. Jamie grinst frech und deutet erst auf seinen Pulli und dann auf seine Hose. „Also der Pulli ist ein bisschen eingesaut und in die Hose komme ich wohl nicht allein."

Ich atme erleichtert auf. Sein Grinsen ist Balsam für meine Seele. Schnell schlüpfe ich in meine Sachen, bevor ich ihm helfe. Den Pulli bekommen wir nur notdürftig sauber, aber sei es drum. Das war es wert.

„Gehen wir jetzt einen Burger essen?" Auffordernd wackelt Jamie mit den Augenbrauen.

Ich lache befreit auf. „Sieht so aus. Komm schon."

Kapitel 23

Jamie

„Aufstehen, es wird langsam wirklich lächerlich, Jungs!"

Ich reiße meine Augen auf. Verwirrt. Richtig verwirrt. Mein Kopf dröhnt, aber noch viel intensiver ist der Schmerz in der rechten Hand. Was zum ...

Bilder des gestrigen Abends spulen in meinem Kopf ab und versetzen mein Herz sofort in Aufruhr. Ebenso wie der Körper, der sich von hinten an mich presst. Fuck. Das ist ... fuck.

Ich habe Liam gestern über meine Mauern gelassen. Genau genommen hat er sie in Trümmern gelegt.

„JUNGS!", brüllt meine Mom ein weiteres Mal und hämmert an die Tür.

O Gott.

„Wir kommen gleich", rufe ich schnell zurück. Nicht, dass sie am Ende einfach reinplatzt. Eigentlich tut sie so etwas nicht, aber wer weiß, wie lange sie dort schon steht und klopft.

Liam brummt schläfrig neben mir. Ich rutsche ein Stück von ihm weg, um mich auf den Rücken zu drehen. Warum fühlt sich sein Körper an meinem so perfekt an?

Ich starre an die Decke, als läge dort irgendeine Antwort für mein Gefühlschaos versteckt, und lege meine verletzte Hand vorsichtig auf meiner Brust ab. Sofort schießt ein Schmerz durch meinen Arm. Ich beiße die Zähne zusammen und fahre mir mit der linken Hand durch die Haare.

Ich habe mit Liam geschlafen. Wenn man das denn überhaupt so nennen kann, denn um genau zu sein, war das so verflucht heiß, dass der Begriff dem nicht gerecht wird.

Was, wenn er mich wieder verletzt? Was, wenn er wieder geht und mich allein zurücklässt? Was, wenn eine meiner unüberlegten Handlungen wieder dazu führt, dass er mich für ein egoistisches Kleinkind hält? Mein Herz pocht schneller.

Fuck. Wir hatten nicht nur Sex, wir haben auch noch gekuschelt. Wir liegen beide in meinem Bett, seins ist vollkommen unberührt.

„Dein Kopf ist wieder da, oder?", fragt Liam leise. Seine Stimme ist rau.

Ich knabbere an meiner Unterlippe. „Ja, schon."

„Und du wünschst dir, dass gestern nicht passiert wäre?"

Einige Sekunden zögere ich. „Nein."

Liam wandert unter der Decke mit der Hand über meine Brust. „Gut."

„Das heißt nicht, dass ich nicht gleich in Panik ausbreche", murmele ich. Was stimmt. Ich stehe kurz vorm

Durchdrehen. Liam hier zu haben ist ... schön. Ich will, dass er bei mir ist. Und zeitgleich möchte ich so viel Abstand zwischen uns bringen wie nur möglich, weil ich so eine scheiß Angst davor habe, ihm wieder nahe zu sein. Irgendwas in mir ist kaputt.

„Warum brichst du in Panik ...", setzt Liam an.

„JUNGS! Steht endlich auf! Es ist nach zwei. Wenn ihr nicht in den nächsten zehn Minuten unten beim Essen seid, schwöre ich euch, dass ich den Wassereimer holen werde!" Die Stimme meiner Mom hallt durch das Haus und wird von einem weiteren Hämmern an die Tür begleitet. Ich zucke heftig zusammen, ebenso wie Liam. Der Schmerz in der Hand wird stärker. Wie von selbst verzieht sich mein Gesicht.

Liam scheint es sofort zu registrieren. „Die Hand?", fragt er.

Ich nicke. „Ja. Tut ziemlich weh."

„Hast du irgendwas gegen die Schmerzen?"

Erneut verziehe ich mein Gesicht. „Nein, da ich gestern dachte, es wäre eine tolle Idee, mir alle Tabletten zeitgleich zu ballern."

Liam seufzt. „Deine Mom hat bestimmt etwas da."

Gequält schlage ich mir den Unterarm über die Augen und stöhne. „Shit, meine Mom hab ich vergessen."

„Was meinst du?"

„Sie bringt mich um, wenn sie meine Hand sieht."

„Oh ..."

Ich lache freudlos auf. „Egal. Ich versuche es irgendwie zu verstecken."

Mühsam setze ich mich auf. Und fühle mich verkatert. Und nackt. Ich habe nur eine Boxershorts an. Wieso zum Teufel habe ich gerade ein beklemmendes

Gefühl bei der Tatsache, fast nichts anzuhaben? Letzte Nacht habe ich mich von Liam auf einem Waschbecken vögeln lassen. In einem öffentlichen Waschraum. Im Krankenhaus. Wieso bin ich jetzt so … schüchtern? Scheiße, ich bin nicht schüchtern. Nie.

Ich presse meine Lippen aufeinander. Irgendwie würde ich jetzt gerne heulen.

Hör auf dich wie ein Baby zu benehmen!

Stattdessen stehe ich auf, drehe mich von Liam weg und gehe zu dem Klamottenhaufen auf dem Boden hinüber.

Mit der linken Hand angle ich nach meinen Sachen, was sich schwieriger gestaltet als gedacht.

„Brauchst du Hilfe?", fragt Liam hinter mir.

„Nein, alles gut."

Den Pullover kann ich vergessen. Der ist komplett … eingesaut.

Die Hose scheint okay zu sein. Bei dem Versuch einhändig hineinzukommen, falle ich allerdingst beinahe hin. Ich fluche leise.

„Brauchst du Hilfe?", fragt Liam erneut.

Ich schnaufe. „Ja, bitte."

Ich drehe mich zu ihm um und fühle erneut diese Beklemmung. Mein Herzrasen wird von Sekunde zu Sekunde schlimmer.

Liam nimmt mir kommentarlos die Hose ab und hilft mir hinein.

Mit einem Kopfnicken deutet er auf den Pulli neben mir. „Hast du noch einen anderen dabei?"

„In meinem Koffer", murmele ich leise. Scheiße. Wieso habe ich den Pullover eingepackt? In den letzten Monaten habe ich immer wieder danach gegriffen, wenn ich es mal wieder nicht ausgehalten habe und irgendwie musste ich ihn einpacken. Allerdings dachte ich nicht, dass ich ihn wirklich anziehen werde.

Liam zieht ein schwarzes Bündel aus dem Koffer und faltet den Hoodie auseinander. Er hält inne. „Ist das …" Überrascht sieht er auf. Seine Augen weiten sich leicht und geben dem Ozean darin noch mehr Raum.

„Jap."

Der Pullover mit Tom und Jerry darauf, den Liam mir zu Weihnachten geschenkt hat. Kurz bevor alles im Arsch war.

Er sieht erneut auf den Pullover hinunter und streicht vorsichtig darüber. Dann rollt er einen Ärmel auf. „Wir müssen deine Hand da rein bekommen." Seine Stimme klingt belegt.

Ich atme tief durch und tue wie geheißen. Liam gibt sich alle Mühe, aber dennoch tut es weh. Der Rest ist ein Kinderspiel. Als ich endlich angezogen bin, fühle ich mich augenblicklich ein kleines bisschen besser.

„Alles gut?", fragt Liam.

Ich schüttele den Kopf. „Ich habe echt keine Ahnung. Und bei dir?"

„Das gleiche."

Einige Sekunden stehen wir schweigend voreinander, die Blicke verschränkt. Schließlich schenkt Liam mir ein kleines Lächeln und geht ins Bad. Ich bleibe an Ort und Stelle stehen, unfähig mich zu bewegen. Mehrere Minuten. Bis Liam zurückkommt.

„Sieh mal, was ich im Bad gefunden habe." Er hält mir eine Packung Ibuprofen unter die Nase.

Dankbar nehme ich sie ihm ab und löse zwei Tabletten aus dem Blister. Dank meiner Grandma stehen zwei

Flaschen Wasser auf dem Tisch bereit, sodass ich die Medizin runterspülen kann.

Ich blicke auf meinen Arm hinunter. Auch wenn es schmerzt, schiebe ich den Ärmel über meine Schiene.

„So sieht man es nicht", merke ich an, flüstere fast.

„Ja, aber du sollst doch die Armschlaufe tragen, oder nicht?"

Ich zucke mit den Schultern. „Egal. Ich will meiner Mom nichts erklären müssen."

„Sicher? Vielleicht wird es nicht so schlimm." Er sieht zögernd aus. Die Stirn ist in Falten gezogen und er knabbert an seiner Wange.

Ich schnaube. „Ich zähle es dir gerne noch mal auf: Ich habe getrunken, obwohl Mom es ausdrücklich verboten hat. Dann habe ich jemanden geschlagen und mir deshalb die Hand gebrochen. Dann habe ich meinen gefälschten Ausweis, von dem meine Mutter nichts weiß, benutzt und auch noch Dad angerufen, damit er die Scheiße bezahlt."

Liam verzieht bei jedem Wort mehr das Gesicht. „Ich bin sicher, es geht auch ohne Schlaufe."

Ich nicke. „Sag ich doch."

Liam zieht sich ebenfalls etwas an und wir verlassen das Zimmer.

Der Duft von gebratenem Hühnchen und Zwiebeln liegt in der Luft. Mir läuft sofort das Wasser im Mund zusammen.

„Da sind ja die Schlafmützen", kommentiert Jeff grinsend, als wir ins Wohnzimmer kommen. Der Tisch ist bereits hübsch gedeckt, etwas das Grandma liebt.

„Perfekter Zeitpunkt“, sagt Mom, die aus der Küche kommt und eine Platte mit Hühnchen auf dem Tisch abstellt. Grandma folgt mit einer Schüssel.

„Lange Nacht?“, fragt sie zwinkernd.

Mom schaut sofort prüfend zu uns herüber. „Habt ihr getrunken?“

Da ich der bessere Lügner von uns bin, übernehme ich. „Natürlich nicht.“

„Wann wart ihr zu Hause?“ Mom stemmt die Hände in die Hüften.

Ich lege den Kopf von einer Seite auf die andere. „Ich weiß nicht so genau. Gegen drei? Wir haben bei Collins Freunden Kicker gespielt. Wusstest du, dass Collin echt mies im Kickern ist? Ich habe ihn ganze fünf Mal geschlagen. Fünf.“

Es geht immer um die Details. Und es funktioniert auch hier. Mom nickt zufrieden und verschwindet wieder in der Küche.

Grandma hingegen betrachtet uns schmunzelnd. „War also ein schöner Kickerabend?“ Das letzte Worte betont sie extra.

„Ja, genau.“ Ich unterdrücke ein Grinsen.

Sie zwinkert erneut und verschwindet ebenfalls in der Küche.

Kurz darauf steht alles bereit und meine Mom bittet uns, Platz zu nehmen. Sie betrachtet den Tisch und runzelt die Stirn. „Mom, du hast ein Gedeck zu viel.“

„Nein, wir bekommen noch einen Gast zu Besuch.“ Grandma lächelt. Eines dieser scheinheilig unschuldigen Lächeln, die in der Familie liegen. Und nichts Gutes bedeuten.

„Setzt euch.“ Grandma deutet auf die Stühle.

Mom und ich wechseln einen bedeutungsvollen Blick. Irgendwas passiert hier. Selbst Liam zögert, bevor er sich schließlich setzt. Ich nehme neben ihm Platz.

Jeff kommt lächelnd zu uns herüber und scheint von alldem nichts mitzubekommen. „Das sieht ja fantastisch aus", sagt er zufrieden.

Wir verteilen das Essen auf die Teller. Liam hilft mir unauffällig dabei. Mom und ich sehen uns immer wieder an. Sie ist genauso ahnungslos wie ich. Stumm fordert sie mich dazu auf zu fragen. Ich seufze.

„Grandma? Wer kommt denn zu Besuch?"

Ich zucke zusammen, als die Türklingel die Antwort gibt.

Lächelnd steht meine Großmutter auf. Sie sieht so zufrieden aus. Viel zu zufrieden. Sie wird doch nicht ...

Als sich die Tür hinter mir öffnet, reicht der Gesichtsausdruck meiner Mutter aus, um zu wissen, was Sache ist.

„Das hat sie nicht getan", knurrt sie unzufrieden.

Jeff blickt überrascht auf. Noch nie habe ich gesehen, dass sich ein Gesicht so schnell verdüstert.

Liam dreht sich um. Sofort verspannt sich sein Körper.

„Hallo, alle zusammen", grüßt mein Vater in die Runde. Er lächelt, als er um den Tisch herumkommt und schließlich neben mir steht. Sein schwarzer Anzug strahlt Überlegenheit aus. Was mich nervt.

„Was hast du hier zu suchen, Bram?", zischt meine Mutter. „Mom, was soll das?"

„Liebes, wir haben zufällig heute Morgen telefoniert, weil er geschäftlich in der Gegend war und mich besuchen wollte. Was hätte ich da bitte tun sollen? Ihn nicht einladen? Das ist albern." Meine Grandma winkt ab. „Setz dich, Bram. Wir haben extra für dich gedeckt."

„*Wir* haben gar nichts getan." Wenn Blicke töten könnten, hätte Mom meinen Vater soeben schlafen geschickt.

„Mach dich nicht lächerlich, Liebling. Bram gehört zur Familie. Ob du es nun möchtest oder nicht, aber er ist der Vater deines Sohnes. Du solltest dich nicht so verhalten. Wie soll der Junge da eine gesunde Beziehung zu seinem Vater haben?"

Ich unterdrücke einen Kommentar. Immerhin schafft Dad es allein, unsere Beziehung zu versauen.

Leider hat Grandma damit das Todschlagargument geliefert. Mom presst die Lippen aufeinander und sieht auf ihren Teller hinunter. Jeff sagt nichts, ist aber sichtlich angepisst. Sich einmischen ist auch nicht seine Art.

Liam betrachtet ausgiebig seinen Teller, während Grandma meinen Vater anstrahlt, als wäre er ihr lang verschollen geglaubter Sohn. Warum ist er hier?

„Alles gut bei dir, Jamie?" Dad sieht mich mit eindringlich an und wandert mit seinem Blick meinen Arm entlang.

„Mh." Ich nicke.

Und dann fällt es mir wie Schuppen von den Augen. *Ich* bin schuld, dass er hier ist. Ich habe ihn letzte Nacht angerufen und ihm gesagt, dass wir hier sind. Fragt sich nur, weshalb er gekommen ist.

Dad setzt sich zu meinem Leidwesen an die Stirnseite rechts neben mir. „Das sieht einfach köstlich aus, Veronica."

Wir beginnen zu essen und die Stimmung könnte kaum unangenehmer sein. Zeitgleich muss ich mit der linken Hand essen, was tausendmal schwieriger ist, als ich dachte.

Grandma und Dad sind die Einzigen, die sich am Tischgespräch beteiligen.

„Beverly, möchtet du nicht auch was dazu sagen?", fordert meine Gran sie auf.

„Nein", antwortet diese trocken. „Aber ich überlege, mir mit meinem Messer in die Hand zu stechen, damit ich dieser Situation entkomme."

Ich kann ein kleines Lachen nicht unterdrücken, tarne es aber mit einem Husten. Natürlich nimmt mir das niemand ab.

„Lass das lieber, Beverly. Nicht, dass du sonst ins Krankenhaus musst." Dad schielt bei den Worten zu mir.

Wieder muss ich um meine Selbstbeherrschung kämpfen. Mein Mittelfinger juckt.

Aber immerhin hält mein Vater dicht. Er könnte Mom auch alles erzählen. Tut er aber nicht. Das freut mich mehr, als es sollte.

„Wie war es denn nun am College, Jungs? Ihr habt noch gar nichts erzählt", reißt Grandma das Gespräch wieder an sich.

Liam und ich tauschen einen Blick.

„Gut", sagt Liam schließlich. Es klingt eher wie eine Frage.

Grandma kneift die Augen zusammen, wartet aber ab.

„Cooler Campus“, helfe ich also aus. „Die haben da einen Donutladen, der wirkt, als wäre er ein Striplokal.“

Liam runzelt die Stirn. „Wirklich?“

„Ja“, gebe ich verständnislos zurück. „Wie konnte man den nicht bemerken?“

Liam zuckt mit den Schultern. Wobei er höllisch süß aussieht.

„Gut, aber was macht die Uni für einen Eindruck? Habt ihr euch erkundigt und Infostände angesehen?“, übernimmt mein Dad nun die Fragerei. „Es sagt viel über eine Uni aus, wie viel Mühe sie sich für so ein Wochenende macht.“

„Es ist eine gute Uni, mach dir keine Sorgen“, fährt Mom ihn an.

„Deshalb darf ich meinen Sohn nicht nach seinem Eindruck fragen?“, hält mein Vater dagegen.

„Bitte, als ob es dich interessiert.“

Dad legt sein Besteck hin, eine Augenbraue erhoben. „Wie bitte? Es interessiert mich sehr wohl.“

„Beverly, hör auf ihn so zu behandeln“, mischt Grandma sich ein.

Keine Ahnung zu wem ich zuerst sehen soll. Das hier entwickelt sich zum reinsten Irrenhaus.

„Ach, hör auf damit, Mom. Hör auf, ihn immer auf ein Podest zu stellen. Er hat keine Ahnung, was im Leben seines Sohnes abläuft.“

„Und du schon, ja?“ Dads Stimme saust durch die Luft wie die Schneide eines Schwertes.

„Immerhin weiß ich, dass unser Sohn droht durchzufallen.“

„Stell dir vor, das weiß ich auch.“

„Seit wann?“ Moms Stimme wird lauter. „Fünf Minuten?“

„Hör auf dich so aufzuspielen, als würdest du alles über ihn wissen.“

Bitte nicht.

„Tue ich auch.“ Mom reißt die Arme nach oben.

Ich mache mich kleiner.

Dad funkelt Beverly so wütend an, dass das, was jetzt kommt, nicht aufzuhalten ist.

„Dad“, sage ich leise, beinahe flehend.

„Und wie kommt es dann, dass du nicht weißt, dass unser Sohn eine gebrochene Hand hat?“

Scheiße.

Ich schließe gequält die Augen, bevor ich sie wieder aufreiße.

„Wovon redest du denn da bitte? Wie du siehst, geht es ihm prima.“ Moms Stimme gewinnt an Aggressivität. Langsam ist sie wirklich angepisst.

„Dann kennst du unseren Sohn wohl nicht so gut, wie du es dir einbildest.“ Diesen Satz könnte er kaum überheblicher sagen.

Ich würde ihn gerne korrigieren. Leider fehlt mir dazu aktuell die Argumentationsgrundlage.

„Willst du mich verarschen?“ Mom springt auf. „Jamie, sag ihm bitte, dass alles in Ordnung ist.“

Ich beiße mir auf die Unterlippe und sehe auf meine linke Hand, die den Tisch umklammert.

„Jamie?“ In Moms Stimme klingt Panik mit. Ich sehe auf. Ihre Augen werden größer. Ich setze zu einer Erklärung an, finde aber keine. Also halte ich meine Hand nach oben und schiebe den Ärmel zurück.

Mom zieht scharf die Luft ein. „Was zum …“

Sie kommt um den Tisch herum und hockt sich vor mir hin. Vorsichtig nimmt sie meine Hand und begutachtet sie.

„Gebrochen?“, fragt sie fassungslos.

„Also … ja. Ein paar Mittelhandknochen“, stammele ich leise.

„Ein paar?“

„Ich glaube zwei.“

Mom schnalzt mit der Zunge. „Wie kannst du das nicht so genau wissen? Was zum Teufel ist gestern Abend passiert?“ Jetzt klingt sie richtig aufgebracht. Sie steht wieder auf, sieht auf mich herunter.

„Ich erinnere mich nicht so genau daran, was der Arzt gesagt hat“, gebe ich kleinlaut zurück.

„Du hast getrunken, richtig?“

Ich sehe auf meine Hand, als ich nicke und einen zustimmenden Laut von mir gebe.

„Wie ist das passiert?“

„Mach nicht so ein Theater. Er hat einen Freund verteidigt. Das ist etwas Gutes.“ Dad klingt beinahe zufrieden. So als wäre mein Handeln etwas, worauf man stolz sein könnte. Bereue ich heute mein Handeln? Nein. Der Typ hatte es mehr als verdient. Bin ich deshalb stolz darauf? Fuck, nein!

Mom schweigt einige Sekunden und ringt um Worte.

„Du hast jemanden geschlagen?“, fragt sie schließlich. Die pure Enttäuschung schwingt in ihrer Stimme mit.

Ich winde mich auf meinem Stuhl. „Ja.“

„Das glaube ich einfach nicht! Wie kannst du das nur tun?“

„Dad“, sagt Liam leise neben mir. „Es war Wren.“

Jeff zuckt zusammen. „Wren? Der Wren?“

„Ich war nicht so gut auf ihn zu sprechen“, kommentiere ich, ohne groß darüber nachzudenken. Warum tue ich das immer wieder?

„Schatz“, wendet Jeff sich an meine Mom. „Der Junge aus Texas, von dem ich dir erzählt habe.“

Ich sehe sofort, wann es bei ihr Klick macht. Ihre Augen werden groß und ihre Gesichtszüge schließlich weich. „Verstehe“, murmelt sie und dreht sich zu meinem Vater herum. Die Hände in die Hüften gestemmt. „Wieso weißt du davon?“

Dad verschränkt demonstrativ die Arme. „Weil Jamie mich angerufen hat.“

Mom wirft mir einen ungläubigen Blick zu. „Weshalb?“

Ich seufze. „Dad hat die Krankenhausrechnung bezahlt.“

„Warum? Du bist gut versichert.“ Verständnislos schüttelt sie mit dem Kopf.

„Ich habe in letzter Zeit so viel Mist gebaut, dass ich Angst hatte, dass du es erfährst und wütend bist.“

Mom blinzelt. Shit. Ich will sie nicht verletzen.

„Jamie“, sagt sie langsam. „Wenn du dich das nächste Mal aus hirnrissigen Gründen verletzt, rufst du mich bitte umgehend an, okay?“

Ich nicke und schlucke zeitgleich den Kloß in meinem Hals herunter.

Mom wendet sich wieder meinem Vater zu. „Wie kannst du es wagen, mir nicht zu sagen, wenn mein Sohn sich verletzt, verdammt noch mal?“

„Er ist auch mein Sohn“, ruft Dad trotzig.

„Hört endlich auf zu streiten!", brüllt Grandma durchs Zimmer, doch sie wird ignoriert.

„Dafür, dass er dein Sohn ist, verbringt er allerdings kaum noch Zeit mit dir."

„Er macht es einem auch nicht gerade leicht." Der Satz ist ein direkter Seitenhieb. Ich zucke kaum merklich zusammen.

„Spinnst du?", schreit Mom ihn an. „Wie kannst du ihm die Schuld dafür zu geben?"

„Ich gebe ihm nicht die Schuld", widerspricht Dad laut. „Ich sage nur, dass seine neuesten Veränderungen es einem nicht unbedingt leicht machen."

Allarmiert sehe ich auf. „Dad."

„Was willst du bitte damit schon wieder sagen? Er ist zu Recht wütend auf dich wegen unserer Scheidung und deiner Entscheidung eine neue Familie zu gründen."

„Darum geht es doch überhaupt nicht. Es geht eher um seine plötzliche Entwicklung, die ich nicht verstehe." Jetzt wirkt mein Vater tatsächlich überfordert.

„Wovon redest du?" Mom ist außer sich.

Dad runzelt die Stirn. „Du hast es ihr nicht gesagt?", fragt er mich.

„Was gesagt?", fragt Mom aufgebracht.

Mein Vater grinst überheblich.

„Dad ...", bitte ich. Mein Herz klopft laut in meinen Ohren. Plötzliche Angst schnürt mir die Kehle zu.

„Davon, dass er mit einem Mal meint, schwul zu sein. Einfach so aus dem Nichts!"

„DAD!", brülle ich und springe auf.

Meine Hand knallt gegen den Tisch, was den Schmerz in meinem Handrücken zum Explodieren bringt. Ich heiße ihn willkommen.

Ich zittere am ganzen Körper. Mein Atem geht immer schneller.

Die Stille, die sich nun am Tisch ausgebreitet hat, ist ohrenbetäubend laut.

„Fick dich!", schreie ich meinen Vater an. „Fick dich, du blödes Stück Scheiße!"

„Jamie!" Ich höre die Stimme meines Vaters kaum.

Mom dreht sich zu mir um. Der Schock steht ihr ins Gesicht geschrieben.

Ich möchte schreien.

„Du hattest kein Recht, das zu erzählen!" Meine Stimme überschlägt sich, als ich meinen Vater weiter anschreie. „Du verdammtes egoistisches Arschloch. Ich hasse dich!"

„Jamie, Schatz", murmelt meine Mom.

Mir droht schwarz vor Augen zu werden. Ich kann das nicht. Nichts hiervon.

Ich drehe mich um und stürme zur Treppe.

„Jamie", ruft meine Mom mir nach.

„Komm sofort zurück, Junge", ruft Dad hinterher.

Ich reagiere nicht, renne die Treppe hinauf und verschwinde in meinem Zimmer. Meine Hände zittern immer heftiger.

Ich kann nicht glauben, was hier eben passiert ist.

Mein eigener Vater hat mich geoutet.

Schon wieder ein Outing, das nicht zu meinen Bedingungen läuft.

Verzweifelt fahre ich mir mit der linken Hand durch die Haare und sehe mich im Zimmer um. Mein Herz rast unkontrolliert. Mir ist kotzübel.

Schnell mache ich mich daran meine Sachen in meinen Koffer zu schmeißen.

Plötzlich steht Liam neben mir im Zimmer.

Besorgt sieht er mich an. „Es tut mir so leid."

Ich nicke stumm, weil ich jede Sekunde drohe in Tränen auszubrechen. Liams Anwesenheit macht den Umstand nur schlimmer. Am liebsten würde ich mich direkt in seine Arme schmeißen.

„Wie kann ich dir helfen?", fragt er wenig später in seiner gewohnt fürsorglichen Art.

„Keine Ahnung." Ich sehe kurz zur Decke. „Ich will nach Hause."

„Okay", murmelt Liam. „Dann tun wir das."

Ich sehe ihn an. Er wirkt entschlossen.

„Kannst du uns beiden Flüge buchen?", frage ich und greife nach meinem Portemonnaie, das auf dem Nachttisch liegt. Ich ziehe meine Kreditkarte heraus. „Für die Summe brauche ich keine Genehmigung."

„Mache ich."

Ich setze mich auf meine Bettkante und atme. Ein. Aus. Doch ich werde nicht ruhiger. Keine einzige Sekunde.

Ich ziehe mir meine Armschlaufe über den Kopf, um meine Hand zu stützen. Der Schmerz ist kaum auszuhalten und dennoch bin ich gerade dankbar dafür, denn so habe ich etwas, auf das ich mich konzentrieren kann.

Dennoch schleichen sich Gedanken dazwischen.

Wird meine Mom mich jetzt auch hassen? Und wenn sie mich nicht hasst, sieht sie mich jetzt anders? Ist die Tatsache, dass ich schwul bin, etwas, wofür sie Zeit braucht?

Jede dieser Optionen ist schrecklich.

„Erledigt", sagt Liam schließlich. Er steckt die Karte zurück und beginnt dann seine Sachen zusammenzuschmeißen. Un-Liam-mäßig. „Ich habe uns ein Uber gerufen."

Ich nicke.

Als er fertig ist, nimmt er unsere beiden Koffer und geht zur Tür. Er kommt zurück und hält mir eine Hand hin. Ich ergreife sie und lasse mir von ihm aufhelfen. Noch immer zittere ich am ganzen Körper.

„Ich bin bei dir", sagt er mit fester Stimme.

O Gott. Diese Worte machen es nur noch schlimmer. Ich wünsche mir so sehr, dass sie wahr sind. Er ist jetzt da. Aber wie lange? Beim letzten Mal war ich allein.

Liam drückt einen Kuss auf meine Stirn. „Komm schon."

Er trägt beide Koffer nach unten, während ich mich bemühe, heil die Treppe hinunterzukommen. Alle vier Erwachsenen reden durcheinander und verstummen, als sie uns sehen.

„Jamie." Mom kommt auf die Beine und läuft zu uns.

„Nicht", gebe ich tonlos zurück. „Ich muss nach Oceanside. Ich kann nicht hier bei diesem Mann sein."

Ich schaffe es nicht mal ihn Dad zu nennen. Keine Ahnung, ob er diesmal endgültig alles zerstört hat. Jetzt gerade fühlt es sich so an.

„Lass uns bitte reden, Schatz." Flehend sieht Mom mich an.

„Ich kann nicht", erwidere ich hilflos. „Bitte lass mich gehen." Meine Stimme bricht weg.

Mom läuft eine Träne über die Wange, die sie hastig wegwischt.

„Sicher, dass es das ist, was du jetzt gerade brauchst?" Weitere Tränen.

„Ja", wispere ich. „Bitte."

„Ich begleite ihn." Liam berührt meine Mom sanft am Oberarm. „Ich bleibe bei ihm."

Mom schluckt sichtbar, nickt aber. „Gut. Wir kommen morgen nach und dann reden wir."

Ich bringe ein kleines, leeres Nicken zustande und flüchte. Aus dem Haus. Ich wünschte ich könnte auch aus meinem Leben flüchten.

Kapitel 24

Jamie

Den ganzen Flug über reden wir nicht. Ich fühle mich wie ein Roboter, der irgendwie funktioniert. Mechanisch starre ich aus dem Fenster und rege mich sonst nicht. Ohne Liam, der sich von Sekunde eins an um alles kümmert, der meinen Koffer manövriert und mir dann und wann etwas zu trinken unter die Nase hält, wäre ich aufgeschmissen. Er ist da. Die ganze Zeit. Und er zwingt mich nicht zum Reden.

Auch nach der Landung besorgt er uns ein Uber. Ich laufe hinterher. Steige ins Auto.

Noch immer versuche ich zu realisieren, was da heute passiert ist, aber ich schaffe es einfach nicht.

Es fühlt sich an, als hätte ich heute meine Familie verloren. Jeden von ihnen.

Liams besorgte Blicke treffen mich alle paar Minuten. Doch irgendwie ist mir selbst das gerade zu viel. Ich möchte allein sein. Ganz allein. Von meinem Kaninchen mal ganz abgesehen, denn ich kann es nicht abwarten meine Nase in sein kuschelweiches Fell zu drücken.

Unser Haus kommt in Sicht, doch Erleichterung macht sich nicht breit. Im Gegenteil.

Das Auto stoppt. Mühsam steige ich aus dem Wagen, während Liam unsere Koffer aus dem Kofferraum bugsiert.

Ich würde mich gerne bei ihm bedanken, doch ich weiß nicht mehr, wie man spricht. Also begleitet uns weiterhin Schweigen.

Liam schließt die Haustür hinter uns. Der Hausflur erscheint mir erdrückend still, weshalb ich mich hilflos umsehe.

„Möchtest du einen Kakao?", fragt Liam vorsichtig.

Ich schüttele den Kopf. Ich bekomme im Augenblick nichts runter.

„Möchtest du Cartoons sehen?"

Mein Herz wird schwerer. Wie kann man so fürsorglich sein? Dennoch schüttele ich den Kopf.

Das Haus erdrückt mich, seine Nähe erdrückt mich – alles erdrückt mich.

Ein trauriger Ausdruck huscht über Liams Gesicht.

„Willst du allein sein?", fragt er schließlich.

Ich zögere, nicke aber schließlich.

Liam seufzt leise. „Ich bin hier, wenn du mich brauchst, okay?"

Ich deute ein weiteres Nicken an, wende mich schwerfällig von ihm ab und steige die Treppen nach oben, Stufe für Stufe.

Als ich die Tür aufstoße, macht sich doch so etwas wie Erleichterung breit. Schnell schließe ich sie hinter mir.

Ich atme tief ein und aus. Meine Gliedmaßen fühlen sich taub an, falsch.

Die Schritte zu meinem Bett kommen mir vor wie ein kilometerlanger Marsch. Ich habe keine Kraft mehr, ich bin völlig erledigt. Zuerst setze ich mich und lasse mich dann langsam zurücksinken. Ein fetter Kloß nistet sich in meinem Hals ein.

„Cracker", krächze ich. „Komm her, Kleiner."

Ich warte auf die kleine Fellnase, aber vergeblich.

„Crack", wiederhole ich. Mit der Zunge mache ich schnalzende Geräusche.

Noch immer nichts. Hat unsere Nachbarin etwa den Käfig nicht offengelassen, als sie ihn gefüttert hat, obwohl ich extra darum gebeten habe? Irritiert setze ich mich auf und schaue zu dem Käfig, dessen Tür offensteht.

„Cracker?", frage ich ein weiteres Mal.

Mir wird eiskalt. Innerhalb von Sekunden werden meine Hände schweißnass.

Ein Stechen fährt durch meine Brust. Langsam komme ich auf die Beine. In Zeitlupe gehe ich näher heran, immer einen Schritt vor den anderen setzend.

Kurz davor bleibe ich stehen. „Cracker. Komm schon, mein Freund." Meine Stimme zittert. Normalerweise springt er bei meiner Stimme sofort auf. Immer.

Der letzte Schritt.

Meine Augen erfassen die Szenerie vor mir. Mein weißes Kaninchen liegt in der rechten Ecke seines Käfigs, dort wo normalerweise sein Schlafplatz liegt. Er liegt auf der Seite, die Augen geöffnet.

„Nein", stoße ich aus. „Nein, bitte nicht."

Tränen schießen mir in die Augen.

Ich hocke mich hin und strecke meine zittrige Hand aus. Bevor ich ihn berühre, kenne ich bereits die Antwort auf meine unausgesprochene Frage. Als ich den kalten Körper von meinem Seelentröster mit den Fingerspitzen berühre, habe ich Gewissheit.

„Nein." Meine Stimme bricht und endet in einem Schluchzen. Mein Magen verkrampft sich. Ich springe auf und hechte ins Bad, während Tränen meine Sicht verschleiern. Schnell reiße ich den Klodeckel nach oben, bevor sich mein Magen überstülpt und ich mich übergebe. Wieder und wieder. Solange, bis ich nur noch trocken würge.

Vollkommen erschöpft gehe ich zum Waschbecken und spüle mir den Mund aus. Der ekelhafte Geschmack verschwindet nicht, ebenso wenig wie das Zittern meines Körpers, das schlimmer und schlimmer wird.

Auf wackligen Beinen gehe ich zurück in mein Zimmer. Und starre zum Käfig. Ich schlage mir eine Hand vor den Mund. Ein weiterer Schluchzer schüttelt mich. Mir knicken die Beine weg und ich lasse mich vor dem Käfig auf den Boden sinken.

Nicht Cracker. Nicht jetzt. Dazu bin ich noch nicht bereit.

Es dauert nicht lange, bis ich ein einziges, heulendes Elend am Boden bin. Die Tränen fließen immer schneller, mein Schniefen und das Schluchzen werden lauter.

Schreie ich?

Meine Brust schnürt sich immer enger zusammen. Das Atmen fällt mir schwer. Mein Sichtfeld wird kleiner.

„Jamie?" Liam? Wo kommt Liam her? „Was ist los?"

„Cracker ist … er ist …", stammele ich. „Ich kann nicht, ich …"

Ich greife mir an die Brust.

„Fuck, Jamie."

„Er ist weg. Ich … meine Mom. Dad. Ich habe niemanden mehr." Ich stammele zusammenhangsloses Zeug. Panik durchfährt jede Faser meines Körpers.

„Jamie, sieh mich an." Liam reißt mich an der Schulter zu sich herum. Durch meinen Tränenschleier sehe ich ihn kaum.

Ich bekomme keine Luft.

„Alle lassen mich allein."

„JAMIE!", brüllt Liam mich an. „Atme, verdammt noch mal!"

Ich schnappe nach Luft. Mein Sichtfeld verengt sich auf ein kleines Quadrat.

Er zieht mich in seine Arme, drückt mich fest an sich. Mein Kopf liegt an seiner Brust. Sein Herz schlägt schnell.

„Ich bin hier", raunt Liam mir ins Ohr. „Ich bin hier, okay? Ich bleibe hier."

Der Knoten in meiner Brust platzt. Ich fange hemmungslos zu weinen an. Die Luft in meinen Lungen schmerzt und sorgt dafür, dass tiefe Schluchzer meinen Körper durchrütteln. Mit der freien Hand kralle ich mich in Liams Pullover fest.

Er streicht mir über den Rücken, über den Kopf. Dabei flüstert er mir beruhigende Worte ins Ohr, die ich anfangs gar nicht wahrnehme. Ich presse meine Augenlider fest zusammen. Es soll aufhören. Ich will, dass es aufhört.

Doch es hört nicht auf. Der Nebel in meinem Kopf lichtet sich und lässt nach und nach immer mehr Realität hinein.

Cracker ist tot. Einfach so.

Meine Tränen laufen schier endlos. Liams Griff bleibt fest um mich geschlungen. Er malt kleine Kreise auf meinen Rücken.

Irgendwann beruhigt sich mein Körper etwas. Der Schmerz im Inneren bleibt.

„Komm schon, lass uns aufstehen", murmelt Liam in mein Haar. Ich nicke an seiner Brust. Gemeinsam kommen wir auf die Füße. Meine Beine sind wackelig.

Erneut sehe ich zu Crack. „Ich muss ... ich ..."

„Schon gut, ich mache das."

„Aber ...", stammle ich. „Ich muss ... Er muss beerdigt werden."

Liam schenkt mir ein trauriges Lächeln. „Okay. Ich besorge eine Kiste und dann machen wir das zusammen."

Ich presse die Lippen fest aufeinander, bejahe aber.

Von da an hantieren wir Hand in Hand. Untätig herumsitzen kann ich mit einem Mal nicht mehr. So überstehe ich die nächsten Stunden. Liam weicht keinen einzigen Moment von meiner Seite.

Kapitel 25

Jamie

Mein Frühstück schmeckt nach Pappe. Trotzdem kaue ich artig darauf herum, weil Liam mich wie eine Glucke überwacht. Mein Magen knurrt unzufrieden, da ich gestern den ganzen Tag nichts herunterbekommen habe.

Liam nickt zustimmend und widmet sich wieder seinem Toast. Ich nehme einen weiteren Löffel von meinen Choco-Pops. Der Kakao steht unberührt neben mir.

„Was machen wir heute?", fragt Liam zwischen zwei Bissen.

Ich zucke mit den Schultern. „Keine Ahnung." Auch ich bemerke, wie müde ich klinge. Die ganze Nacht lag ich wach und hab mich mit meinen Gedanken herumgeschlagen. Cracker, Dad, meine Mom und Liam haben abwechselnd die Hauptrolle gespielt.

„Gut, dann bestimme ich. Cartoons. Auf dem Sofa." Liam steht auf, räumt seinen Teller weg und macht sich einen weiteren Kaffee. Sein dritter wohlgemerkt.

Ich nicke und esse noch einen Löffel voll Cornflakes, den ich am liebsten wieder ausspucken würde. Mein Magen rebelliert ebenfalls.

Kauen. Schlucken. Dann schiebe ich die Schüssel von mir.

„Komm schon, Jamie. Das war nicht mal die Hälfte der Schüssel.“

Der bedauernde, besorgte Tonfall von Liam macht mich fertig. Warum liebe ich ihn am meisten, wenn er so ist? Und wieso verdammt kann ich mich nicht einfach in seine Arme werfen und alles ist wieder gut?

„Ich bekomme nichts mehr runter. Mir ist schlecht.“

Liam seufzt tief. „Okay. Dann trink wenigstens den Kakao.“

„Nee, Mann. Keine Chance.“ Allein beim Gedanken daran schüttelt es mich.

„Ich nehme die Flasche einfach mal mit rüber, falls du deine Meinung änderst.“ Liam klingt zuversichtlich, dabei sehe ich seinen Augen an, dass er es insgeheim nicht ist.

Wir gehen zusammen ins Wohnzimmer und setzen uns. Jeder in seine Ecke, genau wie damals, bevor das alles mit uns losging. Ich ziehe meine Knie an, soweit es mit meiner verletzten Hand geht, und lege den anderen Arm um mein angewinkeltes Bein.

Liam schaltet den Fernseher an und kurz darauf laufen die Looney Tunes über den Bildschirm. Ich starre darauf, bekomme aber eigentlich nichts mit.

„Möchtest du darüber reden?“, fragt Liam sanft.

Ich lasse meinen Kopf zurücksinken. „Eigentlich gibt's ja nichts zu reden. Mein Haustier ist gestorben, worauf man mit achtzehn Jahren durchaus vorbereitet sein könnte. War ich aber nicht. Mein Dad ist ein Riesenarschloch, das mich einfach vor meiner Mom geoutet hat, und jetzt weiß ich nicht mal mehr, ob ich noch eine Mom habe."

Ich würde heulen, aber gerade fühlt es sich so an, als wäre ich ausgetrocknet. Letzte Nacht habe ich so viel geweint, dass keine Tränen mehr übrig sind.

„Jamie", sagt Liam und dreht sich zu mir herum. „Natürlich hast du noch eine Mom. Sie wird damit klarkommen."

„Woher willst du das wissen?", halte ich dagegen. „Du hast doch gesehen, wie geschockt sie war."

„Mag sein, dass sie geschockt war. Manchmal brauchen Eltern ein paar Tage, um es sacken zu lassen. Trotzdem wird sie damit klarkommen."

„Ich weiß aber nicht, ob ich damit klarkomme, wenn meine Mom *ein paar Tage braucht*", ich bilde passende Anführungszeichen in der Luft, „um zu verarbeiten, dass ich schwul bin."

Liam nickt. „Ja, ich weiß, was du meinst."

Ich schnaube. „Ich fasse es nicht, dass mein Vater das getan hat. Eigentlich dürfte er mich nicht mehr überraschen, aber ... tja, er hat's doch geschafft."

„Das war heftig", stimmt Liam mir zu. „Aber deine Mom ist nicht so, das weißt du, oder?"

Ich knabbere an meiner Unterlippe. „Schon, aber ..."

„Ich weiß."

Ein trauriges Lächeln gleitet über meine Lippen.

„Wie sieht's aus? Hast du auch Tom und Jerry im Angebot?" Ich deute mit einem Kopfnicken auf den Fernseher.

Ruckartig setzt Liam sich auf. „Darauf kannst du wetten. Und wenn ich dafür staffelweise Folgen kaufen muss."

Mein Herz zieht sich zusammen. Dieser Mann ist ... perfekt.

„Danke", murmele ich leise.

Liam winkt ab. „Schon gut. Hab mich irgendwie an die Serie gewöhnt."

„Das meine ich nicht. Ich meine ... für alles."

Er hält inne. Seine Augen finden meine. „Immer, Jamie."

Ich schlucke, denn genau da liegt das Problem. Was, wenn nicht? Wenn er wieder geht? Ohne mich?

Tief durchatmend drehe ich meinen Kopf zum Fernseher zurück.

Mein Handy klingelt. Justin. Schon wieder.

Ich habe ihm schon ein paar Nachrichten geschrieben, aber ich kann jetzt nicht mit ihm telefonieren. Dennoch versucht er es andauernd, will wissen, was los ist. Eine Welle des schlechten Gewissens überrollt mich. Justin ist ein guter Freund. Ich brauche ein paar Tage für mich, aber dann muss ich mich dringend um unsere Freundschaft bemühen und mir Zeit für ihn nehmen.

Ich kann gerade nicht telefonieren. Bin zurück in Oceanside. Es ist viel passiert. Gib mir ein bisschen Zeit alles klarzukriegen.

Fuck, Jamie! Ich habe mir so verdammt große Sorgen gemacht. Soll ich vorbeikommen?

Nein, alles gut. Danke!

Sehen wir uns morgen? Es sind Ferien.

Kann ich mich morgen bei dir melden?

Wenn du es dann auch wirklich tust? Klar.

Wenn ich dir erzähle, was hier los war,
wirst du es verstehen.

Klingt nach Burger und Bier für mich.

Alkohol werde ich brauchen.

So schlimm?

Schlimmer.

Sicher, dass ich nicht kommen soll?

Ich schiele zu Liam herüber, dessen bloße Anwesenheit Schmetterlinge durch meinen Bauch schickt.

Sicher. Danke. Bis morgen.

Bis morgen. <3

Ich lege mein Handy weg und konzentriere mich wieder auf den Fernseher, wobei der bloße Versuch damit endet, dass ich aus dem Augenwinkel Liams Kieferpartie erkunde. In meinen Fingerspitzen juckt es.

Das Geräusch der sich öffnenden Haustür reißt mich aus meiner stummen Schwärmerei. Shit.

Mein Herz bleibt stehen. So früh habe ich nicht mit ihnen gerechnet. Sie müssen ihren Flug umgebucht haben.

Ich setze mich steif auf. Liam springt auf die Füße und sieht zum Flur. Meine Hand ballt sich wie von selbst zur Faust.

„Atme, Jamie", erinnert mich Liam.

Erst jetzt fällt mir auf, dass ich die Luft angehalten habe. Ich hole tief Luft. Mein Herz hämmert so laut, dass ich mir sicher bin, dass es jeder Mensch im Umkreis von zehn Kilometern hören muss.

Meine Mom kommt in den Raum gestürmt. Als sie mich sieht, lässt sie ihre Tasche fallen.

Sofort schießen Tränen in meine Augen, obwohl ich dachte, es wären keine mehr übrig.

„Schatz", sagt Mom sanft. Ich komme auf die Beine, laufe zu ihr und umarme sie. Ich lege mein Kinn auf ihrer Schulter ab, weil ich viel größer bin als sie. Trotzdem ist sie es, die mich hält.

„Mom", murmele ich an ihrem Hals.

„Ich liebe dich, Schatz, hörst du? Bedingungslos!" Auch wenn ihre Stimme zittert, verliert der Satz nicht an Überzeugungskraft. Oder Bedeutung.

„Wirklich?", frage ich schniefend. „Du brauchst keine Zeit für dich oder so was?"

Mom schiebt mich an den Schultern von sich und schaut mich an. Auch in ihren Augen stehen Tränen. „Schatz, es gibt nichts, wofür ich Zeit brauche. Alles ist gut."

„Dann stört es dich nicht?“ Die Frage stelle ich leise, beinahe flüsternd, weil ich Angst vor der Antwort habe.

„Liebling, natürlich nicht.“ Sie nimmt mich wieder in die Arme und streicht mir beruhigend über den Rücken. Erleichterung durchfährt mich. Grenzenlose Erleichterung.

„Ich liebe dich, Jamie. Ich bin deine Mom. Es gibt nichts auf der Welt, was daran etwas ändern kann.“

Der Felsbrocken, der bis eben auf meinem Herz lag, fällt herunter.

„Mommy?“, sage ich zittrig. „Cracker ist tot.“

Ein erschrockener Laut entfährt ihr. „O Baby.“

Ihr Griff wird fester.

Ich weiß nicht, wie lange wir beide so zusammenstehen. Sie flüstert mir immer wieder zu, dass sie mich liebhat. Dass sie stolz auf mich ist. Irgendwann lösen wir uns voneinander. Ich bin erschöpft.

„Komm, setzten wir uns.“ Meine Mom deutet auf das Sofa. Wir sind allein im Wohnzimmer. Sieht so aus, als hätten Liam und Jeff uns ein bisschen Raum gegeben.

Sobald wir sitzen, greift sie nach meiner Hand. „Seit wann weißt du es?“

Ich stoße geräuschvoll Luft aus. „Schwierige Frage. Seit einigen Monaten, schätze ich.“

„Und Mia?“ Mom klingt kein bisschen vorwurfsvoll. „Als du Mia betrogen hast ...“

„Dann war das mit einem Typen, ja“, greife ich ihre Andeutung auf.

„Also war es nicht Liebeskummer, weswegen du seitdem so mit dir zu kämpfen hattest.“

Ich lache bitter auf. „Doch.“

„Oh." Mom nickt verständnisvoll. „Verstehe. Wer auch immer er ist – er hat keine Ahnung, was ihm entgeht. Du bist ein Hauptgewinn!"

Ich lache leise. „Er leider auch."

Mom runzelt die Stirn. „Aber es hat nicht geklappt?"

Ich zögere. Seufze. Allein die Erinnerung daran, wie Liam und ich uns kaputt gemacht haben, tut scheiß weh. „Ich hatte ein bisschen mit mir selbst zu kämpfen, was die Sachen zwischen uns kompliziert gemacht hat. Ich war kompliziert. Ach, keine Ahnung. Wir haben uns gegenseitig ganz schön wehgetan."

„Womit hattest du zu kämpfen?"

„Mit mir. Damit schwul zu sein. Es zu akzeptieren. Wahrscheinlich habe ich es schon länger geahnt, nur ... irgendwie wollte ich es nicht wahrhaben."

„Aber warum? Es ist egal, zu wem du dich hingezogen fühlst. Mädchen, Jungen, beides. Es spielt keine Rolle."

Ich liebe meine Mom für diese Worte. Und die Art, wie sie es sagt, zeigt mir, dass sie es genau so meint. Sie sieht mir in die Augen. Eindringlich. So, wie sie es immer getan hat, wenn sie mir Mut zugesprochen hat. Wenn sie wollte, dass ich glaube, dass ich etwas schaffen kann.

„Manche Leute sehen das anders", gebe ich zu bedenken.

Mom zieht die Brauen zusammen. „Meinst du Dad?"

Ich nicke mit zusammengepressten Lippen.

Sie seufzt. „Du musst ihn nicht mehr besuchen, wenn du keine Zeit mit ihm verbringen möchtest. Das ist okay."

„Ich hasse ihn!"

„Ich weiß, Schatz. Ich weiß. Alles, was ich dazu sagen kann, ist, dass dein Grandpa kein guter Mensch war. Er hat deinen Dad in seiner Kindheit nicht nur tyrannisiert, sondern eben auch Werte in seinen Kopf gepflanzt, die ihm leider bis heute erhalten geblieben sind. Ich möchte ihn nicht verteidigen. Ich möchte nur, dass du verstehst, dass es hier nicht um dich geht, Schatz. Es geht um deinen Vater und damit, dass er sich nie mit seinen Problemen auseinandergesetzt hat."

„Das wusste ich nicht", sage ich leise.

Grandpa war nie Thema. Oder überhaupt Dads Familie.

„Bisher gab es nie Grund darüber zu sprechen."

„Eigentlich macht es auch keinen Unterschied." Ich schüttele den Kopf. „Nicht nur, dass er mich, seit er es weiß, wie Scheiße behandelt – er hat mir heute etwas weggenommen. Meine Selbstbestimmung."

Moms Augen werden trauriger und füllen sich wieder mit Tränen. „Ja, ich weiß, mein Schatz. Es tut mir so leid." Sie drückt meine Hand fester. „Warum hast du es mir nicht gesagt?"

Ich schweige einige Sekunden, da ich nicht weiß, wie ich die Frage beantworten soll. „Dads Reaktion war beschissen", setze ich an. „Obwohl ich wusste, dass du nicht so reagieren würdest, was da diese Angst. Was, wenn doch? Was, wenn du mich danach mit anderen Augen siehst? Ich hatte ... Angst dich zu verlieren, Mom."

Sie blinzelt heftig und schluckt sichtbar. „Nun, du wirst mich nicht verlieren, okay? Ich liebe dich, ganz genauso wie du bist. Und du bist jetzt der gleiche

Mensch, der du immer warst. Sarkastisch. Frech. Stur. Albern. Liebevoll. All diese Dinge bist du.“

Wieder steigen mir Tränen in die Augen. „Du hast gutaussehend vergessen“, ergänze ich halb lachend, halb weinend.

Auch Mom lacht schniefend und zieht mich wieder an sich. „Ich bin immer für dich da, mein Schatz, okay?“

„Okay. Danke, Mom.“

„Schatz, dir ist trotzdem klar, dass das am College nicht in Ordnung war?“

Ich zucke zusammen. Shit. „Ich … ja.“

„Du hast Glück. Für heute hast du genug durchgemacht. In ein paar Tagen klären wir das. Alles klar?“

Ich nicke betreten. Es war klar, dass ich nicht so leicht aus der Nummer herauskomme.

„Hast du Hunger?“, fragt sie wenig später.

„Eigentlich nicht.“

„Na gut. Vielleicht später. Wollen wir alle zusammen essen?“

Ich nicke. „Ja. Gerne.“

Mom steht auf und lächelt mich an. „Dann mache ich deine Lieblingsspaghetti. Und dann ziehen wir in aller Ruhe über den Typen her, der so blöd war, dich gehen zu lassen.“

„Lieber nicht.“

Das wäre ein interessantes Familienessen.

Mom geht kichernd aus dem Zimmer. Diese Art brauche ich gerade. Meine Mom. Ganz normal.

Ich lasse mich erschöpft nach hinten fallen. Das Meer rauscht im Hintergrund. Zum ersten Mal, seit wir wieder zu Hause sind, ist mein Herzschlag leiser. Ruhiger.

Kapitel 26

Jamie

Schläfrig liege ich auf der Couch und starre auf den Ozean. Ich bin erschöpft. Die Wellen arbeiten unermüdlich. Sie ziehen sich zurück, bauen sich auf, bevor sie in sich zusammenkrachen und an den Strand spülen. Genauso fühle ich mich in letzter Zeit. Gestern bin ich zusammengekracht. Heute spüle ich an den Strand. Kraftlos.

Mein Handy klingelt. In der Erwartung Justins Namen zu lesen, ziehe ich es aus der Tasche. Doch es ist nicht Justin. Es ist Candy.

Verwirrt starre ich auf ihren Namen. Warum ruft Candy mich an? Nicht, dass etwas mit dem Baby ist.

„Candy?", melde ich mich.

„Nur damit du es weißt. Ich habe ihn bereits am Telefon angeschrien und ich werde ihn noch weiter anschreien, wenn er nach Hause kommt!" Candys Stimme gleicht einem wütenden Knurren, gemischt mit Keuchen. Hört sich an, als würde sie durch die Gegend laufen.

„Äh ..." Ich weiß nicht, was ich sagen soll.

„Ich glaube nicht, dass er das getan hat, Jamie. Wie geht's dir?"

Ich ziehe die Augenbrauen nach oben. Ist das wirklich Candy? Schwangere Freundin meines Vaters, die gerade über ihn herzieht? Und wissen will, wie es mir geht?

„Er hat es dir erzählt?", frage ich fassungslos.

Candy schnaubt. „Er wollte sich darüber beschweren, dass du gemeine Sachen über ihn gesagt hast. Als ich gefragt habe, wie es dazu gekommen ist, hat er es dann erzählt. Ich bin so wütend. Unser Telefonat hat damit geendet, dass *ich* gemeine Sachen gesagt habe."

Ihr Schnaufen wird lauter. Wütend und schwanger ist scheinbar eine fiese Kombi.

Ich kann nichts gegen das Lachen tun, das in mir aufsteigt.

„Sein Gesicht hätte ich gerne gesehen." Das stimmt. Und wie.

„Jamie, Schätzchen. Es tut mir so leid, dass das passiert ist."

Erneutes Schnaufen, diesmal wesentlich lauter.

„Alles okay bei dir?", frage ich vorsichtig.

„Ja", sagt sie in zuversichtlichen Ton, doch ein kleiner Schmerzenslaut straft sie Lügen. „Ich atme nur die Wehe weg."

Alarmiert setze ich mich auf oder versuche es viel mehr, weil mein Arm in der Schlinge jede Bewegung schwieriger macht.

„Entschuldige, was hast du gerade gesagt?"

„Ich habe Wehen."

„Wo bist du?"

Ich komme auf die Beine und sehe mich überfordert in meinem Zimmer um.

„Zu Hause."

„Warum bist du nicht im Krankenhaus?"

„Spinnst du?", ruft sie empört. „Dein Dad ist noch nicht zu Hause."

„Und?"

„Und ich will das nicht allein machen."

Shit. Sie klingt so, als hätte sie Angst. Was absolut verständlich ist. Immerhin hat sie Schmerzen und wird bald ein Kind aus ihrer ... großer Gott.

Was bitte soll ich sagen, dass die Situation nicht so schlimm wird? Woher soll ich wissen, wie das läuft? Ich habe noch nie ein Kind auf die Welt gebracht. Aber das, was wir im Bio-Unterricht gesehen haben, war gruselig.

„Soll ich meine Mom holen? Soll sie mit dir sprechen?"

Selten bescheuerter Vorschlag. Wird mir leider erst klar, nachdem ich es ausgesprochen habe.

„Äh ... nein, danke."

Ich laufe auf und ab. „Candy, du kannst nicht einfach zu Hause bleiben. Wie lange hast du die ... die Wehen überhaupt schon?"

Das Wort ist seltsam. Die ganze verdammte Situation ist total seltsam.

Sie nuschelt irgendeine unverständliche Zahl ins Telefon.

„Wie bitte?"

Erneutes Genuschel.

„Candy!"

Sie schnaubt genervt und erinnert mich dabei viel zu sehr an mich selbst.

„Ein paar Stunden.“

„Hast du gerade Stunden gesagt?“

Fuck. Jetzt muss ich was machen.

„Jamie, ist schon gut. Deshalb habe ich nicht angerufen. Ich wollte dir nur sagen, dass ich auf deiner Seite bin und dein Vater was erleben kann, wenn er nach Hause kommt.“

Ich lächle. „Das ist echt süß.“

Candy stöhnt wieder vor Schmerzen auf. Hat sie das nicht gerade eben erst getan?

„Fuck, du musst ins Krankenhaus“, betone ich. Mist, darf man vor Frauen, die gleich ein Kind bekommen, fluchen?

„Aber ich habe Angst“, antwortet sie jammernd. Herr im Himmel. Weint sie?

Scheiße, ich muss ihr helfen.

„Ich komme zu dir und dann gehen wir zusammen, okay?“

Noch immer das Handy am Ohr, renne ich aus meinem Zimmer.

„Aber … nein. Das musst du nicht machen. Ich warte auf deinen Dad.“

„Und wenn es dann zu spät ist?“

Ich renne die Treppe hinunter, glücklicherweise ohne tödlichen Unfall. Mit dem verletzten Arm wäre das hässlich geworden.

„Keine Ahnung.“

Ich unterdrücke ein Kichern. „Dein Plan klingt nicht gerade durchdacht, Candy.“

„Ich weiß. Ich bin ein bisschen überfordert.“

Das Handy klemme ich mir zwischen Ohr und Schulter, um nach meinem Autoschlüssel zu greifen. Dann stürme ich nach draußen.

„Hör zu, ich steige jetzt in den Wagen, okay? Ich bin gleich da."

Das mit meiner Hand behalte ich mal lieber für mich. Zum Glück habe ich einen Automatikwagen.

„Okay."

Ich lege auf und schmeiße das Handy in die Mittelkonsole. Dann fahre ich los, darum bemüht, nicht zu schnell zu fahren. Nur mit einer Hand gestaltet sich das Ganze weniger einfach als gedacht. Aber es geht.

Wenn mir vor ein paar Monaten jemand gesagt hätte, dass ich mal losstürmen würde, um der neuen Frau meines Vaters zu helfen, hätte ich gelacht. Und trotzdem bin ich jetzt auf dem Weg zu ihr.

Als ich in die Einfahrt einbiege, steht mir der Schweiß auf der Stirn.

Candy steht bereits in der Tür. Sie hat sich mit beiden Armen daran abgestützt.

„Auch wenn ich nicht wollte, dass du kommst", keucht sie, als ich aussteige, „bin ich sehr froh, dass du jetzt hier bist."

„Wo ist deine Tasche?" ich sehe mich um.

„Da drinnen." Sie deutet auf die Haustür.

Ich nicke und gehe rein, um die Tasche zu holen, die ordentlich an der Tür steht. Ich verstaue sie im Kofferraum.

Candy steht noch immer an der Tür und scheint mit einer Wehe zu kämpfen.

Scheiße ist das gruselig.

Als die Wehe vorbei ist, nickt sie mir zu. Ihre Haare stehen wirr vom Kopf ab. So zerknautscht habe ich sie noch nie gesehen.

Sie hakt sich bei mir unter. Zusammen gehen wir zu meinem Auto.

„Warte", murmelt sie. „Wir brauchen das Handtuch, das auf meiner Tasche liegt."

„Warum?", frage ich verwirrt.

„Falls die Fruchtblase im Auto platzt.

Ich rümpfe die Nase. „Argh."

Sie lacht laut auf. „Ja, das finde ich auch eklig."

„Ich bin gerade sehr happy darüber, dass ich schwul bin", platze ich heraus.

Candy lacht lauter. „Dafür ärgere ich mich sehr darüber, dass ich nicht lesbisch bin."

Ich lache ebenfalls, hole aber, wie geheißen, das Handtuch. Sicher ist sicher.

Wenig später sind wir unterwegs.

„Also", sagt Candy. „Wie geht's dir?"

Ich schnaube. „Frag nicht. Ist gerade alles ziemlich im Arsch." „Das ist scheiße", erwidert sie. Kurz darauf hält sie sich ihren Bauch und japst gequält nach Luft. Dann atmet sie, wie man es aus Filmen kennt.

Meine Augen werden größer, doch ich konzentriere mich wieder auf die Straße.

„Dein Dad ist gelandet." Candy heult beinahe, als sie den Satz ausspricht. „Er wird direkt ins Krankenhaus fahren."

Gott. Sei. Dank.

Nicht, dass ich ihn sehen will, ich will nur, dass mir jemand die Situation abnimmt.

Ich habe keine Ahnung von Geburten, aber die vielen Wehen sind sicher ein Indikator dafür, dass das Baby nicht mehr allzu lange auf sich warten lässt. Deshalb atme ich vor Erleichterung auf, als ich endlich auf den Krankenhausparkplatz biege.

Ich helfe der schnaufenden Candy aus dem Auto und greife nach der Krankenhaustasche.

„Ja, also", sage ich überfordert. „Kannst du allein gehen? Ich habe aktuell nur einen funktionstüchtigen Arm."

„Klar."

So recht überzeugt sieht sie nicht aus, aber wir haben im Augenblick keine Wahl.

Zum Glück ist der Eingang nicht weit weg. Wir erreichen ihn ohne weitere Wehen, wofür ich wirklich dankbar bin. Sicherlich bekomme ich in der nächsten Nacht Albträume davon.

Am Empfang hilft man uns sofort. In Sekundenschnelle wird für Candy ein Rollstuhl beschafft, in den sie sich dankbar sinken lässt.

„Jamie, kannst du bitte bei mir bleiben?"

Ich verziehe das Gesicht. „Ja. Sicher."

Eine Krankenschwester schiebt den Rollstuhl, während ich mit der Tasche, in der eigentlich nur Backsteine gelagert sein können, so schwer wie sie ist, nebenher trotte.

Keiner sagt etwas, was ich wirklich unhöflich von der Krankenschwester finde. Müssen die nicht ... keine Ahnung. Motivieren oder so? Da ist eine schwangere Frau, die Angst hat.

Tatsächlich begnügt sich die Frau lieber damit, mich böse anzufunkeln. Was hat die denn für ein Problem?

Über den Fahrstuhl erreichen wir den nächsten Stock.

Mit einem Mal ist alles viel hübscher. Dekoration und Pflanzen verleihen hier ein hübsches Ambiente, das weniger steril wirkt als der Rest des Krankenhauses. Alles ist gelb und ... rosa. Ein heftiger Kontrast zu dem grausamen Weiß, das einem sonst überall begegnet.

Candy hat die nächste Wehe. Hilflos sehe ich zu ihr. Die Schwester tut gar nichts, sondern sieht auffordernd zu mir, als wäre ich hier der Pfleger. Demonstrativ sehe ich in eine andere Richtung.

Als wir an einem Waschraum vorbeigehen, schießt mir Röte in die Wangen. Hatte ich tatsächlich den besten Sex meines Lebens in einem Krankenhaus?

Ich schiebe meine heißen, aber im Augenblick äußerst unangebrachten Gedanken beiseite, als wir erneut an einem Empfang ankommen.

„Ich habe hier eine Mom für euch", stellt die fies dreinschauende Krankenschwester Candy vor. „Der Dad wollte schon flüchten."

Es dauert zwei Sekunden, bis der unterschwellige Vorwurf bei mir ankommt und ich schnalle, dass die Frau mich meint.

„Ich bin achtzehn!", rufe ich aus.

Die Frau schüttelt mit dem Kopf. „Deshalb kannst du dich aber nicht vor deiner Verantwortung drücken, Junge! Das arme Mädchen."

Das arme ... Was? Mein Mund steht mir offen. Dann begreife ich. Candy ist jung. Sehr jung. Und die denkt tatsächlich, dass wir ... Würg.

Candy prustet los.

„Das ist meine Stiefmutter!", rufe ich viel zu laut und schüttele mich einmal. Das ist das erste Mal, dass ich sie so nenne. „Schon klar, alle haben Teen Mom gesehen, aber deshalb bekommen nicht alle Jugendlichen Kinder."

Der guten Frau entgleiten ihre Gesichtszüge. „Oh, das … das … Entschuldigung." Sie wird rot. Sie stammelt etwas vor sich hin und geht dann schnellen Schrittes weg.

„Was zur Hölle?", rufe ich hinterher. „Never judge a book by its cover!"

Shit. Den Satz habe ich von Liam.

Candy lacht umso lauter, ebenso wie die Krankenschwester hinter dem Tresen.

Ich drehe mich zu ihr. „Können Sie uns bitte helfen?"

„Natürlich, natürlich."

Die deutlich nettere Frau erinnert sich wieder an ihren Job. Sie kommt herum und spricht mit Candy, während wir zu einem Behandlungsraum gehen. Oder … keine Ahnung, ist das ein Kreißraum oder Kreißsaal oder wie auch immer diese Dinger heißen?

Sieht eher aus wie ein Kinderspielplatz mit den Gymnastikbällen und der Sprossenwand.

Ich will hier raus.

Candy beantwortet fleißig alle Fragen, bei denen ich absichtlich weghöre, weil sie so intim sind, dass ich schreien will. Wann habe ich bitte auf der Wunschkarte angekreuzt, dass ich von nun an die privatesten Dinge von den Erwachsenen um mich herum wissen will? Erst Mom und Jeff und jetzt Candy.

Wieso wird mir deren Sexleben immer und immer wieder um die Ohren gehauen?

Jetzt wird sie gebeten, sich so ein Kitteldings anzuziehen.

„Ich warte dann mal draußen", sage ich lahm.

„Nein." In Candys Gesicht gleitet die blanke Panik. Sofort füllen sich ihre Augen mit Tränen. „Bitte lass mich nicht allein."

Scheiße. Scheiße, verdammt.

„Gut ich bleibe hier."

Also drehe ich mich um, damit sie sich umziehen kann. Und bete innerlich darum, dass es noch verdammt lange dauert, bis dieses Kind auf die Welt kommt.

Kleine Brüder sollen ja bekanntlich nerven, oder? Hoffentlich fängt der kleine Scheißer nicht heute schon damit an.

„Du kannst dich wieder umdrehen."

Dennoch bin ich vorsichtig und lege mich zur Sicherheit die Hand über die Augen, damit ich hindurchschielen kann. Candy liegt auf dem Bett. Nichts zu sehen, das ich nicht sehen will.

„Nicht schon wieder", sagt meine Stiefmutter gequält. Sie greift nach meiner Hand und drückt zu. Doll.

„Au", jammere ich, während sie eine gefühlte Ewigkeit meine Hand wie einen Anti-Stress-Ball quetscht.

Die Wehe scheint vorüber zu sein, denn sie lockert ihren Griff wieder.

„Jetzt habe ich keine funktionierende Hand mehr, auch gut", scherze ich lahm, schaffe es aber immerhin Candy zum Lächeln zu bringen. Sie tut mir leid.

„Ich müsste Sie mal untersuchen, Miss", unterbricht uns die Schwester. Oder Hebamme.

„O Gott", murmele ich.

Candy hält noch immer meine Hand, also bleibt mir nichts übrig, außer an die Decke zu starren.

„Der kleine Mann hat es eilig", sagt sie. „Ihr Baby kommt schon bald, Miss."

„Gott sei Dank", kommentiert Candy. Leider kann ich ihr da ganz und gar nicht zustimmen.

Die Zimmertür öffnet sich. Mein Dad ist da.

Sein Anblick schmerzt. Höllisch. Trotzdem bin ich erleichtert. Überrascht weiten sich seine Augen, als er mich erblickt. „Jamie, was machst du denn hier?"

„Am besten sprichst du ihn nicht an", faucht Candy in seine Richtung.

Keine Ahnung, wer mehr zusammenzuckt. Die Krankenschwester Schrägstrich Hebamme oder mein Vater.

Meine Mundwinkel heben sich gegen meinen Willen.

„Schatz", sagt Dad beschwichtigend. „Beruhige dich."

„ICH BERUHIGE MICH BESTIMMT NICHT, NACH DEM, WAS DU DEINEM SOHN ANGETAN HAST!"

Mit großen Augen beäugt die Schwester meinen Vater.

Ich bin perplex. Candy hat zwar gesagt, dass sie auf meiner Seite ist, aber ... die Leute sagen viele Dinge, die sie eigentlich nicht so meinen. Anscheinend gehört Candy nicht zu diesen Leuten. Mich überkommt Zuneigung. Es ist gut, dass sie die Mommy meines Bruders wird. Sie wird das packen. Auf ihn aufpassen. Im Notfall auch vor meinem Vater in Schutz nehmen. Gut, er wird vielleicht von einer Klippe stürzen, von der Candy gedacht hat, sie babysicher machen zu können, aber mental ... mental wird sie ihn immer stützen.

Eine weitere Wehe lässt meine Stiefmutter verstummen. Jetzt schreit sie sogar ein bisschen auf. Zu meinem

Leidwesen drückt sie wieder meine Hand. Ich verziehe gequält das Gesicht.

Als sie wieder zur Ruhe kommt, tritt Dad einen Schritt näher. „Soll ich deine Hand halten?", fragt er betreten. Und unsicher. Unsicher kenne ich nicht.

„NATÜRLICH SOLLST DU DAS, HERRGOTT!"

Wow. Sie kann fies sein. Und ich freue mich darüber. Er hat's verdient.

„Ich warte draußen, Candy."

„Jamie, warte", hält sie mich zurück. O Gott. Sie will doch nicht, dass ich dabeibleibe, oder?

„Danke, dass du bei mir warst, Schätzchen." Ihre Stimme ist weich und zärtlich. Ihr Blick gleitet wieder zu meinem Vater. „ICH BIN SO WÜTEND AUF DICH. WENN DU DICH UNSEREM SOHN GEGENÜBER JEMALS SO VERHÄLTST, DANN SCHWÖRE ICH DIR, SIEHST DU UNS ZUM LETZTEN MAL. UND SEI DIR SICHER, DASS ICH DANN BEIDE SÖHNE MITNEHME!"

Ich lache leise auf. Spätestens jetzt liegt es klar auf der Hand. Candy ist nicht die Freundin meines Vaters. Sie ist meine Stiefmutter, die offenbar bereit ist, für mich einzustehen. Meinen Dad mag ich verloren haben. Allein sein Anblick reicht, dass ich mich wieder übergeben möchte. Wut oder Enttäuschung reichen als Begriffe gar nicht aus, um meine Gefühle für ihn in Worte zu fassen.

Aber ich habe meine Mom. Meinen Stiefvater. Eine Stiefmutter. Und meinen ... Stiefbruder.

Ich gehe aus dem Zimmer und lasse mich auf einem Stuhl nieder.

Jetzt schmerzen beide Hände, so viel ist sicher. Gleichzeitig bin ich noch erschöpfter als heute früh. Ich habe nichts Richtiges gegessen und die Geschehnisse der letzten Tage machen meinen Zustand nicht besser. Ich bin total fertig. Und das muss sich ändern.

Keine Ahnung, wie lange ich auf dem Gang sitze. Ich glaube, ich döse sogar weg.

„Jamie." Dad steht vor mir. „Das Baby ist da."

Verwirrt reibe ich mir über die Augen. „Okay."

Ich stehe auf und will an ihm vorbeigehen, doch er hält mich zurück.

„Danke, dass du für die beiden da warst."

„Ich habe es nicht für dich getan", knurre ich.

Dad nickt. „Ich weiß. Trotzdem, danke."

„Ich stimme Candy übrigens zu." Angriffslustig schaue ich ihm ins Gesicht. Ausnahmsweise steht mal keine Überheblichkeit darin. Eher Hilflosigkeit und Überforderung. „Wenn du meinem Bruder jemals so etwas antust wie mir, dann mache ich dich fertig."

Dad schluckt sichtbar und räuspert sich. Ob ihm die Situation tatsächlich nahegeht oder ob er lediglich mit seiner Selbstbeherrschung kämpft, weiß ich nicht.

„Es tut mir leid, Jamie", würgt er hervor.

Freudlos lache ich auf. „Na dann ist ja alles wieder gut", murmele ich sarkastisch. „Ignorieren wir doch einfach den Umstand, dass wir beide ein Herz und eine Seele waren. Dass du mein Held warst, Jahre lang. Solange bis du Mom betrogen und ein komplett anderer Mensch geworden bist. Bevor du mich von dir weggestoßen hast. Ignorieren wir die Tatsache, dass du mich wie Dreck behandelst, weil ich schwul bin. Oder dass du mich geoutet hast. Ganz ehrlich? Deine scheiß Entschuldigung kannst du dir sonst wo hinstecken."

Diese Worte mussten mal gesagt werden. Was nicht bedeutet, dass sie auszusprechen nicht noch tausendmal schmerzhafter ist, als sie zu hören.

Dads Schultern sacken zusammen, als ich mich an ihm vorbeischiebe, um das Zimmer zu betreten, dessen Tür nur angelehnt war. Shit.

Die Krankenschwester schenkt mir einen mitleidigen Blick, was die Frage, ob sie uns gehört hat, erübrigt. Leider ist noch eine zweite Ärztin im Raum. Und da ist Candy. Mit einem kleinen Menschen im Arm, der in ein Tuch gewickelt ist.

„Würdest du bitte draußen warten, solange die beiden sich kennenlernen, Bram?" Candys Stimme ist sanfter geworden. Über das Brüllen ist sie hoffentlich hinweg. Ich blicke über die Schulter zu meinem Vater, der aussieht wie ein getretener Hund. Aber er nickt und verlässt schließlich den Raum.

Candy strahlt mir entgegen. Obwohl sie erschöpft aussieht, habe ich sie noch nie glücklicher gesehen.

„Darf ich vorstellen, Jamie? Dein Bruder Jaxon."

Ich lache auf, als ich näher trete. „Du hast tatsächlich meinen Namen von der Liste genommen?"

„Das war gar nicht nötig. Er war bereits auf der Favoritenliste."

Ich runzle die Stirn. „Wie meinst du das?"

Candy lächelt ein kleines trauriges Lächeln und sieht auf das Baby in ihren Armen hinab. „Das war der Lieblingsname deines Vaters. Zumindest neben seinem eigenen."

Ich beiße mir auf die Unterlippe. Fest. Das vertreibt das Brennen in meinen Augen, das für einen kurzen Moment dort eingezogen ist.

„Jetzt hast du deinen kleinen Bruder Jaxon“, fährt Candy vor.

Ich stoße geräuschvoll die Luft aus, trete dicht an sie heran und lächle, als ich auf das Baby sehe. Ich berühre seine kleine Hand mit den Fingerspitzen.

„Himmel, ist der süß“, murmele ich. Seine kleine Nase ist perfekt. Oder seine Finger. Seine Ohren.

„Willkommen in der Familie, Jaxon.“ Jetzt grinse ich.

Ich weiß genau, dass ich immer für diesen kleinen Hosenscheißer da sein werde. Ihn beschützen werde. Im Notfall auch vor meinem Dad.

Ich halte die Begegnung kurz. Zum einen, weil ich völlig am Ende bin und zum anderen, weil ich Candy Raum mit meinem Vater geben will. Nicht für ihn. Aber für sie.

Ich laufe durchs Krankenhaus in Richtung Ausgang. Ich brauche Ruhe, um wieder klarzukommen. Plötzlich schießt mir ein Gedanke durch den Kopf, der sich festsetzt. In meinem Auto schnappe ich mir das Handy. Ich atme tief durch. Mehrmals. Der Nachmittag war heftig.

Liams Name erscheint auf meinem Display. Noch immer löst es ein komisches Gefühl in mir aus, auf seinen Namen zu tippen. Die Erinnerungen daran, wie ich immer wieder aus der Leitung gekickt wurde, weil er mich blockiert hat, sind nur zu präsent in meinem Gehirn.

Trotzdem tue ich es.

„Jamie?“, meldet sich bereits beim zweiten Klingeln. „Alles okay? Wo bist du?“

„Im Krankenhaus. Mein Bruder wurde gerade geboren.“

„Oh, wow“, murmelt Liam verwundert. „Herzlichen Glückwunsch.“

„Danke." Ich finde, ich habe Glückwüsche verdient. Mindestens zehn Prozent Anteil habe ich ja wohl an dieser Geburt.

„Rufst du deshalb an?", fragt Liam zweifelnd.

Ich runzle die Stirn. „Nein, ich ... ich hab mich gefragt, ob ..." Seufzend fahre ich mir mit den Fingern durch die Haare. „Die letzten Tage waren ... heftig. Ich will ein paar Tage nach Tijuana, um den Kopf wieder freizukriegen. Begleitest du mich? Ich weiß nicht, ob ich wirklich allein sein kann."

Das stimmt. Allein der Gedanke löst Beklemmung in mir aus. Genauso wie der, nach Hause zu fahren.

Kurz herrscht Stille. „Ja. Ja, natürlich."

„Wirklich?", frage ich erleichtert.

„Ja!"

„Ich komme jetzt nach Hause, okay? Dann verklickere ich Mom, dass das sein muss."

„Wir haben Ferien", gibt Liam zu Bedenken.

„Schon", stimme ich ihm zu. „Aber sie hat mir quasi einen Lernplan für jeden Tag erstellt."

„Ich bin mir sicher, du bekommst sie überzeugt."

„Ich auch. Bis gleich."

„Bis gleich."

In meinem Hals steckt plötzlich ein fetter Kloß. Und ich weiß nicht, wie ich ihn je wieder wegbekommen soll.

Kapitel 27

Liam

Es ist komisch. Zwischen uns ist es komisch. Ich dachte, es wäre ein gutes Zeichen, dass Jamie mich gebeten hat, ihn zu begleiten. Aber wir schlafen in getrennten Betten, reden kaum und tänzeln mit einer überfreundlichen Art umeinander herum. Und ich weiß nicht wieso.

Jetzt sitzen wir auf der großen Couch im Wohnzimmer mit Blick auf den sagenhaften Pool im Garten. Und schweigen. Natürlich tun wir das.

Im Fernsehen läuft einer der Transformers-Filme, doch eigentlich bekomme ich es gar nicht mit. All meine Sinne sind auf den Jungen neben mir ausgerichtet. Ich halte es nicht mehr aus.

„Jamie", flüstere ich.

Er wendet den Blick vom Fernseher ab.

„Was tun wir hier?"

„Was meinst du?", fragt er mich mit großen Augen und sieht dabei verdammt süß aus. „Willst du doch wieder nach Hause?"

„Nein!", widerspreche ich. „Ich meine ... zwischen uns ist es komisch."

Jamie knabbert an seiner Unterlippe. Das tut er häufig. Und mich lenkt es ab. „Ich weiß", sagt er schließlich seufzend.

„Können wir darüber reden, was passiert ist? Zwischen uns?"

Jamie knabbert noch heftiger auf seiner Unterlippe herum. Sie ist bereits ganz rot.

„Du meinst den Sex?"

„Ich meine", sage ich deutlich und setze mich aufrecht hin, „dass wir in einer öffentlichen Toilette übereinander hergefallen sind. Oder dass wir uns im Badezimmer vor der Nase des anderen einen runtergeholt haben."

Jamies Wangen laufen tatsächlich rot an. Er ist zum Niederknien. Doch auch mir steigt die Hitze in die Wangen bei der Erinnerung daran.

„Das war ... heiß." Er hebt kurz seine Brauen und leckt sich über die Lippen. Ihm scheint überhaupt nicht aufzufallen, was er da tut.

„Ja, war es aber ... was ist das hier? Du willst offenbar in meiner Nähe sein, aber in Oregon hast du deutlich gemacht, dass du nicht in meiner Nähe sein willst. Zumindest bis zum Krankenhaus." Ich rede schnell. „Also was ist das zwischen uns? Seit wir hier in Tijuana sind, reden wir kaum miteinander und gehen uns aus dem Weg."

„Ich weiß es auch nicht, Liam", grätscht er dazwischen. „Ich komme selbst nicht mehr mit."

Frustriert fahre ich mir mit der Hand durch die Haare, doch sie fallen mir direkt wieder in die Stirn.

„Du hast im Krankenhaus gesagt, es sei Kopf gegen Herz", konfrontiere ich ihn direkt. „Was heißt das?"

In Jamies Augen blitzt etwas auf, das ich nicht greifen kann. Schmerz?

Er wendet den Blick ab und blinzelt. Einige Male setzt er zum Sprechen an, aber er tut es nicht.

„Jamie", bitte ich ihn sanft.

Er schließt für einen Moment die Augen. „Ich kann nicht."

„Was kannst du nicht?", frage ich. „Mit mir reden?"

Ich bemerke selbst, dass Frust in meiner Stimme mitschwingt.

Jamie dreht den Kopf zu mir, doch er sagt nichts.

„Kopf gegen Herz – was meintest du?", dränge ich weiter.

„Dass ich dich verdammt noch mal liebe, mir aber mein scheiß Kopf im Weg steht!", platzt es aus ihm heraus. Mit seiner gesunden Hand fuchtelt er vor seinem Gesicht herum.

Mir bleibt der Mund offenstehen. Hat er Liebe gesagt?

„Du liebst mich? So richtig lieben lieben?"

Er kneift die Augen zusammen. „Ja, das habe ich dir doch schon mal gesagt."

„Ja, aber … ich dachte … ich meine … du hast damit nicht diese Art lieben gemeint, im Sinne von: Seine erste große Liebe wird man immer lieben?"

Jamie rümpft die Nase und legt den Kopf schräg. „Was?"

Ich schüttele meinen Kopf. „Egal. Meinst du das Ernst? Dass du mich liebst?"

„Ja."

Seine Augen glitzern verdächtig.

„Jamie, ich …" Ich rutsche dichter zu ihm. „Was kann ich tun, damit wir wieder zusammen sein können?"

„Liam", seufzt er. „Es geht nicht."

„Jamie. Ich weiß, dass ich dir verdammt wehgetan habe. Es tut mir leid. Es tut mir so unendlich leid. Zu gehen war der größte Fehler meines Lebens", sage ich flehend. Er muss mir einfach glauben.

Er schluckt. Wieder und wieder. Sein Kehlkopf tritt deutlich hervor.

„War es das wirklich? Du warst drei Monate weg, Liam. Du hast mich blockiert, du … hast mich aus deinem Leben gestrichen."

In seiner Stimme liegt so viel Schmerz, dass es mir für einen kurzen Moment den Atem raubt. Ich habe ihm so wehgetan. Und ich hasse mich dafür.

„Es tut mir so leid. Bitte, ich … ich liebe dich!"

Gequält schließt Jamie seine Augen. „Sag das nicht."

„Aber es ist so!" Ich lege so viel Überzeugung in meine Worte, wie nur möglich. Mein Herz rast wie verrückt, als wollte es das Gesagte nochmals untermauern. Ich sitze jetzt dicht vor ihm und greife nach seiner Hand. „Ich liebe dich! In Seattle habe ich dich nicht einfach so blockiert und dich dann vergessen. Ich habe gelitten. Jeden einzelnen Tag. Ich war ein Wrack ohne dich, Jamie. Ich war nur einfach selbst viel zu sehr verletzt, um zu kapieren, was ich falsch gemacht habe!"

Er schnieft. Und schluckt wieder. „Ich schaffe das nicht noch mal", betont er. „Du wirst mich wieder verlassen."

Mein Herz bricht in tausend Teile. Zerschmettert. „Ist es das, wovor du Angst hast?"

„Ja", sagt er laut. Verzweifelt. Seine Augen finden meine. Tränen stehen darin. „Du wirst mich wieder allein lassen. Ich habe dich lieber als Freund hier, als gar nicht!"

„Fuck." Ich lege meine Hand an seine Wange. „Jamie, ich bin nur deinetwegen zurückgekommen. Weil ich dich liebe. Ich gehe nie wieder weg!"

„Und wenn doch? Was, wenn doch?"

Jetzt rollt auch mir die erste Träne über die Wange. „Bitte. Bitte gib uns noch nicht auf. Ich brauche dich. Ohne dich kann ich nicht leben. Ich hab's versucht."

Jamie schnieft ein weiteres Mal. „Ich habe solche Angst dich zu verlieren, Liam." Seine Stimme bricht.

Ich lege meine Stirn an seine. „Beim letzten Mal hat es nicht geklappt, weil ich dich belogen habe. Ich habe gelogen, was mein Outing betrifft. Wäre ich von Anfang an ehrlich gewesen, wäre nichts von dem passiert. Ich verspreche dir, dass ich von jetzt an immer ehrlich sein werde. Ohne dich halte es nicht mehr aus, Jamie." Ich atme seinen vertrauten Duft ein und fühle mich sicher. „Du bist mein Zuhause. Es tut mir leid, dass ich so lange gebraucht habe, um es zu kapieren. Von nun an gehe ich dahin, wo du hingehst, hörst du?"

„Versprichst du es?" Seine Worte sind ein Wispern an meinen Lippen.

„Ja!", beteuere ich. „Ich verspreche es dir. Wann immer es schwierig wird, bleibe ich. Wann immer du mich brauchst, bin ich da. Wann immer du frierst, habe ich einen Hoodie parat. Wenn du Durst hast, bringe ich dir Kakao. Wann immer dir langweilig ist, schauen wir Cartoons. Ich lese dir etwas über Schmetterlinge ..."

Weiter komme ich nicht. Jamie küsst mich. Hingebungsvoll. Zärtlich. Und mein Herz setzt sich wieder zusammen.

Ich vergrabe meine Hände in seinem Haar und öffne meine Lippen. Unsere Zungen berühren sich vorsichtig und bewegen sich dann im Einklang.

Meine Brust droht zu zerspringen.

„Ich liebe dich", flüstere ich, als wir uns wieder voneinander lösen.

„Bitte, tu mir nie wieder so weh, Liam." Seine Stimme ist kaum mehr als ein Hauchen.

„Nie wieder", versichere ich ihm. „Ich kann dir nicht versprechen, dass du nie sauer auf mich sein wirst. Oder ich auf dich. Aber ich werde nie wieder weggehen, uns nie wieder aufgeben!"

„Okay."

„Okay?"

Jamie zieht seinen Kopf zurück und lächelt beinahe schüchtern. „Eigentlich habe ich sowieso keine Wahl, oder? Dafür liebe ich dich viel zu sehr."

Erleichterung erfüllt mich, meinen ganzen Körper.

„Scheiße", murmele ich. Ich nehme seine Wangen in meine Hände und drücke einen Kuss auf seinen Mund. „Ich liebe dich." Ein weiterer Kuss. „Ich liebe dich." Noch ein Kuss. „Ich liebe dich."

Das Lachen, das er ausstößt, ist alles. Es ist so sehr Jamie, dass mir eine Gänsehaut über die Arme kriecht.

Er fängt meine Lippen erneut ein. Wir küssen uns innig. Diesmal tiefer. Leidenschaftlicher. Jede Berührung seiner Zunge spüre ich in meinem ganzen Körper. Ein Ziehen in meinem Unterleib, lässt mich einen genießerischen Laut ausstoßen.

„Schlaf mit mir, Liam."

Ein Schauer läuft mir über den Rücken. Diese Worte hat er damals an Weihnachten auch benutzt. Und es war perfekt.

„Sicher?", frage ich sanft und küsse seinen Hals. „Wir müssen nichts überstürzen."

Er schnaubt belustigt. „Also erstens: Blödsinn. Und zweitens haben wir gerade mal vor zwei Tagen heftiger gevögelt als jemals zuvor."

Ich pruste los, die Lippen immer noch an seinem Hals vergraben. Jetzt erschauert er. „Du bist hinreißend", sage ich und drücke ihm einen Kuss auf den Kiefer. „Absolut hinreißend."

Kapitel 28

Jamie

Ich sterbe. Ganz offiziell.

Liam wieder in meinen Armen zu haben, muss ein Traum sein. Er ist hier, ich bin hier.

Er hat genau das gesagt, was ich hören musste. Er war in der letzten Zeit immer für mich da. Und bei der ganzen Scheiße, die bei mir abgeht – wie kann ich nicht Verständnis für ihn aufbringen? Er musste ebenfalls Scheiße durchmachen. Und was für welche.

Vielleicht bin ich auch nicht mehr stark genug, um nicht mit ihm zusammen zu sein. Zum ersten Mal seit Monaten fühle ich mich wieder wohl in meiner Haut. Wie ich selbst. Und das nur, weil er immer wieder sagt, dass er mich liebt. Er kennt mich. Niemand auf dieser Welt kennt mich so gut wie er.

„Kannst du mir helfen, mich aus meinem Pulli zu befreien?", frage ich leise.

„Deine Hand", gibt er zögerlich zurück und streichelt ganz sanft darüber.

„Trotzdem. Ich will dich spüren. Will deine Haut an meiner."

„Okay." Er lächelt, als er sich langsam über mich beugt und mir die Armschlaufe über den Kopf zieht. „Geht's?"

Ich nicke. „Heute tut es deutlich weniger weh."

Liam nimmt sich Zeit, als er mir den Hoodie auszieht. Ärmel für Ärmel. Erst dann hebt er ihn an. Er selbst trägt wie üblich ein schwarzes T-Shirt mit Rundhalsausschnitt. Er greift sich in den Nacken und zieht es mit einem einzigen Schwung aus.

Ich sehe ihm ehrfürchtig dabei zu. Meine Hand gleitet zu seiner Brust, streichelt über den Drachen, seine Brustmuskeln.

Liam streicht sich seine Haare zurück, die sofort wieder sexy in sein Gesicht zurückfallen. Sie reichen ihm bis zum Ohr. „Ich liebe diese Frisur", sage ich.

„Echt?" Ein Lächeln umspielt seine Mundwinkel.

„O ja!"

Liam beginnt damit, sich meine Brust hinab zu küssen. Er verharrt extra lange an meinem Bauch. Schließlich greift er nach meiner Jogginghose.

Ich hebe den Hintern an, damit er sie ausziehen kann, was er ohne zu zögern tut. Meine Unterwäsche gleich mit.

Sein Blick gleitet kurz nach unten zu meinem Schwanz. Ich bin bereits schmerzlich hart.

Liam zieht sich ebenfalls aus und ich verfluche meine Hand dafür, dass ich das nicht tun kann. Stattdessen sehe ich ihm dabei zu. Sehe ihn an. Auch er ist erregt und sexy und verflucht heiß. Und er gehört mir.

Er sinkt vor mir auf die Knie. Mit großen Augen sehe ich zu, wie er sich über mich beugt und meinen Schwanz in seinen Mund gleiten lässt.

„Heilige Scheiße", stöhne ich.

Er umspielt mich mit seiner Zunge, was Hitzewellen durch meinen Körper befördert.

Ich vergrabe meine Finger in seinem Haar, als er einen quälend langsamen Rhythmus annimmt.

Dennoch entlässt er mich viel schneller als mir lieb ist aus seinem Mund.

„Wie willst du es machen?", fragt er, als er einen Kuss auf die Kuhle zwischen Schambein und Oberschenkel drückt.

„Du kennst die Antwort auf diese Frage."

Liam grinst frech. „Ich hatte gehofft, dass du das sagst."

Er zwinkert mir frech zu. „Bin gleich wieder da." Er verschwindet im Flur und kehrt kurz darauf mit einer Packung Kondome und einer Tube Gleitgel zurück.

Ich pruste los. „Da hatte ja jemand große Erwartungen an diesen Trip."

„Nennen wir es eher eine Traumvorstellung, die sich gerade erfüllt."

Sekundenschnell ist Liam über mir und drückt mich auf die Couch. Ich höre ihn die Tube öffnen. Vorfreude durchströmt mich. Liam gleitet mit seiner Zunge meinen Oberkörper entlang. Genießerisch lasse ich den Kopf nach hinten sinken. Zeitgleich spüre ich Liams Finger an meinem Eingang. Zögerlich und vorsichtig. Da ist dieser Druck. In der ersten Sekunde unangenehm, doch Liam weiß ganz genau, was er da tut. Er bereitet mich vor. So lange bin ich nur ein stöhnendes Etwas unter ihm bin.

Er beißt mir sanft in den Hals. An meiner empfindlichen Stelle.

„Bereit?", fragt er mich mit rauer Stimme. Allein dieser Tonfall sorgt dafür, dass meine Erektion schmerzlich pocht.

Vorsichtig schiebe ich ihn nach oben, bis er sitzt. Ich greife nach einem Kondompäckchen und reiße es auf. Langsam rolle ich das Kondom über seinen Penis. Dann klettere ich auf seinen Schoß. Jetzt habe ich die Kontrolle.

Liams Augen verdunkeln sich. Sein Mund steht leicht offen. Unsere Lippen treffen aufeinander, als ich mich aufrichte. Ich bringe mich in Position und lasse mich ganz langsam auf ihn sinken.

„O Gott", stöhne ich auf, als er mich vollständig erfüllt. „Das fühlt sich so gut an."

Liam greift an meine Hüften und vergräbt seine Hände in meinem Fleisch.

Ich bewege mich auf ihm und schlinge meinen gesunden Arm um seinen Hals. Dabei sehe ich in seine ozeanblauen Augen.

Liam stöhnt innig. Kehlig.

Mein Herz hämmert in meiner Brust. Mein Körper kribbelt. Die Reibung bringt mich beinahe um den Verstand. Ich lehne mich leicht zurück und stöhne Liams Namen, als er genau den Punkt in mir trifft, der mich Sterne sehen lässt. Immer wieder. Ich bewege mich schneller.

„Ja. Jamie, du machst das so gut."

Er küsst meine Brust und nimmt meine Brustwarze in den Mund. Er umspielt sie mit der Zunge. Gänsehaut benetzt meinen Körper. Das Ziehen in meinem Unterleib wird stärker. In meinem Rücken breitet sich ein Kribbeln aus.

„Liam", keuche ich. „Ich liebe dich."

Er fängt meinen Blick wieder ein. Der tosende dunkle Ozean, der mir entgegenblickt, schlägt um sich. Liams Ausdruck ist lustverhangen.

„Du bist einfach perfekt." Seine Worte gehen in einem Stöhnen unter. „Jamie, ich komme gleich."

Ich bewege mich schneller, nehme ihn tiefer auf. Ich beuge mich zu ihm vor und presse meine Lippen auf seine. Er stöhnt genießerisch an meinem Mund. Die Reibung zwischen uns treibt mich auch mich an den Rand des Wahnsinns. Unkontrollierte Laute verlassen meinen Mund.

Und dann explodiert alles in meinem Inneren. Mein Unterleib zieht sich zusammen, als mein Orgasmus mich mit sich reißt. Auch Liam kommt stöhnend zum Höhepunkt.

Ich bewege mich noch weiter, bis ich mich erschöpft auf ihn lehne.

Wir beide atmen schwer. Unsere Haut ist schweißbedeckt.

Ich suche nach einem Gefühl der Unsicherheit. Nach irgendetwas, das falsch ist, doch ich kann nichts finden.

Ich bin glücklich. Also drücke ich meine Lippen auf seine Wange. „Du bist der heißeste Freund, den man sich vorstellen kann." Die Worte kommen von ganz allein, ohne dass ich wirklich Kontrolle darüber habe.

Liam erbebt unter mir. „Freund?", wiederholt er vorsichtig.

Ich zögere eine Sekunde. „Ja. Freund."

Und zum ersten Mal, seit er wieder da ist, macht mir die Vorstellung von uns beiden zusammen keine Angst mehr. Jedenfalls in diesem Moment nicht.

Kapitel 29

Jamie

„Was tust du da?", fragt Liam kichernd.

Er liegt auf einer Luftmatratze und treibt im Wasser umher. Ich sitze am Rand mit den Füßen im Wasser und mache Fotos von ihm. Sein perfekter nasser Körper glitzert in der Sonne und dieses Tattoo ist sowieso viel zu gut.

„Ich mache Fotos von dir."

Liam grinst frech zu mir rüber. „Darf ich als Revanche deinen Arsch fotografieren?"

Ich zwinkere ihm zu. „Tu dir keinen Zwang an."

Er lacht leise.

„Hast du Hunger?", frage ich. „Dann sehe ich mal, was die Vorratskammer so zu bieten hat."

„Klingt gut."

Ich hieve meine Beine aus dem Wasser und komme auf die Füße. Es ist ein warmer Tag, sodass sogar ich mein Shirt ausgelassen habe. Mein Handy lege ich auf dem Küchentisch ab.

Zufrieden sehe ich in den Garten zurück. Heute ist bereits unser dritter Tag und am liebsten möchte ich nie wieder zurück.

Wir haben viel geredet. Es ist, als müssten wir uns gemeinsam wieder auf den neuesten Stand bringen. Uns alles über die letzten Monate berichten. Und wir haben Sex. Viel Sex.

Mein Hintern brennt, aber das ist es verdammt noch mal wert. Ich grinse in mich hinein.

Ein Klopfen an der Tür lässt mich innehalten. Die Haushälterin kommt nicht, da wir hier sind, ebenso wenig Dad. Mit gerunzelter Stirn gehe ich zur Haustür und öffne sie vorsichtig.

„Überraschung!"

Meine Augen weiten sich erschrocken, als ich in die freudestrahlenden Gesichter meiner Freunde sehe. Ethan, Macey, Drew und Justin. Und vom Auto her winkt eine fröhliche Kim, die eine Tasche aus dem Kofferraum holt.

„Was macht ihr hier?", frage ich lachend. Und freue mich wirklich, sie zu sehen.

„Dich besuchen", sagt Macey fröhlich und drückt mir einen Kuss auf die Wange. „Du hast dir tatsächlich die Hand gebrochen. Ich dachte, Justin verarscht uns."

Sie deutet mit dem Kopf auf meine Hand, die wieder in der Schlinge steckt.

„Blödsinn. Ich hab ihr gleich gesagt, dass jede Geschichte, in der du dich verletzt, plausibel klingt." Ethan äfft sie nach und küsst mich ebenfalls auf die Wange. Als letzter betritt Drew das Haus. Er seufzt. „Eine Autofahrt mit den beiden ist die Hölle auf Erden, ich sag es dir."

Ich lache befreit auf. „Ich weiß genau, was du meinst."

Justin steht neben mir. Ich lächle ihm zu. „Schön, dass ihr hier seid." Kurzerhand nehme ich ihn in den Arm.

„Wie geht's dir?", fragt er besorgt.

„Ähm ..." Wie beantwortet man diese Frage. Jetzt gerade geht es mir gut, weil ich meinen Oceanside-Scheiß zu Hause gelassen habe. Dennoch habe ich nicht vergessen, was passiert ist. Allein von Cracker könnte ich nicht mal erzählen, ohne zu heulen.

„Gut, irgendwie", murmele ich deshalb vage.

Meine Freunde tauschen einen Blick.

„Jamie?", ruft Liam aus dem Garten. „Alles okay?"

Kollektives Keuchen um mich herum.

„Ja", rufe ich zurück. „Unsere Freunde haben sich zu einem Spontanbesuch entschieden."

Macey schlägt sich die Hand vor den Mund und hüpft aufgeregt von einem Bein auf das andere. Drew und Ethan grinsen um die Wette. Justin hat seine Stirn gerunzelt.

„Liam ist hier?", fragt Kim, als sie bei uns ankommt. „Er hat gesagt, er muss lernen."

Davon hat er sogar etwas gesagt. Glaube ich.

„Ja." Ich knabbere leicht an der Unterlippe.

„Justin hat uns erzählt, dass du dich hier versteckst, und da dachten wir, wir muntern dich ein wenig auf. Aber anscheinend ..." Ethan deutet hinter mich und grinst breit.

Ich folge seinem Blick. „Oh."

Der Couchtisch. Kondompäckchen liegen darauf verteilt. Viele. Die Tube Gleitgel liegt daneben. Ich rümpfe die Nase und sehe wieder zu meinen Freunden.

„Sieht so aus, als hätte Liam das mit dem Aufmuntern ziemlich ernst genommen." Ethan lacht dreckig. „Also ich liebe dich wirklich Bro, aber ich werde zur Aufmunterung nicht mit dir schlafen, sorry."

Ich pruste los. „Danke, darauf hätte ich auch verzichtet." Ethan wedelt mit seinem Zeigefinger vor meiner Nase herum. „Du könntest froh sein, mich zu kriegen."

Liam erscheint in der Tür zur Terrasse. Seine Haare hängen ihm nass in die Stirn und auf seiner Brust perlen Wassertropfen herunter. Um seine Hüften hat er sich ein Handtuch geschlungen.

„Hey, Leute", begrüßt er unsere Freunde. Seine Mundwinkel sind nach oben gezogen und seine Augen strahlen.

„Jetzt komme ich mir ein bisschen überflüssig vor", kommentiert Kim. „Wir stören doch total."

„Quatsch", widerspreche ich sofort. „Ihr stört überhaupt nicht. Ich freue mich, dass ihr hier seid. Habt ihr Badesachen eingepackt?"

„Was denkst du denn", fragt Drew augenverdrehend. „Natürlich haben wir."

„Gut", sage ich lachend. „Ich kann zwar dank meiner gebrochenen Hand nicht in den Pool, aber ich bin hervorragend im Reinschubsen."

„Warum ist deine Hand gleich gebrochen?", fragt Macey.

„Wir haben Wetten laufen, weißt du." Ethan legt Macey eine Hand um den Nacken, die sie sofort genervt von sich schiebt und ihm einen bösen Blick zuwirft.

Ich seufze. „Hab jemandem eine reingehauen und weiß leider nicht, wie man das macht."
Stille.
Dann reden alle gleichzeitig.
„Du hast jemanden geboxt?", fragt Drew ungläubig. „So richtig?"

„Na, eben nicht richtig, deshalb hat er sich ja die Hand gebrochen“, widerspricht Ethan. „Hast du nicht zugehört?“

„Ich war mir sicher, dass du im Garten deiner Grandma auf dem Trampolin warst.“ Drew schüttelt mit dem Kopf. „Ich war mir so richtig sicher.“

„Ich dachte, er hätte eine blöde Mutprobe am College angezettelt und sich dabei verletzt“, wirft Macey ein.

„Besser als Justin“, sagt Ethan. „Er dachte, dass du betrunken im Wohnheim die Treppe runtergefallen wärst. Dabei wissen wir alle, dass du betrunken phänomenal gut laufen kannst.“

Belustigt sehe ich zu Justin. Warum ist er so ruhig? Leider verrät mir sein Gesichtsausdruck nichts.

„Und worauf hast du gewettet?“, wende ich mich schließlich an Ethan.

Er zuckt mit den Schultern. „Ich habe auf dein Talent fürs Verletzen gesetzt. Ich dachte, du wärst hingefallen.“

Ich lache laut.

„Also ich will ja nichts sagen“, grätscht Kim dazwischen. „Aber ich war die Einzige, die gesagt hat, dass er irgendwo gegengehauen hat.“

„Du hast von einer Wand geredet“, kommentiert Drew trocken.

„Spielt doch keine Rolle.“ Sie winkt ab.

„Was ist an diesem College passiert?“, fragt Macey schließlich. „Du hast wirklich jemanden geschlagen?“

Mein Lachen erstirbt. Stattdessen verziehe ich das Gesicht.

„Was ist nicht passiert, müsste es wohl eher heißen."
Ich seufze. „Lasst uns raus gehen. Mit einem Bier bekomme ich vielleicht einen Teil des Wochenendes erzählt."

***

Ich habe Spaß. Wir lachen ununterbrochen und ziehen uns gegenseitig auf. Es ist richtig, dass wir alle wieder zusammen hier sind. Die gespaltene Gruppe war scheiße. Ich ohne meine Freunde … das war scheiße. Kein Wunder, dass ich mich die letzten Monate nicht wie ich selbst gefühlt habe. Ein wichtiger Teil von mir hat gefehlt.

„Kommt schon, das ist eklig", beschwert sich Liam. Er sitzt dicht hinter mir. Immer wieder drückt er mir kleine Küsse auf die Schulter.

Ethan und ich haben einen Wettstreit am Laufen, wer von uns die meisten sauren Gurken in seinen Mund stecken kann.

„Dach ich nich eklich", verneine ich und verschlucke mich beinahe. Ethans Ausdruck ist verkniffen. Er will gewinnen. Ebenso wie ich.

„Für so einen Quatsch bin ich jetzt extra hergefahren?", ruft Drew in die Runde.

„Lass sie doch." Macey beobachtet uns zufrieden. „Ist doch süß, wie Ethan immer wieder versucht, Jamie zu schlagen und denkt, dass er es könnte."

Entrüstet reißt dieser nun den Kopf herum. Gurken fallen aus seinem Mund. „Was redest du?", fragt er entrüstet. „Die Marshmallow-Wette habe ich gewonnen!"

322

„Und diese hast du verloren." Macey grinst triumphierend und deutet auf die Gurken in seinem Schoß.

Ethan steht der Mund offen. „Das hast du mit Absicht gemacht?" Fassungslosigkeit steht ihm auf die Stirn geschrieben.

Sie wirft ihm einen Handkuss zu. „Gern geschehen, Arschloch."

Das Ganze endet in einer Diskussion der beiden. Der Wettstreit scheint für Ethan vergessen zu sein.

Ich nehme die Gurken aus meinem Mund und lege sie auf meiner Hand ab. Dann futtere ich sie nach und nach auf.

Liam kichert hinter mir.

„Was?", frage ich leise.

„Ich liebe es, dich so zu sehen", raunt er mir ins Ohr, das Kinn auf meiner Schulter.

„Wie denn?"

„So jamie-mäßig."

Ich lache leise. „Jamie-mäßig? Ist das ein Adjektiv?"

„Klar ist das ein Adjektiv." Ich spüre Liams Grinsen.

Ich lehne mich zurück. „Es ist schön, sich nicht vor den anderen zu verstecken, oder?"

Liam streichelt mir mit der Hand über den Rücken. „Es ist wunderbar."

Ich genieße noch einen Moment lang seine Berührungen. Dann löse ich mich vorsichtig und stehe auf.

„Wohin gehst du?", fragt Liam stirnrunzelnd.

„Bier holen. Ich würde dir gerne eins mitzubringen, aber wir wissen beide, dass ich nicht zwei tragen kann."

Liam nickt grinsend.

Ich gehe in die Küche. Ein Hochgefühl durchströmt mich. Ich glaube, dass so langsam alles wieder normaler werden kann. Sicher wird es auch wieder schwierig. Insbesondere mit meinem Vater, der sich nicht plötzlich ändern und mich lieben und akzeptieren wird. Aber ... ich habe meine Mom. Meine Freunde. Und Liam.

Am Küchentresen gelehnt, finde ich Justin. Er hat ein Bier in der Hand und scheint sich hier zu verstecken.

„Hey", murmele ich leise. „Was machst du hier?"

„Gar nichts." Er wirkt unzufrieden. Und gedankenversunken.

Ich beäuge ihn. Seine Lippen sind zu einer schmalen Linie zusammengezogen.

„Was ist los?", frage ich.

„Nichts. Alles gut." Sein Tonfall verrät, dass sehr wohl etwas ist.

Besorgt gehe ich zu ihm rüber und bleibe schließlich vor ihm stehen. „Rede mit mir."

Justin seufzt. „Besser nicht."

„Komm schon. Wir sind Freunde. Du kannst mit mir reden."

Er nickt ein paar Mal und tritt mehrmals von einem Fuß auf den anderen. „Also du und Liam, ja?"

Verwirrt runzle ich die Stirn. „Was?"

„Liam. Du hast ihm verziehen?", fragt Justin unzufrieden.

„Ich ... ja."

Er schüttelt den Kopf. „Unglaublich."

„Wieso reden wir darüber?" Ich check's nicht. „Sag mir lieber, was bei dir los ist."

Justin atmet tief durch. „Wieso hast du ihm einfach so verziehen? Warum so plötzlich?"

„Ich ... weil ich ihn liebe", antworte ich überfordert.

Ein Ausdruck von Schmerz spiegelt sich in seinen Augen.

„Was ist ...", setze ich an.

„Du hast mir gar keine Chance gelassen, oder?" Ein Vorwurf schwingt in seiner Stimme mit.

„Bei was?" Ich bin verwirrt. „Was für eine Chance?"

Justin flucht leise. Er schließt den Abstand zwischen uns und küsst mich.

Ich reiße den Kopf zurück. „Was tust du da?", frage ich entsetzt.

Er zuckt zurück. Schluckt sichtbar. „Das habe ich gemeint."

Endlich dämmert mir, wovon er redet. Warum er über Liam und mich spricht.

„Scheiße", stoße ich aus.

Justin lacht freudlos. „Ja. Scheiße." Er klingt traurig. Ich will ihn nicht traurig machen. Ich will nicht, dass er traurig ist. Justin war in den vergangenen Monaten meine größte Stütze. Ohne ihn wäre ich verloren gewesen.

„Ich wusste nicht, dass du Gefühle für mich hast", sage ich ehrlich. „Wenn ich es gewusst hätte, hätte ich nicht ... wir hätten nicht ..." Ich weiß nicht, wie ich den Satz beenden soll.

„Ist schon gut. Es ist nicht deine Schuld."

„Aber ... ich hätte etwas merken müssen."

Justin schüttelt den Kopf. „Wie denn? Ich stehe seit Jahren auf dich."

Ich blinzele verblüfft. „Wirklich?"

„Du hast keine Ahnung, wie großartig du bist, oder?"

Mein Gesicht verzieht sich von selbst. „Komm schon, das ist Quatsch. Ich benehme mich die meiste Zeit wie ein unreifer Achtjähriger."

„Und du hast ein gutes Herz." Justin betrachtet mich traurig. „Ich habe mir eingebildet, dass das zwischen uns was werden kann."

Ich presse die Lippen zusammen. Justin und ich ... nein. Das hatte zu keinem Zeitpunkt eine Chance. Wenn ich von seinen Gefühlen gewusst hätte, hätte ich nie mit ihm geschlafen. Niemals.

„Es tut mir leid", sage ich aufrichtig. „Du bedeutest mir wahnsinnig viel, Justin."

Er lächelt traurig. „Ich wünschte ich könnte dir sagen, dass ich dich nie wieder sehen will, aber das ist Schwachsinn. Ich will dich sehr wohl sehen."

Wie verhält man sich in so einer Situation richtig?

„Darf ich dich in den Arm nehmen?", frage ich schließlich.

„Bitte."

Also umarme ich ihn. Fest.

„Ich hoffe, dass du mit ihm glücklich wirst", flüstert Justin mir ins Ohr.

„Ich auch", stimme ich ihm zu. „Und ich bin nicht der Richtige für dich, weißt du? Der Richtige kommt noch."

„Das bezweifle ich stark."

„Dann muss ich eben für uns beide daran glauben. Ich weiß, dass es so ist. Er ist zwar nicht heißer als ich, aber man kann nicht alles haben."

Justin lacht an meinem Hals, wenngleich es ein wenig erstickt klingt. Ich bin mir sicher, ein Schniefen gehört zu haben.

„Kannst du Liam bitte nicht erzählen, dass ich dich geküsst habe?", fragt er, als wir uns voneinander lösen.

„Warum das?", frage ich irritiert.

„Hm", äußert er leise und legt den Kopf schräg. „Als ich ihm erzählt habe, dass wir beide was hatten, war er ziemlich wütend."

Ich nicke ihm zu, auch wenn ich nicht vorhabe es umzusetzen. Ich werde Liam davon erzählen. Auf jeden Fall. Keine Geheimnisse mehr.

„Wollen wir zu den anderen gehen?", schlage ich ihm vor. „Wir verpassen die Live-Diskussionen und Neckereien von Ethan und Macey."

Justin verdreht lachend die Augen. „Die beiden sollten mal vögeln."

„Meine Rede!"

Justin wirft mir noch ein trauriges Lächeln zu und dann gehen wir zurück zu unseren Freunden.

Kapitel 30

Liam

Jamie sitzt auf mir. Nackt. Seine Hüften bewegen sich in kreisenden Bewegungen. Ich trage nur eine Boxershorts, aber selbst die ist zu viel. Doch ich schaffe es nicht, Jamie von mir zu schieben. Dafür fühlt es sich viel zu gut an. Wir sitzen auf der Couch im Wohnzimmer, die für mich irgendwie an Bedeutung gewonnen hat.

„Ich liebe unsere Freunde", keuche ich und küsse seine Brust. „Aber ich liebe auch, dass sie wieder weg sind."

Sie sind heute nach dem Frühstück aufgebrochen. Es ist unser letzter Tag, was bedeutet, dass Jamie und mir nur noch ein paar Stunden bleiben, die wir allein genießen wollen. Danach holt uns das Leben wieder ein.

Ich vergrabe meine Hände an seinem Hintern. „Dein Arsch ist perfekt", raune ich ihm zu.

Jamie bringt mich mit seinen Lippen zum Schweigen. Er erobert meinen Mund mit seiner Zunge und stößt ein zufriedenes Seufzen aus.

„WAS ZUM TEUFEL!"

Erschrocken fahren wir auseinander. Jamie sieht über mich hinweg. Seinem Gesicht entweicht sämtliche Farbe. „Mom?", fragt er fassungslos.

Scheiße. Mein Herz bleibt stehen. Das hier darf nicht passieren. Nicht auf diese Weise.

„Was ist hier los, verdammt noch mal?" Beverlys Stimme überschlägt sich.

„Raus hier!", brüllt Jamie, mindestens ebenso schrill.

„Wie bitte? Geh runter von ihm!"

Wut gleitet über Jamies Gesicht. „Mom, ich bin nackt. Ich werde jetzt nicht von ihm runtergehen."

„Du ... großer Gott." Beverlys Stimme ist nicht wiederzuerkennen. Es klingt, als würde sie die Hände vor dem Gesicht zusammenschlagen. „Ich drehe mich jetzt um. Und dann zieht ihr beiden euch an. Sofort!"

Jamie presst seine Lippen zusammen und klettert von mir herunter. Schweigend ziehen wir uns etwas über, wobei ich Jamie helfen muss in seinen Pullover zu kommen.

Das hier ist ... schrecklich. Und peinlich.

„Fertig." Jamie klingt passiv aggressiv. Irgendwie nicht verwunderlich. Würde mein Dad reinplatzen und dann nicht wieder gehen, würde ich ebenfalls so reagieren. Da es aber Beverly ist, bin ich vor allem eingeschüchtert.

Sie dreht sich wieder zu uns herum. „Was ist hier bitte los?"

Jamie verschränkt die Arme, antwortet aber nicht.

„Ich erlaube euch herzukommen, weil es dir schlecht geht, Jamie, und ihr feiert in der Zeit irgendwelche Orgien?" Sie deutet auf den Tisch.

„Wir feiern keine Orgien, Mom!", widerspricht Jamie heftig. „Warum platzt du einfach hier rein?"

„Ist das alles, was dir dazu einfällt?", brüllt Beverly. „Dass ich deine Privatsphäre missachtet habe?"

„Ja!", brüllt er zurück. „Wärst du nur fünf Minuten später reingeplatzt, hättest du uns mitten beim Sex erwischt."

„O mein Gott", stammelt Beverly. „Sex. Gott. Ich wusste nicht mal, dass du schon Sex hast."

Jamie schüttelt verständnislos seinen Kopf. „Da kommst du ungefähr vier Jahre zu spät."

Meine Stiefmutter fängt an, wie eine Irre hin und her zu laufen. Immer wieder.

„Ich glaube das einfach nicht. Wieso … ich meine … ihr seid Brüder!"

„Wir sind keine Brüder!", rufen Jamie und ich zeitgleich. Jetzt verschränke auch ich meine Arme.

„Wir haben nichts Falsches getan, Beverly."

Ihr Kopf schießt zu mir herum. „Ach, nein? Dann hattet ihr also keinen Sex? Dann habt ihr die Zweisamkeit in Tijuana also nicht gnadenlos ausgenutzt?"

Jamie schnaubt. „Was tut das zur Sache? Sex haben wir auch zu Hause." Der Satz macht es nicht besser. Wenn möglich wird sie noch blasser.

Beverly schnappt nach Luft. „O Gott. O Gott. Wie lange geht das bitte schon?"

„Eigentlich schon von Anfang an." Jetzt ist Jamie kleinlaut.

„VERDAMMT NOCH MAL!", schreit Beverly. „WAS ZUM TEUFEL SOLL DAS?"

„Mom …"

„NEIN! DAS HÖRT AUF UND ZWAR SOFORT!" Ihre Stimme hallt von den Wänden wider, so laut schreit sie uns an. Ich bin fassungslos. Niemals hätte ich so eine Reaktion erwartet.

„Was?", ruft Jamie. „Nein!"

Mir steht der Mund offen.

Beverlys Gesicht nimmt einen harten Ausdruck an. Von der fröhlich sarkastischen Frau ist im Augenblick nicht viel übrig.

„Ich werde das nicht hier diskutieren." Sie wendet den Blick von dem Tisch ab. „Packt eure Sachen. Wir fahren umgehend nach Hause! Und wenn ihr etwas dagegen sagt, dann haben wir ein riesengroßes Problem, das schwöre ich euch!"

Jamie schnaubt unzufrieden, kommt aber ihrer Aufforderung nach, ebenso wie ich. Stumm agieren wir nebeneinander. Wir holen unsere Rucksäcke aus dem Schlafzimmer und stopfen alles, was wir finden, hinein. Weil ich nicht weiß, was ich sonst tun soll, nehme ich die Kondome vom kleinen Tisch im Wohnzimmer und schmeiße sie ebenfalls in meine Tasche. Der strafende Blick von Beverly entgeht mir nicht. Ich mache mich kleiner.

Das ist so verdammt peinlich – alles. Und es macht mir Angst.

Als ich fertig bin, sehe ich mich unschlüssig um. Meine Stiefmutter empfängt mich mit verschränkten Armen an der Tür. Schließlich kommt auch Jamie zu uns gelaufen.

Beverly holt tief Luft, bevor sie anfängt zu sprechen. „Wir werden jetzt nach Hause fahren. Jamie, du kommst mit mir."

Mein Herz rutscht mir in die Hose.

„Nein“, widerspricht Jamie. Er klingt schon deutlich weniger aggressiv als eben noch. „Ich möchte mit Liam fahren.“

„Kannst du meiner Bitte jetzt einfach nachkommen?“

„Mom, komm schon. Wir fahren im Auto direkt hinter dir, was sollen wir da schon tun?“

Sie ringt sichtlich mit sich. Sie presst die Lippen zusammen. „Direkter Weg. Ihr fahrt umgehend nach Hause, ohne einen Zwischenstopp einzulegen. Verstanden?“

„Ja“, antworte ich kleinlaut. Noch nie war ich von ihr so eingeschüchtert.

Gemeinsam trotten wir zum Auto. Niemand sagt etwas. Beverly beobachtet jeden unserer Schritte. Wir verstauen unsere Taschen auf dem Rücksitz und schließen endlich die Autotüren. Der Knall ist ohrenbetäubend laut. Noch immer herrscht betretenes Schweigen. Das ändert sich auch während der Autofahrt nicht. Ich klammere mich an das Lenkrad und fahre Beverly hinterher, peinlich genau darauf bedacht, sie auf keinen Fall aus den Augen zu verlieren.

Meine Hände kribbeln unangenehm, während auf meinem Herzen ein unangenehmes Gewicht liegt. Es drückt mich nach unten.

„Ich fasse es nicht, dass das passiert“, murmelt Jamie in die Stille hinein. „Ich kann einfach nicht glauben, dass meine Mom es so rausfindet. Stell dir nur mal vor, sie wäre nur zehn Minuten später hereingeplatzt.“ Seine Stimme gleicht eher einem Flüstern.

Ich räuspere mich, da ich mit einem Mal einen Kloß in meinem Hals habe. „Sie sah verdammt wütend aus.“

„Ich weiß. Ehrlich gesagt macht mir das eine scheiß Angst."

Shit. Jamie hat zwar immer gesagt, dass seine Mom es nicht so gut aufnehmen würde, aber ich schätze, ich habe es nie wirklich geglaubt. Beverly ist eine fantastische Mom. Jamie hat mir erzählt, dass sie genau die richtigen Worte für sein Outing gefunden hat. Und jetzt soll sie so wütend auf uns sein?

„Was denkst du, wird jetzt passieren?", frage ich vorsichtig. Will ich die Antwort überhaupt hören?

„Ich habe nicht die geringste Ahnung. Eigentlich hoffe ich auf eine Menge Geschrei und dann ... ich weiß nicht. Dann ist es okay?"

Ich nicke langsam. „Sie wird es meinem Dad erzählen. Mittlerweile weiß ich nicht mehr, wie er reagieren wird."

Im Augenwinkel nehme ich wahr, wie Jamie die Stirn runzelt und seinen Blick zu mir wendet. „Was denkst du, wie er reagieren wird?"

Ich atme schnaubend aus. „Das ist ja das Komische – ich weiß es nicht. Irgendwie habe ich das Gefühl, dass das mit uns so schnell so viel war, dass ich immer angenommen habe, dass es für alle keine große Sache sein wird. Ich checke glaube ich jetzt gerade erst, dass es das vielleicht doch ist."

Ich fühle mich dumm. Hätte ich mehr über die Konsequenzen nachdenken müssen? Alles war so Hals über Kopf.

Jamie gibt einen gequälten Laut von sich. „Ich habe ein ganz mieses Gefühl."

Weil ich nicht anders kann, greife ich nach seiner Hand und verschränke unsere Finger miteinander.

„Ich liebe dich“, sage ich aufrichtig.

„Ich liebe dich auch“, erwidert er sofort, ohne auch nur eine Sekunde darüber nachdenken zu müssen.

Viel schneller als mir lieb ist, erreichen wir Oceanside. Und viel zu schnell kommt unser Haus in Sicht. Sekündlich verspanne ich mich mehr. Möglicherweise zerquetsche ich auch Jamies Hand, die ich die gesamte Fahrt nicht losgelassen habe.

Direkt hinter Beverly bleibe ich stehen. Jamie und ich lösen unsere Finger voneinander, sehen uns aber an.

„Das wird eine Katastrophe, oder?“, murmelt Jamie.

Ich zucke hilflos mit den Schultern. „Lass es uns herausfinden.“

Eigentlich will ich ihm zustimmen. Ihm ebenfalls sagen, dass auch ich denke, dass wir im Sturzflug auf ein Desaster zusteuern, aber ich bekomme die Worte nicht über die Lippen. Ich will positiv bleiben. Jamie und ich haben genug Scheiße durchgestanden, was macht da ein bisschen Eltern-Drama?

„Wir packen das“, schiebe ich hinterher.

Jamie lächelt schwach. „Dein Wort in Gottes Ohren.“

Ich zucke zusammen, als es neben mir heftig an die Scheibe klopft. Beverly macht unschwer auf sich aufmerksam.

Der Kloß in meinem Hals wird dicker und dicker. Ich schnappe mir meine Tasche vom Rücksitz und steige aus.

Kapitel 31

Liam

Im Haus scheint alles so wie immer zu sein. Dieselben Möbel. Derselbe Duft. Dieselben Personen. Und doch ist alles anders. Das Gefühl von Zuhause fehlt. Die Geborgenheit.

Dad sitzt im Wohnzimmer am Esstisch und liest in einer Tageszeitung, was er täglich tut. Ich liebe, dass er seine Zeitung in der gedruckten Form präferiert und nicht auf die Online-Version zurückgreift. Er sieht überrascht auf, als wir nacheinander das Wohnzimmer betreten. Seine Stirn legt sich in Falten. „Was macht ihr denn plötzlich hier? Ich dachte, ihr wolltet erst morgen zurückkommen?"

Ich schweige, ebenso wie Jamie.

Beverly ringt um Worte. Sie setzt sich neben meinen Vater an den Tisch, vergräbt das Gesicht in ihren Handflächen. Sie seufzt gequält.

„Was ist passiert?" Jetzt ist mein Dad alarmiert. Abwechselnd sieht er von Beverly zu uns und scheint schließlich zu dem Schluss zu kommen, dass wir etwas verbrochen haben. Was wir nicht haben. Oder?

„Was habt ihr angestellt?“ Nun klingt seine Stimme schärfer.

Ich würde am liebsten laut hinausbrüllen, dass wir nichts Falsches getan haben, aber die Worte bleiben mir im Halse stecken. Auch Jamie bleibt stumm. Wie sollen wir die Situation bitte erklären?

Dads Augenbrauen schießen in die Höhe. „Ist es so schlimm?“ Er wartet ab und reißt schließlich die Arme nach oben, da ihm noch immer niemand antwortet.

Jamie und ich stehen nebeneinander wie Schulkinder, die zum Direktor zitiert wurden.

„Beverly?“ Nun wird er ungeduldig.

Sie nimmt die Hände vom Gesicht und verschränkt sie unter ihrem Kinn.

Sie lacht freudlos auf. „Ich weiß nicht mal, wo ich anfangen soll, Jeff.“

„Okay“, antwortet er sichtlich überfordert. „Dann einfach ... irgendwo?“

„Fein.“ Sie schließt die Augen für einen kurzen Moment und nickt schließlich. „Die beiden haben die Zeit allein in Tijuana ausgenutzt um ... Sex zu haben.“ Der letzte Teil kommt ihr nur schwer über die Lippen. Mich schüttelt es. Es ist gruselig, dass die beiden darüber reden.

Dads Gesichtszüge entgleiten ihm. „Was?“, fragt er entsetzt. „Mit wem?“

Hä?

Beverly runzelt die Stirn. „Miteinander!“, bricht es aus ihr heraus.

Mein Vater legt den Kopf schief und lässt die Worte auf sich wirken. Plötzlich zieht er scharf die Luft ein. „WAS?“, entfährt es ihm. „Du meinst ...“

„Ja", presst Beverly hervor. „Genau das."

„Oh." Er lehnt sich in seinem Stuhl zurück. Fassungslosigkeit steht in seinem Gesicht geschrieben. „Das ist … oh." Er wirkt überfordert.

Ich bringe nur ein Kopfschütteln zustande. Meine Schultern sacken zusammen. Jamie anzusehen, traue ich mich nicht.

„Das ist …" Dad ringt um Worte, scheint sie aber nicht zu finden.

„Es geht nicht!", sagt Beverly mit dünner Stimme.

„Ihr seid Brüder", beteuert Dad. „Ihr könnt nicht miteinander … das geht wirklich nicht."

Ich zucke zusammen.

„Wir sind nicht verwandt." Jamie meldet sich zu Wort, wenn auch nicht weniger kleinlaut als ich.

„Was spielt das für eine Rolle?", fragt Beverly. „Wir sind eine Familie."

Darauf fällt mir keine Erwiderung ein. Denn damit hat sie recht.

„Das muss aufhören." Die Worte meiner Stiefmutter kommen leise über ihre Lippen, dennoch knallen sie durch die Luft wie Peitschenhiebe und schneiden tief in mein Fleisch. So viel ist falsch daran.

„Nein! Mom, du verstehst das nicht", sagt Jamie verzweifelt.

„Natürlich verstehe ich es, Jamie. Ihr seid jung und ihr mögt euch", unterbricht sie ihn.

„Hör mir doch wenigstens zu." Jamie wird lauter. „Warum verurteilst du alles, ohne eine Ahnung von irgendwas zu haben?"

„Bist du dir überhaupt über die Konsequenzen deines Handelns bewusst, Jamie? Hast du dir auch nur einen

Moment lang überlegt, was deine Entscheidungen für andere Menschen bedeuten außer dir selbst?" Beverly steht ebenfalls auf.

„Ich ... ja", stammelt Jamie.

„Nein", hält sie dagegen. „Du hast einfach getan, worauf du Lust hattest. Du hast nicht über die Konsequenzen nachgedacht, keiner von euch!" Sie streicht sich grob ein paar Strähnen aus ihrem Gesicht.

„Woher willst du das wissen?", fragt Jamie leise.

Beverly seufzt laut. „Ihr seid achtzehn Jahre alt. Es mag euch nicht bewusst sein, aber Sex ändert alles. Sex macht die Dinge kompliziert. Und ob ihr es nun wollt oder nicht – wir sind eine Familie. Wir passen aufeinander auf. Was ihr getan habt, gefährdet unsere Familie."

„Warum?" Das Wort verlässt meine Lippen und klingt eher wie ein Wispern.

Ich fühle mich missverstanden. Und doch fehlen mir die Worte, um mich zu erklären.

„Was, wenn ihr euch, wer weiß wie, gegenseitig verletzt? Wenn ihr wütend aufeinander werdet? Was, wenn der Spaß plötzlich vorbei ist?", fragt mein Vater. „Wenn ihr euch am Ende hasst?"

„Das passiert nicht", beteuert Jamie. „Wir hatten bereits Streit und konnten alles aus der Welt schaffen."

Beverly reißt den Kopf nach oben. „Wie meinst du das?"

Mein Blick gleitet zu Jamie, der sich auf die Unterlippe beißt, so als hätte er zu viel gesagt.

Seine Mom mustert ihn ausgiebig, die Augen leicht zusammengekniffen wie ein Detektiv, der dem Rätsel auf der Spur ist.

„Bitte sagt mir, dass das zwischen euch nicht der Grund ist, warum ihr in letzter Zeit so neben der Spur wart", sagt meine Stiefmutter beinahe flehend.

Ein Stich durchfährt meine Brust. Ich bin unfähig darauf zu antworten. Liegt es nicht sowieso auf der Hand?

„Deshalb bist du gegangen, Liam?" Mein Vater ist aufgebracht. Seine Haare sind bereits zerzaust vom ständigen Haare raufen. Mit einem Mal sieht er um Jahre gealtert aus.

„Ja", sage ich erstickt. Wozu lügen? Sie würden es mir sowieso nicht abnehmen.

Dad und Beverly tauschen einen bedeutungsvollen und schockierten Blick.

„Wie konntet ihr das riskieren?" Dad schüttelt den Kopf. „Wie konntet ihr es so weit kommen lassen? Es geht hier nicht nur um euch, sondern um uns alle. Um unser komplettes gemeinsames Leben."

Ich schlucke schwer. So wie er das sagt, klingt alles so falsch. Doch das ist es nicht.

„Wir werden heiraten", lässt Beverly die Bombe platzen.

„Was?", rufen Jamie und ich im Chor. Wir tauschen einen Blick. Der traurige Ausdruck in seinen Augen macht mich fertig.

Mittlerweile denke auch ich, dass dieses Gespräch in einer Katastrophe enden wird. Die positiven Gedanken haben sich verflüchtigt. In meinem Bauch hat sich ein fetter Klumpen eingenistet. Angst. Ich habe Angst. Alles entgleitet mir.

Beverly lächelt traurig. „Ja. Wir haben uns vor ein paar Tagen verlobt. Ursprünglich hatten wir vor, die

Nachricht beim Familienessen in Oregon zu verkünden, aber ... nun ja."

Die Erinnerungen an diesen schrecklichen Tag helfen kein bisschen.

„Jungs ... ich brauche diese Familie. Ich brauche Jeff. Wir können es nicht wieder so weit kommen lassen wie beim letzten Mal. Bitte. Bitte tut uns das nicht an." Beverly klingt vollkommen verzweifelt.

Das letzte Wort nimmt mir den Wind aus den Segeln. Jamie schnappt nach Luft.

„Wir beide sind unheimlich glücklich, wisst ihr." Beverly sucht erst meinen Blick, dann den ihres Sohnes. „Bitte macht und das nicht kaputt, indem ihr solch unüberlegte Entscheidungen trefft. Macht uns diese Familie nicht kaputt. Beim letzten Mal ist es euch beinahe gelungen. Liam war weg. Ihr beide habt eure Schule vernachlässigt. Jamie ist unglücklich und mürrisch gewesen. Wir brauchen euch bei uns, Jungs. Wir lieben euch und möchten uns nicht zwischen euch Kindern entscheiden müssen."

Der Kloß in meinem Hals ist mittlerweile so heftig angeschwollen, dass selbst das Schlucken nicht mehr möglich ist. Meine Augen brennen heftig.

„Ich möchte mich nicht von Liam fernhalten." Jamie tritt einen Schritt näher zu mir.

„Ich ertrage es nicht meine Familie noch einmal zu verlieren." Beverlys Stimme bricht.

„Jungs. Das zwischen euch muss jetzt vorbei sein. Ich möchte, dass ihr euch erst mal voneinander fernhaltet." Dads Stimme ist schon beinahe sanft.

„Wie bitte?" Meine Kinnlade klappt herunter. „Das ist ein Witz."

„Mir ist nicht zum Scherzen zumute, Liam", gibt Dad zurück. „Diese Situation ist … viel. Ich denke, wir müssen alle erst mal zur Ruhe kommen. Es würde helfen, wenn ihr euch ein paar Tage nicht seht. Damit ihr über diese Situation nachdenken könnt. Und wir ebenfalls. Wir stehen gerade unter Schock."

Fassungslosigkeit durchströmt jede meiner Poren. „Ihr wollt verhindern, dass wir uns sehen?"

„Es ist keine Frage von wollen, Liam. Aber ich denke, es ist das Beste." Verwirrt runzle ich die Stirn und sehe zu Jamie rüber. Er blinzelt ununterbrochen und starrt auf seine Füße. Scheiße. Irgendwas in mir zerbricht.

Kapitel 32

Jamie

Mein Herz klopft mir bis zum Hals. Bereits seit Stunden liege ich wach und bekomme kein Auge zu. Was zur Hölle ist nur passiert?

Ich ärgere mich, dass ich jemals gedacht habe, dass meine Mom damit klarkommen würde. Liam und ich haben so viel Scheiße durchgestanden. Und genau jetzt, wo ich endlich meine Mauern eingerissen habe, türmen sich die nächsten Steine übereinander und machen es uns schwer.

Ich kann nicht mal mehr heulen, ich fühle mich total taub. Meine Hände und Füße fühlen sich nicht wie meine eigenen an.

In mir hat sich eine solche Hilflosigkeit breitgemacht. Alles, was ich will, ist bei Liam zu sein, doch unsere Eltern haben uns tatsächlich inständig gebeten die Zimmertüren aufzulassen. Nicht mal mehr die Privatsphäre eines eigenen Zimmers wird uns gelassen. Und ich bin mir sicher, dass das noch nicht das Ende ist.

Heiraten. Die beiden werden tatsächlich heiraten. Meine Mom hat ihr großes Glück gefunden. Keine einzige Kindheitserinnerung beinhaltet meine Mom, die so glücklich ist, wie sie es mit Jeff ist. Keine.

Das permanente Strahlen ist sein Verdienst.

Ich lege mir einen Arm über die Augen. Mir fehlt Liam. Und mir fehlt Cracker. Und zeitgleich bin ich völlig erschöpft.

Ein Blick auf die Uhr verrät mir, dass es bereits mitten in der Nacht ist. Die geöffnete Tür macht mich vollkommen fertig. Ich fühle mich beobachtet. Ein Klicken lässt mich aufhorchen. Ruckartig setze ich mich auf. Es ist die Badezimmertür, aus der Liam den Kopf herausstreckt. Sofort fährt mein Körper Achterbahn und das taube Gefühl lässt nach. Mein Herz geht auf.

„Was machst …", setze ich an, werde aber sofort von Liam unterbrochen.

„Schh!"

Er winkt mich zu sich heran und deutet mit dem Kopf auf das Badezimmer.

Ich springe so schnell ich kann aus dem Bett, verheddere mich aber in der Decke und kann mich nur mit Mühe auf den Beinen halten. Trotzdem mache ich Geräusche.

Mit hämmerndem Herzen bleibe ich auf der Stelle stehen und bewege mich keinen Millimeter.

Liam sieht mich alarmiert an, wartet aber ab. Wir beide warten, doch von den Erwachsenen ist nichts weiter zu hören.

Erleichtert atme ich auf und tapse auf Zehenspitzen ins Badezimmer. Liam schließt die Tür hinter mir und kurz darauf flüchte ich mich schon in seine Umarmung. Tief atme ich seinen Duft ein und klammere mich mit einer Hand in sein Shirt.

Es waren nur ein paar Stunden und dennoch fühlt es sich an, als hätte ich ihn eine Ewigkeit nicht gesehen.

Liams Arme sind fest um mich geschlungen. Seine warme Haut an meiner spendet mir Sicherheit. Trost. Und zeitgleich irgendwie nichts davon.

Wir lösen uns voneinander und sehen uns für einen Moment überfordert an. Es ist dunkel, von der kleinen Lampe am Spiegel mal abgesehen. Dennoch sehe ich deutlich die dunklen Ringe unter seinen Augen.

„Wie geht's dir?", frage ich flüsternd.

Er lächelt traurig. „Ziemlich beschissen. Dir?"

„Ja." Ich nicke zustimmend. „Kommt hin." Ich seufze. Plötzlich fühlt sich mein Herz wieder bleischwer an. „Setzen wir uns."

Ich lasse mich auf den Boden sinken und lehne mich mit dem Rücken gegen den Waschtisch. Liam folgt mir zögerlich.

Ein paar Minuten schweigen wir. Ich male mit den Fingern das Muster im Fliesenboden nach. Im Augenwinkel bemerke ich, wie Liam mit seinen Fingern spielt.

„Dass sie so heftig reagieren ... das ist ... boah", bricht Liam schließlich das Schweigen. „Sie verlangen einfach so, dass wir uns nicht mehr sehen, ich meine ... das ist doch nicht normal."

Ich lache freudlos auf. „Nichts an unserer Beziehung ist normal. War es von Anfang an nicht."

Keine Ahnung, warum ich diesen Satz sage. Er platzt einfach aus mir hervor.

„Warum sagst du das?", fragt Liam vorsichtig.

Ich ziehe meine Knie an und lege meine Ellenbogen darauf ab. Dann starre ich auf meine Füße.

„Hättest du damals in der Bar geglaubt, dass wir mal zusammen auf dem Badezimmerboden sitzen und flüstern würden, weil unsere Eltern uns den Kontakt verbieten?" Ich stelle eine Gegenfrage, um nicht antworten zu müssen.

Liams Stirnrunzeln ist quasi spürbar. „Das vielleicht nicht. Aber ich wusste, dass wir beide füreinander bestimmt sind."

Ein Lächeln schleicht sich auf mein Gesicht. „Quatsch."

„Doch", betont er. „Wir haben uns in die Augen gesehen und es hat Klick gemacht."

„Stimmt." Ich weiß noch ganz genau, wie mich Liams ozeanblaue Augen sofort in ihren Bann gezogen haben. Er hat mich sofort fasziniert. „Aber ich hatte auch ziemliche Gay-Panik."

Liam lacht leise. „Sicher? Immerhin hast du an diesem Abend mit mir geschlafen."

Ich grinse. „Die Gay-Panik war trotzdem da."

„Zumindest dieses Problem konnten wir lösen. Oder nicht?" Seine Stimmlage wird ernster.

„Ja. Schätze schon."

Wieder kehrt Stille ein. Unangenehme Stille. Die von der Sorte, die nichts Gutes verheißt.

„Was machen wir jetzt?", frage ich endlich. Die alles entscheidende Frage.

„Ich liebe dich!", gibt er zurück.

Mein Hals schnürt sich zusammen. „Ich liebe dich auch. Aber ..."

„Aber was?", fragt Liam panisch.

Ich schlucke. „Meine Mom liebe ich auch."

„Fuck", flucht er. „Wir gehen also vernünftig an die Sache heran?"

„Willst du stattdessen lieber nach Vegas durchbrennen?" Der lahme Versuch eines Scherzes, der am Zittern meiner Stimme scheitert.

„Mit dir würde ich überallhin durchbrennen."

Ich antworte nicht.

„Jamie", sagt Liam. „Rede mit mir."

Ich atme tief durch. „Warum passiert das ausgerechnet jetzt, wo wir uns wiederhaben? Monatelang haben wir nicht geredet. Warum jetzt? Wenn wir endlich glücklich sind? Warum jagt eine Katastrophe die nächste? Warum ist nicht einfach mal alles gut?" Die Verzweiflung ist mir anzuhören.

„Wir bekommen das hin!"

Ich wünschte so sehr, es wäre wahr. Nur zu gerne würde ich ihm glauben.

„Und wie? Indem wir uns nachts heimlich auf dem Klo treffen?", entgegne ich bitter.

„Du willst einfach so das Handtuch werfen?" Liams Stimme wackelt.

„Nein!", betone ich. „Aber ... fuck."

Ich greife mir mit der linken Hand in die Haare und lehne meinen Kopf an den Waschtisch an. „Ich will mit dir zusammen sein. Aber wie kann ich mein eigenes Glück vor Mom stellen? Dein Dad ist toll. Er macht sie so glücklich."

„Sie werden sich dran gewöhnen. Sie müssen einfach."

„Liam, ich kann nicht auch noch meine Mom verlieren." Allein der Gedanke daran bereitet mir körperliche Schmerzen. „Erst Dad. Jetzt Cracker. Dann auch noch Mom. Ich kann nicht."

„Du wirst sie nicht verlieren." Dem Satz fehlt jeglicher Nachdruck. Er scheint selbst nicht überzeugt zu sein.

„Was macht dich so sicher? Du hast sie doch gehört. Am Ende hasst sie mich dafür, dass ich ihr Glück zerstört habe."

Alles in mir zieht mich zu Liam. Ich bin so scheiß verwirrt. Es kommt mir so vor, dass ich das tun muss. Mom hat immer alles für mich getan. Jeden Tag. Sie hat Dad ertragen. Und jetzt hat sie endlich jemanden, der sie so liebt, wie sie es verdient. Der sie wertschätzt und sie zu würdigen weiß. Und ich habe Angst, ihr das wegzunehmen. Wie kann ich ihr das antun?

„Du willst uns ernsthaft aufgeben …" Liam steht auf. Er klingt aufgebracht.

„Nein, das will ich nicht, ich …"

„Doch, das tust du gerade, Jamie. Du tust genau das." Er blickt von oben auf mich hinab und ist sauer.

„Was soll ich denn deiner Meinung nach machen?" Ich werde lauter. „Darauf scheißen, wie es meiner Mom geht? Darauf scheißen, wie es deinem Dad geht?" Ich komme auf die Füße, damit er nicht über mir ist.

„Nicht einfach aufgeben!" Liam hat beide Hände von sich gestreckt.

„Niemand hat gesagt, dass ich einfach aufgebe. Ich versuche nur, das alles klarzukriegen."

„Toll. Dann viel Glück dabei!" Frustriert dreht er sich von mir weg und geht zu seinem Zimmer.

„Verdammt, Liam! Warte."

Doch ehe ich ihn erreiche, wird seine Tür aufgerissen. Jeff steht vor uns. Sein Gesicht ist von purer Enttäuschung gezeichnet.

„Ernsthaft? Es ist mitten in der Nacht, Jungs! Wir haben euch um ein paar Tage Abstand gebeten, damit wir das alle sacken lassen können. Ist das hier wirklich nötig?"

„Schon gut, Dad. Ist kein Thema mehr."

„Liam", sage ich frustriert und verzweifelt und unglücklich. Doch er ist bereits in seinem Zimmer verschwunden.

„Geh bitte ins Bett, Jamie. Bevor deine Mutter aufwacht. Es hat ohnehin schon Stunden gedauert, bis sie eingeschlafen ist."

Das schlechte Gewissen knallt mir wellenartig ins Gesicht und droht mich von den Füßen zu reißen.

Ich drehe mich um und gehe in mein Zimmer zurück. Die offene Tür verspottet mich und signalisiert mir, dass ich keinerlei Privatsphäre habe.

Völlig überfordert setze ich mich auf das Bett.

Ich liebe Liam und will ihn nicht verlieren. Ebenso wenig will ich meine Mom verlieren oder ihr ihr Glück versauen. Mom und Jeff heiraten, verdammt.

Keine Ahnung, was ich tun soll. Es fühlt sich an, als läge die Last mehrerer LKWs auf meinen Schultern. Und jetzt ist Liam wütend auf mich, dabei wollte ich eigentlich nur deutlich machen, dass ich nicht einfach nur an mich denken kann. Ich wollte nicht einfach aufgeben.

Vielleicht hatte Mom recht. Ich habe nicht nachgedacht. Oder nicht genug. Und nun stehe ich da. Unfähig auch nur eine Entscheidung zu treffen.

Kapitel 33

Liam

„Du musst uns nicht fahren", sage ich zu meinem Vater. „Ehrlich nicht."

„Schon gut", murmelt er, ohne den Blick von der Straße zu nehmen.

„Du verstehst das falsch, Dad. Das ist nicht als Dankeschön gemeint." Meine Stimme gleicht eher einem Knurren.

Er wirft mir einen mahnenden Seitenblick zu, aber es ist mir egal.

Scheiß darauf, immer der Nette zu sein. Immer verständnisvoll. Was hat es mir gebracht? Ich habe Jamie schon wieder verloren. Oder vielleicht verloren. Ach, keine Ahnung.

Seit unserem Gespräch vor zwei Nächten hatten wir keine einzige Sekunde allein. Also schweigen wir uns an.

Und unsere Eltern tun so, als wäre alle total in Ordnung, total normal und total toll.

Dabei geht es mir schlecht. So richtig schlecht. Seitdem Beverly Jamie und mich erwischt hat, laufe ich mich Magenschmerzen durch die Gegend. Das Atmen fällt mir schwer. Meine andere Hälfte fehlt. Dabei habe ich sie gerade erst zurückbekommen.

„Kannst du uns wenigstens vorher rauslassen?", frage ich unzufrieden an meinen Dad gewandt.

„Nein. Sei nicht albern."

Ich stöhne gequält auf. „Wir gehen zu einem Treffen von *Save the Oceans*. Es ist peinlich, dass du uns direkt dort ablieferst. Es ist lächerlich, dass du uns nicht einfach allein hast fahren lassen. Zumal es früh morgens ist."

„Ich möchte euch nur fahren, weil ich stolz auf euch bin, das ist alles."

Sicher.

Ich sehe in den Rückspiegel und warte auf irgendeine Reaktion von Jamie, doch er sieht stumm aus dem Fenster, den Kopf an den Sitz gelehnt. In der Position verharrt er bereits, seit wir losgefahren sind.

Mittlerweile kenne ich ihn gut genug, um zu wissen, dass es auch ihm nicht gut geht.

Fuck, ich bin so hilflos. Und wütend. Auf meinen Dad. Auf Beverly. Sogar auf Jamie, wegen dem, was er gesagt hat. Hat er unsere Beziehung offiziell beendet?

Eigentlich weiß ich gar nichts mehr.

„Peinlich wäre es, wenn ich noch deine Hand halte und dir eine Lunchbox mitgebe", witzelt Dad.

Ich verziehe angewidert das Gesicht und sehe ihn entgeistert an. „Witze? Ehrlich?" Die kann er sich sonst wohin schieben.

„Ich versuche doch nur mich normal verhalten", verteidigt er sich. „Und es nicht noch seltsamer zu machen."

Jamie rührt sich noch immer nicht. Als wäre er weggetreten.

Ich schnalze mit der Zunge. „Tja, Überraschung, Dad. Nichts ist hier mehr normal."

Schon gar nicht, dass das Thema komplett totgeschwiegen wird. Ich habe versucht mit meinem Vater zu reden, ihm meine Gefühle zu erklären, doch er hat mich nicht gelassen. Jeden Versuch hat er abgeblockt. Und das kann ich einfach nicht hinnehmen. Zwischen Dad und mir lief es noch nie so ab. Meine Meinung hatte immer Gewicht. Immerhin hat er mich so großgezogen. Und jetzt plötzlich zählt das alles nicht mehr, nur weil er verliebt ist? Ich bin es auch.

Die Situation ist abgefuckt. Aber deshalb wäre sie noch lange nicht aussichtslos, wenn sich alle wie Erwachsene verhalten würden. Aber momentan glaube ich, dass ich der Einzige bin, der das kann.

Dad biegt auf den Parkplatz ein, der sich natürlich genau neben unserem Treffpunkt am Hafen befindet.

Mein Vater schnallt sich ab.

„Was tust du da?", frage ich entsetzt.

Er macht große Augen. „Ich steige mit euch aus."

Ich fluche leise. Eigentlich spielt es jetzt auch keine Rolle mehr. „Schön", sage ich murrend.

Meine Autotür knalle ich heftiger zu, als beabsichtigt. Ohne zu meinem Vater zurückzusehen, gehe ich auf die Gruppe zu, die schon recht vollständig aussieht.

Macey schenkt mir ein kurzes Lächeln, geht aber direkt an mir vorbei. Verständlich. Immerhin ist Jamie irgendwo hinter mir.

Mit einem Mal wünschte ich, Drew wäre hier. Aber nein – als Sahnehäubchen obendrauf mache ich Justin in der Gruppe aus, der mit hochgezogenen Augenbrauen zu mir sieht. Toll.

Der Buschfunk ist wohl nicht zu ihm durchgedrungen.

Mit verschränkten Armen stelle ich mich so weit wie möglich nach hinten. Eigentlich wollte ich heute nicht mal herkommen. Dad hat mich gezwungen.

„Guten Morgen, Leute", ruft Logan quer über die Menge. „Heute ist ein wunderschöner Tag, um Tiere und Meere zu retten." Er grinst breit und wartet auf irgendwas. Einige von uns lachen laut.

Verwirrt sehe ich mich um.

„Kommt schon, Leute. Grey's Anatomy? Mc Dreamy?"

Was für ein Ding?

„Diese Arztserie", murmelt das Mädchen neben mir.

Oh. Okay. Ich nicke ihr dankbar zu.

Logan scheint sich nicht davon beirren zu lassen, dass einige von uns seine Anspielung nicht kapieren. Er wirkt genauso zufrieden mit sich wie beim letzten Mal. Die *Save the Oceans* Cap trägt er falschherum und er steckt in einem Muskelshirt, dessen Armausschnitt so weit nach unten reicht, dass man echt viel von seinem Körper sehen kann.

„Heute steht eine kleine Boots-Tour an. Wir werden in Gruppen zusammen nach Catalina Island fahren, um Müll zu sammeln", sagt sein Kollege Niall schließlich. „Außerdem wurde uns von ein paar Schildkröteneiern berichtet, die wir kennzeichnen werden."

„Und nur um das mal klarzustellen – ihr könnt euch nicht alle um die Schildkröten kümmern. Die ganze Insel quillt über vor Müll, den die zauberhaften Touristen hinterlassen", fügt Logan hinzu.

Seine fröhliche Art ist heute schwer zu ertragen. Ohnehin ist es schwer zu ertragen, dass die Welt nicht einfach stehen bleibt. Immerhin ist sie komplett aus dem Gleichgewicht. Warum läuft um mich herum alles in seinen gewohnten Bahnen?

Ich beschließe bei der Sache zu helfen, für die Logan nicht verantwortlich ist. Sicher ist sicher. Nicht, dass noch haufenweise weitere Arztserien-Zitate zum Einsatz kommen.

Nach einer kurzen Einführung, bei der ich nicht zuhöre, folge ich den anderen zu den Booten. Ich bin der Letzte. Jamie und Macey müssen irgendwo vorn sein – zumindest sehe ich sie nicht mehr. Dafür aber Justin, der mich immer wieder mustert. Ich unterdrücke den heftigen Impuls, ihm die Zunge rauszustrecken.

Habe ich mich nicht eben noch für so erwachsen gehalten? Vielleicht trifft das doch nicht so zu. Aber ganz ehrlich – ich habe jedes Recht, sauer auf ihn zu sein. Er hat Jamie geküsst. Obwohl er wusste, dass wir wieder zusammen sind. Waren. Aaaargh.

Erst jetzt wird mir klar, dass wir uns in zwei Gruppen geteilt haben. Jamie ist nicht hier, Justin aber schon. Großartig.

Ich klettere als Letzter in das kleine Boot. Und weil der Tag eh schon furchtbar ist, ist nur noch der Platz neben Justin frei.

Kommentarlos lasse ich mich neben ihn sinken und drehe ihm demonstrativ den Rücken zu. Wahrscheinlich macht er Luftsprünge, weil er realisiert hat, dass Jamie und ich nicht miteinander reden. Oder reden dürfen.

„Okay, Leute, die Fahrt dauert nicht lange. Ich hoffe niemand von euch ist seekrank?" Glücklicherweise habe ich das Boot mit Niall erwischt. Der ist ruhig. Und nett.

Wir schütteln alle den Kopf.

Das Boot setzt sich mit röhrendem Motor in Bewegung. Leider ist der Himmel heute vollständig wolkenverhangen. Bei Sonnenschein wäre der Anblick auf das Meer bestimmt atemberaubend gewesen.

„Liam?" Justin spricht mich an.

Ich seufze. Ohne zu antworten, drehe ich mich zu ihm und schenke ihm einen genervten Blick. Freundlich sein packe ich heute nicht.

„Alles okay?" Er klingt tatsächlich besorgt. Das hatte ich nicht erwartet.

„Nein. Danke der Nachfrage." O Gott. Jamies Sarkasmus ist ansteckend. Toll, jetzt vermisse ich ihn noch mehr und wünsche mich nun doch auf das andere Boot.

„Was ist passiert? Ich meine ... irgendwas stimmt doch bei euch nicht?"

„No Shit, Sherlock." Ich kann den Sarkasmus nicht mehr abstellen.

In Justins Augen tritt ein verletzter Ausdruck. Das will ich nicht.

„Entschuldige", murmele ich leise.

Justin knabbert auf seiner Unterlippe. „Ist es so schlimm?"

„Ja", würge ich hervor. „Unsere Eltern haben es herausbekommen."

Ihm fallen beinahe die Augen aus dem Kopf. „Nein!"

„Doch." Ich schüttele verbittert den Kopf. „Ziemlicher Ausnahmezustand zu Hause." Keine Ahnung, weshalb ich es ihm überhaupt erzähle.

„Fuck, das tut mir leid", sagt er zerknirscht.

„Freust du dich nicht viel eher?", halte ich dagegen.

Justins Kopf zuckt zurück. Ein ungläubiger Ausdruck liegt auf seinem Gesicht. „Warum sollte ich mich bitte darüber freuen?"

Ich zucke mit den Schultern. „Keine Ahnung, vielleicht aus dem gleichen Grund, warum du meinen Freund geküsst hast."

Jetzt wendet er das Gesicht ab. Ich sehe nur, wie die Sehnen an seinem Hals hervortreten, als er schluckt.

„Er hat es dir gesagt?"

„Ja. Gleich am ersten Abend", kommentiere ich spitz. Mit einem Mal frage ich mich, welchen Sinn es hat, darüber zu reden. Mit ihm. Ich muss stattdessen mit Jamie reden.

„Es tut mir leid", sagt Justin nach einer Weile. „Obwohl. Nein, eigentlich tut mir das nicht leid."

Ich malme mit dem Kiefer. Ernsthaft?

„Am besten reden wir gar nicht mehr weiter", knurre ich in seine Richtung.

„Nein, du verstehst das falsch", erwidert er sofort. „Es tut mir nicht leid, weil ich es sicher wissen musste. Ich musste Jamie küssen, um zu merken, dass er kein Interesse an mir hat. Vorher habe ich mir immer eingeredet, dass aus uns was wird." Er klingt traurig. „Und ich habe euch beobachtet. Tatsächlich ist die Chemie zwischen euch kaum zu übersehen. In Tijuana sah Jamie so glücklich aus, wie ich ihn noch nie gesehen habe. Also, nein. Für den Kuss entschuldige ich mich nicht.

Aber es tut mir leid für euch, dass das mit euren Eltern so scheiße gelaufen ist. Das bekommt ihr schon hin."

Ich lache freudlos auf. „Sieht eher weniger danach aus."

„Macht euren Eltern einfach klar, dass ihr zusammen sein müsst."

„Das ist nicht so einfach", fahre ich ihn an. „Jamie will nicht kämpfen."

„Das glaube ich nicht", betont Justin.

„Das kannst du ruhig glauben, immerhin hat er es gesagt. Er will nicht, dass seine Mom ihn irgendwann hasst!"

Justin sieht mich nun wieder direkt an, die Stirn gerunzelt. Er legt den Kopf abwägend von links nach rechts. „Verständlich."

„Ach, findest du?" Sarkasmus trieft aus meiner Stimmlage.

Justin lacht leise.

„Ich bin mit Jamie aufgewachsen. Und somit auch mit Jamies Dad. Die beiden waren immer zusammen. Immer. Ehrlich gesagt ist das nicht mal so lange her. Es hat ihn also unglaublich schwer getroffen, als sein Dad ausgezogen ist. Das hat etwas verändert. Jamie hat angefangen seinen Vater zu hinterfragen und nicht nur den Helden in ihm zu sehen. Und das hat etwas in ihm kaputt gemacht. Und seit Jamie geoutet ist ... Tja, du weißt es ja selbst. Eigentlich hat er keinen Vater mehr. Einfach so. Dass er jetzt also Panik bekommt, wenn seine Mom ausflippt, finde ich nachvollziehbar."

Seine Worte sacken nach und nach in mein Bewusstsein. Wieso muss ausgerechnet Justin jetzt zu mir durchdringen?

„Du solltest dir einfach sicher sein, dass Jamie es wert ist. Und ich sage dir, dass er es ist. Aber wenn du es nicht so siehst, dann lass ihn in Ruhe."

„Natürlich ist er es wert!" Ich schreie beinahe und werde plötzlich von allen angestarrt. Verwirrte Blicke ruhen auf mir.

Aber Justin nickt zufrieden. „Seine Mom könnte ihn ohnehin niemals hassen."

„Du hast sie nicht gesehen", widerspreche ich. „Es war echt hässlich."

Justin verzieht das Gesicht. „Das will ich mir lieber nicht vorstellen. Aber ich glaube, dass sie nur begreifen muss, wie wichtig das zwischen euch ist. Wie hat sie es überhaupt rausbekommen? Habt ihr es ihr gesagt?"

„Nein!" Ich reiße erschrocken die Augen auf. „Sie kam als Überraschungsbesuch nach Tijuana, weil sie Jamie aufmuntern wollte und ... na ja ..."

„Hat gesehen, dass er bereits aufgemuntert wird?", schlägt er vor.

Ich schließe die Augen. „Japp."

„Das ... igitt."

Ich presse die Lippen zusammen und reiße ruckartig die Augen wieder auf. „Es war schrecklich."

„Und ziemlich ungünstig, um das mit euch zu erfahren, oder? Also, ich meine die Art und Weise. Wissen die überhaupt, dass ihr euch liebt?"

Ich zögere. „Ich denke schon."

„Du denkst?"

Ich schnaube genervt. „Du bist echt ein Klugscheißer, kann das sein?"

Er verdreht die Augen. „Richtigliegen ist kein Klugscheißen. Vielleicht solltet ihr euren Eltern zusammen klar machen, wie wichtig euch diese Beziehung ist. Und dass es nicht nur um Sex geht."

„Warum machst du das?", frage ich irritiert. „Ich dachte, du stehst auf Jamie. Wieso gibst du ausgerechnet mir Beziehungstipps?"

Justin blinzelt ein paar Mal. Jetzt überrollt mich doch eine Welle von Mitleid.

„Na ja", murmelt er traurig. „Ich will, dass er glücklich ist. Und das ist er anscheinend nur mit dir."

Er dreht den Kopf weg und sieht aufs Meer hinaus.

Ich glaube mir wird erst jetzt so richtig bewusst, dass Justin tatsächlich in Jamie verliebt ist. So richtig heftig. Und dass er will, dass Jamie glücklich ist, auch ohne ihn. Er ist ein guter Kerl. Und ein guter Freund.

Der Arschtritt war notwendig.

Ich muss mit Jamie reden. Das zwischen uns kann nicht vorbei sein. Er hat Angst. Ich habe Angst. Aber wir dürfen nicht aufgeben.

Kapitel 34

Jamie

Der Himmel passt zu meiner Stimmung. Dunkel. Unheilvoll. Immerhin habe ich etwas zu tun, was um Welten besser ist als das Herumsitzen zu Hause.

Ich gehe den Strand hinunter und entferne mich von den anderen. Mich zu unterhalten ist das Letzte, was ich aktuell tun will.

„Brauchst du Hilfe?", ruft Logan und deutet auf meine Hand.

Ich schüttele lediglich mit dem Kopf, dabei bräuchte ich sehr wohl welche. Meine Hand steckt noch immer in der Schlinge. Mit der anderen bugsiere ich meinen Müllsack von A nach B. Den Greifer habe ich gar nicht erst vom Boot mitgenommen. Der Handschuh wird es schon richten. Hoffe ich zumindest.

Ich gehe weiter und bücke mich nach weiterem Müll. Die ganzen Plastikflaschen machen mich irre. Außerdem findet man die seltsamsten Gegenstände. Neben einem Schuh und Sonnenbrillen habe ich auch einen Kleiderbügel gefunden. Wie zur Hölle kommt ein Kleiderbügel an den Strand?

Ich stolpere über meine Tüte und fange mich nur mit Mühe ab. Ein lautes Fluchen entfährt mir.

Zum Glück ist Macey bei den Schildkröten. Sie ist so niedlich und hilfsbereit. Das brauche ich gerade nicht. Ich brauche Liam. Und weiß nicht, wie ich das hinbekommen soll. Er ist noch wütend auf mich. Ich bin selbst wütend auf mich.

Der Strand wird felsiger. Die Wellen tosen und brechen an den Steinen. Tatsächlich ist der Ort so friedvoll, dass es beinahe Balsam für die Seele ist, nach den letzten Tagen im Irrenhaus.

Ich betrachte für einige Minuten das Wasser in der Hoffnung, dass dort irgendeine Antwort für mich vergraben liegt. Doch das tut sie nicht.

Das Meer brüllt nicht zurück. Es flüstert nicht mal. Und das pisst mich ziemlich an.

Ich schnaube unzufrieden und gehe weiter. Meine Mom hat mich die letzten Tage nicht mal richtig angesehen. Also, klar hat sie in meine Richtung geschaut, aber sie hat mich nicht gesehen. Sie hat meine Zerrissenheit nicht wahrgenommen, dabei hat alles in mir um Hilfe geschrien. Ich laufe immer weiter.

Erneut komme ich ins Straucheln, weil die blöde Tüte im Weg ist. Ich lasse sie los, wedele mit dem Arm in der Luft und halte mich im letzten Moment auf den Moment auf den Beinen. Dann stoße ich gegen den kleinen Felsen hinter mir und verliere nun doch das Gleichgewicht. Schwungvoll lande ich mit dem Rücken voran im harten Sand. Glücklicherweise habe ich keinen der Felsen getroffen, die um mich herum sind.

Ich stoße einen frustrierten und jammernden Laut aus und strecke meinen linken Arm von mir.

Mir fehlt die Kraft, um aufzustehen. Also starre ich in die dunklen Wolken. Sie bewegen sich. Schnell. Und liegen wie eine dicke Decke über mir. Vielleicht kann ich mich für einen kurzen Moment darunter verstecken.

Meine Gedanken sind wie leergefegt, während ich im Sand liege.

Ein lautes Grummeln im Hintergrund. War das Donner?

Langsam setze ich mich auf. Sand klebt in meinem Nacken. In der Ferne sieht der Himmel nicht so gut aus. Irritiert sehe ich mich um. Wo zur Hölle bin ich überhaupt? Ich bin planlos losmarschiert. Immerhin – ich bin am Strand. Wenn ich dem folge, müsste ich ja eigentlich irgendwann bei den anderen ankommen. Leider verdunkeln sich die Wolken von Sekunde zu Sekunde mehr. Wind frischt auf.

Ich habe mir heute Morgen die scheiß Wetterapp angesehen. Da stand rein gar nichts von Sturm. Strahlender Sonnenschein wurde mir für den Tag versprochen. Ich fühle mich von der Welt verspottet. Ich war nie gläubig, aber irgendwie habe ich den Eindruck, dass Gott seine Finger mit im Spiel hat und mich für irgendwas bestraft.

Unschlüssig stehe ich herum, als mich der erste Regentropfen trifft. Super. Ganz großes Kino. Ich bin schon eine ganze Weile unterwegs und werde somit auch eine ganze Weile für den Rückweg brauchen. Die andere Seite des Strandes verspricht mehr Felsen und Klippen. Beides recht bescheidende Optionen.

Ich greife nach dem Müllbeutel und gehe ein paar Meter zurück. Nur, um dann doch stehenzubleiben und in die andere Richtung zu sehen. Macht das mehr Sinn? Ich drehe mich zum Inselinneren, kann aber von hier keine Gebäude erkennen, weil ich am abgelegenen Arsch der Welt bin. Wo nichts ist, außer der verkackte Müll von Menschen, die was weiß ich hier getan haben.

Mir ist nach Schreien zumute.

Erneut grollt der Donner im Hintergrund. Lauter diesmal.

So langsam wird mir etwas flau im Magen. Der Wind peitscht mir immer heftiger um die Ohren. Ich friere.

Das ist der Moment, in dem ich den Müllsack Müllsack sein lasse. Ich gehe weiter ins Inselinnere, wo sich ein paar Baumgruppen sammeln, damit nichts von dem Müll ins Meer gespült wird. Ich lasse die Tüte stehen, in der festen Absicht zurückzukommen. Unschlüssig sehe ich mich um. Was soll ich jetzt machen? Ich kann hier bei den Bäumen rumstehen, was bei dem Sturm vielleicht nicht die cleverste Idee ist.

Ich laufe wieder zurück Richtung Strand. Auf der einen Seite ist nichts außer ewigem Sand und Wasser. Felsen auf der anderen Seite. Der Wind saust in meinen Ohren, ist erdrückend laut. Er zieht an meiner Kleidung.

Ich horche ich auf, als ein komisches Geräusch zu mir dringt, das ich nicht einordnen kann. Doch bei dem Versuch angestrengt hinzuhören, vernehme ich nichts als das Pfeifen des Windes. Scheinbar bilde ich mir jetzt schon Dinge ein, die nicht da sind.

Ich ziehe mein Handy aus der Hosentasche, als mir endlich der naheliegendste Gedanke kommt. Ich muss irgendwen anrufen.

Kein Netz. Fuck.

Erneut ein Geräusch. Wie ein Rufen. Ich runzele die Stirn und schaue mich um, drehe mich im Kreis. Der Regen wird stärker und schränkt meine Sicht ein. Jetzt bekomme ich es wirklich mit der Angst zu tun.

Ich gehe weiter zurück. Und sehe eine Silhouette in der Ferne.

„Jamie!", brüllt sie in meine Richtung.

Vor Erleichterung könnte ich direkt losheulen. Liam. Er ist hier. Und im gleichen Moment trifft mich der Schock. Warum ist er hier? Warum ist er nicht irgendwo, wo es sicher ist?

Ich habe bereits den ein oder anderen Hurricane oder Sturm miterlebt. Und schon viel zu viele Schauergeschichten über ihre Folgen gehört.

Meine Füße bewegen sich schneller. Liam wird immer größer und größer. Er rennt.

„Liam", rufe ich laut, als er in Hörweite ist. „Fuck. Was machst du hier?"

„Was machst *du* hier? Warum bist du so weit weg?"

Er reißt mich in seine Umarmung, drückt mich kurz an sich und tritt dann einen Schritt zurück. Er hält mich an den Oberarmen fest. „Bist du okay?"

Ich nicke. „Was machst du hier, Liam?"

Regentropfen prasseln auf ihn herab. Seine Haare hängen ihm nass in die Stirn. „Ich habe dich gesucht. Wir wurden kurz nach unserer Ankunft zusammengetrommelt, weil eine Sturmwarnung hereinkam. Sie wollten mit den Booten so schnell wie möglich zurück. Nur du warst nicht da. Also bin ich losgerannt."

Ein fetter Kloß nistet sich in meinem Hals ein und geht einher mit dem Hämmern in meinem Herzen.

„Warum machst du so was? Warum bleibst du nicht in Sicherheit?"

Selbst ich höre die Angst aus meiner Stimme heraus.

Er schüttelt den Kopf. „Niemals."

Ich presse meine Lippen zusammen.

Atmen, Jamie!

Liam sieht sich um. „Gibt es hier irgendwo eine Möglichkeit zum Unterstellen?"

Ein Windstoß reißt uns beinahe von den Füßen. Wir stoßen beide einen überraschten Laut aus.

„Ich habe hier gar nichts gesehen. Wir haben nur Felsen und Klippen oder Bäume." Das Wasser spült immer weiter an den Strand. Die Wellen schlagen wild um sich.

Liam verzieht das Gesicht. „Scheiße. Es ist zu weit, um zurückzugehen."

„Und jetzt?"

Liam denkt sichtlich angestrengt nach. Er hat seinen Mund verzogen und die Stirn gerunzelt. „Lass uns weiter zu den Felsen laufen."

„Warum ausgerechnet da hin?" Mittlerweile brülle ich fast, weil der Wind und die Wellen so laut sind.

„Ich meine, dass ich vor einer Weile mal etwas von einer Höhle hier in der Gegend gelesen habe. Vielleicht haben wir Glück und finden sie. Ich möchte mich jedenfalls nicht von Bäumen erschlagen lassen."

Besagte Bäume biegen sich bereits. Mein Herz schlägt immer heftiger.

„Streber", murmele ich witzelnd in der Hoffnung der Situation ihre Ernsthaftigkeit zu nehmen.

Liam grinst mich an. „Weißt du doch."

Über uns knallt es laut.

Ich strecke meine Hand aus und greife nach seiner Hand. Unsere Finger verschränken sich.

„Dann los."

Der Wind zieht und zerrt an uns, weshalb wir nur langsam vorankommen. Mittlerweile schüttet es wie aus Eimern.

Mein Pulli klebt unangenehm auf meiner Haut. Und es ist verdammt kalt.

Liam zieht mich immer weiter in Richtung Klippen. Als wüsste er genau, wo er hinmuss. Da ich ihm bedenkenlos vertraue, laufe ich einfach und lasse mich von ihm mitziehen.

Wir können uns kaum noch auf den Beinen halten, so stark ist der Wind.

Nach einer schier endlosen Ewigkeit erreichen wir den Rand der Klippen.

Ich sehe an ihren hoch. Der Strand endet hier.

„Was sollen wir jetzt machen?", brülle ich.

„Warte, lass mich nachdenken." Er schließt kurz die Augen und geht dann ein paar Meter nach links. „Ich glaube hier um die Ecke müsste etwas sein." Er sieht an der Klippe empor, scannt die Steine.

„Hier!", ruft er schließlich. „Siehst du das?" Er deutet nach oben. Tatsächlich. Da in der Felswand ist tatsächlich eine Einkerbung, auch wenn ich sie nicht genau erkennen kann.

„Wie soll ich da hochkommen?", frage ich gequält.

Liam reißt den Kopf zu mir herum. Seine Augen sind weit aufgerissen. „Fuck, deine Hand."

Kurzentschlossen ziehe ich mir die Armschlinge über den Kopf. „Passt schon. Ich kann mich mit dem Ellenbogen abstützen."

„Es sind nur ein paar Meter. Ich helfe dir. Geh du zuerst. Dann kann ich dir von unten helfen."

Ich zögere kurz, nicke aber. Wenn ich die Wahl zwischen dem Klettern mit verletzter Hand und dem Zerschellen an einer Felswand habe, klettere ich.

Die ersten Schritte erscheinen beinahe leicht. Doch den ganzen Körper weiter nach oben zu befördern ist nicht so leicht. Die Angst in mir treibt mich. Stürme haben mich schon als Kind beunruhigt.

Liam stützt mich von unten und ich finde tatsächlich stabilen Halt. Fast geschafft.

Mein Ellenbogen rutscht ab und ratscht am nassen Felsen entlang. Shit. Das tut weh.

Vor Schreck stoße ich einen kleinen Schrei aus. Mein Herz sackt bis in meine Kniekehlen. Aber ich weigere mich aufzugeben. Schweiß mischt sich mit dem Regenwasser auf meiner Stirn.

Ich beiße die Zähne zusammen, klettere das letzte Stück und hieve mich über den Rand.

Erschöpft keuche ich. Liam ist kurz darauf neben mir, ebenfalls schwer atmend. „Komm", sagt er angestrengt. „Rein da."

Ich komme auf die Füße. Tatsächlich befindet sich hier eine kleine Höhle im Felsen, gerade hoch genug, dass man geduckt darin gehen kann.

In der letzten Ecke lasse ich mich zu Boden sinken.

Mein Herz läuft einen Marathon in meiner Brust. Es rast so heftig und mischt sich mit meinem keuchenden Atem.

„Scheiße", stammele ich.

Hier drinnen ist es leiser. Die Geräusche des Sturms dringen dumpf zu uns herein. Ich checke mein Handy.

Noch immer kein Netz, was nicht weiter verwunderlich ist.

Liam setzt sich direkt neben mich. Er streckt die Arme nach mir aus und umfasst mein Gesicht. „Fuck." Er schüttelt den Kopf. „Jag mir nie wieder so eine Angst ein, hast du gehört?" Von seinem Kinn perlen Wassertropen. Auch er atmet schwer.

Ich schlucke. „Als ich dich gesehen habe, war ich so erleichtert und hatte gleichzeitig so Schiss, dass dir was passiert." Ich flüstere. Alles ist plötzlich zu laut.

„Ohne dich funktioniere ich nicht, Jamie." Liam sieht mich eindringlich an und nimmt meine Augen mit seinen gefangen. Der Ozean darin tobt ähnlich wie die Wellen draußen.

Ich blinzele die Tränen weg, die sich mit aller Macht ihren Weg bahnen wollen.

„Ich brauche dich! Und ich will nicht ohne dich sein. Schluss machen ist keine Option, hörst du? Wir werden unsere Eltern zum Zuhören zwingen. Und ihnen klar machen, dass das mit uns keine lockere Affäre ist, sondern, dass wir uns lieben."

Ich beiße mir so lange auf die Unterlippe, bis ich Blut schmecke. „Was, wenn sie uns hassen? Wenn Mom mich hasst?"

Er schüttelt mit dem Kopf. „Das wird sie nicht", beteuert er. „Deine Mom liebt dich bedingungslos. Sie wird sich damit arrangieren."

„Ich habe Angst", gebe ich mit zitternder Stimme zu.

„Ich auch!"

„Und wenn wir ihre Beziehung kaputtmachen?"

„Nein. Ihre Beziehung ist nicht wichtiger als unsere. Oder fühlt sich das zwischen uns für dich nicht echt an? Denkst du, dass es nur von kurzer Dauer ist?"

„Nein!", sage ich voller Überzeugung. „Es ist echt."

Liam nickt, während er mit dem Daumen über meine Wange fährt.

„Unsere Eltern sind für ihre Beziehung selbst verantwortlich. Wir für unsere. Ich kann nicht in die Zukunft sehen. Aber ich weiß, dass ich dich brauche. Und dass ich mein Leben nicht ohne dich verbringen will!"

Mir bleibt die Luft weg.

Dieser Mann ist perfekt. Ein weiteres Mal findet er die perfekten Worte. Wie schon so oft. Wie schon in der Nacht, als wir uns kennengelernt haben.

„Ich liebe dich", wispere ich. „Ich liebe dich. Ich liebe dich."

Als Antwort drückt Liam seine Lippen auf meine und küsst mich leidenschaftlich.

„Wir beide gegen alle anderen", sagt er, als wir uns wieder lösen. „Oder nicht?"

Ich nicke. Ein Lächeln gleitet über mein Gesicht. „Okay. Solange du meine Hand niemals loslässt."

Liam lächelt ebenfalls und sieht auf unsere ineinander verschränkten Finger.

Er runzelt die Stirn und deutet auf meinen Ellenbogen. „Du bist verletzt."

Ich sehe ebenfalls hin. Mein heller Ärmel hat sich an mehreren Stellen blutrot verfärbt. Es tut ein bisschen weh, ist aber längst nicht so schlimm wie der Schmerz, den ich erst vor ein paar Tagen mit meiner Hand erlebt habe. Ich winke ab. „Halb so wild. Sieht schlimmer aus, als es ist."

„Sicher?“ Er wirkt nicht überzeugt. „Lass mich sehen.“ Er schiebt vorsichtig meinen Ärmel nach oben.

„Und schon lässt er meine Hand los“, witzele ich und ernte ein kleines Lachen.

Wie erwartet ist die Wunde nicht weiter dramatisch. „Siehst du. Nicht weiter schlimm.“

„Gefällt mir trotzdem nicht.“ Liam streicht sanft über meinen Arm.

Ich lehne mich an ihn. „Warum ist immer alles so perfekt, wenn wir allein sind und wenn wir in die Welt hinausgehen, stürzt alles zusammen?“

Liam zieht mich fester an sich heran. „Weil wir perfekt sind. Nur die Welt ist es eben nicht.“

Ich kichere. „Den Spruch kann man auch auf eine Tasse drucken.“

Liam lacht an meinem Ohr. „Das macht meinen Satz nicht weniger wahr.“

Von da an schweigen wir einvernehmlich, während draußen der Sturm tobt. Doch meine Angst hat sich zusammengezogen und ist zu einem kleinen Knäuel in meinem Inneren geworden, das darauf wartet, entwirrt zu werden.

Kapitel 35

Liam

Pure Erleichterung durchströmt mich, als das Boot kurz davor ist, in Oceanside anzulegen. Für meinen Geschmack ist der Ozean immer noch viel zu rau, die Wellen zu hoch.

Logan ist bei uns, ebenso wie ein Notfall Sanitäter. Anscheinend hat unsere Abwesenheit alle in Panik versetzt. Dabei ist es ja nicht so, als wären wir auf einer einsamen Insel verschollen gewesen, es war nur Catalina Island.

„Die Scheiße mache ich nie wieder mit", sagt Logan nun schon zum bestimmt hundertsten Mal. „Wohltätigkeit am Arsch, ich dachte am Ende, ich wäre schuld, dass zwei Kinder in einem Sturm ums Leben gekommen sind."

„Hat der gerade Kinder gesagt?", wendet Jamie sich an mich. Er hat empört eine Augenbraue nach oben gerissen.

„Seid ihr doch fast noch", grätscht Logan dazwischen. „Und ich dachte, ich hätte euch auf dem Gewissen."

„Okay, und wie alt bist du, Mr Erwachsen?" Jamie fühlt sich offenbar beleidigt. Ich lache befreit auf. Jetzt kann ich es. Die Last auf meiner Brust ist vielleicht nicht verschwunden, aber leichter geworden, jetzt wo ich Jamie wieder auf meiner Seite weiß.

„Sechsundzwanzig.“

„Was, wirklich?“, fragt Jamie irritiert.

„Kannst du nicht deinen Pulli ausziehen oder so?“, platzt Logan heraus.

Ähm. Hallo?

„Wie bitte?“, frage ich entsetzt. „Er wird sich sicher nicht ausziehen!“ Automatisch werde ich lauter.

Logan reißt die Augen auf. „Gott, nein, doch nicht so!“ Er streckt beide Arme erhoben von sich. „Ich meine den blutigen Ärmel. Das sieht doch brutal aus.“

Oh. Na gut.

„Ist doch nicht schlimm. Der Doc hat doch auch gesagt, dass es nur eine kleine Schürfwunde ist. Ich habe sogar ein Pflaster. Auch wenn ich sehr enttäuscht bin, dass es kein Superhelden-Pflaster gab.“

Mein Herz geht auf. Das ist so jamie-mäßig, dass es absolut hinreißend ist. Ich greife nach Jamies Hand und verschränke unsere Finger. Und wo ich schon dabei bin, drücke ich einen Kuss auf seinen Handrücken.

„Ach, das ist kein Doc, sondern nur ein Sanitäter. Der weiß es vielleicht nicht besser.“

„Hey“, beschwert dieser sich hinter uns.

Logan ignoriert ihn völlig. „Wisst ihr, da denkt man sich, man macht irgendwas Großartiges. Kommt nach Kalifornien, gibt Surfunterricht und scheißt aufs College. Rettet ein bisschen die Welt. Und am Ende ist man schuld, dass Kinder tot sind. Das geht doch alles nicht, Mann.“

Keine Ahnung, ob Logan überhaupt mit uns spricht oder einfach ein ausgiebiges Selbstgespräch führt.

„Alter, hast du gerade eine Sinnkrise oder so? Wenn ja, stell dich hinten an!", kommentiert Jamie trocken und verdreht die Augen.

Logan winkt ab. „Bitte, was habt ihr beiden schon für Sorgen mit sechzehn."

„Achtzehn."

Irritiert sieht er uns an. „Echt? Ihr seid achtzehn?"

„Irgendwie finde ich dich langsam echt blöd." Jamie zeigt ihm kurzerhand den Mittelfinger.

„Sechzehn. Achtzehn. Egal. Wie groß können eure Sorgen schon sein. Immerhin könnt ihr noch bei Mommy wohnen." Theatralisch fasst Logan sich an die Stirn. Jetzt, wo er nicht mehr die ganze Zeit grinst, finde ich ihn genau genommen ziemlich lustig.

„Hm, lass doch mal sehen. Gerade eben hat uns beinahe ein Sturm niedergestreckt." Jamie betont die Worte extra, was wirkt, da Logan gequält das Gesicht verzieht. „Mir ist arschkalt, weil meine Sachen immer noch feucht sind. Außerdem stehen unsere Schulabschlüsse auf der Kippe. Oh, und wir sind Stiefgeschwister und zeitgleich ein Paar. Ist also nicht so schnuffelig nett bei uns zu Hause wie im Schlumpfenland."

Gott. Wie sehr ich ihn liebe.

Logan öffnet den Mund. Mustert uns mit schräggelegtem Kopf und beäugt schließlich unsere miteinander verschränkten Finger.

„Das ... okay." Er hebt seine Brauen. „Ich weiß gerade nicht, ob ich das krank oder heiß finde."

Ich lache laut auf. Die Reaktion finde ich erfrischend.

„Es ist heiß, glaub mir.“ Jamie drückt meine Hand fester.

Logan nickt beeindruckt, zumindest so lange, bis mein Blick wieder geradeaus geht. „Scheiße, wir sind fast da.“

„Warum ist das scheiße?“, frage ich verwirrt. Ich für meinen Teil kann es nicht erwarten von dieser blöden Insel zu kommen. Dieser blöde Tag dauert schon viel zu lange, weil wir Ewigkeiten dort herumgesessen haben.

„Weil ich nicht von euren Eltern verklagt werden will.“

Logan fährt sich durch die Haare und sieht tatsächlich etwas zerstreut aus.

„Ist klar. Und ich bin der unerfahrene Spinner, der eine Schürfwunde nicht von einem abgerissenen Arm unterscheiden kann“, meldet sich der Sanitäter hinter uns zu Wort.

Jamie bricht in schallendes Gelächter aus. „Der war gut.“

Wir kommen dem Hafen immer näher. Gott sei Dank.

„Sind das meine Mom und dein Dad?“, fragt Jamie. Dabei gerät seine Stimme so hoch vor Entsetzen, dass er klingt wie ein Dreizehnjähriger vorm Stimmbruch.

Was?

Ich folge seinem Blick. Da stehen die beiden. Und sehen nicht happy aus. Scheiße.

„O Gott, die werden mich fertig machen.“ Logan rauft sich nun mit beiden Händen die Haare. Erst jetzt fällt mir auf, dass er keine Cap mehr trägt.

Er springt auf, als wir ankommen, und hilft das Boot zu befestigen.

„Jamie! Liam! Geht's euch gut?" Beverly rennt ihn fast über den Haufen.

„Alles gut, Mom." Jamie lächelt. Es wirkt so aufgesetzt, dass ich Zahnschmerzen davon bekomme.

Ich lasse seine Hand nicht los, als ich aufstehe und mit ihm gemeinsam das Boot verlasse.

Wir werden gleichzeitig in eine Umarmung gerissen. Beverly drückt uns beide fest an sich. „O mein Gott, ich bin so froh euch zu sehen." Sie zieht ihren Kopf zurück, um uns anzusehen. „Es geht euch doch gut, oder?"

„Uns geht es gut", versichere ich ebenfalls. Sie atmet erleichtert auf. Danach ist mein Dad dran. Auch er umarmt uns beide zeitgleich.

Als er zurücktritt fällt mir auf, dass beide unglaublich blass sind. Beverly zittert. Ihre Augen glänzen verdächtig.

„Jamie, dein Arm", murmelt sie erschrocken.

„Das sieht schlimmer aus, als es ist", beteuert er. „Ich hab ein Pflaster bekommen. Wenn auch ohne buntes Muster."

Beverly stößt einen Laut aus, der irgendwas zwischen Lachen und Weinen ist.

„Ich bin Logan. Ich war heute der verantwortliche Gruppenleiter." Logan stellt sich zerknirscht neben uns.

„Geht es Ihnen gut?", fragt Beverly in seine Richtung.

„Ich ... was?", stammelt Logan verwundert.

„Na, Sie sind doch auch auf der Insel geblieben. Ich nehme mal an, dass der Sturm dort schlimmer gewütet als, als hier."

Logan blinzelt. „Äh ja. Alles in Ordnung. Ich bin in einem Gebäude am Hafen geblieben. Ohne die Jungs konnte ich nicht fahren.“

Beverly nickt und wendet sich dann wieder uns zu. „Wo wart ihr? Warum wart ihr nicht bei den anderen?“

„Das ist eine interessante Frage, Mom“, antwortet Jamie. „Ist das nicht interessant, Liam?“

„Ja, also ich bin dann mal da drüben“, wirft Logan ein und deutet auf eine Bank etwas weiter weg. Vermutlich macht er gerade Luftsprünge, dass niemand ihn auf dem Scheiterhaufen verbrennen will.

Ich erhöhe den Druck auf Jamies Hand.

Beverly folgt meiner Bewegung mit den Augen. Und verstummt. Auch Dad scheint plötzlich klarzuwerden, dass wir Händchenhalten. Und so dicht beieinanderstehen, dass sich unsere Schultern berühren.

„Ihr haltet Händchen?“, fragt Dad mit müder Stimme. Ich schätze, es war ein harter Tag für die beiden. Ehrlich gesagt glaube ich sogar, dass es der Horror war. Allein die kurze Zeit, in der ich Jamie gesucht habe, hat ausgereicht um mich vor Sorge krank werden zu lassen. Keine Ahnung, was Dad und Beverly heute erlebt haben

„Dad, wir müssen darüber reden“, sage ich mit fester Stimme.

„Haben wir das nicht bereits?“

„Nein!“, stelle ich klar. „Haben wir nicht. Ihr habt uns nicht zu Wort kommen lassen. Uns erklären lassen, okay? Wir lieben uns. Ihr könnt nicht einfach beschließen, dass das mit uns vorbei ist.“

Beverly steht der Mund offen. Dad fallen beinahe die Augen aus dem Kopf.

Beide schweigen.

Also nutze ich die Gelegenheit und rede einfach weiter. „Ich glaube nicht, dass ihr beide verstanden habt, was das zwischen Jamie und mir ist. Oder unter welchen Umständen wir uns kennengelernt haben."

Beverly schluckt, hebt die Augenbrauen und hebt beschwichtigend beide Handflächen. „Ich bin gerade äußerst überfordert. Aber vor allem froh, dass es euch beiden gut geht. Ich denke, wir sollten nach Hause fahren und uns hinsetzen."

„Hört ihr uns dann zu?", hakt Jamie noch. „Also so richtig? Nicht so ein Alibi-Zuhören?"

Mein Dad runzelt die Stirn und verschränkt nachdenklich seine Arme. „Haben wir euch nicht zugehört?" Er klingt tatsächlich überrascht.

„Nein", betone ich. „Weder bei unserem Gespräch noch danach. Ich habe sogar versucht, mit dir allein zu reden."

Seine Furchen in der Stirn werden noch tiefer. „Gut. Dann werden wir das tun. Lasst uns nach Hause fahren, Jungs."

Kapitel 36

Jamie

„Wir haben uns in Seattle kennengelernt", beginnt Liam zu erzählen. Wir sitzen alle vier am Esstisch im Wohnzimmer. Ich gegenüber meiner Mom und Liam seinem Dad gegenüber. Als wären wir mitten in einer Scheidung und würden darüber diskutieren, wer das Haus bekommt. Nur diskutieren wir hier leider meine Beziehung. Und leider habe ich nicht weniger Angst als zuvor.

Die Furcht ist noch immer genauso präsent. Nur will ich mich ihr jetzt stellen.

Ich wische meine feuchte Handfläche an der Hose ab. Meine rechte Hand schmerzt, weil ich keine Schlaufe mehr trage. Aber immerhin habe ich nun einen frischen Pullover an.

„Tatsächlich sind wir uns schon nähergekommen, bevor wir von der Familiensituation wussten. Es hat sofort gefunkt. Wir haben uns sofort verstanden." Den Sex lässt er glücklicherweise weg.

„Wirklich?", fragt Mom mit großen Augen. Sie hat ihre Ellenbogen auf den Tisch gestützt und lehnt ihr Kinn auf ihre Hände.

„Ja“, sage ich. „Vielleicht wisst ihr jetzt, warum unser Zusammentreffen damals so seltsam war.“

„Aber warum habt ihr denn nichts gesagt?“, fragt Jeff verständnislos.

„Weil es total strange war!“, stoße ich aus. „Außerdem hatte ich zu der Zeit ziemlich mit mir selbst zu kämpfen, weil mir so langsam klargeworden ist, dass ich schwul bin.“

Mom nickt, als würde sie es verstehen. Ist das gut oder schlecht?

„Und dann?“, fragt sie.

„Dann hat es eine Weile gedauert, bis wir zusammengekommen sind. Aber wir sind es.“ Liams Stimme klingt ruhig, aber fest.

„Warum habt ihr nichts gesagt?“, fragt Jeff erneut.

Ich schnaube. „Stellt euch vor, wir hatten Angst vor eurer Reaktion.“

Das lässt ihn verstummen. Ebenso wie Mom. Sie scheint gerade alles zu verarbeiten.

„Dann haben wir uns getrennt“, fährt Liam fort.

„Warum?“ Mom hat den Kopf schiefgelegt.

Ich seufze. Liam tut es mir gleich. Wir tauschen einen bedeutungsvollen Blick.

„Jamie hat uns geoutet, weil ich ihn quasi dazu gezwungen habe, und dann sind bei mir die Sicherungen durchgebrannt, weil ich mit meiner Vergangenheit zu kämpfen hatte.“

Ein trauriger Ausdruck legt sich auf die Gesichter unserer Eltern. Mom setzt sich in ihrem Stuhl zurück und hält sich die Stelle, wo ihr Herz sitzt. Jeff blinzelt die Tränen weg.

„Du hattest Flashbacks?“

Liam seufzt ein weiteres Mal schwer. „Ja. Deshalb musste ich weg. Erst viel später und mit Kims Hilfe habe ich gemerkt, wie bescheuert ich mich verhalten habe."

„Also bist du zurückgekommen", schlussfolgert er.

„Und du warst total am Ende", wendet Mom sich an mich.

Liam und ich sehen uns in die Augen und halten den Blick des anderen, bevor wir uns beide zu unseren Eltern drehen und nicken.

„Wow", sagt Mom. „Einfach … wow."

„Hat mich ein bisschen Zeit gekostet, darüber hinwegzukommen. Liam wieder zu vertrauen." Das sage ich leise.

Unter dem Tisch greift er nach meiner Hand. Ich drücke sie.

„So richtig versöhnt haben wir uns erst vor kurzem." Ich sehe meine Mom an. „Aber, Mom. Es ist … es geht bei uns nicht nur um das eine, okay? Ich war ein Wrack ohne Liam. Es ging mir beschissen, monatelang. Und jetzt haben wir es endlich auf die Reihe bekommen. Ihr könnt nicht einfach von uns verlangen, dass wir das aufgeben."

Meine Mom beißt sich auf ihre Unterlippe und spielt mit ihren Fingern. „Ihr seid gerade einmal achtzehn. Und wenn ihr es versaut? Und euch danach hasst? Was wir sollen wir dann machen?"

„Und ihr?", hält Liam dagegen. „Was machen wir, wenn ihr euch trennt? Eine Heirat garantiert euch genauso wenig, dass ihr für immer glücklich zusammenbleibt."

Jetzt fällt Mom alles aus dem Gesicht. Sie blinzelt immer wieder.

„Und überhaupt", fährt Liam fort. „Was macht eure Beziehung bedeutsamer als unsere? Nur euer Alter? Das ist lächerlich."

„Ich denke ...", setzt Jeff an.

„Dass wir beide uns mal eben unter vier Augen unterhalten müssen", beendet Mom den Satz.

Mein Herz rutscht mir in die Kniekehle. Na toll. Das klingt nicht vielversprechend.

Die beiden stehen auf und verschwinden im Flur. Ich sacke in meinem Stuhl zusammen.

Liam atmet tief durch und stößt geräuschvoll die Luft aus. „Was denkst du?" Erwartungsvoll sieht er mich an.

Ich zuckte mit den Schultern. „Weiß nicht", murmele ich. „Ich habe Schiss."

„O ja, ich auch."

Ich beuge mich zu ihm und küsse ihn sanft. Vorsichtig. Liebevoll.

„Wofür war das?" Ein Lächeln liegt auf seinen Lippen.

„Just in case", flüstere ich. "Falls die beiden uns jetzt in verschiedene Internate in Sibirien verfrachten."

Liam lacht auf. „Könnte passieren. Nach den offenen Türen traue ich denen alles zu."

Ich verziehe das Gesicht. „Diese Türen."

Wir scherzen, doch mein Magen fühlt sich flau an. Schließlich schweigen wir.

Es dauert eine gefühlte Ewigkeit, bis Mom und Jeff zurückkommen. Machen die das absichtlich?

Mom hat rot geränderte Augen. Shit, hat sie geweint? Ich will sie nicht zum Weinen bringen.

Mein Blick folgt jeder ihrer Bewegungen.

Sie schnauft einmal. „Okay, wir brauchen Regeln."

Ich hebe eine Augenbraue. Regeln für was? Regeln, nach denen Liam und ich uns nicht mehr sehen dürfen? Scheiße.

„Regel Nummer eins: Wir reden über alles", sagt Jeff mit Überzeugung in der Stimme.

„Es tut uns leid, dass wir euch keine Gelegenheit gegeben haben, euch zu erklären. Wir waren so aufgebracht, dass wir es nicht mal gemerkt haben." Mom klingt aufrichtig bedauernd.

Mein Herz bleibt stehen. Ich drücke Liams Hand so fest, dass ich sie sicher gleich zerquetsche.

„Regel Nummer zwei", ergänzt Jeff. „Die Türen sind wieder geschlossen."

Ich presse die Lippen zusammen, um nicht zu lachen. Auch Moms Mundwinkel zucken.

„Regel Nummer drei: Egal, was in unseren Beziehungen passiert, es wird nicht diese Familie betreffen. Wir haben unsere Familie zu viert und wir haben unsere Beziehungen. Streits und Meinungsverschiedenheiten jeglicher Art haben vom Esstisch ferngehalten zu werden. Am Tisch sind wir keine Paare. Nur Eltern und Kinder." Jeff sieht uns nacheinander an.

Passiert das wirklich? Geben die beiden uns gerade ihre Zustimmung?

„Regel Nummer vier: Seid euch immer der Konsequenzen bewusst, okay? Euer Handeln wirkt sich auf uns alle aus." Ein warnender Unterton schwingt in Jeffs Worten mit.

„Regel Nummer fünf", übernimmt Mom. „Geht raus und trefft Freunde. Ihr wohnt zusammen, was es euch einfach macht. Wir wollen nicht, dass es nur noch euch beide gibt. Macht auch ab und zu etwas ohneeinander."

Klingt machbar. Warum auch immer das wichtig ist.

„Und Regel Nummer sechs: Schule. Ihr werdet Zeit opfern, um zu lernen. Getrennt voneinander. Täglich", beendet Mom den Regelkatalog.

Die letzte Regel ist scheiße. Mit dem Rest kann ich leben.

„Ja, vielleicht schreibt ihr uns das noch mal ans Küchenboard an", scherze ich und bringe damit sogar meine Mom zum Lachen.

Bin ich in einem Paralleluniversum gelandet? Oder doch während des Sturms gestorben?

„Ihr erlaubt es?" Liam klingt ungläubig. „Einfach so?"

Jeff rümpft seine Nase. „Na ja. Es ist eine Umstellung. Immerhin haben wir beide euch als Brüder gesehen und jetzt müssen wir uns einfach klarmachen, dass wir zwar eine Familie, ihr aber nicht verwandt seid. Und dass es okay ist."

„Ihr erwartet also nicht länger, dass wir uns voneinander fernhalten?", versichere ich mich.

„Nein."

Erleichterung durchströmt jede Faser meines Körpers. Mein Blick gleitet zu Liam.

„Ich glaube, jetzt brauchen *wir* eine Minute allein", sagt Liam, sieht aber weiterhin mich an.

„Okay", sagt Mom zögerlich. „Ich ... Ja. Wie gehen dann mal in die Küche. Oder so."

Sie murmelt noch etwas Unverständliches, von dem ich mir sicher bin, dass es irgendein sarkastischer Spruch ist.

Mom und Jeff stehen auf und verlassen tatsächlich den Raum. Krass.

„Träume ich?", fragt Liam. „Oder haben die beiden uns gerade wirklich ihren Segen gegeben?"

Ich lege den Kopf von einer Seite zur anderen. „Nah, so weit würde ich nicht gehen. Ich würde sagen, sie erlauben es gezwungenermaßen."

„Fühlt sich trotzdem wie ein Sieg an, oder?" Auf Liams Lippen breitet sich das schönste Lächeln aus, das ich je gesehen habe.

„Ich überlege auch noch, ob mich nicht vielleicht doch ein Stein erschlagen hat. Das hier ist zu gut, um wahr zu sein."

Liam rutscht näher an mich heran. „Aus der Nummer kommen wir jetzt nicht mehr raus, das ist dir doch klar, oder? Ab jetzt gibt es nur noch für immer."

Ich grinse breit und sehe in seine Augen, in denen sich der Ozean in sanften Wellen bewegt. In Augen, die für mich Zuhause bedeuten.

„Challenge accepted", murmele ich und verschließe seine Lippen mit meinen.

Ende

Epilog

Jamie

Ein Jahr später

„Ich sehe doch aus wie ein Clown", wiederholt Liam nun zum bestimmt tausendsten Mal und zupft an seinem Hemdausschnitt.

„Hör auf, du löst noch deine Krawatte", mahne ich ihn. „Außerdem siehst du perfekt aus."

Liam verzieht das Gesicht. „Ich hasse Anzüge."

„Ich liebe Anzüge." Bedeutungsvoll fahre ich mit meinen Augen an Liam herab. Der dunkelblaue Anzug passt ihm wie angegossen und liegt an genau den richtigen Stellen eng an seinem Körper.

„Ich kann es nicht erwarten, ihn dir wieder auszuziehen."

Liam lacht und greift nach meiner Hüfte. Ruckartig zieht er mich an seine Brust. Unsere Nasenspitzen sind nur wenige Zentimeter voneinander entfernt.

„Seht mal, wer hier ist", unterbricht uns Maceys säuselnde Stimme. Seufzend löse ich mich von Liam.

Meine Stimmung hellt sich umgehend auf, als ich den kleinen Jungen an ihrer Hand wahrnehme.

„Jaxon", rufe ich zufrieden. Er streckt sofort die Hände nach mir aus. Ich nehme ihn auf den Arm und wirbele ihn einmal durch die Luft. Er gluckst.

Ich bin glücklich, dass er hier ist. Der kleine Scheißer gehört zu mir, zu meiner Familie. Es hätte sich falsch angefühlt, wenn Mom heiratet, ohne dass er dabei ist.

Und glücklicherweise hatte Candy nichts dagegen.

„Ist Candy noch hier?", frage ich.

„Nein." Macey schüttelt den Kopf. „Ich glaube, sie ist froh, wenn sie ein paar Minuten verschnaufen kann."

Ich lache. „Sie ist hochschwanger. Natürlich ist sie froh, wenn sie mal ihre Ruhe hat."

Surreal. In wenigen Wochen werde ich zu einem kleinen Bruder auch noch eine kleine Schwester haben.

Hätte mir früher jemand gesagt, wie cool es ist, ein Kleinkind um sich zu haben, das einen viel mehr liebt, als alle anderen, dann hätte ich den Wunsch nach einem Geschwisterkind nicht so schnell aufgegeben.

Jaxon kuschelt sich an mich. Neben seiner Mom bin ich sein Lieblingsmensch. Selbst Dad kommt nicht dagegen an.

Dad. Noch so eine Sache. Es als schwierig zu bezeichnen, wäre untertrieben. Ich schätze, es ist so viel kaputtgegangen, was sich nicht mehr reparieren lässt. Er versucht es trotzdem. Seit Jaxon auf der Welt ist, scheint er eine Wandlung durchzumachen. Keine Ahnung, ob es jemals wieder normal zwischen uns wird.

„Es geht gleich los", ruft Moms beste Freundin in unseren Raum. „Macht euch bereit."

„Gehst du mit May May mit?", fragte ich Jaxon. Er klammert sich fester an mich. Als ich versuche ihn weiterzureichen, macht er deutlich, dass er nicht von mir weg will.

„Gut. Er bleibt bei mir."

„Okay, ich hoffe er schreit nicht." Macey zwinkert mir zu und verlässt den Raum.

„Jedes Mal, wenn du den Kleinen auf dem Arm hast, macht das was mit mir", murmelt Liam mit rauer Stimme.

Ich blicke auf. „Ist das so?"

„Jap. Hätte ich einen Uterus, würde der mich jetzt laut anbrüllen, dass ich Kinder mit dir machen soll."

Ich pruste los. Im letzten Jahr hat Liam einiges in Sachen Sarkasmus dazugelernt.

„Vielleicht beenden wir erst mal das College", sage ich zwinkernd.

Liam lächelt. „Erst mal brauche ich dich sowieso für mich allein."

Die Musik ertönt. Unser Zeichen als Trauzeugen.

Wir tauschen einen Blick.

„Bereit nun hochoffiziell mein Stiefbruder zu werden?", frage ich, ein breites Grinsen auf den Lippen.

Liam, der Typ, der von der ersten Sekunde an meine Welt ins Wanken gebracht hat, schenkt mir ein warmes Lächeln.

„Ich kann es kaum erwarten."

Danksagung

Es gibt Bücher, die sich quasi von selbst schreiben. Dieses Buch war keines davon. Und deshalb bin ich umso stolzer darauf. Neben vielen persönlichen Veränderungen wie der Umzug auf einen anderen Kontinent und ein neuer Job, habe ich die Geschichte von Jamie und Liam mit viel Schweiß, Herzblut und Tränen beendet. Und ich liebe alles daran. Es ist genauso geworden, wie es sein musste.

Allen voran möchte ich meinem Ehemann danken, der mir zu jeder Sekunde den Rücken freigehalten hat, auch wenn ich manchmal unerträglich war. Ich liebe dich!

Auch meine beiden Söhne haben immer Verständnis gezeigt, wenn sie mich an meinem Laptop gesehen haben. Besonders mein großer. „Mama, ist das der neue Titel deines neuen Buches? Cool."

Auch diese Geschichte wäre ohne Yasmin, die mich ständig motiviert hat, nicht möglich gewesen. Du kannst dir gar nicht vorstellen, was mir dein ehrliches Feedback und deine Kritik bedeuten! <3 Ich hab dich lieb!

Vielen Dank auch an meine Lektorin Isabelle, die mir geholfen hat, das Beste aus der Geschichte rauszuholen.

Auch Alex und Yasmin vom dp Verlag – ich danke euch für euer Vertrauen und das nun vierte Buch, das bei euch erscheinen konnte. Und wieder hat es mir viel Spaß gemacht.

Ein weiterer Dank geht an Ina Taus, die in ihrem Hottie-Ordner den perfekten Coverboy für mich gefunden hat. Endlich ist das Cover perfekt!

Tausend Dank auch an meine fleißigen Blogger:innen. Katja, Bianka, Jenny, Feli, Jakob, Justin, Karla, Katie, Nadine, Rovena, Sonja, Björn und Val. Ihr seid großartig, danke für eure Unterstützung!

Und nicht zuletzt danke ich dir. Danke, dass du die Geschichte von Jamie und Liam bis zum Ende gelesen hast. Ich hoffe, das hat den Herzschmerz nach Band 1 wieder gut gemacht.

Meine Leser:innen haben mich die ganze Zeit motiviert. Vielen Dank für eure Nachrichten und Gedanken zum ersten Teil. Ihr seid toll!

Wie immer freue ich mich sehr über eure Nachrichten und Rezensionen. Schreibt mir gerne. Ihr findet mich bei Instagram unter @j_in_love_with_books.

Eure Jen <3